SKRAPNEL

SKRAPNEL

Irma Venter

Human & Rousseau

Kopiereg © 2013 deur Irma Venter

Eerste uitgawe in 2013 deur

Human & Rousseau,

'n druknaam van NB-Uitgewers,

'n afdeling van Media24 Boeke (Edms.) Bpk.

Heerengracht 40, Kaapstad

Foto op omslag verskaf deur Mark Owen / Trevillion Images

Bandontwerp deur Mike Cruywagen

Tipografie deur Chérie Collins

Geset in 11.5 op 15 pt Adobe Garamond

Gedruk en gebind deur Paarl Media Paarl

Jan van Riebeeck Rylaan, Paarl, Suid-Afrika

ISBN 978-0-7981-6256-2

ISBN 978-0-7981-6257-9 (epub)

ISBN 978-0-7981- 6445-0 (mobi)

Vir Jacci
En vir Esta en Sca

A day isn't just a standard measure, all the same size so each fit on a calendar page. A day is a period of light, an astronomical event. I felt that on the road that Kansas dawn. The broad swath of the sun's light rolls upwards from the darkness, morning after morning, and then we roll outward into the ocean of stars at night. It seems extravagant, a glorious squandering of motion to give light, and life, to the grasses bending under the breeze, slowly retracting their shadows as the sun begins to climb.

Verlyn Klinkenborg, *The New York Times,* 30 September 2009

ALEX

1

Die eerste skoot trek links verby, te ver om te veel te worry. Die tweede een laat my op my hurke neersak, tot op die harde, stowwerige grond. Dit plof deur die sink van die plakkershut tot in die naburige huis. Tref iets met 'n dowwe klank.

'n Kind skree, maar dis 'n paar huise verder in die slingerende stofpad af.

Flieks lieg. Nege-millimeter-koeëls gaan deur alles.

"Beweeg!" skree die polisieman. Konstabel Ndebele, as ek reg onthou. Dumisani. Maar sommer net Dumi, het hy gesê toe kaptein Burger hom vanoggend aan my voorgestel het.

Hy beduie van die hut langs myne dat ons moet aanskuif na die volgende ry huise, weg van die koeëls af. Ek maak dan ook soos hy sê.

Vroeër, oor fleskoffie en eet-sum-mors agter in die koue polisie-Opel, het hy vertel dat hy van 'n klein plekkie naby Ulundi kom. Sy oom is 'n tradisionele leier. Hy kon daar gebly het as hy wou, het hy gespot, maar dalk sou die verveling hom teen die mure uitgedryf het.

Ek wonder of hy steeds so dink.

"Kom!" roep hy weer. Beduie ons moet nog verder gaan.

Fyn stof dwarrel in die lug op soos sy swart stewels vastrap. Die voorspelerbene in die blou uniformbroek hardloop vol selfvertroue. Doelgerig. Ek fokus op die harde swart kopdeksel voor my. Die loop van die R5 steek kort-kort verby sy lyf soos sy arms swaai.

Ons hardloop na die volgende sinkgebou.

Die volgende een.

Nog een.

Niks nie. Geen geluid nie.

Dan klap die skote weer, agter ons. Die bliksem – bliksems? – het herlaai. Hy hol saam met ons van huis tot huis.

Ek duik vir die volgende hut, rol en gaan sit op my knieë. Ek kyk op, hemel toe. Die lug is blou. Onnatuurlik blou. Hoekom lyk dit altyd soveel mooier in die Vrystaat?

Ek dwing my asem om rustig te word. Sagter. Kyk skrams deur die venster van die plakkershut.

Die muurpapier kom van Lucky Star-blikke. Die moeë bed is netjies opgemaak. 'n Baba in 'n rooi T-hemp sit op die oranje duvet. Haar goue oorbelle blink in die oggendson wat skuins deur die venster val.

Waar is haar ma?

Langs my hyg Dumi na sy asem, al is hy jonk en gesond. Twee-en-twintig, het hy gesê. Dit moet al die toerusting wees wat sy longe so laat swoeg. Ek het net 'n notaboek in my gatsak, 'n pen in my hempsak en 'n ongemaklike koeëlvaste baadjie wat in groot wit letters verkondig dat ek van die media is.

Kan die donners nie lees nie?

Die volgende skoot tref die ketel in die hoek van die hut. Water stroom van die lendelam tafel tot op die vloer. Stoom rys stadig deur die geel lig en verdwyn teen die lae dak.

Die kind begin skree, haar handjies op soek na iemand om haar op te tel.

Nee. As iets met haar gebeur, is dit ons skuld.

"Kom." Ek pluk aan die polisieman se hemp. Wys na die volgende hut. "Soontoe."

Dumi skud sy kop waar hy langs my hurk. Hy beduie met sy oë dat ek mooi moet kyk.

Ek maak so. Hy is reg. Net ná die volgende skewe plakkershut hou die ry huise op. Al wat oorbly, is 'n droë, rommelbestrooide veld aan die einde van Chris Hani Park.

"Wat nou?" beduie ek stom. Skuif aan my koeëlvaste baadjie. Ek was nie lus vir die ding vanoggend nie, want dit skaaf my skouers, maar nou is ek bly vir die swaar Kevlar.

"Ek het die ander geroep," fluister Dumi en wys na sy radio. Loer om die hoek. "Hulle is 'n paar minute weg, maar hulle kom help. Ons moet net 'n rukkie vasbyt. Daar is blykbaar groot kak. AK-kak."

Ek wens my Zoeloe was so goed soos sy Afrikaans.

Om sy woorde te beklemtoon stotter 'n masjiengeweer kortaf. Die skote kom van êrens links van ons, waar ons 'n paar minute gelede was.

Ek kyk na Dumi en weet hy dink dieselfde: heel waarskynlik is daar nou 'n man met 'n moerse geweer tussen ons en die res van die klopjag. Onwettige myners is meestal sindikaatmanne. Hulle dra dikwels groter wapens as die polisie.

Ek druk my notaboek dieper in my gatsak in. 'n Kamera beteken meer in situasies soos dié. 'n Lens maak mense meer toegeeflik as 'n stuk papier. Meer gewillig om te praat. Te onderhandel.

Die gedagte is daar, te vinnig om te keer: *Foto's. Ranna Abramson.* Fok tog. Dis die laaste mens aan wie ek nou wil dink.

"Ons moet iets doen," sê ek en beduie met my kop na die huis agter ons. "Daar's 'n kind daar binne. Ons kan nie hier bly nie."

Dumi sukkel orent. Kyk deur die venster. Vloek soos vroeër toe hy besef het ons het van sy kollegas af weggedwaal. Ek en hy het vanoggend dik stukke gesels. Dis dalk hoekom ons nou hier sit. Ons het te veel gepraat en te min opgelet.

Hy kyk na my, dan terug na die baba in die hut. "Dis al wat ons nou nodig het."

Hy draai sy kop veld se kant toe, asof hy die afstand meet. "Hoe lank gelede was die laaste skoot?"

"Tien sekondes."

"Nie meer nie?"

"Dalk," gee ek toe en kom langs hom orent. Niks maak tyd meer relatief as die idee van 'n koeël deur die kop nie.

Ons loer weer na die kind, haar handjies nou dringender – oop, toe, oop, toe – haar mond wyd, pleitend dat iemand haar moet optel. Wegvat.

"Dit help ook niks sy skree so nie," sê Dumi.

Hy dink vir 'n oomblik. "Kom ons hoop die shooter se aandag is by die ander, hulle moet nou al naby wees." Hy wys na die swartgebrande gras. "Ons hardloop so om," hy beduie na die huise op die rand van die veld, "en kyk of ons by die res van die groep kan kom."

"Goed." Ek knik en voel of my notaboek stewig in my jeans se agtersak sit.

"Go!" sis Dumi. "Ek sal jou cover."

Ek laat sak my kop tussen my skouers en hardloop agter die huis uit, die veld in. Agter my stamp Dumi se nommertiens in die grond in.

Tien meter weg. Vyftien.

Niemand skiet op ons nie.

Dertig meter.

My asem jaag in my ore.

Vyftig meter.

Die huise bly regs van ons. 'n Maer hond blaf verskrik toe ons verbystorm. Drie skote gaan af, meer afgemete hierdie keer. Nege-mil?

Iemand gil. Nie die kind nie, dankie tog. Dis iemand wat skree soos 'n mens wat skielik doodgaan. Verbaas. Die naelstring waaraan hy spartel kortgeknip.

"Gaan regs in," roep Dumi. "Regs!"

Ons hardloop tussen 'n ry huise in.

Nog skote, nader hierdie keer. Morsekode. R5? Ek hoop so.

Skielik besef ek wat aangaan: Dumi vat ons nie meer langpad om, versigtig op soek na die veiligheid van sy kollegas nie. Ons storm reguit op die geweerskote af.

Voor my vurk die stegie in twee. Ek swenk regs en hol in 'n nou gangetjie af. Spring oor 'n wankelrige heining wat twee huise van mekaar skei. Storm deur wasgoed wat in 'n stowwerige erf hang.

Die skote kom al nader. Ek hoor iemand oor Dumi se radio skree: "Ek sien hom. Geel hemp, geel hemp. Go, go, go!"

Dumi struikel, roep: "Stop, Alex!"

Ek gaan staan. Leun vooroor op my knieë op soek na asem. Voel vir my notaboek. Dis nog daar, die pen ook. Ek kyk op. Ons staan langs 'n huis wat op 'n verlate, ongelyke sokkerveld uitkyk. Daar bly duisende mense in Hani Park en skielik is niemand by die huis nie.

Dumi trek aan my skouer dat ek moet omdraai. Sy vinger rus op die sneller van die R5.

"Bly hier," waarsku hy. "Dis nie veilig nie. Ek gaan kyk wat aangaan."

Ek skud my kop. "Aikôna. Ek kan nie die storie doen as ek nie by is nie."

Hy druk twee vingers teen my bors. "Dis nie veilig nie, Alex. Bly hiér."

Hy spring weg voor ek kan antwoord. Ek kyk hoe hy hardloop, al koes-koes langs die ry huise af.

Weer laat rus ek my bolyf op my knieë. Miskien is hy reg, maar ek gaan hom steeds netnou volg. Sodra hy buite sig is. Hier is definitief 'n storie. Daar is honderde maniere waarop 'n klopjag verkeerd kan loop, en hierdie een voel asof iemand geweet het ons kom. Iemand het die sindikaat gewaarsku. Iemand in die polisie? Ek haal nog 'n keer diep asem en kom dan orent. Die skielike stilte is oorweldigend. Dit sing in my ore.

Dis nie 'n alles-is-verby-stilte nie. Dis 'n o-fok-stilte.

Iets is verkeerd. Iets groots. Iets . . .

Ek draai om.

Voor my staan 'n man in 'n geel T-hemp met 'n Astra-pistool in sy hand. Hy hoef dit nie te sê nie, ek weet.

"Beweeg en jy's dood."

Van alles – die senuweeagtige geskuif van sy blinkswart skerppuntskoene, die goue ketting om sy nek, die sweet op sy voorkop – is dit die pistool wat my aandag hou. Dit en sy hemp. Daar is bloed aan die metaal, sy hand en die geel katoen. 'n Fyn sproei. Soos gebeur wanneer jy iemand van naby skiet en hy op jou mors.

Ek dink nie dit gaan vir hom 'n probleem wees om vandag nog iemand te skiet nie. Lewenslank is lewenslank.

My hande beweeg stadig in die lug op.

"Moenie," sê ek sag in Engels. "Bly kalm." Ek beduie na die letters op my bors. "Ek's nie van die polisie nie."

"Wat soek jy hier?" Die pistool beklemtoon elke woord van die swaar, uitasem Engels. Sy aksent klink Frans. Wes-Afrika Frans.

" 'n Storie. Ek doen net my werk. Dis al."

Sy oë, rooi en geïrriteerd, spring rond soos dié van 'n vasgekeerde dier. Sy asem ruk deur sy lyf. Hy kyk vinnig oor sy skouer, maar daar is niemand agter hom nie.

Die stilte bly.

Ons weet al twee dis wat fout is: die stilte. Daar is geen voet-stappe of geskree nie.

Hy gee 'n tree vorentoe. Ek skuif 'n halfmeter terug.

Weer.

Nog 'n keer doen ons dieselfde absurde dans, my hande steeds in die lug. Ek gaan nie sy gyselaar word nie. Ek moet so ver as moont-lik van hom af wegbly. Ek gaan nie in iemand se visier beland nie.

Hierdie stilte beteken net een ding. Die man voor my weet dit ook.

"Stop dit. Kom hier." Die Astra se loop roep my nader. "Hiér."

Hy kyk weer vinnig oor sy skouer.

Ek skud my kop. "Jy wil nie vir my hê nie. Hierdie ouens," ek wys met my oë na die onsigbare polisielede wat ons omsingel, "gaan nie omgee om reg deur my te skiet nie. Ek's nie een van hulle nie."

"Bly stil."

Hy kyk om toe voetstappe opklink. Versigtige naderskuif-treë links van ons, regs van ons.

"Laat my gaan." My stem klink verbasend kalm.

"Bly stil!" skree hy. "En kry jou gat hier!"

Weer skud ek my kop. Stadig. Beslis.

"Va au diable!" vloek hy. "Merde!"

Ek sien dit voor dit gebeur. Sy vinger om die sneller word wit.

Ek duik regs, tussen die ry plakkershutte in.

Die skerp klank van twee, drie skote volg, dan 'n harde vuishou in die rug wat my asem steel.

2

"Eina."

"Moenie so 'n sissie wees nie." Dumi maak asof hy weer aan die kneusplek op my rug wil druk.

Ek draai weg van hom en die Opel en tree oor my koeëlvaste baadjie op die grond. Trek my hemp weer aan. Die lug koel vinnig af, nes die adrenalien.

"Sissie se moer," raas ek. "Versigtig, man."

Hy lag, keer met sy hande. "Okay. Jy's reg. Kom ons vat jou hospitaal toe."

"Ek het nie gevra om hospitaal toe te gaan nie. Dis net 'n bloukol. Moet net nie op die ding briekdans nie."

Dumi skud sy kop. "Ons moet gaan check vir inwendige bloeding. Dit gebeur meer as wat jy dink. En mens kan nie julle koeranttipes vertrou nie. Voor ons weet, skryf jy hoe ons drooggemaak het en jou net so huis toe gevat het."

"Natuurlik. Jy weet mos hoe dit werk. Als is 'n storie." Ek wil lag om te wys ek spot, maar dis te seer. Miskien het die koeël 'n rib of twee gekraak.

Dumi moet gesien het. Hy kom nader en druk my skouer, versigtig om nie aan my rug te raak nie. "Is jy seker jy's okay, Alex?"

"Ja."

"Jy was lucky."

"Ek weet." Ek kyk na die liggaam wat twintig meter verder onder 'n silwer plastiekkombers lê. "Het jy hom geken?"

"Sy naam was Jerry." Dumi frons, kyk na sy skoene. "Ons het dieselfde dag in Pretoria klaargemaak met ons opleiding."

"Ek's jammer."

Hy haal sy skouers op, asof dit nie saak maak nie, maar sy hande gee hom weg. Hulle klem om die R5. Dan ontspan hy weer. Laat sak sy skouers. Skuif die wapen terug tot agter sy rug. Haak sy duime in die blou gordel in.

"Jy't okay gedoen vandag, Alex."

"Ek's net bly julle het hom gekry." Iewers agter ons lê nog 'n silwer kombers.

"Ek ook. Maar weet jy wat? Môre is daar net weer iemand in sy plek. Nog iemand wat soos 'n mol grawe vir oorskietgoud in die tonnels onder ons voete. Bendes met AK's en geen probleem om die mense te skiet wat oor hulle pad kom nie. En dit alles sodat iemand anders, iemand hier bo, in die geld kan rol."

"Ek sal die storie skryf."

"Sal nie veel help nie."

"Mens kan nie ophou glo nie."

"Wie probeer jy oortuig?"

Dumi leun vorentoe en haal iets uit my hempsak. Hy hou die Parker omhoog. Of eerder, die een stuk van die silwer-en-blou pen.

Ek kyk na die ink wat my linkersak vlek. Die pen moet aan stukke gebreek het toe ek grond toe geduik het.

Dumi lig sy wenkbroue. "En met hierdie famous teorie nou heeltemal opgeneuk, moet jy mooi dink wat jy aan my verkoop." Hy bied my die stuk pen aan.

Ek vat dit by hom en lag suur. "Ja, okay."

Hy wys dat ek hom moet volg. "Kom, ek vat jou hospitaal toe. Jy's mos vandag my verantwoordelikheid."

Ek tel die koeëlvaste baadjie op en maak die Opel se deur oop. "Ek's bly ek is. Was. Jy skiet goed. Hulle sê jy het die ou in die geel hemp met een skoot gekry. Tussen die oë. En dit nogal met 'n dienspistool."

"Dis niks. Dis my werk."

"Is dit die eerste keer dat jy iemand doodskiet?"

"Is dit vir jou storie?" Sy hand huiwer op die deur, sy lyf reeds halfpad die motor in.

"Nee."

"Ek glo jou."

"Dis nie vir die koerant nie. Belowe." Ek klim in.

Hy doen dieselfde. Skakel die motor aan. Trek die truspieël reg. "Vierde keer."

Ek probeer geen emosie wys nie. Maak die sitplekgordel vas. "Hoe voel dit? Hoe voel jy?"

"Te veel. Te min."

"Maak nie sin nie."

Hy trek vinnig weg. "Presies."

3

Die gastehuis waar ek bly, lê net buite Welkom se ietwat verweerde hart. Die dorp het jare gelede al begin leegloop toe die goud al minder geraak en van die myne toegemaak het. Baie van die mense is Limpopo en Noordwes toe, agter die platinum aan. Net die Zama-Zamas, die onwettige myners, het agtergebly, en 'n paar mynmaatskappye wat glo daar is nog iets waardevols onder die grond.

Wat sou Ernest Oppenheimer nie nou van sy voormalige ontwikkeling dink nie, meer as vyftig jaar nadat hy die eerste erwe uitgemeet het?

Ten minste is die horison nog oop hier, en die lug is varser as in Johannesburg. En jy kan nog die sterre sien. Dit bly 'n goeie ding van minder mense.

'n Skielike, koue rukwind trek deur die oop venster en waai 'n handvol droë blare die vertrek in. Ek soek op my horlosie na die datum. 16 Julie. Was dit nie gister nog April nie?

Ek speel met die stukke van die Parker-pen. Pas dit inmekaar. Haal dit weer uitmekaar. Ek kan nie slaap nie. Ek het my eerste diepte-artikel oor onwettige goudmynbedrywighede in die Vrystaat geskryf en na die koerant se nuusredakteur gestuur. Nou bly my kop besig met dinge waaraan ek nie wil dink nie, maar wat ek nie kan keer nie.

Lê Ranna ook êrens wakker? Waar? In wie se bed?

En hoe voel ek oor die fotograaf wat laas jaar uit my lewe verdwyn het? Kwaad? Of mis ek haar?

Kwaad, besluit ek. 'n Mens verdwyn nie net so nie, al sê jy hoeveel maal dis vir die ander persoon se beswil. Dis goed wat jy sê om jouself beter te laat voel, om die skuld stil te praat. Sy moes net gesê het sy wou nie bly nie. Dat ek niks vir haar beteken nie.

Die kamerfoon lui en keer die bekende woede.

"Derksen."

"Ek het iets vir jou."

"Okay," sê ek stadig. Versigtig.

Die stem is 'n ouerige man s'n, nogal hoog. En dis laat. Halftwaalf. Dit kan net een ding beteken: iemand het inligting om te deel.

"Ek luister," sê ek toe die stem lank stilbly.

"Die klopjag vandag. Die radio sê dit het lelik skeefgeloop. Twee mense dood en jy ook amper. Ek het geweet dit sou gebeur. Iemand het die sindikaat afgetip."

"En jy is . . .?"

Hy lag, en dan is dit asof hy vir 'n oomblik dink. "Noem my Ghaddafi."

Ja. Reg. "Goed dan, Ghaddafi. Hoekom gaan jy nie polisie toe met jou inligting nie?"

"Ek kan nie. Daar's te veel geld betrokke. Te veel ouens wat betaal word om anderpad te kyk."

Ek probeer sy aksent plaas. Dit klink amper Oos-Europees, 'n geneigdheid om die s tot 'n z te sus.

"Wat wil jy hê moet ek vir jou doen? En onthou, my koerant betaal nie vir stories nie."

Hy reageer nie daarop nie. "Neem Langstraat. Daar's 'n kroeg in een van die systrate, Shafts. Almal weet waar dit is. Kry my daar oor 'n kwartier."

Ek wil nog antwoord, maar die foon is reeds dood. Ek sit die GPS aan. Dis omtrent vyftien minute se loop tot by Shafts. Beteken dit die informant weet waar ek bly? Of is alles vyftien minute uit-mekaar in Welkom? Hierdie is nie juis Londen of Parys nie. Moet wees.

Die besluit is maklik. Ek trek 'n baadjie aan en gooi 'n paar los goed in my rugsak. Dit sal veiliger by my wees as in die kamer, ingeval Ghaddafi – of wat ook al sy regte naam is – eintlik net 'n geleentheid soek om hier in te breek.

Toe ek my selfoon optel, huiwer ek vir 'n oomblik. Moet ek by Sarah se reëls hou, gemaak omdat ek kwansuis deesdae onverant-woordelik is? Moet ek haar laat weet waarheen ek op pad is?

Dis seker 'n goeie idee. En sy sal wakker wees, besig om Death Raider te speel of iets onwettigs te doen op al daai rekenaars van haar.

Ek gooi die foon in en maak die sak toe. Nee wat. 'n Mens kom nie los van een vrou net om beheer aan 'n ander te gee nie. Te veel vroue, te veel moeilikheid.

Vyf-en-twintig voor twaalf. Ek mors tyd.

Daar is 'n handvol mense wat buite Shafts rondmaal, die meeste van hulle dronk en min gepla deur die koue. Drie jong mans met blink hemde stap die kroeg binne. 'n Pragtige vrou met 'n handsak so groot soos haar vuis en 'n rok nie veel groter nie, kom uit.

Sy sien my raak en glimlag, so asof sy my bankbalans en be-langstelling opweeg, maar besluit dan 'n dun baadjie, stowwerige bruin stewels en Levi's sal haar nie kan bekostig nie.

'n Paar minute later klim sy in 'n wit BMW wat in die middel van die pad stilhou. Ligte jazz peul by die motor uit toe die deur oopgaan, en verdwyn dan saam met die vrou en 'n ronde wit man wat gretig aan haar been vat.

Ek besluit dis tyd om in te gaan. Sover lyk alles kosher. Ek het nie vir Ghaddafi gevra hoe ek hom sal herken nie, maar dit behoort nie 'n probleem te wees nie. As hy weet waar ek bly, sal hy weet hoe ek lyk. Dalk is hy selfs 'n polisieman.

Die stegie waarin ek Shafts se voordeur staan en dophou, is skuins oorkant die neonteken wat met vloeiende rooi-en-swart letters belowe dat jy hier die koudste Black Label in Welkom kry. My bakkie staan in die kroeg se amper leë parkeerarea aan die agterkant geparkeer. Die veiligheidswag het my laat inry sonder om vrae te vra.

Die deur se skarniere skreeu toe ek inloop. Die man agter die toonbank, besig om glase af te droog, kyk op, maar dis te donker om sy oë te lees. Daar is baie meer mense buite die kroeg as binne die gebou. Net een tafel het nog drinkers – die blink hemde van vroeër.

Shaggy sing oor die luidspreker wat aan die plafon vasgemaak is. 'n Gasverwarmer staan in die hoek en stroop die nag van die ergste koue.

"Julle nog oop?"

Die kroegman beduie met sy kaalgeskeerde kop verby my. "Die deur is toe."

"Dis nog nie twaalfuur nie. En ek's dors."

"Dan moet jy gou drink." Hy kyk op sy horlosie dat ek moet sien hy is haastig.

Ek gaan sit aan die punt van die toonbank, in die hoek, sodat ek die deur kan dophou. Die houtoppervlak is vol graffiti. *Casper Like Cindy.* 'n Nuwer een sê *Thabo Loves Lungile*. Haar naam is deurgekrap met 'n mes of iets.

"Castle, asseblief."

'n Paar sekondes later staan die bier voor my. Die kroegman vat my geld sonder om dankie te sê of vir my kleingeld aan te bied.

"Tien minute tot toemaaktyd."

Ek knik. Dit los sommer my probleem op. As Ghaddafi betyds

opdaag, is dit goed. So nie, gaan ek terug gastehuis toe. Môre vroeg moet ek by die polisie wees vir 'n onderhoud met Dumi se bevelvoerder, en daarna gaan ek met die skofbaas van een van die myne praat.

My foon lui, maar ek ignoreer dit. Dis die nuusredakteur. Ek's nie nou lus om met haar te praat nie. Nog minder om raas te kry omdat ek geskiet is.

'n Paar minute later is my bier amper klaar en het niemand nog by Shafts ingeloop nie. Die mans wat in die hoek sit, staan op en stap uit.

Die kroegman kyk op sy horlosie en dan na my. "Wag jy vir iemand?"

Ek kyk om my rond. Die vertrek is leeg. As die kroegman Ghaddafi was, sou hy dit seker nou al gesê het.

Ek haal my skouers op. "Nee. Seker nie." Die laaste van die bier gly in my keel af. Ek staan op. "Nag."

"Nag."

Die deur slaan agter my toe. Sekondes later gaan die ligte binne die kroeg af. Net die flitsende neonteken maak die donker minder.

Ek loop bakkie toe, hande in die sakke, nie spyt dat my tyd gemors is nie. Ek kon buitendien nie slaap nie. Ek trek die koue naglug diep in my longe in terwyl ek wonder wat gebeur het – of eerder, wat nié gebeur het nie. Hoekom het Ghaddafi my hierheen gelok? Miskien wou hy my tog net uit die gastehuis kry. Maar hoekom? Dis nie asof ek geld het nie. En gelukkig het ek al die belangrike goed by my: Mac, selfoon, beursie, notaboek. Al wat in my kamer lê, is vuil klere en 'n tandeborsel.

Ek leef al soos Ranna, sonder wortels of iets wat my bind.

Ranna. Fok tog.

Ek loop om die hoek van die gebou en knik vir die veiligheids-wag by die valhek. Hy salueer my halfhartig vanuit sy houthuis. By die bakkie soek ek na die sleutels, net om te versteen toe iets hards in my rug boor.

"Moenie roer nie."

Die stem is dieselfde as oor die foon, oud en hoog, asof die man dit deur sy neus forseer. Wie ook al dit is, het geruisloos beweeg.

Waar is die veiligheidswag? Of is dit hy wat nou agter my staan? Shafts is toe en ek is alleen in 'n verlate parkeerarea. Dis 'n goeie lokval, stil en uit die pad uit.

Ek draai skuins om die man agter my te probeer sien. "Wat wil jy hê?"

Die pistool se greep tref my in die rug, naby waar ek vanoggend geskiet is. Pyn boor langs my ruggraat af. Die dokter het gesê niks is gebreek nie, maar ek weet nie of ek saamstem nie.

"Bly stil!"

"Okay, okay," paai ek. Ek kners op my tande teen die knoop in my niere en sit my hande teen die bakkie se deur. "Is jy Ghaddafi?"

"As dit is wat jy my wil noem, ja."

"Hoekom het jy nie binne met my kom gesels nie? Hoekom hierdie snert?" Ek dink skielik aan iets. "Of is die kroegman ook lid van die sindikaat?"

Die man lag droog. "Praat is nie juis my ding nie." Die pistool-loop boor weer in my rug. "Klim in die bakkie. Ons gaan 'n entjie ry."

"Wat wil jy hê?"

"Alles."

Weet hy nie joernaliste verdien eintlik net sakgeld nie? En ek is niks werd as 'n losprys nie.

"Daar's geld in my beursie, 'n paar honderd rand. Ek kan meer gaan trek," bied ek aan. "Daar's 'n OTM hier naby."

Ek wil nie in die bakkie klim nie. Enigiets kan gebeur as ons hier wegry.

"Ek soek nie geld nie, Alex. Jy het iets baie meer waardevol wat ek wil hê."

"Wat?" Waarvan praat hy? Hoekom sal die sindikaat in my belangstel?

Hy gee 'n hoë laggie. "Jy sal gou genoeg uitvind."

SARAH

1

Eers Lagos en nou hier. En Lagos was moeilik.
Nee, Lagos was hel. Plein, kommin hel.
Moembai voel min of meer net dieselfde. Dis net so chaoties,
arm, raserig, vuil en vrek warm soos Wes-Afrika. Ek kon die rom-
mel in die strate sien lê toe ons geland het. En nie bietjie gemors nie,
báie. Net die mense lyk anders. En die man wat my nuwe, amper
leë paspoort stempel, is ten minste vriendeliker as die beampte in
Nigerië.
Ek was negentien ure in Lagos toe ek agterkom sy is al weke gele-
de weg. Wéke. Net die skielike waarskuwing dat sy haar kredietkaart
in Moembai gebruik het, het my van 'n uitgerekte soektog gered.
Hoe sy in Indië gekom het, weet ek nie. Sy moet kontant betaal het
vir haar kaartjies. Busse gehaal het. Geryloop, geswem en oor grense
gesluip het. Dalk het sy selfs 'n nuwe paspoort in die hande gekry.
Die vrou weet van weghardloop en verdwyn, dit gee ek toe.
Ek is gelukkig dat sy haar kredietkaart gebruik het. Vir maande
lank het sy niks daarmee gekoop nie. Sy moet desperaat gewees
het om dit uit haar beursie te haal. Sy is tog slimmer as dit.
Iets moet gebeur het, 'n krisis of 'n ding. Of dalk is haar kon-
tant op. Die paar duisend dollar wat sy gehad het, kan nie vir ewig
hou nie.

"Juffrou?"

Die stem skok my terug na die bedompige lughawe.

"Ja?"

"Wat maak jy in Moembai?" vra die middeljarige man agter die toonbank, seker vir die tweede keer.

Die sweetvlekke onder sy arms lyk soos kaarte van Afrika. Agter my wemel dit van warm, geïrriteerde toeriste, al is dit die middel van die nag. Daar hang 'n versmorende hitte oor die plek, amper soos 'n nat kombers. Dit maak mens lui, te moeg om te beweeg. En ek weet daar wag veel erger daar buite.

Ek trek die rooi T-hemp weg van my lyf in 'n poging om af te koel. Droog my handpalms aan my jeans af. My voete in die diksool-motorfietsstewels voel asof dit aan die brand is. Dis seker wat mens verdien as jy bietjie lengte probeer wen.

"Ek kom kuier. Vir 'n vriendin," antwoord ek hom uiteindelik. Onthou selfs om te glimlag.

"Dit klink lekker. En hoe lank gaan jy hier bly, juffrou De Freitas?" Die beampte blaai tot hy my visum kry en bestudeer dit versigtig.

Ek hou my asem op. Die paspoort is 'n goeie vervalsing, maar mens weet nooit. "Omtrent 'n week."

Hy lig die groen boekie om beter te kan sien en kyk van my na die foto. Uiteindelik maak hy dit toe.

Ek sluk aan die droogheid in my keel. Ek het 'n Coke nodig. En 'n sigaret. Hoe gouer hoe beter.

Die man skuif die paspoort oor die vuilwit toonbank. Ek wil dit vat, maar sy hand bly daarop rus.

"Dis binnekort die fees van Lord Ganesh. As jy lank genoeg bly, sal jy dit alles kan beleef. Dis baie kleurvol." Sy snor wip soos hy glimlag.

Ek wil vra wie Ganesh is, maar onthou vaagweg iets van 'n

Hindoe-olifantgod. Ek glimlag weer. Wonder hoe mense dit die hele tyd doen.

"Wie weet, dalk is ek gelukkig. Totsiens."

Hy knik ingenome en wuif vir die volgende passasier om vorentoe te kom, salig onbewus van die $30 000 en twee vals paspoorte in my bagasie.

Buite die lughawegebou is dit maklik om 'n taxi te kry. 'n Swartenen-geel motor rem skerp toe die bestuurder my raaksien waar ek staan en rook.

'n Gesette, ouerige man spring uit en draf na my toe. "Taxi?"

Ek oorweeg of sy boksie my rekenaarsak en tas sal kan vat. Lyk darem so. "Okay."

Hy glimlag breed en buig effens. "Jy's welkom."

'n Soortgelyke taxi stop agter syne net toe die bestuurder my tas in die kattebak laai. 'n Veel jonger man kom aangedraf.

"Mevrou? Taxi."

Ek skud my kop en beduie na die bestuurder, wat lyk asof hy gereed maak om te baklei. "Ek het reeds een, dankie," sê ek beslis en trap die Stuyvesant dood.

Steeds kyk die jonger man na my.

"Nee," sê ek harder. "Néé. Regtig. Als reg."

Hy blaas onwillig die aftog.

Lagos het my 'n paar dinge geleer. Soos: jy moenie onseker klink in 'n vreemde land nie, veral nie as jy 'n vrou is nie. Sê ja en nee met oortuiging. En moenie 'n wit hemp dra as jy duisende kilometer ver gaan reis nie.

En nou het ek nog 'n les geleer: moenie langer probeer lyk in warm skoene nie. Wees nou maar vyf voet twee in 'n land waar die gemiddelde temperatuur altyd bo dertig mik. Daar is 'n rede hoekom amper almal hier plakkies dra.

Die bestuurder wil my rekenaarsak neem, maar ek skud my

kop. Dit bly by my. Hy trek sy skouers gelate op en maak die taxi
se deur oop. Ek klim in, dankbaar vir die lugversorging. Hy gaan
sit agter die stuurwiel, kyk om en glimlag breed.

"Waarheen gaan ons? Enige plek. Sê net."

Ek wil hom die hotel se naam gee, maar bedink my. Dalk kan
hy help met wat ek nou die meeste in die hele wêreld begeer.

"Ek soek 'n Coke. 'n Yskoue Coke."

Die laaste vloeistof wat ek gedrink het, was net voor ons geland
het. Die beneukte lugwaardin het die lou blikkie iewers in die
kombuis gaan opdiep ná ek drie keer gevra het. As sy kon, sou sy
dit seker in my skoot omgekeer het.

Ek gee vir die bestuurder 'n rol roepeenote. Hy vat die geld
sonder om te frons of te lag.

"Natuurlik. Die hitte is erg as mens dit nie gewoond is nie. En
die moeson wil nie kom nie. Ek's nou terug."

Hy spring uit die motor. Gelukkig los hy die lugversorging
aan. Ek bekommer my oor my toerusting al vandat ons geland
het. Rekenaars hou nie van hitte nie. Ek moet liefs my besigheid
hier vinnig afhandel.

Tien minute later is die bestuurder terug. Hy maak die katte-
bak oop en weer toe. Hy klim in en hou 'n blikkie Coke na my uit.

"Is dit wat jy gesoek het?"

Ek neem die koeldrank en maak dit oop. Drink. Dis koud ge-
noeg. "Heerlik, dankie." Ek gee nie eens om dat dit net een blikkie
is nie. Dalk het hy vir homself 'n fooitjie gevat.

"En nou, waarheen?" vra hy weer.

"Die Taj Mahal Palace Hotel. Colaba."

By die hotel betaal ek die taxibestuurder en klim uit. Hy be-
duie hy sal my tas bring.

Ek het net ingeboek toe die concierge nadergedraf kom. "Kan
ons mevrou se bagasie neem?"

"Dis juffrou. En ek het net 'n tas en 'n sak. Ek sal regkom."

Hy frons skerp en trek sy grys das ongemaklik reg. "En die ander goed?"

"Watter ander goed?"

Hy beduie na iets agter my. "Is dit nie mevrou . . . juffrou s'n nie?"

Ek kyk om. Dis 'n kis Coke.

Hoeveel koeldrank het die taxibestuurder gekoop? En hoeveel is die roepee werd? Ek het nooit gekyk nie, net die eerste beskikbare vlug hierheen geneem.

Ek gooi die rekenaarsak se band oor my skouer en maak asof ek nog heeltyd weet waarvan hy praat. "Natuurlik is dit myne. Ek het vergeet. Bring dit asseblief op, ja."

2

Die winkel waar Ranna haar kredietkaart gebruik het is lank, smal en volgepak tot bo. Pradeep & Sons, wat lyk asof dit iets van alles verkoop, is nie ver van my hotel af nie, maar dit het die taxi 'n halfuur geneem om hier te kom. Verkeersreëls beteken niks in hierdie plek nie. Wat ook al groter is, ry eerste. Of wie ook al die hardste op sy toeter lê. Groter klínk.

Die straat ruik asof iemand oorskiet-blomkool of vis in die son laat staan het. Hopelik het die winkel lugverkoeling.

Van buite af lyk dit soos al die ander winkels in die straat, behalwe dat daar geen mense binne is nie, wat seker beteken dis die perfekte tyd om in te loop. Maar ek huiwer steeds. Dalk moet ek alles net so los. Dalk moet wat gebeur net eenvoudig gebeur.

Maar ek kan nie. Daar is te veel op die spel. Te veel beloftes en te veel skuld. Te veel van hierdie ding in my bors wat aanhou inmeng met wat 'n baie eenvoudiger lewe moes wees. Ek wens ek kon dit reboot. Upgrade.

'n Klok lui toe ek die deur oopstoot. 'n Lang, maer man kom van agter uit die winkel te voorskyn en beduie ek moet inkom. Hy het 'n skewe trek om sy mond en besonder breë skouers, asof dit die enigste deel van sy lyf is wat oefening kry. Hy lyk bekend, asof hy in 'n fliek gespeel het, maar ek kan hom nie plaas nie.

"Waarmee kan ek help?" vra hy in perfekte Britse Engels. "Ons het pragtige sari's. Handgeweefde pasjminas."

Hy bekyk my geskeurde jeans en stewels. Sy oë steek vas by die ses ringe – een vir elke lid van my gesin – in my regteroor. Dis die enigste juwele wat ek dra behalwe my horlosie.

"Of miskien iets van silwer? Ek het nie platinum nie."

Ek haal die swart-en-wit-foto uit wat ek lank gelede van 'n CCTV-sisteem getrek het. Dis nie 'n goeie een nie, maar dit sal doen.

"Miskien 'n ander dag." Ek skuif die rekenaarsak na my ander skouer. "Ek soek hierdie vrou."

Hy neem die foto by my.

"Sy's 'n ou vriendin. Haar ma is baie siek. Ek weet sy was hier, haar kredietkaart sê so."

Hy skud sy kop, maar nie voor 'n senuweeagtige trek om sy mondhoeke verskyn en weer verdwyn het nie. Oë wat te vinnig wegkyk en dan terugkom.

Jackpot. Dis een van die dinge wat die tronk my geleer het. Ek ken mense sleg, maar ek kan sien wanneer hulle lieg.

Die man trek sy gespierde skouers op, maar die gebaar is stram en gedwonge. "Ek weet nie wie sy is nie."

"Dis regtig belangrik. Haar ma is baie siek."

Hy skud sy kop weer. Vinnig. Té vinnig.

"Ek sê mos, ek ken haar nie. Jammer."

Hy draai om en haal 'n grys serp van die rak agter hom. "Wat van een van hierdie? Vir jou oë. Mooi oë. Baie mooi vrou. Ek sal jou 'n goeie prys gee."

"Miskien later."

Ek neem 'n besigheidskaartjie van die pak wat op die toonbank lê en loop uit die koel winkel die warm oggendson in.

Colaba is besig. Drie toeristebusse laai mense regs van my af, die meeste van hulle oorgewig en met groot bruin hoede, knie-broeke en wit tekkies. Die oueres onder hulle praat hard met me-kaar. Klink Amerikaans.

Bedelaars en baniaanbome met wortels so dik soos telefoon-pale staan die strate vol. Die lug is dik, asof mens daardeur kan sny. Die taxibestuurder het gesê dit gaan later reën. Hopelik is hy reg. Enigiets sal beter wees as hierdie hitte. Ek verkies koue. Sneeu selfs.

Ek steek 'n sigaret aan en wink 'n taxi nader. Dis elfuur en tyd om te gaan slaap. Wanneer ek opstaan, moet ek kyk waar die eerste domino in hierdie speletjie geval het.

Ek word 'n paar uur later wakker in die middel van die hotel-bed waarop nog vier van my kan pas. Ná 'n Coke en 'n koue stort maak ek 'n paar oproepe.

My ma-hulle is nog okay. Selfde met my woonstel. Die derde oproep is heelwat korter.

"Alles nog reg?" Die koel asem van die lugversorger laat trek my vel saam. Ek sit kaal op die gestyfde wit linne en vryf my hare droog terwyl ek luister.

"Nie 'n beweging nie."

"Jy weet om versigtig te wees, nè?"

Die ou man antwoord nie.

"Oom Tiny?"

"Jammer," stel hy my gou gerus. "Dis niks. Net twee laaities wat skoorsoek met die bure se hond."

Ek sluk verlig. "Dankie."

"Enige tyd."

Die foon maak plek vir die rekenaar. Dis vinnig en maklik om op die Indiese telefoonstelsel rond te snuffel. Binne 'n halfuur het ek wat ek soek. Die Sylvester Stallone-kloon – dis hoekom hy so bekend gelyk het – het sekondes ná ek daar uit is 'n oproep gemaak. Die adres lyk soos dié van 'n blok woonstelle naby die winkel.

Ek gaan haal nog 'n Coke uit die hotelyskassie en steek 'n sigaret aan. Nou is die enigste vraag wanneer die beste tyd sal wees om te gaan klop.

Dis halfvyf. Hoekom nie sommer nou nie?

Dit neem vyf minute om aan te trek.

Ek kry dadelik warm. Al is ek nog net 'n paar uur in Moembai, weet ek die sweet gaan my aftap sodra ek by die hotel se deur uit is. Ek kyk buitentoe, die hemel in. Daar gebeur niks wat gaan help nie. Daar is nog geen teken van reën nie. Steeds hang die wolke roerloos, hoog oor die stad, asof hulle vir iets, of iemand, wag.

Ek draf die trappe twee-twee af, tot in die hotel se voorportaal. Buite staan die taxi's in 'n ry. Die hotel se deurwag maak die voorste een se deur vir my oop en beduie vir die bestuurder waarheen ek op pad is. Hierdie keer neem dit langer as 'n halfuur om daar te kom.

Hier is te veel mense in hierdie plek, besluit ek. En te veel motors. Skielik verlang ek na Pretoria en sy donderstorms. Na my huis en my tuin en my rekenaars en my lugversorging. Na die relatiewe stilte en vrede voor hierdie hele drama begin het. Die beheer wat ek gehad het.

Die taxi laai my voor 'n teewinkel af. Die bestuurder, sy baard so lank soos my arm, beduie ek moet uitklim. Hy jaag die enjin ongeduldig aan.

Ek skud my kop. "Dis nie die plek nie."

Die gryskopman knik sy kop beslis. "Ja."

"Is jy seker?"

"Ja."

"Hoeveel skuld ek jou?"

"Ja."

Ek het so gedink: hy kan nie Engels praat nie. Ek skil 'n paar roepeenote van die rol in my hand, omtrent dieselfde as vir die vorige taxirit, en mompel sarkasties dankie, al sal hy ook nie weet wat dit beteken nie.

Die teewinkel is piepklein en besig. Ek haal diep asem en loop in. Ek haat klein spasies. Haat baie mense. Haat mense wat ek nie ken nie. Hulle reuk. Hulle lywe wat al die plek om my vat.

Binne is daar 'n handvol plaaslike klante wat met groot geduld om 'n groep Chinese toeriste en hul rooi sambrele beweeg. Dit help ook nie dat daar drie winkelassistente is nie. Dit maak die plek net voller.

Die gedruis van die stemme om my word harder en harder.

Kan nie.

Ek storm uit, tot op die sypaadjie, en gaan staan met my rug teen die winkelvenster. Skep verlig asem. Ek gee nie eens om vir die reën wat skielik halfhartig begin val nie. Ek kyk op na die wolke en probeer van die mense vergeet.

Hierdie kan nie moesonreën wees nie. Nie soos ek dinge verstaan het nie.

Vyf minute later staan ek steeds voor die teewinkel en wonder wat om te doen. Ek was reg oor die reën; dit het reeds opgedroog. Ek staan twee tree terug, tot op die rand van die sypaadjie, en kyk weer na die geboue voor my. Die bome. Die mense.

Langs die teewinkel is 'n elektronikawinkel en langs dit 'n presiese duplikaat, buiten die naam en 'n ander kleur voordeur. Onder die teewinkel se naambord verseker 'n handgeverfde teken my dat ek wel in Lamington Road is.

Dis die regte plek, maar hier is geen huise nie, net 'n lang ry winkels. Behalwe as . . .

Ek gee 'n tree terug, tot op die teer. Die druppels van die bome op die sypaadjie los groot, ronde vlekke op my T-hemp. 'n Ongeduldige toeter skel dat ek moet padgee. Ek spring drie tree regs. 'n Man op 'n motorfiets volgelaai met mandjies skud sy kop en glimlag dan onverwags.

Ek kyk weer op. Bokant die winkels, verby die digte bome, is

daar drie verdiepings woonstelle, groen en swart van die besoede-
ling en muf. Dit moet die plek wees, maar hoe kom 'n mens daar?

'n Ent verder af met die sypaadjie kry ek waarna ek soek: 'n
stegie weggesteek agter 'n geroeste, halfoop traliedeur. Dit lyk asof
daar trappe aan die punt van die donker gang is. Ek gaan staan
voor die hek. Kyk vlugtig rond. Ek het verwag om meer aandag te
trek, maar ek is net nog een van 'n spul toeriste wat luidrugtig by
die winkels in- en uitbeweeg.

Ek loop by die stegie in. Draf op met die trappe. Die vrot reuk
van die tropiese stad en sy rommel is nog erger hier binne as op
straat.

Op die eerste verdieping begin ek van links na regs soek. Dit
neem my drie minute om te weet ek gaan nooit die plek kry nie.
Hier is geen nommers op enige van die deure nie. Wat nou? Moet
ek regtig iemand se hulp vra?

Die deur naaste aan my staan effens oop. Ek klop sag, dan
harder. Niks of niemand roer binne die woonstel nie. Volgende
een. Nog een. Dieselfde stilte heers orals. By die vierde woonstel
maak 'n vrou in 'n groen sari uiteindelik oop. Sy wil die deur
dadelik weer toeslaan, maar ek druk die foto tot in die opening
voor sy dit kan doen.

"Ek soek na hierdie vrou," beduie ek. "Asseblief. Dis dringend.
Haar ma is baie siek."

Die ou vrou met die lang grys vlegsel kyk van my na die foto.
Sy is net so kort soos ek. Diep lagplooie lyk asof hulle al jare lank
om haar oë lê. 'n Rooi kol versier haar voorkop.

"Jy lyk nes my kleindogter."

Sy beduie met 'n wysvinger, dikgeknoop van artritis, na my
rooi hare wat ek gewas en net so gelos het om droog te word, en
dan die stewels wat tot by my knieë kom. Die gebleikte, geskeurde
jeans.

"Ek wens sy wil beter aantrek."

Ek sweer sy lag vir my. Ek hoes ongemaklik.

"Jammer," bied ek aan, al weet ek nie hoekom nie. "Dis dringend," sê ek weer. "Haar ma is siek."

Die ou vrou staar na my asof sy wonder wat ek regtig hier soek. Ek weet nie wat om te sê nie, hoop maar die pleitende kyk in my oë is genoeg.

Uiteindelik beduie sy na die woonstel in die hoek, links van haar. "Dis hare, maar sy's nie nou daar nie."

Die verligting spoel deur my. Dankie tog.

Ek kyk na die woonstel in die hoek en weer na die ou vrou. Dit klink soos 'n geleentheid wat ek moet gebruik. "Is jy seker sy's nie tuis nie?"

Die ou vrou rol haar oë. "Dis moeilik om haar te mis. Dit maak my nek seer net om na haar te kyk. En my kleindogter is mal oor haar, so sy's meer daar as by haar eie huis. Ek sou geweet het as sy daar was."

Ek knik my kop. Dis goeie nuus. Baie goeie nuus.

Die ou vrou verdwyn in haar woonstel, maar iets vertel my haar ore sal gespits bly. Sy was net 'n bietjie te agterdogtig teenoor my.

Wat is my opsies? Ek kan later terugkom, wanneer sy hier is, of ek kan by die woonstel – ín die woonstel – wag.

Ek loop soontoe. Met elke tree kyk ek oor my skouer. Die ou vrou se deur bly toe. My hand rus op die deur se blink koperhandvatsel, skoner as die ander. Dit beweeg maklik, geluidloos.

Die deur is nie gesluit nie. Hoekom nie? Is sy tuis? Het die ou vrou gejok?

Ek stoot die deur oop en loop stadig in. My stewels maak sagte skwiekgeluide op die wit teëlvloer.

"Ranna?"

Geen antwoord nie.

Ek loop tot in die middel van die vertrek, net om verbaas te gaan staan. Alex het gesê Ranna is nie huislik nie, maar hierdie is ondenkbaar.

Dis duidelik hoekom die deur nie gesluit is nie: die eenvoudige woonstel is leeg. Wel, amper leeg. 'n Dubbelbed staan in die een hoek, by die venster. Die beddegoed is skitterwit, net soos die vloer. Daar is niks teen die nuutgeverfde mure nie, en geen teken van die boeke waarvoor sy blykbaar so lief is nie. 'n T-hemp hang aan 'n stuk draad wat voor die venster gespan is. 'n Mikrogolf staan bo-op 'n klein yskas naby die badkamer, wat niks meer as 'n hokkie is nie. Die blou stort en toilet is skoongeskrop. 'n Tande-pastabuis lê op die kant van die wasbak. Daar is nie 'n handsak, rugsak, paspoort of kamera in sig nie.

Die sug ontsnap voor ek dit kan keer. Dalk is hierdie net nog 'n Lagos. Dalk is sy lankal weg.

Weet sy ek soek haar? Of is die polisie op haar spoor? Dalk het hulle ook uitgevind van die kredietkaart met die nuwe naam wat ek verlede jaar vir haar gegee het. Dat sy dit gebruik het.

Ek inspekteer die tandepastabuis. Ek sou dit ook gelos het as ek sy was, dis amper leeg. Die badkamerkassie verraai 'n bietjie meer. Daar is 'n onoopgemaakte pakkie slaappille op die boonste rak en wat lyk na pynpille net onder dit. 'n Geel tandeborsel lê weggesteek agter 'n pak tampons. Ek sit die tandepasta langsaan neer en maak die deur toe.

Oop.

Die tandeborsel is nat.

Skielik besef ek die vertrek is nog koel, asof iemand nou net die lugverkoeling afgeskakel het.

Shit.

Ek wil omdraai, maar 'n stem stop my: "Staan doodstil."

Die staal is koud in my nek, net om my te waarsku, en skuif

dan weg. Ek weet dis steeds daar, net buite my bereik. Te ver om by te kom indien ek wou omswaai en dit wegstamp.

Ek het eenmaal 'n lem in die rug gekry. In die tronk. Dit was die naaste wat ek nog aan dood was. En dit was vreemd: die mes was ook koud teen my vel, nes hierdie wapen, maar warm toe dit ingegaan het. Dit was een van die lesse wat ek daardie dag geleer het. Dít, en die feit dat mense nie regtig weet hoe gewelddadig vroue kan raak nie.

Ek maak keel skoon om my stem terug te kry. "Ek soek nie moeilikheid nie."

"Nou wat soek jy dan hier, Sarah? Iets vir jou hoofpyn?"

"Vir jou. Wat anders?"

"Hoekom?"

"Ek het jou hulp nodig."

Weer die staal teen my nek, asof sy wil hê ek moet baklei, maar hierdie keer bly dit teen my vel. Onbeweeglik. Kil. Nes haar stem.

"Hoe diep in die moeilikheid is jy dat jy al die pad Indië toe gekom het?"

"Dis nie ek nie." Ek skud my kop en voel hoe die pistool harder in my nek boor. "Dis Alex. Hy het verdwyn."

Die pistool sak. Ek draai om.

Ranna lyk anders as wat ek haar onthou. Harder, die lyne van haar lyf sterker gedefinieer. Al die spiere in haar lyf wat sy gebruik om te beweeg – te hardloop – is meer uitgekerf as laas toe ek haar gesien het. Haar boarms, haar bobene onder die stywe jeans.

Meer nog, verlede jaar was sy desperaat om weg te kom. Om Alex se toekoms te red. Om seker te maak almal weet sý het Tom, haar stalker, doodgemaak en dat Alex geen aandeel daaraan gehad het nie. Die vrou wat nou voor my staan, is nie meer desperaat nie. Inteendeel, ek wonder of daar iets oor is van die mens vir wie Alex so lief was.

Is.

Die blou oë staar koud na my. Haar skouers is styf, gespanne, asof sy 'n ewigheid al watertrap net om bo te bly. Asof sy iets met moeite binne hou. Iets wat dreig om alles om haar te verteer, haarself inkluis.

Nee, wag. Dis nie spanning nie.

Ranna Abramson is kwaad. Baie kwaad. Die gemaklike, onweerstaanbare sensualiteit waarop ek so jaloers was, is afwesig. Weggepak.

Miskien was dit nutteloos om hiernatoe te kom.

Ek het nie veel van 'n keuse gehad nie, herinner ek myself.

"Gaan jy net daar staan of gaan jy my sê wat met Alex gebeur het?" vra sy uiteindelik, die pistool steeds op my gerig.

Ek laat sak my hande versigtig. "Hoe het jy geweet ek's hier?"

Die Glock beweeg nie. "Amita."

"En die man van die winkel dan? Ek dog hy het jou gebel en gewaarsku. Wie is Amita?"

"Die ou vrou. My buurvrou. Wie is die man van wie jy praat?"

"Pradeep & Sons."

"Wie de hel . . ."

"Wag nou. Ons praat verby mekaar," keer ek. "Die ou vrou – Amita – het gesê jy's nie hier nie."

"Dis wat ek haar gevra het om te sê as mense na my kom soek. Sy het my dadelik gebel."

"Dis nice van haar."

"Ek leer haar kleindogter foto's neem."

Ek sug amper van verligting. Dan is alles nie verlore nie. Iewers agter die dooie oë is darem nog iets oor van die vrou wat ander mense raaksien. Hulle vir ewig laat leef in kleur en swart-en-wit.

Ek wys na die pistool. "Bêre daardie ding. Dan kan ek dalk ontspan."

Sy oorweeg my versoek, en laat uiteindelik die pistool sak. Haar vinger bly egter op die sneller. Meer nog, haar oë soek kort-kort na die deur agter haar, asof sy nog iemand verwag.

Die polisie?

"Ek het alleen gekom. Belowe."

"Dis wat jy sê, maar jy't nie ooghare vir my nie, reg van die begin af. Wie sê jy het nie die polisie saamgebring nie? Dan kan jy en Alex aankarring met wat ook al tussen julle aan die gang was."

"Dis 'n jaar later. Dink jy nie hy het in elk geval aanbeweeg nie?"

Ek is spyt die oomblik toe ek dit gesê het. Dis nie die manier om haar terug te lok Suid-Afrika toe nie.

"Ek bedoel . . ."

"Moenie." Haar skouers roer ongeërg, asof dit haar nie raak nie, maar 'n vlugtige, seer trek om haar mond verraai wat sy voel. Ek onthou dieselfde ding van die ou Ranna, die dag toe sy kom vra het vir 'n nuwe identiteit om mee te vlug. Die morsekode van emosies wat haar verklap, al probeer sy hoe hard om dit weg te steek.

"Okay," gee ek toe. "Jy's reg. Ek is nie mal oor jou nie."

Sy beveilig die pistool en glip die wapen agter in haar jeans se band.

"Wat soek jy hier, Sarah? En moenie speletjies speel nie. Praat reguit. Jy't vir Amita gesê my ma is siek, maar nou sê jy Alex het verdwyn. Wat gaan aan? Hoe het jy my opgespoor?"

"Dis nie jou ma nie, dis Alex. Ek het gedink mense sou meer gewillig wees om te help as ek van jou ma praat."

"En hoe het jy geweet om Moembai toe te kom?"

"Jou kredietkaart. Iemand het iets by 'n winkel hier naby gekoop." Dis duidelik nie Ranna wat by Pradeep & Sons was nie.

Ek is reg, die kredietkaart ís nuus vir haar. Sy draai om en loop yskas toe, voel daarin rond en haal 'n bruin beursie uit. Sy soek daardeur.

"Demmit. My kredietkaart is weg."

Sy maak die beursie toe en gooi dit terug. Slaan die deur toe. Vee die dun lagie sweet van haar voorkop af.

"Dit moet Nikhil wees. Sy vriende is van die seuns in Pradeep & Sons."

"Wie?"

"Amita se kleinseun. Hy en sy suster, Karishma, bly by haar. Nikhil is 'n bliksem. Hy hou niks van my nie. Sê ek sit allerhande snaakse goed in sy suster se kop." Ranna lag, maar dis bitter. "Ek eet droë brood sodat niemand my kan kry nie, en dan steel die bliksem my kredietkaart. Ek kan dit nie glo nie."

"Dis bad luck, ja. Ek's bly, though, anders sou ek jou nooit opgespoor het nie. Jy was versigtig. Geen selfoonoproepe en geen rekeninge in jou naam nie. Geen payslips nie." Ek dink vir 'n oomblik. "Hoe maak jy jou geld?" Ek wys na die woonstel. "Dis nie die Hilton nie, maar dis 'n dak oor jou kop."

Dis duidelik sy wil nie daaroor praat nie. Haar skouers raak weer styf, haar kakebeen 'n strak lyn. Die lang swart krulle val oor haar gesig en bly daar.

"Okay, los dit."

As sy nie wil sê nie, wil ek seker nie weet nie. En buitendien, dis nie hoekom ek hier is nie. Saam met wie sy slaap of wat sy verkoop om kos op die tafel te sit, het niks met my uit te waai nie.

Sy loop na die bed en lig die matras op. Steek haar hand in 'n holte onder die spons in, haal 'n klein rooi rugsak uit en begin 'n paar goed daarin gooi.

Sy kyk vir laas om haar rond en beduie ek moet by die deur uit. "Kom."

"Waarheen?"

"Ek gaan my kredietkaart terugkry en dan gaan ons gesels."

"Wat is fout met jou woonstel?"

"Ek kan nie terugkom hiernatoe nie. Jy weet waar hiér is. En as jy weet, beteken dit iemand anders weet dalk ook, en dis nie goed nie."

"Jy vertrou my nie."

"Nie vir 'n oomblik nie."

Sy loop in die gang af en klop aan Amita se deur.

Ek gaan staan langs haar en probeer lyk asof ek daar hoort – asof ons ou vriende is – maar 'n prentjie steek in my kop vas. My pa is lief vir Laurel en Hardy, die onpaar komediante van die 1930's; hy kyk nog gereeld na hulle op DVD. Ek kan nie help om te dink dat ons soos Laurel en Hardy lyk nie. Ranna is oor die ses voet lank en ek trek amper by haar skouers, selfs met my stewels aan.

Dis jammer ek kon nog nooit die kuns vervolmaak om op hoë hakke rond te trippel nie. Dalk sou my lewe baie anders gewees het as ek dit geleer het pleks van hoe rekenaars werk.

Ranna klop weer.

Uiteindelik gaan die deur oop. Amita se gesig sê wat ek nou net gedink het.

Ha-ha. Baie snaaks.

Dit pla Ranna min. "Hallo, Amita. Hoe gaan dit?"

"Goed." Die ou vrou wys na my. "Sy't jou gekry." Sy klink effens verbaas, asof sy van die begin af geweet het ek is moeilikheid.

"Sy het," antwoord Ranna. "Dankie vir die waarskuwing. Dit het baie gehelp."

"Dis niks nie." Die ou vrou vou haar hande oor haar groen sari, haar oë vraend.

"Amita, ek soek vir Nikhil." Ranna glimlag vlugtig, maar dis yl en gedwonge. "Wanneer laas het jy hom gesien?"

"Hy was netnou nog hier. Hoekom soek jy hom?"

"Ek wil hom 'n guns vra."

"Hy's seker by Jagan se winkel." Amita sug. "Maak nie saak hoeveel keer ek raas nie, hy gaan heeltyd soontoe. Ek wens hy wil universiteit toe gaan, of gaan werk. Iets met sy lewe maak. Hy's so anders as Karishma." Sy trek haar skouers vies op. "Wat moet hy vir jou doen?"

Ranna glimlag weer. "Ek gaan bietjie weg. Met vakansie, op na die berge toe. Saam met Petra." Sy beduie met 'n duim in my rigting. "Ek wil hê hy moet my woonstel oppas, en ek weet Karishma is besig."

Amita skud haar kop. "Dit gaan jou baie geld kos. Hy doen niks verniet nie."

"Dis okay, ek sal hom uitsorteer." Ranna se oë word hard, maar steeds glimlag haar mond.

Ek voel amper lus om die ou vrou te waarsku, maar besluit daarteen.

As Amita weet Ranna se bedoelinge is nie eerbaar nie, wys sy dit nie. Sy knik beslis. "Ek wens jy wil. Wanneer jy hom kry, sê hy moet huis toe kom. Jagan is sleg vir hom."

"Ek sal so maak."

Ranna leun vorentoe en druk die ou vrou teen haar vas. Anders as met die glimlag bedoel sy dit. Ek waai halfhartig.

Net voor ons by die trappe afloop, draai Ranna terug na waar Amita ons steeds staan en dophou. "Sê totsiens vir Karishma." Sy huiwer 'n oomblik, die emosie in haar woorde amper tasbaar. "Jammer ek verdwyn sonder om te groet."

3

Op die sypaadjie, met mense wat links en regs om Ranna spat soos sy deur hulle storm, draai sy ongeduldig na my. Sy beduie ek moet vinnig maak.

"Jagan se selfoonwinkel is soontoe. Vyfhonderd meter." Sy wys straatop.

Mans in wit geklee skuur verby my op die sypaadjie. Ek probeer myself kleiner maak.

Dis die ding van lank wees: mense hou hulle afstand. Ranna staan in haar eie vakuum. Stil. Broeiend. Onweerstaanbaar om dop te hou, nes die weer.

Ek kyk op. Die wolke is steeds daar, maar g'n reën wil val nie. Die sweet stroom teen my rug af en ek is verby geïrriteerd.

"Kom ons vat 'n taxi."

Ranna trek aan haar blou linnehemp sodat die lui, warm wind tussen die materiaal en haar vel inwaai. Iewers het sy son gevang, haar maag is neutbruin. Sy vee 'n hand deur haar swart krulle, haar arm swaar met silwerarmbande, haak die Ray-Bans voor uit haar hemp en sit dit op. 'n Toeris, Japannees of Chinees, gaan staan. Staar na haar en neem 'n foto. Kyk dan na my. Hy beduie vir die vrou langs hom met 'n hand bo sy kop. Sy lyk minder beïndruk.

"Ons loop," sê Ranna skerp toe hy weer sy kamera lig. "Dit sal vinniger wees."

"En warmer."

"Jy sal oorleef." Sy waai 'n waarskuwende vinger vir die toeris en trek weg met lang treë.

"Ek sal jou kredietkaart stop," bied ek aan.

Het sy gehoor wat ek oor Alex gesê het, dat hy vermis word? Het ek my misgis met haar? Met haar en Alex se verhouding? Soos hulle verlede jaar gepraat het, kon ek sweer hulle was die eerste mense op aarde om lief te raak vir mekaar.

"Ek wil my kaart terughê."

"Hoekom?" Ek draf om by te hou. Gooi my rekenaarsak oor die ander skouer.

Twintig meter verder is dit duidelik sy gaan nie antwoord nie.

"En dan? Wat dan? Wat as ons die kredietkaart het?" hou ek aan. Hierdie vrou maak my die moer in.

"Dan gesels ons oor Alex." Sy ontspan bietjie en verslap haar pas.

Dit klink darem beter.

Ons loop in stilte verder. Ek volg kort op Ranna se hakke. As ek haar hier verloor, kry ek haar nooit weer nie.

Ons stap deur skares mense en verby groepe taxi's en vragmotors wat nêrens heen gaan nie. Die toeriste word minder, en verdwyn dan uiteindelik. Ek hou my asem op elke keer as 'n hoop rommel in sig kom. Daar is definitief meer as gemors binne die stapels papiere en plastiek. Dit ruik soos . . .

Ek sluk en sluk weer. Dis asof die reuk in my longe intrek. Ek hoes asof ek dit kan uitkry.

Ons draai links. Regs. Verby 'n seuntjie sonder arms. 'n Bloedjong vrou met 'n kind op die heup wil-wil vir Ranna stop, maar iets in die lang vrou se oë maak dat sy eerder omdraai en by iemand anders bedel. Ek loop vinnig verby en volg Ranna om 'n hoek.

Voor my swenk sy skielik regs. Ek wil volg, maar gaan staan

doodstil toe die swart kraaloë van 'n bees met lang grys horings voor my opdoem.

"Bliksem."

Ranna gaan staan. Kyk om en lag. "Dis okay. Loop net om."

"Hier's 'n bul in die pad. In die middel van die stad, in die middel van die donnerse sypaadjie."

Skielik is ek weer kwaad. Onredelik, woedend kwaad. Ek smag na die orde van 0'e en 1'e. Kodes en programme wat doen wat jy vra.

"Eintlik is dit 'n koei," sê Ranna.

"Ek gee nie 'n hel om nie."

"Dis hare." Ranna wys na 'n maer vrou in 'n uitgewaste blou sari wat langs die koei sit. Haar lang grys hare hang tot laag op haar rug.

"Dis okay," praat Ranna weer. "Diere is spesiaal hier. Jy sal om die koei moet beweeg, nie andersom nie."

Hoekom kan die bees nie om mý stap nie?

Genoeg. Ek vee die sweet van my voorkop af en swaai die rekenaarsak tot op my stewels se punte. Haal my sigarette uit.

Ranna stoot haar sonbril tot op haar kop. "Wat maak jy? Loop net om. Daar's 'n kafee oorkant Jagan se winkel. Jy kan daar rook."

Ek steek die Stuyvesant aan en trek die rook diep in my longe in. Die koei gee 'n tree nader.

"Stop net daar as jy nie steak wil word nie." Ek waai die sigaret in die bees se rigting.

Die ou vrou wat ons dophou, begin lag.

Ranna gooi haar hande in die lug. "Sarah. Wat . . ."

"Ek rook." Die woede en frustrasie van die afgelope weke stoot onkeerbaar in my keel op. "Ek's moeg. Hierdie stad ruik soos shit. Dis verby warm. Jy druk 'n pistool teen my kop en Alex is weg en jy gee niks om nie. En nou staan hier 'n beneukte bees in die middel van Moembai op 'n sypaadjie met meer mense as wat ek kan verdra en dis veertig grade in die donnerse skaduwee. Ek's gatvol, so ek rook. Okay?"

Ek frommel die pakkie Stuyvesants in my linkerhand. "Hierdie is omtrent die enigste ding wat nog sin maak. Kyk," wys ek, "asem in. Blaas uit. In. Uit. Net dit."

Om ons kom mense tot stilstand. Hulle staar van my na Ranna en skielik voel ek weer soos Hardy. Of was Laurel die kort een? Ek kan nie onthou nie.

"Jy reis nie baie nie."

Dit klink nie soos 'n vraag nie, so ek antwoord nie.

Ranna vou haar arms, min gepla oor die mense wat om ons saamdrom. Nie dat dit saak maak nie. Niemand hier sal Afrikaans verstaan nie.

"Jy't nog nie geduld geleer met dit wat jy nie ken nie. En met dit wat jy nie kan verander nie." Ranna sit haar hande op haar heupe. Ek kan sweer daar is 'n skadu van 'n glimlag om haar lippe. "Jy moet ontspan. Dinge geniet. Hierdie is die sagste mense wat jy ooit sal teëkom."

"Nee, ek het nog nie baie gereis nie. Reis is nie maklik vir mense wat in die tronk was nie."

"Jy was net nog nooit lus nie." Nou lag sy openlik. "Ek's seker jy's nie juis mal oor die idee van klein vliegtuie en klein hotel-kamers nie."

"Daar is min plekke wat 'n rekenaar nie kan bykom nie." Ek wil nie vir haar sê sy is reg nie. Die Taj Mahal kos my 'n fortuin. Ek het die grootste kamer geneem wat die hotel beskikbaar gehad het.

"Hoeveel keer was jy al buite Suid-Afrika?"

"Tel Lesotho?"

"Nee."

"Twee keer. Hierdie is die tweede keer."

"Wat was die eerste keer?"

"Lagos. Agter jou aan."

"Lagos?" Sy lig haar wenkbroue. "Okay, dan verstaan ek bietjie beter. Lagos is nie die beste advertensie vir reis nie." Sy wys na 'n winkel agter haar. "Rook klaar. Ek koop solank water, voor ons dehidreer."

4

Die kafee oorkant Jagan se winkel is koel. Twee waaiers werk vol-
spoed om die vierkantige hokkie vol koeldrank en kruideniersware
af te koel. Die linoleumvloer en die toonbank is lankal nie meer
wit nie, maar vir 'n verandering pla dit my nie. Al wat saak maak,
is die tien grade verskil tussen hier binne en daar buite. En dat ek
in die kafee mag rook.

Ons drink Coke terwyl ons vir Nikhil wag. Ranna het my na
die selfoonwinkel gestuur om hom te soek, maar ek kon niemand
sien wat aan haar beskrywing voldoen nie: korterig, rond, met 'n
kuif wat in sy oë hang, jeans wat te laag sit en 'n houding wat sê
elke vrou sal vir hom val. Die enigste mens in die winkel was 'n
vriendelike ouer man met 'n baard. Hy wou weet of ek 'n selfoon
wil hê om my ma te bel. Sodra ek by die huis is, gaan ek 'n paar
swart stiletto's koop.

Ranna drink uit die koeldrankblikkie in haar hand. "Vertel my
van Alex. Wat het gebeur?"

Sy sit terug in die rooi plastiekstoel, die een in die hoek van
waar sy die hele vertrek kan sien, en kyk na my met waaksame oë.
Sy vertrou my steeds nie, en toegegee, ek sou ook nie. Ek was net
te bly om van haar ontslae te raak verlede jaar. 'n Mens vergeet nie
so gou nie.

"Alex het 'n reeks stories in Welkom gaan doen. Onwettige
myners, Zama-Zamas. Sindikate wat goud uit ou mynskagte haal,
so iets."

"En toe?"

"Soos ek verstaan, het hy 'n kontak by Shafts gaan ontmoet – 'n bar met 'n slegte reputasie. Iemand het hom laat die aand gebel en gevra hulle moet daar ontmoet. Die kroegman sê dit het gelyk asof Alex vir iemand wag, maar niemand het opgedaag nie. Hy het blykbaar 'n bier gedrink en toe geloop. Niemand het hom weer daarna gesien nie."

"Hoe weet jy dit? Was jy in Welkom?"

"Nee. Ek het die foonrekords nagegaan. Polisieverslae. Koerante. Al daai goed. Dit was vir lank 'n groot storie. Veral oor sy verhou- . . . verbintenis met jou."

Ranna se wenkbroue word vraagtekens. "Ek verstaan nie. Hoekom is jy dan hier? Die polisie is tog betrokke, en hulle is baie beter met dié tipe ding as ek. Wat kan ek doen wat hulle nie kan doen nie?"

Ek voel die ongeduld na bo borrel. "Baie. Jy's lief vir hom, Ranna, al sit jy hier soos 'n koue vis."

"Was."

"Was wat?"

"Was lief vir hom. Op die ou einde is hy net nog 'n man wat my als gekos het."

"Ek glo jou nie."

"Nes jy wil."

Ek wens ek kan die ongeërgdheid uit haar skud, maar ek weet ek sal verloor. En dis nie hoe ek baklei nie.

"Kyk wat het jy verlede jaar vir hom gedoen, Ranna. Onthou jy nog? Jy het alles opgegee sodat hy kon aangaan met sy lewe. Sodat niemand sou weet hy was by toe Tom jou aangeval en jy hom doodgemaak het nie. Of dat Alex jou gehelp het om van die lyk ontslae te raak nie."

Ek sit die Coke hard neer en druk die Stuyvesant dood. Byt op my tande voor ek kalmer sê: "Vir die cops is hy net nog iemand wat verdwyn het. Maar nie vir jou of vir my nie. En ek het nog nooit iemand so hardkoppig soos jy ontmoet nie. Jy sal nie opgee nie."

Ek sluk die laaste van die louwarm koeldrank en steek nog 'n sigaret aan, onseker of sy enigsins genoeg belangstel om te antwoord.

Ranna weier om uitgelok te word. Sy kruis haar bene stadig, doelbewus, en bestudeer my dan soos iets wat sy deur die lens van haar kamera waarneem. So met afgetrokke belangstelling, asof sy wonder watter lig my die beste sal pas.

"Die koerant waar hy werk moes groot lawaai gemaak het. Hulle kyk goed na hulle mense," sê sy uiteindelik.

"Hulle het, maar dis nou al ses weke later en daar is nog geen nuus nie. Al wat hy nou is, is 'n weeklikse voetnota op bladsy agtien. Sy arme ma. Sy wonderlike loopbaan. Sy lakenatletiek met jou. Blah-blah-blah."

Uiteindelik. Ranna sit regop. Haar oë word sag, haar lyf hard. Lang vingers klem om die koeldrankblikkie.

Dan is dit asof sy doelbewus probeer ontspan. Ontknoop. Die emosie wat haar verraai het, afstroop.

"Ses weke is 'n lang tyd. Jy't nie gesê dis só lank nie."

"Ek soek al meer as 'n maand na jou."

"Hoekom kan jý Alex nie opspoor nie? Ander mense kry om jou te help nie? Jy moet nog kontakte hê van jou tyd in die tronk." Sy rol haar oë effens en probeer glimlag. "Van die werk wat jy steeds doen."

Dis een vraag wat ek verwag het. Ek hoop ek kan goed genoeg jok.

"Ek ken nie mense wat deure kan oopskop nie, net 'n spul kommin witboordjiediewe. Jy laat dinge gebeur, face dit. En buitendien, jy's klaar . . ." Skielik raak my woorde op.

Ranna vryf moeg oor haar voorkop en glimlag weer, warmer hierdie keer. "En ek's in elk geval 'n krimineel, ek het reeds twee moorde gepleeg, so ek sal nie gewetensbeswaaR hê om te doen wat nodig is nie?"

In my kop het dit beter geklink. "Ja, so iets," gee ek onwillig toe.

"Moenie worry nie, ek weet dit. Ek het geleer, en vinnig geleer. Dis hoe mens oorleef."

"Wat bedoel jy?"

Sy skud haar kop vlugtig. "Maak nie saak nie." Sy speel met die strooitjie in die koeldrank voor haar. "So, in hierdie grênd plan van jou, wat moes ek doen?"

Ek hou nie van die verlede tyd in haar sin nie. "Die polisie het vir alle praktiese doeleindes aanbeweeg. Hulle is klaar oorwerk. Maar ek het 'n lead oor waar Alex is. As ons saamwerk, kan ons hom kry."

"So, ek's die spiere en jy die brein?" Haar wenkbroue lig sarkasties. "Ek weet nie juis of ek gevlei voel nie."

"Whatever. Genade."

Sy drink haar Coke klaar en kyk in die rigting van Jagan se winkel toe die deur meteens oopgaan. 'n Verliefde paartjie kom uit, hand om die lyf.

"Hoekom gee jy nie jou leidraad vir die polisie nie?"

"Ek het. Hulle was daar, maar daar is niks nie. Net 'n verlate gebou in Welkom, naby een van die ou goudmyne."

"Hoe het jy op die plek afgekom?"

"Alex se laptop. Dis 'n app wat ek hom laat download het. 'n Mens kan sy rekenaar trace."

"En?" sê Ranna ongeduldig. "Ek verstaan nie. Daar was dan niks nie, so watter leidraad het jy kamstig?"

"Ek het die laptop wéér getrace. Iemand hou baie van daardie rekenaar. Ek dink dis nog steeds dieselfde ouens. Hierdie keer lyk dit soos 'n ou staalfabriek in Sasolburg. Hulle is nou al 'n ruk lank daar. Ek wou nie weer die cops laat weet nie, want ek dink een van die polisiemanne wat die saak ondersoek, is deel van die sindikaat wat Alex ontvoer het. Dis al verduideliking wat ek het vir wat in Welkom gebeur het: iemand moes hulle gewaarsku het."

"Dis baie effens. Hulle kon die rekenaar gehou en lankal van Alex ontslae geraak het."

"Die rekenaar kan iewers anders heen lei. Ons 'n nuwe lead gee."

Ranna kou aan haar onderlip. "Okay. Volgende vraag: Hoe kom ek in Suid-Afrika? Ek word seker nog steeds vir Tom se moord gesoek."

"Ek het reeds vir jou 'n nuwe identiteit gereël. Alles: bank-rekening, paspoort, ID. Selfs jou eie maatskappy. En die geld wat reeds in daai rekening is, kan jy hou. Al wat jy moet doen, is om ja te sê."

"Ek het nie geld nodig nie," sê sy verdedigend.

"Dan maak dit mos nie saak nie."

Sy vryf onseker deur haar hare. Voel-voel aan die sonbril wat sy voor in haar hemp gebêre het. "Sarah, moenie . . . Ek was ernstig netnou. Wie sê Alex leef nog?"

Daar is meteens iets blinks en warms in haar oë wat die ys-blou laat smelt. "Iemand het sy rekenaar, maar wie sê hulle het nie lankal van hom ontslae geraak nie? Hom iewers in 'n mynskag afgegooi nie? Sindikate soos dié ontvoer mense nie, hulle maak hulle dood."

"Dalk hou hulle hom aan die lewe as 'n bargaining chip. Wie weet."

"Miskien. Maar miskien moet jy daaraan begin dink dat dit nié die geval is nie."

"Dis nie . . ." Ek sluk aan die skielike knop in my keel. Kyk af na my skoene. Ranna kan my nie só sien nie.

"Dan wil ek sy lyk sien," sê ek uiteindelik. "Hom begrawe."

Dis stil toe ons al twee wegkyk.

"Goed dan," gee sy toe. "Ek kan seker ten minste daaroor dink." Sy skuif rond op haar stoel.

"Dis nie goed genoeg nie," hou ek vol. "Ja of nee."

Sy sug moeg. "Okay. Goed. Ja. Ek sal jou gaan help soek. Ek het tog seker niks beters om te doen nie. En ek kan nie hier bly nie." Sy vee vlugtig oor haar oë. "Wil jy nog 'n Coke hê?"

Ek knik. Sy staan op en gaan koop 'n tweede ronde koeldrank by die jong seun agter die toonbank.

Terwyl ons sit en drink, maak ek my rekenaar oop en begin soek na twee vlugkaartjies Suid-Afrika toe. Dis egter makliker gesê as gedaan. Al wat onmiddellik beskikbaar is, is een-een sitplekke op verskillende vlugte.

Ek soek twee plekke. Daar is geen manier dat Ranna nie saam met my vlieg nie.

Ek maak die webwerf toe. Ek sal later verder soek, wanneer ek rustiger is en nie oorkant 'n winkel sit en wag vir 'n kredietkaartdief om op te daag nie.

5

Tien minute later stap 'n gesette man in jeans, 'n helderrooi pet en 'n Amerikaanse bofbalhemp by Jagan se winkel in. Ranna staan onmiddellik op.

"Wat is die plan?"

Sy kyk gemaak verbaas na my. "Moet ons 'n plan hê?"

"Gaan jy net instap en vir jou kredietkaart vra?"

Ranna sit haar sonbril op. "Hoekom nie?"

"Dis nie 'n plan nie."

Sy glimlag en tel haar rugsak op. "Jy kan bly as jy wil."

"Vergeet dit." Ek gaan haar nie alleen los tot ons voor Alex staan nie.

Ons draf oor die pad, vleg deur die fietse, motorfietse en taxi's wat nooit minder word nie. Ek rek my treë om by Ranna te bly, wat steeds beweeg asof iets haar jaag.

Toe sy die winkel se glasdeur oopmaak, verstar die twee mans agter die toonbank. Dis die vriendelike baardman van vroeër en langs hom die man in die Yankee-hemp. So dis dan Nikhil. Van naderby lyk hy soos 'n pimp, die tipe wat mens altyd op Amerikaanse TV sien.

"Quinne!" roep hy toe hy Ranna sien. Hy doen sy bes om vriendelik te klink, maar sy stem is dun. Versigtig. 'n Vinnige regterhand – 'n goue ring aan elke vinger – vee 'n hoop simkaarte van die toonbank tot op die vloer.

Dit neem my 'n oomblik om te onthou dat Ranna se naam na

Quinne verander het ná Tom se dood. Ek is nog die een wat dit verander het.

Sy maak die winkel se deur agter ons toe en skuif 'n krat selfoon-laaiers tot voor die deur. Nog een. Sy draai terug na die mans.

"Nikhil," groet sy uiteindelik.

Ek skuif eenkant toe. Hoekom voel dit skielik asof Ranna wel 'n plan het?

Nikhil kom orent, maar gaan sit dan weer. Sy oë bly op Ranna. Skiet dan na iewers regs van hom, onder die toonbank in.

Bad news. Alles. Bad, bad news. Ek voel die sweet teen my slape uitslaan.

Nikhil glimlag flou. "Wat kan ek vir jou doen? Is dit Karishma? Is sy okay?"

Langs hom skuif die ouer man – Jagan? – ongemaklik rond. Hy voel-voel aan sy baard.

"Almal is okay. Ek's hier om met jou te praat."

"Met my?"

Die ouer man skud sy kop dat sy baard bewe. "Ek wil nie moei-likheid hê nie."

"Dan is daardie simkaarte seker nie gesteel nie."

Jagan se gesig stol. Sy hande gly onder die toonbank in, daar waar Nikhil nou net gekyk het.

Ranna keer vinnig: "Stop net daar." Die Glock verskyn in haar hand.

Ek swaai om en maak seker die winkeldeur is toe, al voel ek eerder lus om dit oop te maak en weg te hol. Ranna het definitief 'n paar dinge geleer sedert ek haar laas gesien het. Daar is geen huiwering in haar hande en geen wroeging op haar gesig nie. Dit lyk asof dit niks sal vat om die sneller te trek nie.

Ranna wys vir Jagan om sy hande agter die toonbank uit te haal. "Lig hulle. Vinnig."

Hy beweeg nie.

Vier treë en haar heupe is teen die smal toonbank. "Kom nou, Jagan. Moenie moeilik wees nie." Dit klink asof sy tee bestel. Sy kyk na Nikhil. "En hou sommer jou hande ook waar ek hulle kan sien."

"Almal gaan onthou hier het 'n lang wit vrou ingeloop. Jy sal nie wegkom nie. Hoeveel mense is daar in Moembai wat soos jy lyk? Pragtig. Kwaad." Nikhil se oë gly openlik oor haar lyf, asof hy 'n geldwaarde op haar probeer sit. "Met daai lyf? Ons kan flieks maak. Ryk word." Hy kyk verby haar na my. "Jou maatjie is ook glad nie sleg nie. Inteendeel . . ."

Ranna beweeg voor hy verder kan praat. Die pistool tref hom teen die wang, hard genoeg dat sy kop eenkant toe ruk. Links van haar kom Jagan orent, 'n rewolwer halfmas in sy linkerhand.

"Ranna!" waarsku ek skerp.

Sy swaai die Glock tot die loop teen Jagan se voorkop druk, haar regterhand om Nikhil se keel gevou.

"My kredietkaart. Dis al wat ek wil hê," sê sy kalm.

Nikhil roggel iets. Jagan skud sy kop heen en weer, op en af. Laat sak die rewolwer. "Waarvan praat jy?"

"Jou pêl hier het my kredietkaart gesteel." Sy verstewig haar greep en die geroggel raak erger. "Waar is dit, Nikhil?"

"Ranna . . ." probeer ek keer.

Haar vingers klem harder, dwing sy kop agteroor. Nikhil se hande baklei met haar.

"Ranna," sê ek weer. Ek gaan nie terug tronk toe nie, en beslis nie vir moord nie. "Hy kan jou nie antwoord as hy dood is nie."

Sy maak haar hand oop. Nikhil syg op die stoel neer, val dan vooroor op die toonbank. Hy hyg na asem. Vee bloed van sy gesig af. Ranna het sy neus ook bygekom.

"Jou teef," hyg hy.

Haar regterhand mik weer vir sy keel, die pistool steeds op Jagan gerig. "Jou ouma het so baie moeite gedoen om jou maniere te leer, en kyk nou net." Sy klap hom teen die kop. "My kredietkaart. Nou."

"Daar agter," brom Nikhil. Hy beduie na 'n vertrek weggesteek agter 'n blou-en-wit kralegordyn. "Ek sal dit gaan haal."

"Jy bly net hier." Ranna kyk na my. "Sal jy gaan soek?" Weer terug na Nikhil. "Waar is dit?"

"In 'n metaaltrommel. Agter die sigarette."

Ek wip op die toonbank langs Ranna, swaai my bene oor en spring af. Hoe vinniger ons hier wegkom, hoe beter.

Dis chaos agter in die winkel. Stapels sigaretbokse en selfone staan tot teen die dak gepak.

Ha-bleddie-ha, Nikhil. Baie snaaks.

Ek verloor ook my geduld met die mannetjie. Steek my kop deur die kralegordyn. "Wurg hom weer. Al wat hier is, is fone en sigarette. Waar moet ek soek?"

Ranna gryp hom aan die skouer.

"Wag, wag, wag. Die Dunhills, die Dunhills."

Ek draai terug. Dunhills. Goed. Links van my. Die stapel sigaretbokse val sonder moeite. 'n Groen trommel staan in die hoek agter dit. Dis gesluit.

Die frustrasie en ongeduld klim in my keel op. Ek is nou rêrig moeg vir hierdie seun.

Ek gooi die trommel op die grond neer en trap daarop met my linkerstewel. Weer en weer. 'n Sweetdruppel val op die staal toe die silwer slot uiteindelik oopspring. Binne-in is twee pakke kredietkaarte en paspoorte. Ek buk af en soek deur die kaarte tot ek die silwer een kry wat ek soveel maande gelede vir Ranna laat maak het. *QS Daniels.*

Ek druk my kop weer deur die kralegordyn. "Het dit."

Ranna knik. "Goed."

Ek spring terug oor die toonbank.

Jagan kyk na Nikhil asof hy gif is. "Ons doen nie kredietkaarte nie."

Nikhil snork. "Jý doen nie kredietkaarte nie."

Ranna klap hom weer teen die kop. "Praat mooi met ouer mense." En toe hy haar aangluur: "Jy verdien nie dat jou ouma so oor jou worry nie."

Sy vat die kredietkaart by my en sit dit in haar jeans se agtersak sonder om haar oë van die mans af te haal.

"Jy het jou kaart, fokof nou," snou Nikhil. "En vat jou chihuahua saam."

My irritasie kook oor. "Hey, mannetjie, ek sal jou . . ."

"Wag nou, wag nou," paai Ranna. Sy sit haar hand op my skouer en dwing my deur toe. "Maak jy eerder seker niemand pla ons nie."

Die pistool skuif na haar regterhand. Sy soek blind met haar linkerhand na iets in die kant van haar rugsak. Sy haal nog 'n kredietkaart, 'n goue een, uit, haar oë vasgenael op die mans voor haar. "Ons is nog nie klaar nie."

"Wat?" Nikhil kyk van haar na die Glock. "Moenie nou . . ."

"Bly stil," sug Ranna. Sy sit die kaart op die toonbank neer. Skuif die pistool terug na haar linkerhand. "Jy gaan hierdie een gebruik." Sy kyk na my en vra in Afrikaans: "Hoe lank voor ons hier wegkom?"

"Oormôre."

"Viëtnam toe?"

Wat? Dan merk ek hoe Nikhil sy ore spits. Viëtnam klink dieselfde in Engels en Afrikaans. Ranna wil hom dit laat hoor, laat onthou.

So, dit was nog heeltyd haar plan. Uiteindelik weet ek ook

wat aangaan. En dit beteken sy neem my ernstig op oor Alex.

"Ja," speel ek saam. "Halong Bay."

Sy kyk terug na Nikhil. "Oor drie dae gaan jy iets groots met hierdie kredietkaart koop. Geskenke." Sy skuif die kaart met die naam *R Abramson* tot voor hom.

Dis haar ou kredietkaart. Nikhil kan nie weet wat dit beteken nie. Arme sot. As die polisie wakker is, gaan hulle hom opspoor net ná hy dit gebruik het. Ranna is besig om 'n vals spoor te lê sodat ons makliker in Suid-Afrika kan insluip.

Nikhil draai die kaart om en om in sy hande. "Hoekom?" Sy stem is agterdogtig. "Wie s'n is dit? Wie is Abramson?"

"Maak nie saak nie. Jy gaan vir Karishma 'n kamera koop, en vir Amita 'n nuwe sitkamerstel. En as daar iets oor is, kan jy vir jou koop net wat jou hart begeer."

"Hoekom?"

"Want ek wil vir hulle dankie sê. Jy weet hoeveel keer ek daar geëet het."

Ek kyk ongeduldig op my horlosie. Dis tyd om aan te beweeg. "Ons moet gaan. Kom," moedig ek Ranna aan.

Sy knik en begin stadig agteruit loop. Ek skuif die kratte voor die deur weg.

Ranna beduie met die pistool na Nikhil. "Oor drie dae, hoor jy? Anders vertel ek vir jou ouma en die polisie waarmee jy en jou vriende besig is. Drie dae."

Die glasdeur klap agter haar toe. Ons loop vinnig, skuins oor die straat. Ranna gaan staan en wink 'n taxi nader. Dankie tog. Ek het begin dink ons gaan orals heen loop.

"Dink jy hy gaan na jou luister? Oor die drie dae."

"Ons het seker so twee dae. Amita is 'n formidabele vrou. Nikhil is versigtig vir haar."

'n Taxi stop met skreeuende bande. Dalk is taxi die verkeerde woord. Dis eintlik 'n driewielmotorfiets met 'n sitbank agter die bestuurder, toegespan met 'n swart seil.

Ranna klim in en beduie ek moet volg. Ons sit styf teenmekaar in die klein spasie. R16 miljoen rand in beleggings en ek kan nie 'n taxi met lugversorging of 'n groter agtersitplek kry nie.

"Gaan ons regtig eers oormôre waai?" vra sy.

"Ek dog jy's nie eintlik haastig nie."

"Sarah."

"Ja, goed. Ek het in die kafee gecheck. Al die onmiddellike vlugte is vol. Ek moes seker vooruit geboek het, maar ek het nie gedink ek sou jou so vinnig in die hande kry nie."

"En om op die lughawe te wag gaan aandag trek."

"Jip." Ek hou my rekenaarsak op my skoot vas. Sweet loop soos water teen my rug af.

"Probeer jy 'n direkte vlug boek?"

"Die vrou wat jou papiere gedoen het is goed, maar ons moet mooi oor daai een dink."

"Ek dog jy doen al die paspoorte," sê Ranna verbaas.

"Nee. Ek help, en ek kan baie mét dit doen, maar ek maak dit nie self nie. Paspoort, ID, bestuurderslisensie – dis 'n ander skill. Die beste is as mens blanks van Binnelandse Sake of die regering se printers kry. Daarvoor het jy kontakte nodig. Dit werk selfs beter as jy tyd het, soos om met vervalste papiere vir die primêre goed soos paspoorte aansoek te doen. Dan is dit absoluut legit. Jy weet, soos om 'n geboortesertifikaat te gebruik om 'n ID en dan 'n paspoort te kry. Die laat registrasie van geboortes in Suid-Afrika het moerse loopholes geskep."

My keel begin skielik krap. Ek hoes, maar dit help niks. Ranna slaan my op die rug.

"Okay. Stop."

Sy vat haar hand weg. "Mens raak mettertyd gewoond daaraan. Dis die lug." Sy wys na die besige verkeer om ons. "Dis vuil."

"Regtig?" Ek hoes weer.

Uiteindelik kan ek praat. "Ek wil twee vlugte doen. Deur 'n plek waar ons nie visums nodig het nie. En ons betaal kontant. Jou nuwe paspoort sê jy was in Hongkong. Dis dalk veiliger om van daar af Suid-Afrika toe te gaan, veral noudat jy die polisie hierheen gaan lok."

"Niemand sal soveel oor my bodder nie."

"Dis wat jy dink."

Sy maak die rugsak by haar voete oop. Haal 'n bottel water uit en drink dit halfpad leeg. "Wat bedoel jy?"

"Dit was groot nuus toe jy verdwyn het, meer as wat jy dalk besef. Suid-Afrika het lank laas 'n vroulike reeksmoordenaar gehad."

Die waterbottel vries in die lug. "Reeksmoordenaar?"

"Dis wat Interpol jou genoem het, al het hulle net bewyse vir Tom se dood." Ek wonder hoe eerlik ek moet wees. "En die media. Hulle noem jou die Black Widow."

Sy lig haar wenkbroue verbaas.

"*Huisgenoot. Rapport. Son.*"

"Dis nie baie oorspronklik nie." Sy frons skerp. "Ek kan dit nie glo nie."

"Die koerante en tydskrifte het gerun met die storie. Peter, Gerald, Tom, Billy – almal dood. Mans wat ek seker is jy nie eers ken nie, het biegstories oor jou vertel. Adjudant-offisier Boel de Jonghe het die cop geword wat jou amper gevang het."

"En jy wil hê ek moet teruggaan?"

Die skuld proe bitter in my keel, 'n emosie wat my onkant betrap. Dis tog nie asof ek en Ranna vriende is nie.

"Huh-uh," antwoord ek tog. "Ek het jou al gesê: ek weet nie wie anders om te vra nie. Niemand anders gee genoeg om vir Alex om dit te doen nie. En ons praat van 'n sindikaat hier, nie een ou nie. Die odds is nie juis goed nie. Buitendien, Alex se ma . . . Sy is vas oortuig jy's die enigste een wat kan help. Dalk sou ek nie eers hier gewees het as sy nie gevra het nie."

"Tannie Sophia? Dis die eerste keer dat jy dit noem."

"Ek het nie gedink dis nodig om jou af te pers nie."

Sy lag kortaf.

Ek sug. "Tannie Sophia like jou. Sy sê as jy Alex se pa op sy plek kon sit, kan jy enigiets doen. Sy praat nou nog oor die dag toe jy Francois Derksen platgeslaan het."

"Is sy okay?"

"Sy is, behalwe vir hierdie gemors. Alex is al wat sy het. Jy behoort dit te verstaan. Jy en jou ma was lank alleen ná jou pa se dood."

Ranna kyk weg, knik dan halfhartig. Sy maak haar rugsak oop en bêre die water. "Jou instink was reg, jy hoef nie vir tannie Sophia as troefkaart te gebruik nie. Om jou te hoor vra vir hulp is amper genoeg. En Alex . . . nou ja." Sy vee oor haar voorkop en haal dan diep asem. "Ek hoop hierdie vrou se papiere is goed. Regtig goed."

"Sy's die beste wat daar is. Ek gebruik haar gereeld."

"Dan soek ek nog 'n stel dokumente sodra ons in Suid-Afrika is. Voor ons enigiets anders doen."

"Hoekom?"

"Vir ingeval ek vinnig moet wegkom. En as iemand al die geld uit my bestaande rekeninge kan loskry en na die ander filter, sal ek bly wees. Die situasie is ernstiger as wat ek gedink het."

"Dit gaan tyd mors. Aandag trek."

"Dis ses weke later, Sarah. Ses dêm weke in die hande van 'n goudsindikaat! 'n Uur of twee gaan nie 'n verskil maak nie. En as ons in Joburg land, is ons in elk geval naby jou kontak. Ons kan vinnig wees."

Sy dink 'n oomblik na. "Buitendien, Alex is in die moeilikheid, maar dit beteken nie hy het my vergewe ná ek verlede jaar uit Suid-Afrika weg is nie. Om hom te help beteken nie ons twee sal bloot aangaan waar ons laas opgehou het nie. Alex is kwaad vir my, en jy weet dit. Hy los dinge op. Ek . . ." Sy lag bitter. "Ek hardloop weg."

Sy skuif die rugsak by haar voete rond, staar daarna. "Sodra ons hom het, moet ek verdwyn. En nie met dieselfde paspoort as waarmee ek in die land ingekom het nie."

Ek bly stil. Hoe kan ek instem om dit te doen?

"Jy weet ek is reg," hou sy aan. "Dis nie . . . Alex is steeds . . ."

Sy draai haar kop weg, kyk na die verkeer langs ons. "Ek sal enigiets doen om hom te help, maar ek moet myself ook help. Anders is ek net weer daardie vrou wat wegkruip in Dar es Salaam. Die een in my pa se studeerkamer."

"Dis tyd wat ons . . ."

"Ek wil nie voorwaardes stel nie, Sarah, maar ek gaan nie toegesluit word vir die res van my lewe nie."

"Goed dan," gee ek onwillig toe. "Ons maak so. Maar daarna gaan ons direk na Alex toe – hoe vinniger, hoe beter."

Ek sit my sonbril op voor sy iets kan sien wat my dalk verraai.

Sy mag nie weet dat sy nooit die kans sal hê om daai nuwe paspoort te gebruik nie.

RANNA

1

My pa roep my.

*Dis vreemd. Hy is dood, is hy nie? Ek het hom doodgemaak toe ek
elf was.*

Of het ek?

"Isabel?"

*Hy gebruik my eerste naam. Die een wat ek haat. Die naam wat
hy besluit het om my te doop. Sy ma se naam.*

Kan dit regtig hy wees?

"Isabel!"

*Dit ís sy stem. Hy is in die sitkamer, soos altyd hierdie tyd van die
aand, maar iets is anders. Hy is bang. 'n Mens kon dit aan die etens-
tafel sien. Hy het twee keer gaan kyk of die agterdeur gesluit is, en die
gordyne toegetrek nog voor dit donker was. Seker gemaak sy tas staan
reg by die deur vir wanneer hy vanaand vir besigheid moet ry.*

*Ek weet nie waarvoor hy bang is nie. Ek en my ma is gewoonlik
bang vir hóm.*

*Miskien is hy siek. Hy het by die tafel oor sy bors gevryf. Dalk is dit
'n hartaanval. Of 'n beroerte. Dis mos wat mens kan kry as jy te veel
sout eet. En hy is altyd besig met die sout. Nog, nog, nog.*

*As hy siek is, maak dit hom nie minder drink nie. My ma tel ge-
woonlik die glase brandewyn. Dis hoe sy weet om vir my te sê om te*

*gaan slaap, maak nie saak hoe laat dit is nie. Ek het ook geleer om
te tel. Die glas in sy hand is nommer vyf, een voor ek kamer toe moet
gaan. Dit moes nou eers drie gewees het. Die TV-nuus het nog nie
begin nie.*

"Isabel, magtig. Ek praat met jou!" roep hy weer.

Ek loop sitkamer toe.

*Hy sit in sy leunstoel, sy bene uitgestrek voor hom. Toe hy my sien,
sit hy die glas op die koffietafel neer en beduie ek moet naderkom.*

*My ma sit op die bank langs sy stoel. "Sê nag vir jou pa." Sy kyk
na my met oë wat waarsku ek moet maak soos sy sê, en knik dan haar
kop in my kamer se rigting.*

"Nag." Ek draai om en skarrel in die gang af.

Halfpad na my kamer stop sy stem my. "Waarheen is jy op pad?"

*Ek het van sy stem gehou toe dit nog stories gelees het, maar dit ge-
beur nie meer nie. Nie vandat ek vyf geword het nie – ses jaar gelede.
Ek onthou dit goed, want ek is mal oor stories. Deesdae lees ek self,
maar lankal nie meer sprokies nie.*

*Ek loop stadig terug en gaan staan in die deur. Kyk na my ma. Sy
beduie ek moet antwoord.*

"Ek gaan slaap. Nag."

*My pa staan op, die brandewyn vir 'n oomblik vergete. "Nee. Kom
eers hier. Ek wil jou iets gaan wys."*

"Pa?"

*"Ja. Kom." Hy loop na my toe en vat my hand waar dit roerloos
langs my sy hang.*

*Weer kyk ek na my ma. Sy sit doodstil op die bank, haar oë vasge-
nael op my pa se halfvol glas.*

*Ek ken daardie kyk. Sy gaan nou niks beteken nie. Dan is dit beter
om saam met hom te loop en te hoop hy raak gou verveeld.*

*Ek volg sy onvaste treë oor die digte gangmat, verby die skildery
wat hy twee weke gelede gekoop het. Ek onthou 'n tyd toe ons minder*

gehad het, en toe skielik meer. Ek verlang na minder, want toe het hy nie so baie gedrink nie.

Mense moet verbied word om te drink as hulle kinders het.

In die studeerkamer beduie hy ek moet agter sy lessenaar op sy leerstoel gaan sit. Die naambord op sy lessenaar sê Hendrik Kroon. Ek weet nie hoekom nie, want die meeste mense noem hom Henry.

Hy loop na die boekrak en haal 'n paar boeke uit tot die dowwe metaal van die kluis wys. Hy draai na my en beduie ek moet anderpad kyk. Ek maak so, al weet ek wat die kode is. Mense kies baie keer hulle eie verjaarsdag, veral mans. Dis wat my boeke sê. Buitendien, ek het hom dit eenkeer sien intik, en ek vergeet nie sommer nie.

Ek wens soms ek kon. Twee weke gelede het hy my ma geslaan toe hulle al twee gedink het ek slaap. Ná die tyd het sy in my kamer kom sit en huil. Ek het net daar gelê en gemaak asof ek slaap, te bang vir nog 'n prentjie wat ek nie kan vergeet nie.

Dit gaan al jare lank so aan. Ek moes 'n boetie gehad het, maar my pa het hom van ons – van my – weggevat. Met drie skoppe.

Dalk is dit beter so. Wie sal in hierdie huis wil grootword?

Hoekom het my ma ons nie al lankal hier weggekry nie? 'n Mens sou dink dit was genoeg toe sy die baba verloor het, maar selfs dit het niks verander nie. Sy het net baie blomme gekry, 'n nuwe rok en parfuum en toe is alles weer nes dit was.

"Hier." My pa sit iets voor my neer. 'n Kleinerige, plat rooi boksie.

Ek beweeg nie. Dis baie keer moeilik om te weet wat die regte ding is om te doen.

Hy wys na die boksie met 'n ongeduldige vinger. "Maak dit oop." Draai om na die drankkabinet in die hoek waar hy 'n nuwe glas volmaak.

Ek wens hy wil stop. Kan ek nie eerder dit kry as hierdie boksie nie? Dat hy ophou. Ophou drink. Ophou kwaad wees.

En hoekom sal ek 'n geskenk kry? My ma kry altyd goed as hy vir 'n ruk weg was, of haar geslaan het. Nie ek nie.

Hy buk langs my. "Komaan, dis 'n present." Sy asem ruik suur. "Jy moet dankie sê."

Ek staar na die boksie. Ek wil niks van hom hê nie.

"Moet jy nou net so moeilik soos jou ma wees?" sê hy toe ek nie beweeg nie. Hy slaan met die plathand op sy lessenaar. Brandewyn mors op my pajamahemp. "Maak dit oop!"

In stede van oopmaak glip ek van die stoel af, anderkant toe, weg van hom.

"Isabel!"

Ek hardloop deur toe, maar hy is vinniger. Hy slaan dit toe dat die klank deur die huis weergalm.

Iewers hoor ek haastige voetstappe. My ma wat wegkom?

"Was is dit fokken met jou? Jy's net so donners ondankbaar soos jou ma."

Hy ruk my aan my arm nader en sleep my lessenaar toe. Dit maak seer.

"Los my." Ek probeer onder sy greep uitdraai, maar sy vingers wil nie los nie. "Jy maak my seer!" roep ek weer.

Sy gesig vertrek. Hy skud my arm. "Ek's jou pa. Jy praat nie so met my nie."

Ek ruk my kop weg, maar ek is te stadig om sy vuis te mis. Dit ontplof teen my skouer. Dis soos met my ma. Hy slaan waar hy dink niemand sal sien nie.

Dis die eerste keer dat hy my slaan.

Die trane wil-wil in my oë opstoot, maar ek knip dit weg. Ek gaan nie huil nie.

Hy skreeu op my. Sy neus is rooi. Sy oë is rooi. Die los vel om sy nek bewe met elke woord.

Ek fokus op die kant van sy kop. Daar waar 'n mens se slaap is.

Slaap.

Slaap.

Slaap.

Agter ons gaan die deur stadig oop.

My pa draai om. "Wat is dit nou? Hoekom pla jy ons? Jy meng ook altyd in waar jy nie moet nie."

"Ek het koffie gemaak."

My pa lag. "Koffie! Gaan drink jy jou koffie. Ek en Isabel is besig."

My ma vat-vat aan haar hare, dan aan die oorbelle wat hy vroeër vanaand vir haar gegee het. Uiteindelik sê sy sag: "Nee."

Dié enkele woord laat my pa van my vergeet. Hy draai om na haar, sy hande op sy heupe, sy voete uitmekaar. "Wat sê jy?"

"Los vir Isabel. Ek kan dit vat, maar jy raak nie aan my dogter nie."

"Jóú dogter?"

Ek luister nie verder nie. Ek glip weg, dieper die vertrek in. Waar kan ek wegkruip? Agter die stoel. Onder die lessenaar. Dalk is alles net-nou verby. Ek kan my oë toemaak, stil wees, dat hulle vergeet ek is hier.

Dan sien ek dit: die kluis staan nog altyd oop. Dit staan nooit oop nie, want daar is gevaarlike goed in, sê my pa altyd. Goed soos sy rewolwer.

Ek kyk van die kluis na my ma en pa. Hulle staan in die middel van die kamer op die groen mat waarvoor sy so lief is.

Dit bly snaaks om hulle saam te sien, want my ma is baie langer as my pa. Ek trek op haar en my ouma. Op elf is ek al net so lank soos my pa. My ma sê hy het eers daarvan gehou dat sy so lank is, en toe skielik nie meer nie, maar sy weet nie hoekom nie.

Ek staan op. Hulle het van my vergeet.

Ek trek my hemp se mou oor my hand. Trek my arm in.

Net gister het ek 'n boek klaar gelees. Daar was 'n hele hoofstuk in oor hoeveel foute hierdie vrou gemaak het wat haar man vermoor het. Sy was nie naby genoeg nie. As jy nie naby genoeg is nie, is die merke nie die régte merke nie. En die hoek kan verkeerd lyk.

Ek loop na die boekrak toe en leun vorentoe, op my tone. Ek haal die rewolwer uit die kluis.

'n Rewolwer moet net oorgehaal word, niks meer nie. Dis wat ek gelees het.

Die klank is sag en metaalagtig, en nie een van hulle kyk om nie. Daarvoor is hulle te besig om op mekaar te skree.

Ek loop nader. Nog 'n bietjie. Die rewolwer is swaarder as wat ek gedink het.

My pa se regterhand vou om my ma se keel. Sy linkerhand is terug-getrek in 'n vuis. Sy sak op haar knieë neer. Sy huil.

Ek swenk na sy ander kant toe. Hy is links. Nes ek. Ek het amper vergeet.

Niemand sien my nie.

Ek gee lang treë, die mat soos wol onder my voete. Ek lig die re-wolwer tot teen sy slaap — téén sy slaap — en trek die sneller.

2

Ek word wakker.

Ek lê vir 'n oomblik stil in die halfskemer kamer. Soek na my asem. Ewewig. Enigiets bekends. Iets om aan vas te hou. Ek knip-knip my oë tot ek die buitelyne van die TV uitmaak. Die gordyn. Wag tot ek die sagte dreuning van die lugversorger hoor. Die wit lakens wat ritsel wanneer ek my voete roer.

Die droom was helder, asof dit gister gebeur het. Té helder.

Wanneer sal ek vergeet? Is dit moontlik om te vergeet dat jy jou pa geskiet het?

Ek kyk van die breë hotelbed na die ligkring waar Sarah steeds voor haar rekenaar sit. Sy rook. Die kamer ruik na sigarette en die spul stompies wat in die asbak langs haar lê. Sy het net na ete begin werk en nog nie opgehou nie.

Ek gaap, draai om en trek die duvet oor my skouers. Ril. Die lugversorging is op agtien grade gestel. Dis belaglik dat ek koud kry in Moembai.

Daar is 'n paar lesse wat ek gou geleer het: Sarah hou nie van hitte of baie mense nie. Eintlik hou sy nie van mense nie. En klein spasies. Ons moes die trappe klim tot by haar kamer op die boonste vloer.

Dalk is die klein spasies oor sy in die tronk was. Ek weet nie van die mense-ding nie, ek vermoed dis net haar persoonlikheid. Dis asof sy heeltyd ongemaklik is met hulle. Asof sy nie weet wat om met hulle te maak nie.

Afgesien van hierdie afleidings weet ek regtig nie veel van haar nie. Ek is bewus van haar en Alex se geskiedenis, ja. Van haar tyd in die tronk vir bedrog, maar dis omtrent dit. Sy bly stug en geslote. Die meeste mense sou al iets van hulle terughoudendheid verloor het ná die geskree en geraas in Jagan se winkel, hulle versigtigheid uitgetrek het, maar nie sy nie. Sy het net kwaad geword, en kwaad is nie 'n emosie nie. Ek sal weet. Dis soos grond: jy gebruik dit om ander, egter goed te begrawe. Haat. Jaloesie. Liefde.

Liefde.

Ek draai terug en kyk weer na die lessenaar. Sarah se vingers vlieg oor die toetsbord. Die getik is onophoudelik, amper ritmies. Sy het steeds haar stukkende jeans aan, by 'n nuwe, amper moulose T-hemp met 'n graffiti-aanmerking daarop. Die kort rooi hare is effens langer as wat ek onthou en maak fyn krulle om haar ore. Elfieore. Elfiehande.

Wat het tussen haar en Alex gebeur terwyl ek weg was?

Boem. Daar is die gedagte uiteindelik – die een wat ek probeer keer al vandat ek haar in die woonstel betrap het: Sarah en Alex. Alex en Sarah.

Sy is pragtig. 'n Ryk, rateltaai vrou met 'n sagte hart vir Alex. En sy loop soos vrouens weet om te loop om te maak dat mans kyk, maar sy is nie bewus daarvan nie. Sy weet nie sy is mooi nie. Of sy gee nie 'n hel om nie.

En ek? Wat is ek? Interessant? Ek het al amper elke boek gelees wat bestaan. En ek is moeg. En oud.

Ouer.

Sou Alex haar kon weerstaan?

En hoekom sou hy dit moes doen? Ék is die een wat weggegaan het.

Ek draai weer op my sy, weg van haar. Dis onnodig om nou daaroor te dink. Ons moet Alex kry, as hy nog lewe, en dan sal ek weer die pad vat. Dis die toekoms soos dit nou daar uitsien, en dit help niks om myself met bespiegelings te pynig nie. Ook nie trappe van vergelyking nie.

Dink eerder aan die sindikaat. Hoe om Alex uit te kry, as hy nog lewe. Daai ouens is professionele misdadigers. Hulle moor vir niks. Ek kan nie glo hy het gaan staan en betrokke raak by sulke mense nie. Hoekom daar gaan moeilikheid soek? Het hy net die storie gevolg, of het hy roekeloos geword ná wat gebeur het? Ná ons?

Stop dit. Hou op met dink.

Ek onderdruk 'n gaap en kyk na my horlosie. Halftwee. 2 September.

Skielik weet ek hoekom ek die droom gehad het. Hoekom ek weer onthou het. Dis my ma se verjaarsdag. Net soos daardie dag toe ek my pa geskiet het.

Ek oorweeg my opsies. Kan ek daarmee wegkom om my ma se verjaarsdag te vergeet? Dis die enigste tyd van die jaar wat jy haar bel, neul 'n stem in my kop. Jy het al lankal opgehou met Nuwejaar en Hanukkah en elke ander dag wat iets vir haar beteken.

Goed dan, gee ek in. Ek doen 'n paar somme in my kop. Dis nou drieuur in New York. Ek staan op, tel my foon op en loop na die badkamer. Sarah hoef nie hierdie oproep te hoor nie.

"Ek moet iemand bel," sê ek in die verbyloop.

"Is die foon aan die ander kant veilig?" keer sy vinnig.

"Dink so."

"Hoe seker is jy?"

"Ek het dit al gedoen. Ek weet hoe."

Sy skud haar kop. Die sigaret huiwer voor haar vol lippe. "Jy weet hulle trace jou ma se oproepe, nè?"

"Hoe weet . . ." Natuurlik. Sarah dryf handel in inligting. Dis hoe sy haar geld verdien.

"Moenie worry nie. Ek weet wat ek doen," sê ek en maak die deur agter my toe.

Hierdie een-keer-'n-jaar-oproep is moeilik genoeg soos dit is. Ek het nie nodig om nog met iemand daaroor te onderhandel nie.

Ek soek die nommer op en skakel. Die foon lui en lui.

Ek kyk weer op my horlosie. Fay Frost, my ma se vriendin wat in die woonstel bo haar bly, behoort tuis te wees. En my ma ook. Sy het seker vanoggend winkels toe geloop om iets moois te soek vir die winter wat naderkom. Dan huis toe waar sy vir Moshe, my stiefpa, sal wag om van die werk af te kom. Op Dinsdae speel sy tennis as haar heup nie te veel pla nie. Dis wat ek onthou van jare gelede, en hopelik is dit nog die geval.

Steeds lui Fay se foon. Sy is al oor die tagtig en haar knieë is nie meer wat dit was nie. Ek weet om geduldig te wag tot sy optel.

Uiteindelik antwoord sy. Die aksent is nes ek dit onthou: Brooklyn. Amper soos in die flieks. Fay het opgetrou – Manhattan toe. Gelukkig opgetrou, sê sy, en nie vir die geld nie.

"Mevrou Frost?"

"Ja?"

"Dis Isabel. Karla se Isabel."

"Ek het gewonder wanneer jy gaan bel."

Dis seker die sewende, agtste keer dat ek my ma by haar foon bel. Die vorige kere was dat Tom my nie kon opspoor nie, en nou is dit om die polisie te ontwyk.

Ek weet nie hoe my ma die situasie vir haar verduidelik het nie en ek wil ook nie weet nie. Al wat belangrik is, is dat ons Fay kan vertrou. Tyd het ons dit geleer.

"Hoe gaan dit, mevrou Frost? Pla die rumatiek nog?"

"Hoe sal dit dan ophou? Ek raak net ouer."

"Ek's jammer om dit te hoor."

"Ag, dis maar hoe dit gaan." Sy hoes aamborstig, en haal dan diep asem. "Maar ons gaan nie oor sulke morbiede goed praat nie. Sê eerder vir my, waar is jy hierdie jaar?"

Dit het al 'n speletjie tussen ons geword. Sy wou nog altyd reis, maar het nooit tyd gemaak om dit te doen nie.

"Bangkok," lieg ek 'n stad, soos elke jaar.

"Skyn die son?"

Ek kyk na die helder ligte in die badkamer. Die venster wat nie kan oopmaak nie. "Ja. En die water is heerlik warm."

"Ai tog." Sy sug tevrede. "Ten minste kry een van ons kans om die wêreld te sien." Sy hoes weer, erger dié keer. "Ek roep gou jou ma."

Ek luister hoe sy die foon neersit en skuifelend wegloop.

Tien minute later kom haar stem weer oor die lyn. "Hier is sy. Jou moet jou mooi oppas, Isabel. En kom kuier tog. Jou ma verlang."

"Ek maak so."

"Jy sê dit elke jaar."

Ek weet nie hoe om te antwoord nie. Fay is reg. Maar selfs as ek nou skielik wóú kom kuier, sal ek nie kan nie. As ek my ma uiteindelik vergewe omdat ons gebly het toe ons lankal moes geloop het, kan ek nie sommer net by haar voordeur opdaag nie. Nie met die polisie op my spoor nie. Reeksmoordenaar is 'n groot woord.

Ek wonder skielik of my ma weet wat aangaan. Sou die polisie met haar gaan praat het? Daar na my gaan soek het?

"Is jy nog daar, Isabel?"

"Ek wil baie graag kom kuier, Fay," sê ek uiteindelik. "Ek sal probeer om 'n plan te maak."

Die ou vrou lag asof sy my nie glo nie. "Goed dan. Ek hoop ek sien jou eendag, dan weet ek ten minste hoe jy nou lyk. Jou ma wys my heeltyd die foto's, maar hulle is almal van toe jy nog klein was. Pas jouself op."

Foto's? Ek dog sy is met niks uit haar ou lewe New York toe?

Dan kom haar stem oor die lyn.

"Isa."

Dit vang my onverwags, haar stem klink broos en oud. "Verjaar Ma lekker?

Sy lag. Dit klink beter.

"Ek verjaar mos eers môre."

"Hier," ek kyk weer op my horlosie, "verjaar Ma al lankal. En in Suid-Afrika amper."

"Waar is jy?" Haar stem is skielik besorg, haar asem min, soos altyd as sy bekommerd is.

"Bangkok," jok ek weer.

"Nou ja toe."

Ek wil-wil lag. Dis wat sy altyd gesê het toe ek klein was en sy geweet het ek lieg, maar my nie kon uitvang nie.

"Hoe oud is Ma vanjaar?"

"Nog steeds nege-en-twintig."

"Ek onthou nege-en-twintig. Dit was 'n goeie jaar. Ek was baie gelukkig," terg ek haar.

Sy lag nie.

"En? Is jy steeds gelukkig?" Sy bly 'n oomblik stil. "Waar ook al jy regtig is."

"So gelukkig as wat ek kan wees."

"Dis nie 'n antwoord nie."

"Seker nie."

Sy maak keel skoon. Sluk dat ek kan hoor.

"Hier was twee polisiemanne gewees. Hulle soek na jou."

"Het hulle gesê hoekom?"

"Nie regtig nie." Sy snuif lig en vinnig. Huil sy? "Hulle wou weet waar jy is. Wanneer laas ek met jou gepraat het. Moshe was baie ontsteld."

"Wat het Ma gesê?"

"Dat ek nie weet nie. Dat ek lank laas van jou gehoor het. En dis die waarheid." Haar stem is skielik bitter.

Vir 'n oomblik is dit ongemaklik stil, dan praat sy weer: "Is jy seker jy's okay, Isabel? Is daar iets wat ek . . . kan ons jou help? Moshe sal. Jy weet hy sal. Het jy iets nodig?"

"Ek's okay, Ma. Dis sommer net 'n misverstand wat ek uit die weg moet ruim."

"Moord is nie 'n misverstand nie."

Die polisie het duidelik meer gedoen as om net te vra waar ek is.

"Glo my of nie, Ma, dis regtig net 'n misverstand."

"Ek het al baie gewonder hoe jou lewe sou wees as ek sterker was. As jy nie die sneller getrek het nie."

Die woorde kom vinnig. Sag. Dis die eerste keer dat sy oor my pa se dood praat ná sy daardie aand vir my gesê het om stil te bly, sy sal die praatwerk doen.

Die polisie het verbasend min gevra toe hulle opgedaag het. Hulle het ons vir skok behandel en onder mekaar gefluister dat my pa se dood na selfmoord lyk. Dit was amper asof daar verligting in die vertrek was. Asof hulle ook geweet het dat hy 'n slegte man was. Asof die wurgmerke om my ma se keel dit vir hulle gesê het.

"Dit help nie om te wonder oor wat kon gewees het nie, Ma. 'n Mens doen wat nodig is om te oorleef."

"Ja, maar . . ."

"Dis ou koeie. Dood en begrawe."

Sy bly weer stil. Praat dan so sag, ek kan amper nie hoor nie. "Ek verlang, Isa. Jy moet kom kuier."

Dis die eerste keer in die veertien jaar wat ek van die huis af weg is dat sy vra. Dis asof ons al twee verstaan dat ek moes wegkom van haar om haar te vergewe. Asof ek haar beter kan sien as dit van ver af is. Asof ek haar dalk weer – dalk uiteindelik – in fokus kan kry.

Wanneer het dit 'n verskoning geword om weg te hardloop?

"Is Ma okay? Fay het ook geraas oor ek so lank laas daar was."

"Ek raak oud. Moshe raak oud. Ons wil jou graag weer sien voor ons doodgaan."

"Dis darem nie só erg nie."

"Ek word vier-en-sestig, Ranna. Jou ouma is dood op sestig."

Toe ek nie antwoord nie, vra sy pleitend: "Kan ons nie maar hierdie ding agter ons los nie?"

Miskien is sy reg. Miskien is dit tyd om alles wat tussen ons gebeur het weg te pak. Om heeltyd so kwaad te wees kan jou opvreet en uitspoeg.

Maar vergewe en gaan kuier is twee verskillende dinge. Dit sal moeilik wees om New York toe te gaan. Die Amerikaanse polisie is op en wakker.

Tensy . . .

"Ons kan mekaar in Suid-Afrika kry," stel ek voor.

Sy bly stil, asof sy haar ore nie kan glo nie. Ek wonder ook hoekom ek daardie woorde uitgeblaker het.

"Ek kan nie nou Amerika toe kom nie," probeer ek verduidelik. "Die polisie daar . . . die lughawens . . . dis te erg."

"Isa? Wat gaan aan?"

Ek sluk aan die knop in my keel. My oë brand. "Dis alles okay, Ma. Hoekom kry ons mekaar nie oor 'n paar dae in Kaapstad nie?"

Ek staar na die datum op my horlosie. Maak somme. Hoe lank gaan dit vat om uit te vind Alex is . . . Ek weier om aan die woord te dink.

"Wat van volgende naweek? Sondag. Sommer in die Kaap iewers."

"Volgende naweek?"

"Is dit te gou? Julle kan mos maklik hiernatoe kom."

"Nee, dis net . . . Is jy ernstig?"

"Oor die Kaap?"

"Ek bedoel oor mekaar daar kry."

"Ek is. En tannie Lena bly mos in Paternoster. Ma kan sommer vir haar ook gaan kuier."

Sy begin huil.

Dis nie iets wat ek nou wil hoor nie. Dit klink bekend, en tog ook nie. Dis 'n bly-huil. Nie soos toe ek daar weg is nie. Of soos met my pa nie.

"Dit sal 'n goeie verjaarsdaggeskenk wees om jou te sien," sê sy sag. "En ek het my suster lank laas gesien."

"Hey," probeer ek terg, "dis nie elke dag dat mens nege-en-twintig word nie."

3

"Miskien moet jy dit afsny. En jy sal dit moet kleur. Ek het jou paspoortfoto verander en jou blond gemaak."

Ek kyk na Sarah in die badkamerspieël. "Vrouens kleur gereeld hulle hare. Ek sal wegkom met swart hare."

"Jou foto was orals op toe jy weg is, die koerante, TV. Het jy nie die storie gevolg nie?"

"Nee. Dit was kwalik nuus in Lagos."

"Wel, jy sal 'n blondine moet word voor jy in Suid-Afrika aankom."

Sarah drink die laaste van haar Coke. Sy het drie ure geslaap ná sy vanoggend op haar rekenaar klaar was, en toe weer soos 'n rubberbal rondgespring nog voor ek klaar gestort het.

"Sny dit." Sy trek haar oë skrefies soos ek al agtergekom het sy maak wanneer sy dink. "Blaas dit reguit. Kleur dit."

"Reguit?"

"Jip."

"Weet jy hoe lank dit vat? Wat van 'n pruik?"

Sy trek haar skouers op. "Kry dan een. 'n Goeie een."

"Goed dan, ek sal. Wat nog?"

"Kry 'n rok en skoene, sommer hier naby die hotel."

"Jy kan net sowel vir my sê om pienk en neongeel aan te trek."

"Jy sal nie soveel uitstaan nie. Trust me. Ons vlieg besigheidsklas. Jy moet lyk asof jy daar hoort." Sy kreukel haar neus asof sy iets onaangenaams ruik. "Daai mense dra nie jeans en T-hemde nie."

Ek kan nie help om te lag nie. "Sê wie? Jy wat nog nooit regtig uit Suid-Afrika was nie?"

"Ek het mos oë," brom sy. "En common sense. Koop 'n rok, skoene en 'n eenvoudige trouring. Lyk anders as altyd. Glimlag. En raak ontslae van die rugsak." Sy stoot haar ken uit asof sy my uitdaag om van haar te verskil. "En ja, dis wat ek sê – en ek weet baie meer van bedrog as jy."

Ek is nie lus om met haar te probeer onderhandel nie. En ek kan seker nie regtig nie. Sy is tronk toe vir kuberbedrog nog voor sy twintig was.

Ek draai na haar en neem die prentjie voor my in. "Wat van jou?"

Vandag het sy stywe swart jeans aan, weer die stewels en 'n los, laaggesnyde T-hemp so grys soos haar oë. Steeds dra sy geen juwele nie, net die silwerhorlosie om haar arm en 'n rits oorringe. En om eerlik te wees, sy het niks meer nodig nie. Sy is vier-en-twintig en het 'n gesig soos fyn, duur kristal. 'n Lui, diep stem wat enigiets kan verkoop. 'n Lyf wat lyk asof dit gemaak is vir 'n voorblad. Alles in proporsie. Perfek eweredig gespasieer. Het iemand nie eenkeer gesê dis die geheim van skoonheid nie?

Ek is ses-en-dertig, en moeg vir my rugsak en my leë bed. En kwaad. Oor my rugsak en my leë bed.

Demmit.

Sarah is onbewus van my vertwyfeling. Sy betrag haarself in die spieël. Skud haar kop. "Moenie worry oor my nie. Ons sit nie langs mekaar op die vliegtuig nie. En ek's nie die een wat vir die cops vlug nie." Sy brom onderlangs: "My ouers het seker vir mý kaartjie betaal."

"Onthou jy nog hoe dit voel? Die polisie. Die stres."

Ek draai terug na die spieël, maar my oë bly op haar. Dis steeds moeilik om haar te lees. Sodra ek dink ek verstaan iets van dit wat haar dryf, is dit asof sy terugtrek tot in haar stugge, onaantasbare self. Dit voel asof sy baie hard daaraan werk om onbekend – 'n spook – te bly. 'n Gerug wat niemand later sal glo nie.

Sy steek haar hande in haar jeans se sakke. "Al wat ek onthou, is dat ek myself belowe het dat niemand my ooit weer gaan vang nie."

"Dan doen jy goed sover. Hier staan ons in 'n kamer in 'n vyf-sterhotel in Moembai."

Sy lag wrang. "Daar is baie maniere om iemand te vang. Tralies is nie die enigste ding wat jou bind nie."

"Wat bedoel jy?" Ek swaai om. Uiteindelik. Iets wat voel asof dit die onverdunde waarheid kan wees.

Maar sy draai weg, haar gesig onleesbaar. "Niks nie." Sy wys na haar horlosie. "Jy moet gaan shop. Tyd is min."

Toe ek die hotelkamer se deur met my voet oopstoot, my hande vol, is Sarah amper klaar gepak.

"Hoe laat is ons vlug?" Ek sit die winkelsakke op die bed neer. Stuur die nuwe swart tas tot langs die voetenent. Geniet die koel lug wat oor my spoel. Inkopies in Moembai bly 'n nagmerrie, maak nie saak hoe lank jy al hier bly nie.

"Ons vlieg oor so vyf ure, maar ons kan ry wanneer ons klaar is. Ek vertrou nie die verkeer nie. Ons was lucky om plek te kry. Ek wil dit nie verloor nie."

"Jy's haastig. Daar's nie veel om te doen op die lughawe nie," sê ek krapperig, moeg ná die gedrang in die winkels.

Sy vee vlugtig deur haar hare. "Ek kan nie wag om huis toe te gaan nie."

"Wat gebeur by die huis?"

"Ons gaan jou dokumente kry, soos jy gevra het, en dan gaan

ons Sasolburg toe. So gou as wat ons kan. Ek is bang die rekenaar-sein verdwyn weer." Sy pak 'n stapel T-hemde in die oop tas voor haar. Jeans. Kouse.

"Daar is nog iets om aan te dink."

"Wat nou weer?" vra sy ergerlik.

"Ek gaan nie met leë hande vir Alex soek nie. Daai Zama-Zamas weet van skiet. Ons lewens is niks werd nie."

"Wat bedoel . . . O." Sy gooi 'n buis haarjel in die tas. "Jy kon vroeër gepraat het."

"En jy kon beter gedink het. Verder gedink het. Wat moet ons doen? Daar inloop en hulle mooi vra om hom te laat gaan? Ek was netnou by die sakesentrum. Ek het al die berigte oor Alex se verdwyning gelees. Hierdie ouens slaan nie motorvensters uit en gryp handsakke nie. Hulle is geharde misdadigers."

"Het jy gedink ek lieg vir jou?"

"Ek wou net seker maak ek verstaan die omvang van die situasie. En dis erger as wat ek gedink het. As ons nie mooi beplan nie, staan ons nie 'n kans nie. En jy's reg, dalk ís die polisie by Alex se verdwyning betrokke."

Sy sit haar hande op haar heupe, praat kwaad en vinnig. "Jy mors tyd. Heeltyd. Paspoorte. Wapens."

"Ons kan nie vir Alex help as ons dood is nie."

"Gee jy nog ooit om vir hom? Wees eerlik."

Ek gaan sit op die punt van die bed, skielik tot die dood toe moeg. "Toe Alex my gekry het, was ek aan die hardloop, onthou jy dit nog? Tom het my soos 'n skim van land tot land gejaag. Alex het my lewe gered. My 'n oomblik van normaliteit gegee. Van bly wees. Balans. Ek skuld hom meer as wat jy besef. As dit nie vir hom was nie, was ek dood. Of nog erger – mal. Letterlik."

"Help hom dan."

"Dis mos wat ons doen. Maar jy moet jou kop skoonkry en

begin dink. Beplan. Dis wat hierdie jaar my geleer het. Wat Alex en Tom my geleer het."

Haar skouers trek stywer met elke woord wat ek sê. "Ek kan net nie glo . . ."

Ek wil geen verdere aannames uit hierdie vrou se mond hoor nie.

"Sarah, jy en Alex is vriende, hy het jou gehelp toe jy tronk toe is, maar moenie dink jy verstaan wat tussen my en hom gebeur het nie. Wat in ons bed en by ons tafel gebeur het nie. Wat hy vir my beteken het nie."

Sy hou nie van my woorde nie. Ek het geweet sy sou nie. Sy wil nie weet nie. Nie van bed of tafel nie.

Sy draai weg, skuif die klere in haar tas rond sonder om op te kyk. "Hoekom wil jy dan nog 'n paspoort kry? Hoekom bly jy nie in Suid-Afrika as Alex so baie vir jou beteken nie?"

"Ek het jou al gesê: om Alex te kry is nie om een of ander to-werstaffie rond te swaai nie. Dit koop nie sy vergifnis nie, en nog minder kos. Ek kan nie sommer my CV orals begin uitdeel nie. Ek bly daai mens van wie die koerante praat – die reeksmoordenaar. Wil jý teruggaan tronk toe?"

"Nee."

"Ek ook nie."

"Om 'n nuwe paspoort te kry kos tyd."

"Maak dan seker dit gebeur vinnig."

Sy slaan haar tas toe en loop na die lessenaar. Sy maak haar skootrekenaar oop en gaan sit.

"Wat wil jy hê?" vra sy kortaf.

"Glock 33 Pocket Rocket. Dis klein en maklik om te dra, maar betroubaar. Ek moet myne hier los."

"Okay."

"Ekstra magasyne."

"Goed."

"Ses huursoldate."

Die hande op die toetsbord stop. "Baie snaaks. Die hele sindi-kaat sit nie en pas hom op nie. Hulle het ook day jobs."

"Jy't nie 'n day job nie."

Sy ignoreer my en tik voort.

Ek gooi die inhoud van die eerste inkopiesak op die bed uit. "Terwyl ons besig is, wie is die vrou wat my papiere doen?"

Sy huiwer 'n oomblik, sê dan teësinnig: "Adriana."

"Adriana? Hoe vinnig het jy aan daardie naam gedink?"

Sy bly stil.

"Hoe lank ken jy haar al?" hou ek aan. Ek staan op, loop yskas toe en haal vir my 'n Coke uit. Wag by die lessenaar, net agter haar skouer. Staan nog nader toe sy steeds nie antwoord nie.

Sy skuif haar stoel na regs, weg van my. "Lank," brom sy.

"Vertrou jy haar?"

"Met my lewe."

"Ek wed jou jy sê dít nie baie nie."

"Meer as wat jy kan."

Die hou maak seer, maar sy is seker reg. "Touché."

Ek loop tot by die bed en sit my nuwe tas oorkant hare neer. "Wat was nou weer die rede hoekom jy nie jou tronkvriende gevra het om Alex op te spoor nie?"

Ek begin die res van die pakkies oopmaak. Ek het duur goed gekoop. Dit was warm en bedompig en oorvol in die winkels, maar dit was lekker om iemand anders se geld uit te gee.

Sarah skud haar kop. Sy maak die rekenaar toe en begin haar stewels losmaak.

"Ons is al hierdeur. Hulle gee nie om nie. Hulle sou dit dalk vir geld gedoen het, maar hoeveel is genoeg? Tienduisend? Meer? Ek sou heeltyd moes wonder of hulle nie 'n beter deal by die Zama-

Zamas sou soek nie. Daar is 'n groot verskil tussen hoe ver jy sal gaan vir geld en hoe ver jy sal gaan vir liefde."

"Soos jy – wat al die pad Lagos en Moembai toe vlieg om my te kom haal."

Sy sê niks, maar daar slaan rooi vlekke in haar nek uit. Is sy kwaad? Of uitgevang? Sy staan van die lessenaar af op, kaalvoet en selfs nog korter, en haal iets uit haar rekenaarsak.

"Hierso. Dis dalk goed as jy dit vuilvat en deurblaai." Sy sit 'n paspoort langs my neer.

Ek maak die groen boekie halfvol visums oop en lees die naam op die laaste bladsy: Elizabeth Gouws. Nog 'n nuwe naam. Die hoeveelste is dit nou al?

"Wat het ek in Hongkong gedoen?"

"Jy besit 'n toerbesigheid. Jy reël eksklusiewe toere vir mense met baie geld." Sy wys na die paspoort. "Jy reis baie."

"Elizabeth," proe ek die naam in my mond.

"Is dit okay?"

"Elizabeth was my ouma se naam. My ma se ma."

"Is dit goed of sleg?"

Sy wag nie vir 'n antwoord nie, loop badkamer toe en draai die stortkrane oop. Maak die deur toe.

Ek staar na die blonde vrou op die paspoortfoto. "Dis 'n goeie naam," sê ek, al weet ek Sarah kan my nie hoor nie.

My ouma het vir my ma gesê Hendrik Kroon is slegte nuus die dag toe sy hom ontmoet het. Hoe anders sou my lewe nie gewees het as my ma vir haar geluister het nie.

4

Dit voel vreemd om weer 'n rok te dra. Miskien het ek dit die laaste ruk vermy omdat dit een van die dinge is wat 'n vrou meer weerloos kan laat voel. Versigtiger in hoe sy beweeg, bewus van hoe sy beweeg. Jy kan nie in 'n rok hardloop nie. Selfde met hakke.

Maar daar is ook iets anders. Iets heeltemal teenstrydig. Iets wat tevrede is, amper selfvoldaan. In beheer. En dis presies hoe ek voel toe ek my tasse op die Hongkong-lughawe inweeg en die jong man agter die toonbank sê dat hy vir my die beste sitplek in besigheidsklas gegee het. En ek weet hy kyk toe ek wegloop.

Ek kan nie help om dit te geniet nie. Ek het al amper vergeet hoe dit is om te leef. Normale goed te doen en mooi goed te hê.

Agter my hoor ek haastige treë. "Elizabeth!" roep Sarah.

Ek onthou om om te kyk. Sarah knik haar kop tevrede. "Goed. Jy het onthou."

"Ek neem aan jou naam is nog dieselfde."

"Ja. Net my van is anders."

Ons draai regs en gaan staan in die paspoortry. Hierdie is die deel van vlieg wat my deesdae die meeste laat sweet. Dis gewoonlik die klein dinge wat jou verraai. Wat snellerpunte raak vir groter goed. 'n Te vriendelike antwoord. 'n Beampte wat verveeld is en net daai klein bietjie te nuuskierig. Te wakker.

Ten minste weet ek Sarah se papiere is goed. Of Adriana s'n dan. Ek is al deur 'n hele paar immigrasiepunte met die vorige paspoort.

Ek draai na die rooikop agter my. "Wat doen jy amptelik vir 'n lewe? Jy weet, op papier." Ek beduie na haar paspoort.

"Aandele. Koop en verkoop."

Ons beweeg vyf meter vorentoe. Sarah skuif haar tas aan die handvatsel. Die wiele klik oor die teëls. Die sak met die rekenaar bly oor haar skouer, haar hand beskermend op die swart seil. Sy reis verbasend lig vir iemand wat dit nie gereeld doen nie.

Nog drie meter. "Het jy al van Adriana gehoor?" vra ek.

"Praat jy altyd so baie?"

"Wat anders moet ons doen?"

Sy brom iets onhoorbaars. Dan: "Ek's nie gewoond hieraan nie." Sy beduie met haar hande rondom haar. "Jy weet, hierdie hele internasionale vlugteling-ding."

Is dit hoekom sy nog heeloggend so gespanne is? "Mens kan seker als gewoond raak."

"Aan verslaaf word, as jy my vra."

Nog ses meter. Amper daar.

"Wat bedoel jy?"

"Ek het jou dopgehou in Jagan se winkel, met Nikhil, en nou ook. Jy's on edge, maar dis asof jy lekker kry. Asof jy 'n klein bietjie high is."

Twee meter. Dan is ons voor en ek hoef nie te antwoord nie.

Ek skuif verby 'n welgeklede Europese vrou wat nie weet watter toonbank om te kies nie en sit my paspoort voor 'n kaalkop, verveelde man neer. Ek wil beslis nie vir Sarah sê sy is reg nie.

Sarah is reg, en tog ook nie, besef ek. My hande sweet toe ons by OR Tambo land. En my kopvel kriewel onder die blonde pruik. Ek is meer gespanne as opgewonde – dis 'n feit. Ek moes nog nooit in Suid-Afrika insluip nie. Gelukkig help dit dat ons besigheidsklas gevlieg het. Al het ons nie langs mekaar gesit nie, is ons amper eerste uit die vliegtuig, en beweeg vinnig tot by paspoortbeheer.

Ek en Sarah het besluit om hierdie deel afsonderlik te doen, ingeval ek aandag trek. As ons al twee gevang word, is daar niemand oor om Alex op te spoor nie.

Die jong vrou neem my paspoort en glimlag. "Welkom."

"Dankie." Ek probeer vriendelik klink. "Dis lekker om terug te wees."

"Waarvandaan kom jy?"

"Hongkong."

Sy stempel my paspoort en maak dit toe. Ek wil dit neem, maar haar hand bly op die groen dokument, die glimlag skielik onseker. Sy draai haar kop skeef, haar oë soekend. "Jou hare lyk anders." Sy wys na die paspoort.

Ek verwens die pruik. Ek kon nie een in die presiese haarstyl kry wat Sarah my gegee het nie, en nou is my hare langer as wat dit op die foto is.

"Die foto is ouerig," peins sy hardop. "Die paspoort nie eintlik nie, al is daar so baie visas in."

Ek lag, wonder of sy die spanning in my stem kan hoor. "Die foto is nie so oud nie. Ek drink iets wat my hare laat groei. My man was baie kwaad toe ek dit korter gesny het."

Sy knik haar kop stadig en skuif die boekie tot voor my. Sy kyk nog 'n laaste keer ondersoekend na die pruik, en wuif dan die volgende passasier nader.

Ons neem die Gautrein tot by Hatfield-stasie. Ek gaan staan midde-in die groepe mense wat op die perron rondmaal. Draai my gesig weg van die sekuriteitskameras. Ek maak asof ek na iets in my nuwe handsak soek terwyl ek met Sarah praat.

"Waarheen nou?"

Sy beduie met haar kop na iewers buite die stasie. "My kar is hier." Haar gesig verraai die irritasie van twee oorsese vlugte, vasgekeer in 'n klein ruimte saam met te veel mense.

"En dan?"

"Ek het met Adriana gepraat. Ons kan haar vannag sien. Ná werk. Dis die vinnigste wat sy kan help. Die wapen is ook 'n probleem."

Sy kyk na my asof ek moet jammer sê. Ek trek net my skouers op. "Dis bietjie later as wat ek gehoop het."

"Ons kan dit los en nou ry."

"Ons kan nie met leë hande daar opdaag nie."

Dis nie die antwoord wat Sarah wou gehad het nie.

Ek gryp my tas toe sy haastig begin voetslaan. "Hoekom sien ons Adriana so laat? Waar werk sy?"

Sarah antwoord nie.

Hopelik sal ek later uitvind. Ek hou daarvan om te weet met wie ek besigheid doen.

"Wat maak ons tot dan?"

Steeds geen antwoord nie.

Ek gee drie lang treë tot ek in haar pad staan. Genoeg, demmit. Haar oë skiet vuur toe sy tot stilstand kom. Mense tree vies om ons.

"Ek's honger."

"Daar is 'n Steers op pad huis toe."

"Ek soek goeie kos. Boerekos. Groenbone. Karoo-lamsvleis." My mond begin water. "Sulke goed."

"Ek kook nie."

"Ek het nie so gedink nie. Ek kan vleis braai en slaai maak. Het jy kos by die huis?"

Sy skud haar kop asof ek vir 'n miljoen rand vra. "Ranna. Ons het belangriker goed om aan te dink. Wat . . ."

"Wag nou," sê ek afgemete. "Dis net kos. Mense eet. Ons pik

nie almal aan broodkrummels, drink tien Cokes en hardloop dan
'n marathon nie. Buitendien, wat wil jy doen tot ons Adriana kan
sien? Skoengroottes vergelyk?"

Sy tree om my en begin weer loop. Ons neem die roltrappe tot
onder en stap buitentoe in die helder oggendlig. Ek hou maklik
by. Ek vermoed dit frustreer haar dat sy nie vir my kan weghard-
loop nie.

"Ons het op die vliegtuig geëet."

"Dis nie kos nie. Jy kon iemand doodgooi met daai omelet."

"Ek wens ek kon."

"Ek weet. Almal weet."

Die Gucci-kleuter voor haar wou heeltyd sien wat Sarah op
haar rekenaar doen. Ek wou nie vir hom sê sy was besig om vir-
tuele mense in hulle honderde af te maai nie.

"Ek stel nie nou belang in kos nie. Glad nie," stry sy steeds.

Ek gee nog 'n paar lang treë en gaan staan weer reg voor haar.
Lig my wenkbroue sodat sy moet weet ek gaan nie ophou nie. Sy
steek vas en gooi haar hande in die lug. Rol haar oë.

"Goed dan. Okay. Ek sal my ma bel. Dalk kan ons daar gaan
middagete eet."

5

Die swart Mini met die rooi dak brul toe Sarah dit op die derde vloer van die parkeergarage aanskakel. Dit klink soos iets wat binne 'n hok rondloop, lus om te hardloop.

Iets waarsku my ek moet vasmaak en vashou. Toe sy wegtrek, weet ek ek is reg. Ek skop my voete in die maag van die motor vas toe sy deur die toegangshek jaag, om die draai en uit by die treinstasie.

"Is jy nie bang vir die polisie nie?"

"Daar is geen wet oor hoe vinnig mens by 60 kom nie."

Sy gooi die Mini in vierde rat, rem skerp en glip in 'n nie-bestaande gaping tussen 'n vragmotor en 'n BMW.

Ek maak ongemaklik keel skoon. "Vertel my van die motor."

"Dis 'n John Cooper Works, 155 kW. Topspoed is 245 km/h. Nul tot 'n honderd in 6,1 sekondes. Sy moet eintlik stadiger wees, maar ek en my pa het 'n bietjie aan haar gewerk."

Sy draai skerp links, jaag verby nog drie vragmotors en sny dan voor 'n vierde in. Daar is baie swaarvoertuie op Soutpansbergweg vir 'n Sondagoggend.

"Genade."

Sy kyk vlugtig na my, haar grys oë blink van die adrenalien. "Wat's fout?"

"Niks nie. Iets in my keel."

Ek doen wat ek op vliegtuie doen: sluit af. Ek span die sitplek-gordel stywer oor my skoot en maak my oë toe. Ek kan net sowel probeer slaap.

Toe Sarah uiteindelik weer stadiger ry, maak ek my oë oop. Die bekendheid van Pretoria, die lanings jakarandabome wat seker binnekort pers sal begin blom, die lui pas van voetgangers wat oor die straat loop en gesels, laat 'n vreemde emosie in my opwel. Iets soos verlange.

Hoekom kry mens hierdie plek nie uit jou lyf nie? Dit voel soos elke keer as ek terugkom. Tien emosies voor jy by die lughawe uit is – jou eie én ander mense s'n. Nie die afsydige, hoflike lugleegte van die res van die wêreld nie.

Sarah draai regs in Kerkstraat. Of eerder, wat vroeër Kerkstraat was. Nou het dit 'n nuwe naam: WF Nkomo-straat. Seker vernoem na 'n struggle-held. Ons ry verby die Pretoria-skougronde, draai regs en stop voor 'n woonstelgebou.

Akasia, sê 'n bord in groot wit letters.

Van buite af lyk die gebou effens verwaarloos. 'n Witgeverfde sesvoetmuur met 'n ry los stene bo-op omarm die plek. Bougainvilleas groei halfhartig tot onder die elektriese heining.

Sarah maak haar ruit oop en swaai 'n grys plastiekskyf voor 'n elektroniese oog wat op die sypaadjie staan. 'n Swart deurtjie langs die oog gly oop, en sy laat rus haar duim op die glas daarbinne.

Die swaar hek skuif na links. Die spoed waarteen die hek beweeg, die sagte geruis, fluister skielik iets oor geld. Sekuriteit. Niks ooglopend of luid soos hierdie motor nie.

Aan die binnekant lyk Akasia-woonstelle heeltemal anders as buite. Die gras is kort gesny. Die rye roosbome – rooi – staan heuphoogte. 'n Sproeier beweeg heen en weer oor die beddings en netjies afgespitte kikoejoe.

Ek kyk na Sarah. Die verligting op haar gesig spoel tot in haar hande wat uiteindelik die stuurwiel los. Sy bestuur ons met 'n ligte wysvinger tot voor 'n tweede hek, dié keer een wat onder die gebou in lei.

Weer die skyfie. Weer die duim.

"Julle het baie sekuriteit hier. Is die buurt só sleg?"

"Ons het maar ons moorde – soos enige ander plek."

Ek soek na haar gesig in die halfskemer van die parkeer-
garage om te sien of sy ernstig is, maar dis moeilik om verby die
vreugde te sien. Sarah is by die huis en niks anders maak nou
saak nie.

Ons parkeer by die hysbak. Langs ons, onder 'n ry helder buis-
ligte, staan 'n geel Suzuki-motorfiets en 'n kragtige grys Audi-se-
dan. Buiten dit is die plek leeg.

Skielik besef ek iets: die hele tweeverdieping-woonstelgebou en
alles hier binne behoort aan Sarah. Bly sy alleen hier, of woon haar
familie ook hier?

"Mooi versameling."

Sy antwoord nie daarop nie, beduie net na die Mini se ba-
gasieruim. "Kom. Ek wil in die stort klim."

Met haar rekenaarsak oor die skouer en tas in die hand gaan
staan sy 'n oomblik stil voor die hysbak. Dan haal sy diep asem en
loop die metaalboks binne.

Ek onthou Moembai. Die uitdrukking op haar gesig toe sy
gekyk het hoe ek in die hotel se bespieëlde, vierkantige hysbak
klim – en toe die trappe gekies het.

"Hoekom het jy dan 'n hysbak?" vra ek toe ek inklim.

"Veiliger," sê sy kortaf. "Jy weet nooit wat wag vir jou op die
trappe nie. En mens kan nie so bang wees vir iets nie."

"En as jy alleen is en die ding gaan staan?"

Sy gluur my aan. "Daar is 'n back-up gennie. En dit word ge-
reeld gediens." Sy sit haar duim op nog 'n skandeerder en druk
dan die knoppie vir die tweede vloer.

Ek wonder wat op die eerste vloer is, maar weet dit sal nie help
om te vra nie.

Sy vroetel aan die rekenaarsak se ritssluiter. "Ek moet jou iets vra. Voor ons ingaan."

Die vroeëre gevoel van ongemak, van Sarah se ontwykendheid, stoei weer in my. Ek sukkel steeds om die vrou te peil.

"Jy mag seker." Ek hou haar fyn dop.

Sy glimlag verleë en vee moeg deur haar hare. Gaap. "Hou jy van honde?"

Ek sit op die bank, te bang om te beweeg. Toe Sarah van honde gepraat het, het ek gedink sy bedoel iets kleins. Iets op vier bene wat kef en op die bed slaap en duur kos uit 'n pienk bakkie eet. 'n Hond vir 'n woonstel. Nie hierdie twee monsters voor my nie.

Die twee dobermanns sit doodstil by my voete, presies soos Sarah hulle beveel het. Hulle kyk na my asof hulle wonder hoe ek proe.

"Sarah!" roep ek sag.

Sy antwoord nie. Sy het in die badkamer verdwyn en my hier gelos met die pikswart honde wat haar amper omgespring het toe hulle haar sien. Ek was 'n ander storie. Die een het vir my gegrom en die ander het begin blaf.

Sarah het gesê hulle moet net aan my gewoond raak. Ek weet darem nie. Ek het nie met honde grootgeword nie. Snaaks genoeg was ek nog altyd taamlik gemaklik met ander diere – dis net honde wat vreemd bly. Ek dink dis omdat hulle so afhanklik is van mense. En so baie tande het.

Ek draai my horlosie sodat ek die tyd kan sien. Dis later as wat ek gedink het. Vroeër as wat ek wou gehad het. Dit voel soos 'n leeftyd tot ons Adriana te siene kan kry.

Ek probeer die ongeduld, die vrees wat ek tot dusver so mooi kon inperk, terugpak waar ek dit kan sien. Beheer daaroor kry. Ek haal diep asem. Hoop stilweg dat Alex veilig is. Ignoreer die stem wat sê dis 'n onmoontlike gebed.

Fokus eerder op iets anders. Die honde. Ek leun stadig vorentoe. Probeer die een naaste aan my se naamplaatjie lees.

Iets met 'n B en 'n T. Ek gaan wragtig nie nader staan en uitvind nie.

"Dis als okay, Bit," fluister ek.

"Byte," antwoord Sarah agter my. Sy staan in jeans en 'n skoon T-hemp en vryf haar hare droog.

Ek draai links om die ander, kleiner hond se naam te lees. Sy begin dadelik grom. Ek keer met my hande en sit vinnig terug.

"Nee, Megs. Lê," raas Sarah.

Die hond gehoorsaam onmiddellik.

"Megs? Megan?"

"Mega."

Ek dink vir 'n oomblik. "Megabyte. Oulik."

Sarah klap haar hand teen haar bobeen. Die honde staan op en draf na haar. Sy vryf oor hulle koppe.

Ek soek stadig na my asem en gebruik die geleentheid om ongemerk op te staan. Ek kan steeds nie glo hierdie is Sarah se blyplek nie. Dit kon net sowel 'n hospitaal gewees het. Dis die huis van iemand wat lank terug gehoor, en dit geglo het, dat swart en wit altyd in die mode sal wees.

Die een muur is net vensters. Verder is die ruimte groot en oop, sonder enige mure, behalwe net 'n slaapkamer en badkamer elk weerskante van my. Die oopplankombuis is wit, net soos die yskas, mikrogolf en wasmasjien. Nêrens staan daar 'n TV of radio nie. Die meubels is swart leer, maar oud en effens afgeleef. 'n Galery foto's wat teen die een muur hang, oor 'n lang wit werkblad waarop drie rekenaars staan, sorg vir die enigste kleur in die woonstel.

'n Groot, greinerige foto van 'n ouerige bleskopman staan die meeste uit. *Gordon Moore*, sê dit in dik swart letters op die raam. Die res van die galery lyk na familiefoto's. Veral een is treffend:

Sarah en 'n skraal man staan langs die Mini in blou oorpakke, vuil maar tevrede. 'n Vrou met 'n voorskoot aan staan eenkant, 'n koppie in die hand en 'n breë glimlag op haar gesig.

Dit moet haar ouers wees. Die familietrekke is duidelik, veral die prominente wangbene. Dit en die sterk band tussen hulle wat uit die foto straal.

Ek is amper jaloers. Hoe voel dit om so gelukkig groot te word? En hoekom dit weggooi deur kuberbedrog te pleeg? Omdat jou familie swaarkry? Is dit nie wat Alex gesê het nie?

Nie dat dit saak maak nie. Mág saak maak nie. Kyk wat het ek gedoen.

Die deurklokkie lui. Die klank is outyds, skril en hard.

Die honde blaf nie, beweeg net grommend hysbak toe.

"Dis ek, Sarah!" roep 'n seunstem oor die interkom by die deur. "Ek kan nie my sleutels bykom nie."

'n Klein skerm wys 'n jong swart seun met 'n bril wat te groot is vir sy gesig. Hy wag by die onderste motorhek, 'n vierkantige boks in sy hande.

Ek draai na die rooikop wat met 'n glimlag 'n kode gebruik om die hek oop te maak. Sarah Fourie hou aan om my te verras.

Minute later klim die seun uit die hysbak. Hy is agt, dalk nege. Ek kon nog nooit kinders se ouderdom skat nie. Die bril hou aan afgly en hy sug elke keer as hy dit regskuif. Die grys broek en wit hemp moet skoolklere wees. Die boks is vol hondekos en speelgoed – opgestopte pikkewyne en sebras – vir die honde.

Hy en Sarah waai vir mekaar, en dan verdwyn sy by haar kamerdeur in.

Daniel, sê hy plegtig toe hy my hand skud. Hy kom sit langs my, die honde genadiglik al malend om hom, ek heeltemal vergete.

"Is jy 'n vriendin van Sarah?" vra hy.

Waar is sy? Hoe moet ek antwoord? "Ek werk saam met haar."
Dis nie heeltemal 'n leuen nie.

"O." Hy vryf oor Byte se kop. Die hond se oë gaan toe van
lekkerkry.

"En jy? Hoe ken jy vir Sarah?"

Haar kop verskyn om die deurkosyn van haar slaapkamer. Sy
lyk bekommerd, asof ek iets oor haar gaan uitvind wat ek nie moet
nie.

Dis haar eie skuld. Sy het ons alleen gelos. Met die honde.

Daniel trek sy hemp reg. Skuif aan sy bril. Sy voete swaai heen
en weer, heen en weer.

"Ek bly in die woonstelle hier langsaan. Ek pas vir Megabyte
op terwyl Sarah weg is. En ek kyk na die tuin." Sy bruin oë verhel-
der agter die swartraambril. "Sarah leer my alles van rekenaars. En
ek mag al my skooltake hier doen wanneer my ma by die werk is."

"Alles?"

Sarah maak ongemaklik keel skoon. Daniel se voete hou op met
swaai. "Google. Virusse. Firewalls en so," antwoord hy.

"Álles?" vra ek weer.

"Ranna, ek sal mos nie . . ." keer Sarah. Dan brom sy iets, skud
haar kop en loop tot by ons. Sy hou 'n rol note na Daniel uit.

"Sestien dae se geld, Dan. Het Megs mooi geëet?"

"Sy was moeilik vir twee dae, maar toe eet sy weer. Sy verlang
wanneer jy weg is."

Hy neem die geld by haar en druk dit diep in sy lang grys sok-
kie. Sy voete begin weer swaai.

"Wil jy nie hê ek moet dit vir jou spaar nie?" vra Sarah. "Nog
'n paar honderd rand en ons kan daai laptop koop wat jy anderdag
gesien het."

Hy skud sy kop. "Nee wat. My ma se tips was bietjie min hier-
die maand. Hierdie sal help." Hy druk weer die bril op. Sug.

Sarah kyk besorg na hom. "Jy weet jy kan enige tyd hier kom eet, nè?"

"Sy hou nie daarvan nie." Hy rol sy oë in die rigting van die woonstelblok langsaan.

"Sy hou nie van my nie."

Hy lag dat sy maag bewe. "Sy hou van niemand wat tot twaalf-uur in die middag kan slaap nie."

6

Ek voel soos 'n nuwe mens toe ek uit die stort klim. Ek het alles van Sarah geleen: sjampoe, jel, seep. Alles duur goed wat ek nog nooit kon bekostig nie. Dis die prys wat mens betaal as jy jare lank uit 'n rugsak leef.

Al waarop ek die laaste ruk geld spandeer het, was parfuum. Chanel. En onderklere. Die twee goed wat Alex mal gemaak het in Dar es Salaam. Ek het kwalik 'n sent op meubels, boeke of klere uitgegee. Selfde vir duur restaurante, teaterstukke en taxi's. Net ingeval iemand sien. Onthou.

Altyd aan die hardloop. Dis ek daai. Altyd op pad. Kom met die minste klaar. Verwag die ergste. Geniet nou, hierdie oomblik, want dis al wat ek het voor alles weer inmekaartuimel.

Iewers tussen afdroog en aantrek, terug in jeans en 'n skoon swart T-hemp, hou ek op om myself jammer te kry. Dwing ek myself om prakties te dink. Ek moet met Sarah praat, en dit gaan sonder twyfel nog 'n moeilike gesprek wees. Dis asof ons twee mekaar net nie kan of wil verstaan nie.

Sy klap haar skootrekenaar toe toe sy my sien.

"Wat maak jy?" wonder ek hardop.

"Dis beter dat jy nie weet nie." Sy sit terug en vou haar arms, haar wenkbroue 'n vraagteken. "En dit?"

Ek soek om my rond. "Wat?"

Sy wys na my hemp. "*Die Taliban se gat.* Poëties."

Ek kyk af, vee oor die katoen wat die merke dra van jare se

in- en uitpak. "Dit was 'n geskenk van 'n Suid-Afrikaanse fotograaf in Afghanistan. Hy het dit laat druk vir die vrouejoernaliste daar – nie dat iemand mal genoeg was om dit te dra nie."

"Jy weet daar's Moslems in hierdie land ook?"

"Dit verwys mos net na die Taliban. En buitendien, ek's onder huisarres, onthou jy nie?" byt ek terug. "Niemand gaan sien nie."

"Moenie vir mý kwaad wees nie. Ek het nie vir Tom doodgemaak nie."

Dis beter om nie te antwoord nie. 'n Mens kan ook net soveel konflik op een dag hanteer. Ek sit eerder die ketel aan vir koffie, leun teen die kombuiskas en staar na my voete. Skielik wens ek ek het rooi naellak gehad, net vir 'n bietjie kleur. Iets helder en lewendig. Maar daar is ander, meer belangrike goed op ons inkopielys.

Ek draai om en begin soek na koppies. Sê oor my skouer: "Ons het 'n paar dinge nodig."

Sy sug geïrriteerd. Maak weer die rekenaar oop en begin tik. "Al weer? Ons is deur dit alles in Moembai: jy soek 'n wapen en 'n paspoort. Wat kan jy moontlik nog nodig hê?"

Ek maak die kas links van my oop. Rye en rye blikke Pringles, sout-en-asyn. Kitssop. Die volgende kas is vol Coke. Waar is die koppies? Koffie? Iets ordentliks om te eet sal ook gaaf wees.

Sarah moet weet wat ek dink. "Ek drink nie koffie nie," sê sy kortaf. "Ek het tee. Rooibos. In die boonste laai."

Ek sit die ketel af. Dis hopeloos te gesond vir my. En wat soek dit in Sárah se huis? Coke, kitssop en rooibostee?

"Ons het 'n motor nodig," verduidelik ek. "Verkieslik 'n bakkie. Iets wat nie aandag sal trek in die Vrystaat nie. En 'n skoon een, sonder uitstaande boetes."

"Ek het baie wiele."

"Die goed wat hier onder geparkeer staan?"

Sy knik.

"Vergeet dit. Draai die sleutel en elke man gaan weet jy's op pad."

Weer knik sy, haar nek stywer hierdie keer. Haar mond dunner. "Goed. Nes jy sê." Ek sien hoe sy 'n nuwe dokument op haar rekenaar skep en 'n lys begin maak. "'n Bakkie. Wat begeer jy nog?"

Ek ignoreer die sarkasme in haar stem. "Google-kaarte van die plek waar hulle Alex aanhou. Voor, agter, bo. Verkyker. Noodhulptassie. Ingeval. Water. Dalk is hy gedehidreer of moet ons lank sit en wag. En onthou die drie ekstra magasyne vir die Glock. En iets vir jou. 'n Rewolwer dalk? Enigiets wat sal help."

Haar hande raak stil. "Vir my? Dis vir dom mense. En dis onnodig. Net soos gym en om ure te spandeer om kos te maak."

"Dom mense?" Ek lag, maar vermoed sy is reg. En dan kan ek dit nie weerstaan nie. "Oefen jy niks nie? Al daai Coke." Ek wys na die vol asblik met die rooi-en-wit boks wat daar uitpeul. "Kentucky."

"Ek draf met die honde," antwoord sy kortaf. "En net omdat die shrink wat my ma my ná die tronk laat sien het gesê het ek moet. En Megabyte hou daarvan."

"Dink dan aan die rewolwer as nog iets wat jy moet doen."

"Ek wil nie 'n wapen hê nie. Buitendien, om nou een in die hande te kry gaan net nog tyd mors wat ons nie het nie."

"Wat wil jy hê moet ons doen? Inloop en mooi vra of Alex saam met ons kan kom?"

"Dis nie wat ek bedoel het nie."

"Kan jy ooit skiet? Ráák skiet?"

Ek kan die vloekwoord op haar lippe sien. Plat en hard. Tog sluk sy dit. Sê uiteindelik: "'n Olifant op vyftig meter. Ek wou nog nooit beter doen nie. Ek kan baie meer skade met 'n rekenaar aanrig."

"Dis goed om te weet. Kry nogtans een. 'n .38."

"Ons gaan dit nie nodig kry nie."

"Hoe weet jy dit?"

"Shit, Ranna."

"Sê wat jy wil, maar ons weet nie wat die situasie in Sasolburg is nie. Of is daar iets wat jy my nie vertel nie?"

Sy kyk lank na my. Toe sy praat, is haar stem kalm en beheers. "Wat het jy in Indië gedoen?"

"Aan die lewe gebly."

Sy beweeg nie. Praat nie.

Ek gee in. Pas my stemtoon by hare aan. "Ek het presies gedoen wat jy gesê het Elizabeth doen. Lei toergroepe. Help besigheidsmense. Loop saam met CEO's se verveelde vrouens en mans rond. Wys vir hulle hoe lyk wilde Afrika. Eksotiese Moembai."

"Net dit?"

"Net dit."

"Ek wonder." Sy begin weer tik. "Adriana het 'n bakkie. Ek sal sorg vir die Glock en die rewolwer. En die res." 'n Kwaai wysvinger waarsku my: "En jou lys beter nou klaar wees."

"Terwyl ons nou reguit praat. Onthou . . ."

Sy hou bloot aan met tik.

Ek klop op die kombuistoonbank om haar aandag te kry. Ek twyfel of sy verstaan wat ek nog heeltyd vir haar probeer sê.

"Sarah. Jy weet alles kan skeefloop, nè?" Die woorde kom sit skielik dik in my keel. Dis tyd dat ek dit weer sê. Harder sê. "Alex kan . . . Dis ses weke later, dalk is hy reeds . . . Ons kan iets oorkom. Hierdie is nie cowboys en kroeks nie."

"Ek weet. Ek's jammer."

Dis die laaste woord wat ek uit haar mond verwag het. "Jammer oor wat?"

"Dat ek jou hier ingesleep het."

Ek wonder of sy eerlik is. Sy was nog nooit mal oor my nie. Is nog steeds nie. Sy is 'n alleenloper. Lief vir haar familie, maar nie verbind aan veel meer nie. Dit moet vernederend gewees het om my hulp te vra.

Ek is meteens moeg vir die gesprek, Sarah seker ook. Ek draai om en sit weer die ketel aan, die water al afgekoel teen hierdie tyd. Ek loods 'n nuwe soektog na koppies, hierdie keer in die kas naaste aan die yskas. Gril vir die gedagte dat ek rooibostee moet drink. Wonder wat ek moet sê. Óf ek iets moet sê.

"Dis okay," sê ek uiteindelik. "Ek sou dieselfde gedoen het."

Ons ry noord, na Sarah se ouerhuis. Die strate is stil, die son warm. Dis 'n droë bakoond-hitte, so anders as die klam kombers van Moembai.

Dis Sondagmiddag in Pretoria. Ek het tee gedrink en 'n halwe blik Pringles geëet, maar ek is steeds honger. Ek staar na die stad wat verbyflits. Winkelvensters, vulstasies, taxi's wat passasiers soek. Skielik is dit asof ek nooit weg was nie. Asof ek nog altyd hierdie lug ingeasem het.

Ek vryf oor my sy, waar NP van Wyk Louw se woorde in ink op my vel staan. *Die jaar word ryp . . .*

Jy kan 'n plek te lief hê. Iemand te lief hê. Soms meet jy hoeveel aan al die kere wat jy van hulle af weghardloop.

Die ding oor Alex wil-wil weer losbreek uit my kop. Skop wild hart se kant toe. Is hy okay? Kan hy regtig nog leef?

Ek moet 'n geluid gemaak het, want Sarah kyk na my, haar oë weggesteek agter silwer sonbrillense. Sy gooi die sigaretstompie in haar regterhand by die venster uit.

"Jy okay?"

Ek knik.

Sy sit die Mini in tweede rat en skuif om 'n draai. Ons ry verby die dieretuin. *Capital Park* sê 'n bordjie aan my linkerkant.

"Alex het jou nooit laat los nie, weet jy. Just couldn't let go."

"Ek sukkel om dit te glo."

Sy lag, effens verdwaas. Vee oor haar hare. Maak die venster wyer oop. Die lug wat deur die motor suis ruik soos nuwe blare. Gras wat begin groei. Jakarandas wat hoop om te blom.

"Hy wou niks van enigiemand weet nie. Hy was soos 'n junkie. Hy het heeltyd oor jou gepraat, en toe skielik eendag net stilgebly. Morsdoodstil. En nou is hy weg."

Die bekommernis in haar stem is amper tasbaar. Ek vryf onwillekeurig oor haar voorarm terwyl sy die revs ongeduldig tot by 5 000 dryf. Sy trek weg onder my aanraking.

"Ons sal hom kry," probeer ek haar gerusstel, al weet ek dit gaan nie werk nie. "Moenie worry nie. Onkruid vergaan nie."

Sy kyk na my, en dis my eie moeë gesig wat na my terugstaar in haar Oakleys.

Sy glimlag halfhartig om die woorde sagter te maak. "Dis nie wat jy vroeër gesê het nie. En buitendien, soos ek verstaan was jý die onkruid."

7

Ons stop voor 'n vierkantige roomkleurige huis met 'n rooi sink-dak en 'n breë, oop stoep. Die tuin is groot, met 'n hoë witstink-houtboom wat by die voordeur waghou. 'n Rooi lint wapper aan een van die boonste takke, asof dit die vergete oorblyfsel van 'n kinderpartytjie is.

Sarah ry nie dadelik in nie. Sy los die Mini voor die hek, en my in die motor, en loop na 'n afgeleefde wit Toyota Corolla wat twee huise straataf staan. Ek herken die ou man toe hy die venster afdraai. Dis dieselfde man wat verlede jaar by die Palace was toe ek my nuwe paspoort by Sarah gekry het. Wat soek hy hier?

Hy en Sarah praat vinnig, driftig, en dan draai sy om en draf terug Mini toe.

"Wat soek hy hier?"

"Onthou jy hom?"

"Natuurlik. Tommy . . . nee wag . . . Tiny."

Sarah is verras. "Jy onthou goed."

"Jy antwoord nie my vraag nie."

"Hy bly hier af in die straat. Ek het sommer gaan groet."

"En hy sit altyd so in sy motor, want . . .?"

"Ranna," stop sy my. "Dit het niks met jou uit te waai nie. Nie alles het nie, jy weet."

Sy druk 'n afstandbeheerder aan haar motorsleutels. Voor ons gaan die swart hek oop. Drie wit, wollerige honde storm die Mini toe ons inry en onder die afdak agter 'n Fiat parkeer.

Ons klim uit. Gelukkig gee die honde minder aandag aan my as aan Sarah. Hulle maal om haar voete tot 'n ronde gryskop-vrou in 'n stemmige blou rok en swart Green Cross-toerygskoene uitkom en hulle stilmaak. Sy soen vir Sarah en kyk dan ietwat onseker na my.

Sarah wys ongemaklik van my na die ouer vrou met die grys salonkrulle. "Dankie dat ons sommer net so kon opdaag. Dis Quinne."

Moet dit nie Elizabeth wees nie? Nie een van ons kan meer byhou met my veelvuldige identiteite nie.

"Middag, mevrou. Ek's jammer . . ."

Sy skud eers my hand en vryf dan oor my voorarm, asof sy die behoefte besweer om my te druk. "Noem my sommer tannie Nellie."

Haar stem is ligter as Sarah s'n. En baie vriendeliker.

Sy beduie na die voordeur. "Kom in. Julle is toe eerste hier. Ek het vir Sarah se broers gesê om eers later te kom. Ek wil hê ons moet almal saam eet."

Sarah lyk bekommerd. Sy wou seker net vinnig kom kuier. Nie-mand moet weet wie en wat ek is nie.

"Ma moes nie," stry sy.

Nellie, net so kort soos Sarah, trek aan my arm. "En so ongas-vry wees? Dit sal die dag wees. Buitendien, dis 'n heerlike verras-sing om julle te sien."

Sy jaag die honde weg wat al om ons voete maal. "Kom in, Quinne. Ek wil alles van jou hoor. Sarah het nog nooit enige van haar vriende huis toe gebring nie, nie eers op skool nie."

Die huis is koel en ruim binne. Ons voetstappe kraak oor 'n blink houtvloer tot in 'n geel en wit kombuis. Familiefoto's begelei ons tot daar. 'n Dogtertjie wat soos Sarah lyk, staan by 'n hek met 'n bruin skooltas by haar voete en 'n versigtige haasbekglimlag om haar mond. Dieselfde dogtertjie storm oor 'n tennisbaan, raket in die hand, reg om dit links te smyt. Seuns wat rugby speel. Krieket. 'n Swart-en-wit-troufoto – seker Sarah se ouers. 'n Jong gimnas, haar hande in die lug, regtervoet vorentoe, nou net klaar met 'n beweging. Sy lyk nes Sarah, maar haar gesig is sagter. Haar oë blyer. Sorgvry.

"Jou broers is amper hier," praat Nellie oor haar skouer terwyl sy die ketel aansit. Sy begin koppies uit die kas bo haar haal. "Hulle ry almal saam van die koshuis af, Hannes het ge-sms. En Miekie is mos in Duitsland. Sy het gister gebel."

"Is sy orraait? Is almal hier nog okay?" vra Sarah vinnig. Sy staan by die ronde kombuistafel, haar hande geklem om die motorsleutels.

Nellie draai verbaas om. "Ja, hoekom sal ons nie wees nie?"

Sarah trek haar skouers op. Bêre die sleutels aan 'n haak teen die muur. "Ek vra sommer net."

Sy beduie ek moet by die tafel sit, so asof ek in haar pad is. Ek maak so.

"Miekie het gister vir my 'n e-pos gestuur," gaan Sarah voort. Sy gaan staan met haar rug teen die toonbank, langs haar ma. "Sy't gesê dis koud daar en dit gaan goed met die vloeroefeninge. Maar Ma weet sy jok soms vir my. Soos oor daai kêrel van haar verlede jaar."

Nellie glimlag trots en bly-plooie vorm van haar mond tot om haar bruin oë. "Nee, als is reg. En ek's seker sy gaan hierdie keer ten minste silwer kry. Daardie Rus is nie daar nie. Blykbaar moeg vir gimnastiek."

Sy lig die deksel van 'n kastrol op die stoof. Begin roer met 'n houtlepel wat in 'n piering langs haar lê. Die geur van beesvleis vul die kombuis.

"Ek verlang seker na haar, toe maak ek beesstert." Sy kyk half benoud na my. "Ek hoop jy eet dit. Sarah het gesê jy hou van tradisionele kos?"

Die inhoud van die swaarboompot laat my maag onthou hoe honger ek is. "Dit sal heerlik wees, tannie." Ek beduie na die eetkamer agter ons. "Kan ek solank tafel dek?"

Sarah frons. "Shit, jy weet, jy hoef nie . . ."

"Sarah!" Nellie wys met die lepel in haar dogter se rigting. "Nie onder my dak nie."

"Jammer, Ma."

Die ouer vrou beduie in die gang af, steeds vies. "Gaan groet eerder jou pa. Die emfiseem . . . hy's nie lekker vandag nie. En maak sommer seker hy rook nie weer skelm nie. En jy beter ook niks rook nie. Julle en julle slegte gewoontes. Dis hoekom ons is waar ons is."

Langs my brom Sarah iets onderlangs. Sy kyk waarskuwend na my.

Ek knik stil. Ek kry die boodskap: Gedra jou. Sê so min as moontlik. Moenie inmeng in Sarah se lewe nie. Adriana en Alex wag.

Adriana sekerlik, Alex hopelik.

Nellie jaag Sarah weer gangaf. "Toe-toe. Jy wil in elk geval nooit help nie. Ek en Quinne sal julle roep wanneer ons reg is."

Sy sit die lepel neer en skud haar kop. Druk haar hare reg met 'n oop linkerhand. Sug. Wys dan na die oop agterdeur en groot akkerboom agter in die erf. "Ons gaan sommer buite eet. Kom, dan wys ek jou waar alles is."

Ek trek my skoene uit en gaan lê op die bank. Gooi die dun bruin kombers wat oor die bank se rugleuning lê oor my bene en sug tevrede. Sarah se ma maak die heerlikste kos.

Die huis is stil. Net die sinkdak maak elke nou en dan geluide soos die koel nag nesskop. Sarah se ouers het gaan slaap, haar drie broers is terug na waar hulle ook al vandaan gekom het, en sy self het oorfone aangesit en begin om gespierde, swaargewapende mans op haar rekenaar af te maai. Vir iemand wat dink wapens is vir dom mense, speel sy baie met hulle.

Nellie het vir my 'n bed aangebied, maar Sarah het vinnig gekeer. Sy het gesê ons gaan net 'n uur of so bly voor ons weer moet ry en het die naam van 'n klub genoem. Lyk my sy wou nie vir haar ma sê ons wag om Adriana te sien nie.

As ek dink hoe Adriana haar geld verdien, sou ek seker dieselfde gedoen het.

Ek draai op my sy. Terug op my rug. Ek wil slaap. Móét slaap. Ek moet uitgerus wees vir hierdie ding. Hierdie ontsaglike dom, mal perd wat ek en Sarah besig is om op te saal.

Skielik verlang ek na Indië. Ek het nie te sleg geslaap in Moembai nie. Twee, drie uur 'n nag. Iets in die konstante verkeer het my aan die slaap gesus. Die stemme van Amita en haar familie. Al die families om my.

Maar wat van my eie? Moet ek my ma se kuier kanselleer?

Ek kyk na die jong karee buite die venster. Die blare beweeg liggies in die effense wind wat vroeër opgesteek het. Takke skuur teen die ruit. Nee wat, besluit ek uiteindelik. Ek verlang, en dis tyd om vrede te maak. My ma is reg daaroor. En wie weet, dalk net is ek en Sarah gelukkig. Dalk oorleef ons hierdie gemors. En dalk, dalk net, is Sarah reg en leef Alex nog. Daar is omtrent 'n 3%-kans, reken ek. Niks meer nie.

En wat maak jy as jy reg is? spot 'n stem binne my. Begrawe jy Alex en huil uiteindelik?

Tyd om te slaap.

Ek tel die panele van die ou staalplafon. Sewe. Agt. Begin weer links. Elf. Terug. Sug. Haal die pakkie Temazepam uit my rugsak en weeg dit in my hande. Die dokter het dit maande gelede in Lagos vir my gegee toe ek gedink het ek gaan mal raak. Hy het gesê dit sal my máák slaap.

Ek het dit nog nooit eers oopgemaak nie. Elke aand sit ek dit langs die bed neer, as 'n dreigement dat ek die pille sal moet drink as ek nie aan die slaap raak nie. Dit werk meestal. Dit maak my so bang om te dink dat ek 'n slaappil moet drink, dat ek nie in beheer is nie, dat enigiets met my kan gebeur en ek nie wakker sal word nie, dat ek my oë toemaak en ná 'n uur of wat wegraak.

Vanaand maak ek weer soos altyd en sit die Temazepam langs my kop neer. Staar daarna tot my oë swaar raak en uiteindelik toegaan.

Net voor een maak Sarah my wakker dat ons kan ry. Sy wag ongeduldig terwyl ek my skoene aantrek en my rugsak pak.

Dis asof sy nie vinnig genoeg kan maak nie, en ek dinge net 'n bietjie wil keer. Net wil hê dit moet stadiger beweeg sodat ek kan seker maak ek verstaan wat aangaan. Dat ons aan alles gedink het. Dat ons nie Alex se lewe gaan kos eerder as om dit te red nie.

"Waar bly Adriana?" vra ek. Kyk skerp links toe 'n stem onverwags praat.

"Waarheen gaan julle? Dis baie laat om nou iewers heen te ry."

Nellie verskyn in die boogdeur agter ons wat na die kamers lei. Haar hande is om die voorpante van haar kamerjas gevou en sy wring hulle angstig in die geel handdoekmateriaal. Duidelik het sy nie die leuen oor die klub geglo nie.

"Ons gaan kuier."

Selfs ek kan hoor Sarah lieg, wat nog te sê die vrou onder wie se dak sy grootgeword het.

Sarah kyk na haar skoene. Dan na haar ma. Heroorweeg haar antwoord. "Tannie Adriana."

Tánnie Adriana?

Sarah kyk na my, asof sy vra ek moet saamlieg. "Sy't gesê ons moet kom hallo sê. En sy's mos nog wakker. Die restaurant het nou net toegemaak."

"O."

Nellie laat die woord stadig vry uit haar mond. Dit hang betekenisvol in die lug tussen ons. Die stilte raak taai en broeiend.

Uiteindelik beduie Sarah ek moet my rugsak vir haar gee. "Ek gaan die kar laai. Groet solank."

Sy loop na haar ma toe en soen haar vinnig op die wang. Gee haar 'n onhandige drukkie. Nellie hou haar lank vas, dwing haar dogter terug na haar lyf toe dié wil wegbreek. "Julle moet mooi ry. Dis laat."

"Ons maak so, Ma."

"Ek's lief vir jou."

Sarah gaan staan op pad deur toe en glimlag half verbaas. "Ek weet."

Ons kyk al twee hoe sy die voordeur oopsluit en na die oprit verdwyn waar die Mini staan.

Toe sy weg is, draai Nellie om. Sy hou 'n gebalde vuis uit na my. Ek wonder wat sy wil doen, maar sien dan die koerantpapier in die kort, knopperige vingers. Ek wil dit vat, maar sy hou dit terug. Sit haar ander hand op myne.

"Sarah is my gunsteling, maar niemand weet dit nie." Sy sluk asof sy haar emosie moet onderdruk. Knip haar oë vinnig. "Sy weet nie van reg of verkeerd nie. Ek het dit vroeg al agtergekom. Sy weet net van liefhê met alles, of niks voel nie. Die probleem is dat sy enigiets sal doen vir die mense vir wie sy lief is. Dis hoekom sy gesteel het. Sy wou hê ons moes beter doen. Dat haar broers en suster kon gaan studeer as hulle wou. Sy wou hierdie hele sirkel van armoede breek."

Die hand oor myne begin effens bewe. "As julle hier is vir Alex, moet julle versigtig wees, Ranna."

Dit word so stil dat ek my eie asemhaling kan hoor. Die suis van suurstof in longe. Die uitasem in die koel lug van 'n Septembernag. Nellie los my hand en vou die koerantberig oop. Twee berigte. Die een is oor my: *Vermeende reeksmoordenaar dalk terug in SA*. Die ander een sê: *Bekende joernalis verdwyn in die Vrystaat*. In groot swart letters.

Ek vat dit by haar. Al twee is omtrent ses weke oud. Vóór Nikhil en Jagan se winkel en my kredietkaart. Die berigte spekuleer dat ek dalk teruggekom het om Alex te vermoor ná hy my laas jaar ontvlug het. Die foto's is greinerig, oud, maar dis steeds ek. Lank. Lang hare. Moeë gesig.

"Ek vertrou Sarah om na haarself te kyk, en ek weet genoeg . . ." Nellie trek skielik haar asem diep in. "Ek weet dinge is nie altyd soos dit lyk nie. Ek weet Sarah is nie sleg soos mense haar uitmaak nie, so ek hoop nie jy's hierdie vrou wat die koerante jou maak nie. Ek het jou gesien met my kinders. Ek dink nie jy is nie. Ek hoop nie jy is nie."

Hoe moet ek haar antwoord? Wat kan ek sê?

"Ek is nie. Belowe. Regtig."

Sy byt op haar onderlip, 'n gewoonte wat my skielik aan haar dogter laat dink.

"Ek kan nie dink Sarah sal met jou te doen hê as jy iets aan Alex gedoen het nie. Ek was by die hofsaak. Ek het die berigte gelees en vir Alex ontmoet. Ek het gesien wat gebeur het ná Sarah hom leer ken het. Wat hy in haar afgebreek het. En opgebou het."

Weer soek haar hande na myne. Hulle is koel, hard van eelte. "Kyk asseblief na Sarah. My suster . . . as julle soontoe gaan . . . iets gaan gebeur. Ek weet dit. Almal dink ek's blind, maar ek weet. Ek weet genoeg om te weet iets gaan gebeur."

Haar hande klem krampagtig om myne. "Kyk asseblief na Sarah. Al is sy hoe hardkoppig. Ek kan sien jy weet van kyk na mense. Van . . . verloor. Dit was duidelik in die manier hoe jy na almal van ons om die etenstafel gestaar het. Asof jy jaloers was."

"Ek's jammer. Ek het nie bedoel . . ."

Sy skud haar kop. "Moenie. Los dit. Kyk jy net na Sarah. Ek kan haar nie ompraat om te stop met waarmee julle ook al besig is nie, ek weet dit goed. Jy is my enigste hoop."

"Wat wou my ma hê?" Sarah gooi die Stuyvesant by die venster uit en steek nog een aan. Ons ry middestad se kant toe.

"Niks nie." Ek klem die koerantberigte in my hand vas. Vou dit uiteindelik op en sit dit in my jeans se sak. "Sy wou sommer net gesels."

Sarah laat val die aansteker in die kantvakkie van die motor. "My ma gesels nie net nie."

Klink soos alle ma's. "Hoe goed ken jy haar?"

"My ma? Ons like mekaar, al weet ons nie altyd mooi wat om met mekaar te maak nie." Sy skakel oor na tweede rat vir die skerp draai links. Draai daarna regs, op in die volgende straat, suid, snelweg se kant toe.

Like mekaar? "Sy's lief vir jou. En sy's baie wakkerder as wat jy dink."

"Hoekom sê jy dit?"

Ek skud my kop. Ek gaan nie in hierdie familie se sake betrokke raak nie. "Vertel my eerder van tánnie Adriana. Dit was nogal 'n verrassing."

Sarah ry oor 'n oranje lig. Nog een.

"Adriana is my ma se jongste suster. Halfsuster. Hulle is vier susters. Selfde ma, twee pa's. Maar Adriana is die anderste een. My ma sê elke familie het sy swartskaap."

"Hoe is sy anders?"

"Sy het op sestien weggeloop en op vyf-en-dertig teruggekom met baie geld. Gesê sy was lid van een of ander sirkus, Bulgaars of Russies of so iets. Messe gegooi. My ma het haar nooit geglo nie. Toe ek in die tronk was, het Adriana gereeld kom kuier. Gesê sy sal my help wanneer ek uitkom. Gesê sy weet."

"Weet wat?"

Sarah glimlag agter die sigaret. "Dis al wat sy gesê het: 'Ek weet.' Toe ek Lesotho toe moes gaan, het sy my gehelp om 'n paspoort te kry. En van toe af werk ons soms saam."

"Is dit wat sy doen? Paspoorte?"

"Daar's 'n paar ander goed ook."

Sarah trap die petrol toe ons die N1 slaan. 130. 140. Ry skielik stadiger, asof sy onthou ons moenie aandag trek nie. Dan kyk sy na my asof sy my weeg. Meet. "Hmm."

"Wat?"

"Jy moet versigtig wees vanaand. Hou jou afstand."

"Hoekom?"

"Want jy's die tipe mens wat Adriana interesseer. In fact, dit was al so vandat sy die eerste keer jou papiere moes maak. Moenie my vra hoekom nie. Sy gaan jou nie los tot sy weet wat jou laat tick nie."

8

Ons neem die Grayston-afrit en draai regs, oor die brug, dan links, na die helder liggies en hoë geboue teen die bult, veel meer as wat ek van jare gelede onthou. Wanneer het Sandton soos 'n jong blinkoog-Manhattan begin lyk?

Al is dit die middel van die nag, is daar steeds 'n paar verdwaalde motors op straat. Sarah rem skerp vir 'n voetganger wat voor ons insteier, 'n jong man met 'n swart pak wat soos 'n handskoen pas. 'n Rooi das wapper verbaas agter hom aan toe hy haastig op die sypaadjie klim.

Uiteindelik draai die Mini onder een van die hoogste geboue in die blok in. Sarah swaai 'n toegangskaartjie voor 'n elektroniese oog, en ry drie vlakke af tot by 'n parkeerplek wat sê *A De Klerk*.

Ons loop tot by 'n glas-en-chroom-hysbak, weer die toegangskaart, en ry tot op die 21ste vloer. Die deure gly geruisloos oop. *Penthouse,* sê 'n silwer plaat teen 'n muur so grys soos pleinduiwe.

"Sy moet definitief meer as paspoorte doen."

"As jy wil weet, moet jy self vra." Sarah draai na my voor sy uitklim, hou die blink deure met haar hand oop. "Ek's haastig, Ranna. As ons alles vannag by Adriana kan kry, wil ek dadelik ry. Die laptop is nog op dieselfde plek. Ek het gecheck."

"Klink vir my na iemand wat ongeletterd is as dit by rekenaars kom."

"Daar's baie sulke mense," antwoord sy ongeduldig. "Omtrent almal."

"Net jammer jy kan nie sien hoeveel mense daar by die rekenaar sit nie. Dit sou baie gehelp het."

My sarkasme is verlore op haar. "Dit sal mos nie baie wees nie. Dis nie asof tien ouens hom oppas nie. Dis seker een of twee myners. Niks meer nie."

Ons klim uit. Daar is net een deur op die vloer. Sarah klop, wag 'n oomblik en klop dan weer. Uiteindelik swaai die swaar, donker houtdeur oop.

Voor ons staan 'n kaalvoetvrou, effens langer as Sarah, in 'n dun swart aandrok van sy. Die spleet in die duur materiaal wys 'n goed gevormde kuit wat meer doen as om twee keer per week 'n spinklas by te woon. En sy is bruingebrand. Niks uit 'n bottel uit nie. Dun bandjies oor sterk skouers hou die rok aan haar lyf.

Ek is seker die lyf laat meeste mense twee keer kyk. Die gesig lok dalk nie dieselfde reaksie uit nie. Langerige, donkerbruin hare vou soos 'n gordyn om 'n gesig met 'n sterk kakebeen. Haar oë is 'n vreemde bruin, met bietjie geel in. Maar dis die litteken wat dofweg, dog seker, van haar regteroog tot by haar oor loop wat die meeste aandag trek. Lyk soos 'n lemmerk, al het 'n goeie plastiese sjirurg dit lank gelede reeds onder hande geneem.

Pragtige foto. Nee.

Interessante foto.

Sarah se stem is geneties, lyk dit my. Die vrou voor ons gaan haal dit ook by haar heupe.

"Wel, wel, wel. Jou foto's doen jou 'n groot onreg aan." Sy lig haar een wenkbrou. Knipoog? Ek is nie seker nie.

Ek steek my hande in my sakke en glimlag. Ek kan dit nie weerstaan nie. Ek voel skielik ontwapen. "Ek wens ek kon dieselfde sê, maar Sarah deel nooit enigiets oor haar familie nie."

Sarah sug, rol haar oë en loop verby ons, die woonstel in.

"En sy groet ook nooit nie," sê Adriana droog.

Ek wag vir haar om om te draai en volg haar dan binnetoe. As haar gesig nie haar sterkste bate is nie, vergoed die middeljarige vrou se lyf ruim daarvoor. Sy beweeg asof sy vol selfvertroue 'n honderd meter bo die grond op 'n hoogspanningskabel loop.

Sy draai om, op haar tone, en glimlag weer. Wye mond. Goed versorgde tande. Reggemaakte tande. Te wit, te perfek.

"Kan ek vir jou iets aanbied om te drink?" 'n Hand met rooi vingernaels beduie na haar eie glas op die bruin toonbank in die kombuis. Dit lyk soos 'n konjakglas. Langs dit lê twee messe en 'n bos wortels. Iets prut op die stoof in 'n blou kastrol.

"Het jy 'n bier?"

"Heineken?"

"Perfek."

Adriana maak die yskasdeur oop en kyk afwagtend na Sarah. "En jy?"

"Niks nie."

"Nie eers tee nie?"

"Goed dan. 'n Coke?"

Dis Adriana se beurt om haar oë te rol. "Eendag gaan al daai koeldrank nog jou ingewande oplos. En jou metabolisme gaan jou lyf ook net só lank red."

"Whatever."

Sarah gaan sit op die donkerpers bank. 'n Grys kat spring op en vlei hom teen haar aan. Sy vryf oor sy rug tot hy tevrede spin. Ek draai om, weg van die rakke vol CD's teen die mure, en kyk na die uitsig voor my. Johannesburg lê links, soos 'n tweederangse sterrehemel langs die helder, blinker ligte van Sandton. Pretoria – of is dit Midrand? – sluimer regs, in die verte.

"Dis pragtig. Hoe lank bly jy al hier?" Ek kan my voorstel hoe mens elke paar maande nuwe liggies sien aankom. Nog en nog en nog soos Gauteng aanhou groei.

Adriana verskyn langs my met 'n bier in 'n lang, koue glas. "Lank genoeg." Sy beduie terug na die sitkamer. "Kom sit."

Ek neem die glas by haar en kyk om my rond terwyl ek na die twee lang banke loop wat die breë vertrek volstaan. Sommige mense se foto's – die foto's in my kop, die dinge wat ek raaksien – neem lank, maar ander s'n is soos Kodak-oomblikke. Dadelik uitgespoeg en onmiddellik beskikbaar, die kleure helder en oorweldigend.

Adriana is 'n volkleurfoto. Haar woonstel is donkerpers, bruin en wit. Die skilderye teen die mure is olie, groot en abstrak. Vreeslose hale in geel en oranje wat laag op laag lê. Dis asof Adriana tekstuur geniet. Soek. Van die skilderye tot die duur, growwe materiaal van die banke en die Afghaanse mat met sy duisende sagte, fyn knope. Niks is glad en steriel nie.

En al ken ek haar nog net elf minute lank, kan ek twee dinge van Adriana sien. Sy het nooit al twee haar hande vol nie. Sy het haar drankie gelos om myne te bring. Toe Sarah se Coke. Eers ná twee keer se loop het sy haar konjak gaan optel.

Die tweede ding is dalk selfs meer interessant. Iets in my herken Adriana. Dis daardie selfde iets in my wat altyd wil losloop. Gewoond is aan losloop. Alleen wees. Die onsigbare, onverstaanbare ding wat roer elke keer as daar moeilikheid is. Wat wag daarvoor. Dit inasem.

Daardie selfde ding waaraan ek so 'n klein bietjie verslaaf is, nes Adriana.

"Hier is die dokumente." Adriana sit 'n swart lêer op die glastafel neer.

Sarah maak dit oop en blaai deur die inhoud. "Dis meer as wat ek verwag het. Hier is selfs 'n geboortesertifikaat in." Sy maak die lêer toe. "Die geld was vir 'n paspoort."

Adriana haal haar skouers op. Drink van die konjak en sit die glas neer. Kruis haar bene. Elke beweging is soos water, vloeiend, rustig, maar met die potensiaal om vinnig meer te word.

Sy leun terug op die pers bank, die kat gemaklik op haar skoot. "Ek wou nie eers jou geld gehad het nie." Sy glimlag lui. "Buitendien, toe ek die koerante lees en sien vir wie ek dit doen – wéér moet doen – toe weet ek dit sal uitstekende werk moet wees." Sy wys na die lêer. "Hierdie is van die beste dokumente wat jy kan kry. Ek het blanks van Binnelandse Sake gebruik. Maar julle is ook net betyds. Met die nuwe ID-kaarte wat inkom, gaan dit moeiliker raak. En die Chinese raak ernstige kompetisie."

Sarah blaai deur die stapel papiere. "Ek sal ekstra betaal."

"Nee wat." Adriana kyk verby haar na my. "Dis 'n plesier. Eendag kom vra ek jou vir hulp. Buitendien, ek het jou pa geken. Ek weet hoekom gebeur het wat gebeur het. As mens só grootword . . ." Sy trek haar skouers op en kyk na my met oë wat sê ek sal weet wat sy bedoel.

"Hoe het jy my pa geken?" vra ek.

"Ken is die verkeerde woord. Ons paaie het vlugtig gekruis. Net een maal. Hy het met my gepraat. Geflirt, kan jy glo. Op die ou einde het hy die klag teen my laat vaar. Gesê ek moet ophou met my nonsens. Ek het nie geweet hy's jou pa nie. Nie tot die koerante jou lewe so begin loswikkel het by die nate nie."

Ek wonder wat sy gedoen het, maar besluit dan ek wil nie weet nie. Dit gaan niks verander nie, ook nie die feit dat ek nou op Adriana se boeke is nie. Ek twyfel nie daaraan dat ek diep in die skuld is by haar nie. Selfs al betaal ek en Sarah dubbel die prys vir hierdie dokumente, kan ek maar weet sy gaan my iewers, êrens, in die middel van die nag bel en dit opeis.

Ek tel die paspoort op en kyk na my nuwe, soveelste naam. "Francis Beekman." Gaan ek hierdie een onthou? Ek bêre dit en sit die lêer in my rugsak. "Dankie. Baie." Ek knik ook in Sarah se rigting.

Ys rinkel toe Sarah aan haar Coke proe. Sy haal die Stuyvesants uit haar rekenaarsak.

Adriana lig haar wenkbroue.

Dis asof Sarah dit voel. Sy kyk na die ouer vrou. Dié beduie met haar oë na die balkon. Sarah brom iets en gooi eerder die pakkie sigarette op die koffietafel neer, so asof sy ons nie by mekaar vertrou nie.

"Daar's nog iets," sê sy, onweer op haar gesig. "Ons het die bakkie nodig. Kan ek dalk die Mini vir jou los en die Hilux vat?"

Adriana se hande raak stil bo die kat. "Ek haat daai motor. Mens kan jou myle ver hoor aankom. En hoe moet ek voorraad vir die restaurant in daai boksie laai?"

"Asseblief."

"Restaurant?" vra ek.

Adriana knik. "Ek besit Crow's Feet, net om die draai. Jy moet kom kuier. Ek maak die heerlikste kos." Sy hou haar hande op, palms na my toe. "Ek's die sjef. Goed met my hande. Was nog altyd."

"Adriana," sug Sarah. "Ons tyd is min."

"Jy's nes jou ma." Adriana vryf weer oor die kat se rug en stoot hom dan saggies van die bank af. Leun vorentoe en drink van die konjak. Toe sy weer praat, kyk sy verby ons, na die stad se ligte. "Ek neem aan sy het niks saam met jou gestuur nie? Nie groete of Ma se beesstertresep nie?"

Sarah antwoord nie.

Adriana staan op, loop na wat die slaapkamer moet wees, en kom terug met 'n bos sleutels en 'n swart seilsak in haar hand.

"Bring asseblief die bakkie veilig terug. In één stuk. Moenie ry soos jy altyd ry nie. En ek wil die CD daarin terughê. Dis Nina Simone, *Precious and Rare*. Haar vroeë ateljeeopnames van die 1950's."

"Is dit die een waarvan jy vroeër gepraat het?"

"Ja. My nimmereindige poging om jou musiek te laat waardeer."

"Jy doen nie sleg nie. Daar is al baie name waarvan ek hou."

"Maar niks is beter as die pieng van 'n rekenaar nie." Adriana lag. "Ek wou dit nog laas vir jou speel, maar toe was die tyd te min. Ook oor dié een." Sy knak haar kop in my rigting.

Ek weier om sleg te voel. Ek is hier om Sarah te help. En Alex. Ek hoop net ons gaan nie heelpad Sasolburg toe na Nina Simone luister nie.

Adriana hou die bos sleutels vas toe Sarah se hand daarvoor vra. "Jy moet versigtig wees. Ek weet nie wat julle gaan aanvang nie, maar wees net versigtig. Jou ma . . ."

"Ek weet," keer Sarah.

"Sy gaan my nooit . . ."

"O, ek weet."

"Ek gaan op jou begrafnis sê dit was jou skuld. Dat jy my afgepers het. Dat ek geen idee het hoe jy die bakkie in die hande gekry het nie. Ook nie wat jy daarmee gaan doen het nie."

"Jy weet mos in elk geval niks."

"Is dit beter so? Régtig beter so?"

Sarah trek haar skouers op. "Ek dink so."

"Goed dan." Die sleutels word gevolg deur die swart sak. "Dis die rewolwer, 'n Taurus. En die Glock. Ek het dit 'n uur gelede by jou vriend gaan haal. Vreemde knaap, ek dink hy het 'n jaar laas sy hare gewas. Hy het dubbel die prys gevra omdat jy hom so min tyd gegee het." Sy kyk na my. "Moet ek dié eerder vir jou gee?"

Sarah knik. Ek vat die sak by Adriana.

"Gaan jy nie kyk of dit is wat jy gesoek het nie?"

Ek glimlag. "Nee wat. Ek vertrou jou." En ek mag dit selfs bedoel.

Sarah sluit die donkerblou dubbelkajuitbakkie oop en klim in. Sy verstel die sitplek, skuif dit vorentoe. Dan op. Nog op.

Ek kyk weg, na die grys beton van die parkeerterrein, die oranje pilare wat die gebou orent hou. Enigiets is beter as om na Sarah te staar, want dalk net verraai die glimlag op my gesig my.

"Bliksem," skel sy en klim uit. Die harde klank van die deur weergalm deur die oop ruimte.

Ek maak my sitplekgordel los, klim uit die 4x4 en gaan staan voor die voertuig. Sarah kom om die bakkie gestoom. Ek hou my hand uit vir die sleutels. Sy kan kwalik oor die paneelbord sien.

"Kan jy ooit bestuur?" vra sy.

"Nee, ek loop orals heen." Ek wil-wil lag vir die frustrasie op haar gesig. "Komaan, dis nie so sleg nie. Sasolburg is nie so ver nie."

Sy gee die sleutels vir my en loop met kort, kwaai treë na die passasiersdeur. "Ek moes vir die Merc gevra het."

ALEX

1

"Word wakker."

Die skielike skerp lig is te veel vir my oë. Ek knip hulle teen die vroegoggendson wat deur die gebreekte ruit stroom. Die ou man het nog heeltyd koerante teen die ruite gehad. Hoekom dit nou afhaal? Hoekom homself so blootstel? Gaan ons iewers heen? Al weer?

Of is dit die einde? Uiteindelik, ná sewe weke.

Ek swaai my voete oor die rand van die bed. Dit sal nie help om te vra nie. Ghaddafi sal nie antwoord nie. Ek weet steeds nie hoekom ek hier is nie. Dalk hou die sindikaat my aan die lewe tot hulle my later kan gebruik. Dalk onderhandel iemand iewers vir my vrylating. Wie de hel weet.

Ek vryf oor my seer gewrig. Die boeie eet my vel. Die ou man maak dit elke aand skoon, wissel selfs die arm wat hy vasmaak, maar dit bly pynlik.

Dis duidelik hy was in die tronk. Hy verstaan sleutels. Hy weet hulle gee hom mag. Maak dat hy tyd kan vaspen. Dat hy kan sê wanneer ek moet eet en wanneer ek moet slaap. En hy hou my heeltyd dop, so asof hy besef hy moet oë agter in sy kop hê.

Ek moet badkamer toe gaan.

"Ghaddafi!"

Die ou man met die bles en yl grys hare loer om die sinkmuur. Hy het 'n emaljebeker vol tee in sy hand. Hy sit dit op die tafel by die deur neer. Buig kamstig diep. "Wat is dit, Your Highness?" vra hy in sy hoë, nasale stem.

"Toilet. 'n Bad. Fokken hel."

Hy kom vorentoe en stoot 'n blikemmer onder die bed uit met sy voet. Kekkel soos hy lag toe hy uitloop.

Ek trek die emmer nader en maak my Levi's los. Ek voel lus om hom en sy alewige beker tee stukkend te skop, maar dit sal dom wees. Dis die laaste vloeistof wat ek sal kry tot middagete.

Ek moes seker van beter geweet het as om vir 'n badkamer te vra. Hier is nie een nie. Ons is in 'n vervalle fabriek met net een kraan wat werk – die kouewaterkraan. Verder is hier niks. Ek vermoed daar is ook nie beter geriewe iewers anders in die nywerheidsarea nie. Net soos hier ook nie motors of mense is nie. Wel, nie agt-tot-vyf-mense nie. Die ou man hou elke aand die rondlopers met 'n haelgeweer weg. Ek gaan een keer per dag uit, net voor slaaptyd. Vyftien minute van vars lug, niks meer nie.

Die ou man het al vier keer verdwyn – waarvan ek weet. Al hoe ek dit ná die tyd besef, is dat ek doodgeslaap het vir tien ure of meer. Hy moet slaappille in my kos of tee gooi.

Van Ghaddafi weet ek min. Hy pas my alleen op. Dalk doen hy die sindikaat se vuil werk. Dalk is hy te oud om enigiets anders te doen. Daar was een keer iemand hier, lank gelede, maar hulle het nie ingekom nie, en ek kon nie uitmaak wat hulle sê nie. Miskien was dit selfs my verbeelding. Verder praat Ghaddafi met iemand oor e-pos. Sover ek weet, het hy nie 'n selfoon nie.

Ek kan sien hy sukkel met die rekenaar. Dis 'n ou Dell. My Apple het hy uitmekaargehaal, so asof hy 'n kind is wat wou sien hoe die ding inmekaarsteek. Tik is moeilik, en hy verstaan net die basiese aksies van die skootrekenaar. Sit aan, laat die modem draf, maak die e-pos oop, lees sy nuwe boodskappe en sit af. Niks meer nie. G'n internet nie. G'n seksflieks nie. En hy doen dit elke aand vandat hy my ingebring het.

Dis soos alles wat hy doen. Klokslag. Aandete is laatmiddag. Ontbyt sodra die son opgekom het.

Hy gee my kos met hande waarop daar 'n magdom tatoes is. Tuisgemaakte, kru tekeninge. Hulle kruip op met sy arm en verdwyn by sy hemp in, net om weer uit te klim by sy nek. Die een van die spinnerak op sy adamsappel het hy 'n paar jaar voor sy vrylating gekry, ná die tronksisteem verander het na '94 en hy by die *28s* moes aansluit om te oorleef. Dit beteken hy sal geduldig wag vir sy prooi, het hy een aand gesê toe hy meer spraaksaam was as gewoonlik. So lank as wat hy moet vir wat hy ook al wil hê.

Ek het vir hom verduidelik dat niemand by die koerant geld vir my sal betaal nie, maar hy sê dis nie wat hy soek nie. Ek wens ek het geweet wat hy wil hê. Nes ek wens dat ek vir Sarah laat weet het waarheen ek op pad was daardie aand in Welkom.

Ek maak my jeans se knope vas. Stoot die emmer, wat ek vanaand weer self sal moet leegmaak, onder die bed in. Die reuk en kleur van my urine sê ek is ontwater. Dit en die hoofpyn wat my kop in 'n vuis knoop. Ghaddafi weet niks van water nie. Hy drink liters en liters goedkoop bier en die soetste tee, so asof suiker vir hom 'n nuwe ding is.

Praat van die duiwel. Hy loer weer om die hoek van die sinkmuur. "Lus vir 'n potjie skaak?"

Die Oos-Europese aksent is steeds daar, tussendeur die tronk-Afrikaans.

Ek knak my kop in die rigting van die vensters, na die lig wat skielik instroom. "Nou? Wat gaan aan?"

Sy vingers trek aan die goedkoop swart sweetpakbaadjie wat hy vanoggend aanhet. Die swart T-hemp het plek gemaak vir 'n skoon rooie. En hy het geskeer. Die grys baard van die afgelope paar weke is weg. Net die hare wil niks weet van plat lê nie.

"Kry ons mense?" Ek probeer lag, enigiets om hom uit te lok, maar dis te seer. Ek hou my sy vas met die hand wat vanoggend nie geboei is nie. Linkerhand.

Ek het die tweede nag hier vir Ghaddafi oorrompel en hom uitgeslaan, maar hy het nie die boeie se sleutel by hom gehad nie. En die hospitaalbed waaraan ek vas is, is in die vloer geanker. Ek moes soos kiepie sit en wag tot hy bykom.

Hy was kwaad toe hy wakker geword het. Hy het twee tande uitgespoeg en my drie keer in die rug geskop, naby waar die koeël my in Welkom getref het. Sy klere is goedkoop, maar die stewels is nie. Staalpunte. Ek dink my ribbes is dalk nou regtig af.

Ghaddafi antwoord nie. Hy loop eenvoudig uit en kom terug met 'n lendelam tafeltjie waarop die skaakbord rus. Hy maak dit voor die bed staan. Volgende is die houtstoel wat lyk asof dit by 'n skool gesteel is. Heeltyd fluit hy 'n deuntjie wat ek nie kan uitmaak nie.

Hy loop weer uit en kom vyf minute later terug met 'n beker tee en 'n piering beskuit.

"Wat is anders vandag? Skaak in die oggend, en beskuit." Ek gaan sit op die dun matras, die goedkoop grys kombers. Neem die tee wat hy vir my aangee.

"Jy praat te veel," sê hy. "Speel."

"Ek wil nie."

"Ek wil nie heeltyd 'n gun teen jou kop hou nie."

"Nou moet dan nie. Het jy nie 'n huis om heen te gaan nie? Iemand wat jou mis nie?"

Hy leun terug in sy stoel. Drink sy tee stadig terwyl hy stil na my staar. Sy adamsappel beweeg soos hy elke keer sluk. Verby die sewebeenspinnekop. Op en af.

"Vyftien," sê hy uiteindelik.

"Vyftien wat?"

"Ek was vyftien toe ek laas 'n huis gehad het."

"Hoekom vyftien? Wat het gebeur?"

"Speel."

"Ghaddafi, wat . . ."

"Ek het geantwoord. Speel nou."

Hy sit die tee op die vloer neer en maak die eerste skuif. Ek stut my beker tussen my bene en doop die Ouma-beskuit onhandig daarin. Ek verlang na spek en eiers.

Sewe weke. Séwe weke.

Pion vorentoe.

Ek kan nie glo ek speel skaak nie. Dis tog nie asof ek my vryheid kan wen nie. En ek haat skaak.

Ghaddafi kyk op en glimlag. Wat de hel gaan aan?

"Kry ons mense? Het iemand julle betaal?" Ek ruk gefrustreerd aan die boeie. Hoekom antwoord hy nie?

Die ou man skuif sy pion, die een voor die kasteel aan die linkerkant. Dis 'n ander skuif as gewoonlik.

"Ghaddafi. Wat gaan aan?"

Hy kyk op, 'n glinstering in sy waterige blou oë. Hy sit sy maer hande op die knieë van sy deurgeskifte denim. "Jou move, Alex. Ons het nie heeldag tyd nie."

2

Ek kan die ou man van hier af hoor snork, sy asemhaling ritmies, soos iemand wat diep in droomland is. Dit klink altyd so wanneer hy slaap. Weke van saambly leer jou sulke banale dinge.

Ek draai op my sy, versigtig dat die boeie nie 'n geraas maak nie. Ek voel vir die stuk gebreekte saaglem wat ek een nag buite in die sand gevind het en in 'n spleet in die matras wegsteek. Ek het die stuk staal amper ingesluk toe ek dit ingesmokkel het.

Aand na aand lê ek hier en saag aan die geroeste sweislas wat die kopstuk aan die bed verbind. As ek die laaste stuk kan deursaag, kan ek die boeie loskry.

Voorheen het ek nog elke keer in die nag gewerk, maar vandag is anders. Alles is anders. Ghaddafi het ná ontbyt en skaak gesê ons moet slaap, rus vir wat voorlê – wat dit ook al mag beteken.

Wel, hy kan slaap as hy wil. My tyd is min. Baie min. Iets gaan gebeur. Dis duidelik soos daglig.

Ek trek my T-hemp oor my kop en voer dit tot by my hand, oor die lem. Die klank moet so gedemp as moontlik wees. Ek vat die lem vas en begin werk. Probeer die gesaag net so ritmies hou soos Ghaddafi se snorkery vanuit die groot, leë saal langsaan. Hy mag nie nou wakker word nie.

Ek probeer vinnig werk, geruisloos. Die pyn in my linkerhand, al lankal dofweg daar, word skerper. My vingerpunte is vol blase wat ek heeltyd vir Ghaddafi moet wegsteek. Daar is nie baie speling om die stuk saaglem vas te hou nie. Ek saag en saag tot ek bloed tussen my vingers deur voel loop. Dik. Taai. Dan, twee minute later, is daar 'n sagte metaalgeluid. 'n Breekgeluid.

Die lem?

Ek lig die T-hemp. Dis die bedraam. Ek is deur.

Ek skuif die boeie stadig met die metaalreling af tot by die opening. Ek hou dit vas in my regterhand, versigtig om nie 'n geluid te maak nie.

Onmiddellik is daar 'n probleem. Die opening wat ek deurgesaag het, is kleiner as die boeie. Ek sal moet opstaan, langs die bed staan en die kopstuk optrek tot ek die boeie kan loswikkel.

Ek swaai my voete oor die rand van die bed. Probeer my asemhaling egalig hou. Ek kan nie nou opgewonde raak nie. Ek is nog lank nie by die deur uit nie.

Kom los. Kry Ghaddafi se Beretta. Vat sy motor. Dis die plan.

Langs die bed plant ek my voete in die grond. Ek ignoreer die pyn in my ribbes en trek die kopstuk op met my regterhand terwyl ek die boeie probeer loskry met my linkerhand.

Daar is net nie genoeg speling nie.

Fok.

Kalm bly. Ek moet kalm bly, al wil ek veel eerder die bed in die grond in slaan en aan die staal ruk tot ek los is.

Probeer weer.

Ek trap met die regtervoet vas onder die matras, op die raam, en trek aan die kopstuk met my regterhand. Voel-voel met my linkerhand.

Ek trek harder, die frustrasie dik in my keel.

Los!

Die boeie swaai aan my regterhand. Ek haal vlak en vinnig asem, konsentreer om dit rustig te maak. Ek luister na die oggendgeluide, maar hoor niks ongewoons nie. Ghaddafi snork steeds.

Ek loop tot by die deur wat my deel van die fabriek, seker voorheen die kantoor, van syne skei. Kyk versigtig om die hoek na die bed waar hy lê en slaap. Ek moet die sleutels kry – die boeie én die motor s'n. Waar is dit? En die Beretta sal ook help.

Daar is niks op die krat langs die bed nie. Niks in sy hande nie. Wat nou?

Die gebou se groot skuifdeur, aan die oorkant van die leë saal, is steeds gesluit. 'n Staalslot sorg dat ek binne bly.

Wat van die vensters?

Niks het nog verander vandat ek hulle die eerste keer gemeet het nie. Te hoog. Ek sal op iets moet staan.

Is daar niks wat my kan help nie? Waar is die Beretta?

Los die pistool. Moer die ou man weer oor die kop. Neuk hom met die vuis. Soek na die sleutels.

Maar sê nou hy word wakker? Sê nou die pistool is onder sy kussing?

Kan nie nou iets daaraan doen nie. Die tyd is te min.

Ek loop versigtig nader.

'n Stem stuit my in my spore, drie meter van die ou man se bed af.

"Toe ek die eerste keer tronk toe is, het ek elke aand gemaak asof ek slaap. Dit het niks gehelp nie, maar ek het steeds getry. Elke aand. Dis nie dat ek nie goed was daarmee nie, dis net dat niemand omgegee het nie."

Ghaddafi kom orent, leun op sy elmboog.

Ek spring vorentoe. Sien iets anders as die Beretta in sy hand. Iets wat blou elektrisiteit uitskiet. Dan word dit swart voor my.

SARAH

1

Ons ry en ry. Die yl vroegoggendverkeer word al hoe meer soos ons Sasolburg nader, maar gelukkig is daar min cops langs die pad. Dankie tog daarvoor. Dis die laaste ding wat ek nou wil hê. Iemand wat sien, wat twee keer dink.

Mense kan sê wat hulle wil, maar die meeste polisiemanne is goeie ouens wat weet wat hulle doen. Slim ouens wat dínk. Soos oor hoekom twee vrouens vroegoggend op pad is met vier bottels water, 'n verkyker, 'n rewolwer, 'n pistool en te veel paspoorte met dieselfde gesig op. Ons is nie voorstedelike ma's wat sporttoerusting, skoolboeke en kosblikke rondkarwei nie. Enige polisieman, selfs die domste onder hulle, sal dit dadelik weet.

Ranna ry geduldig deur die spitsverkeer. Dalk is dit goed sy bestuur. Hier is meer motors as waaraan ek gewoond is. Gewoonlik slaap ek nog hierdie tyd van die dag. Ek sou seker net kwaad word en iets doms aanvang. Storie van my lewe.

Ek bekyk die wit oorpak met die spits ore en deurmekaar hare in die Camry langs my. Die koffiefles op die passasiersitplek. Is hy dalk 'n ketelmaker op pad na die blink ligte van Sasol se industriële kompleks? Of op pad huis toe ná 'n lang nag by die werk? Na sy familie toe. Asems in die bed. Slaperige stemme. Weet-Bix en warm melk by die kombuistafel.

Ek glo in familie en nie veel meer nie.

Of nee, daar is darem nog een ding. Gordon Moore, een van die stigters van Intel, het eenkeer famously gesê die kapasiteit van rekenaarchips sal elke twee jaar verdubbel. Elke twee jaar. Vinniger, beter.

Nooit vinnigste nie. Beste nie.

En dis hoe dit met alles is. Period. As jy weer kyk, het jou nonsens verdubbel en jy kom nooit voor nie. Elke nou en dan maak jy jou oë oop en dan is dit net meer. Skielik het jy 'n huis, honde, jou pa het emfiseem en jy het lief. Of iets wat soos dit voel. Iets anders as die dom gestoei op die agtersitplek van 'n ou Alfa as jy sestien is.

Ek kyk by die venster uit. Ons en die Camry trek gelyk weg. My oë soek na Ranna.

Weet sy? Weet sy wat gaan gebeur? Kan sy dit sien kom? Is dit hoekom sy heeltyd hamer op die sindikaat? Wil weet waar hulle is? Hoeveel hulle is?

Alex sê Ranna kan goed sien wat ander mense nie eens weet bestaan nie. Asof sy regdeur hulle kan sien. En sy onthou. Onthou om nooit te vergeet nie.

Maak Alex, haar ding met Alex, haar hierdie keer blind genoeg? Ek hoop so.

Ons haal die Camry by die volgende verkeerslig in. Die ouerige man kyk regs. Glimlag halfhartig. Moeg. Ek kyk weg na die ry motors links van ons. Vorentoe.

Het ek goed genoeg weggesteek wat regtig aangaan?

Ons stop by 'n garage vir iets om te eet. Die oggendlig skitter op die winkel se glasdeure wat geluidloos oopgaan, toegaan en ons insluk. Binne-in is die lug koel. Steriel. Heerlik.

Ek loop na die koffiemasjien terwyl Ranna koers kies na die

bakkery. Ek soek tee en sy wil 'n dubbelespresso hê. Ek kan nog steeds nie uitwerk hoekom mense van koffie hou nie. Dit proe soos gif.

Net toe ek suiker in my tee wil gooi, kom staan sy langs my. "Kyk," sis sy in my oor. Sy hou die koerant dat ek kan sien.

"Sewe renosters dood," lees ek die groot swart opskrif.

"Nee, man." Sy wys ek moet laer af kyk. Haar kop sak tussen haar skouers, haar hand oor haar mond en neus, asof sy agter haarself kan wegkruip. "Nikhil het gedoen wat ek gesê het."

Ek kyk weer. *Isabel in Indië*, kondig die opskrif van 'n berig op die regterkant van die voorblad aan. Ek soek vinnig deur die artikel. Isabel Kroon het blykbaar haar kredietkaart gebruik om 'n motorfiets in Moembai te koop. Vermoedelik is sy op pad Viëtnam toe, spekuleer die verslaggewer verder.

"Ek dog hy moes 'n kamera kry."

"Ons moet teruggaan en hom skiet."

Sy ontspan effens, asof sy meteens besef daar is nie 'n foto by die berig nie. En dat dit sê dat sy kamstig in Indië is, nes sy beplan het.

Ek gooi suiker en melk in die tee en sit 'n plastiekdeksel op die papierkoppie. Bied die koffie vir haar aan. "Kan ons asseblief net eers hierdie gemors uitsorteer?"

Sy mompel iets onhoorbaars en vou die koerant toe. Hou die ham-en-kaastoebroodjies op dat ek kan sien.

"Ek het klaar hiervoor betaal. Ek wag vir jou by die bakkie."

2

Ranna lê op die skouer van die rantjie in die skadu van 'n portjackson. Die grond onder die boom is steeds klam van die koel nag, al hang die son al halfmas in 'n wolklose hemel.

Ek gaan lê langs haar. Rol eenkant toe en skuif 'n klip wat my heup pla na links. Beweeg terug. "Hierso." Ek bied haar die waterbottel aan wat ek gaan haal het, maar sy ignoreer dit. Ek maak dit langs haar staan.

Sy lê al tien minute lank so, vandat ons Alex in die verlate fabriek voor ons gesien het. Sy het hom met die verkyker op die bed in die gebou se kantoor opgespoor en toe na my gekyk met 'n onleesbare uitdrukking in haar oë. Dalk skuld. Dalk iets anders.

Uiteindelik glo sy my dat Alex in die moeilikheid is. Dat hy nog leef.

Sy het die verkyker nie gelos tot Alex se regterhand, die een wat aan die bed vasgeboei is, beweeg het nie. Hy is kaalvoet en maer, sy jeans vuil. En daar is iets wat na bloed lyk aan sy gesig.

Die enkele, onverwagte druppel het soos sweet teen haar neus afgeloop en in die stof voor ons geval. Sy het opgestaan en weggeloop. Sy het eers 'n rukkie later teruggekom, haar oë skielik lewendig en kwaad. Kwaad soos Die Moer In.

"Ek's jammer," het sy gesê. "Ek moes die simpel paspoort gelos het."

Toe het sy weer langs my kom lê en die verkyker opgetel. Hierdie keer was die Glock langs haar, die wapen op die rugsak, so asof sy regmaak om dit te gebruik. Ek het gaan water haal; dit was makliker as om haar in die oë te kyk. Makliker om my eie verligting weg te steek.

"Ek sien net een man," praat sy uiteindelik. "Die ander moet uit wees. Ek kan nie dink daar's net een van hulle hier nie. En dan nog so 'n ou man."

"Dalk is die ander terug Welkom toe? Alex is vasgeboei. Jy het nie meer mense nodig nie, het jy?" Ek wonder wie ek probeer oortuig.

"Dis moontlik. Ek verstaan net nie hoekom hulle hom aan die lewe hou nie. Wat wil hulle hê?"

"Kan ons later daaroor bespiegel? En kan jy ophou om hom die hele tyd dood te wens?"

Sy ignoreer my, haar oë steeds vasgenael op die fabriek en die twee mans daar binne.

"Ek dink die ou man was in die tronk," sê sy.

My woede verdamp. Hoe weet sy dit?

Ek neem die verkyker by haar. "Hoekom sê jy so?"

Ek fokus deur 'n venster van die verlate gebou op die man wat op 'n skootrekenaar besig is. Hy sit by 'n geroeste staalwerkopper-vlak wat in die vloer vasgebout is. Hy is seker so dertig meter van Alex af, aan die oorkant van die gebou. Langs die fabriek, naby 'n oop skuifdeur, staan 'n groen Nissan Sani onder 'n lendelam afdak.

Ranna wys verby die verkyker. "Die tats. Tjappe. Kyk sy nek. En sy voorarms. Dis 'n spul gang tats. *28s*, lyk dit vir my. Daai vier sterre op sy hand beteken hy was hoog op in die hiërargie, en dit vat tyd. Hy was lank agter tralies. Hy moes moord gepleeg het."

Ek kyk weer deur die verkyker. Onthou opnuut dat sy alles sien, nes Alex gesê het.

"Okay. Ek sien dit."

Biep.

My selfoon.

Ranna kyk na my. Sy het gesê ons moet ons fone afsit. Jammer, beduie ek en haal dit uit my sak.

Als reg, sê die sms.

Ek beduie ondertoe. "Ek sien ook niemand anders nie, net die ou man. Ons moet move, voor die ander ouens terugkom."

Ranna kyk weer na die fabriek. Vee die krulhare uit haar oë. Volgens Google is die gebou een van vier in 'n kompleks wat nooit voltooi is nie. Die twee besighede wat daar was, het gou bankrot gespeel, net soos die eiendomsontwikkelaar. Die ander twee half-klaar geboue lê soos karkasse in die veld, opgekou deur wind en weer. Die resessie het alles gevat.

Dit het ook niks gehelp dat die kompleks langs 'n pad gebou is wat die munisipaliteit nooit iewers laat aansluit het nie. Die twee bane wat by die kompleks indraai, is al 'n grondpad, toegegroei met onkruid. Sinkgate lê soos pokmerke op die bruin grond.

"Ons kan nie bekostig om tyd te mors nie," por ek haar weer aan.

Sy kyk na my, haar blou oë amper pers. Verbete. En versigtig. Al van Moembai af, so asof sy weet.

"Ons kan dit doen, Ranna. Een ou man. Dis al."

"Hoekom bel ons nie die polisie nie?"

"En wat dan van Alex?" keer ek. "Dit sal beteken jy gaan hom nie sien nie. En jy is nou hier, al die pad van Indië af."

"Die blitspatrollie sal vinnig hier wees. Hy sal veilig wees. Dis wat saak maak."

Sy klink skielik onseker. Is sy bang om Alex weer te sien? Bang hy is nog steeds kwaad vir haar?

Ek beduie na die ou Sani. "Die kar lyk of dit gelaai is en reg staan om te ry. Ons kan nie . . . ek wil nie . . ."

My stem bewe skielik van woede. Ek byt so hard op my onder-lip dat ek bloed proe. Sy moenie nou kom sukkel nie. Wat sy nie weet nie, is dat ek net so bly soos sy is dat Alex nog leef. Al wat ek gehad het, was 'n belofte. 'n Useless, shitty belofte. Ek sluk. Dis tyd dat hierdie ding verbykom.

"As jy wil bly, maak so, maar ek gaan nie wag nie." Ek spring op.

Sy lig weer die verkyker en staar na die geboue onder ons.

"Goed, ons gaan in. Maar jy doen wat ek sê, anders gaan ie-mand vandag seerkry."

Sy beduie dat ek links teen die rantjie moet af. Sy sal omloop aan die regterkant, skuifdeur se kant toe.

Ek maak soos sy sê, die rewolwer swaar in my hand. Ek onthou my woorde aan haar: gewere is vir dom mense – en nou is ek ook een van hulle.

Hierdie hele ding is dom, besef ek, maar ek het nie veel van 'n keuse nie. Ek dans terwyl iemand anders die toutjies trek.

Hoe het ek hier beland? Ek het ná die tronk myself belowe dat niemand dit ooit weer aan my sal doen nie. Dat niemand ooit weer vir my sal sê wat om te doen nie. Wanneer om dit te doen nie.

Uiteindelik staan ek aan die onderkant van die stowwerige hoop grond. Sweet loop teen my rug af, en dis nie als die son se skuld nie. Vyftig meter voor my gee Ranna drie lang treë tot teen die fabriek se sinkmuur. Haar voetstappe is lig, haar hande seker om die Glock se swart kolf. Sy trek haarself plat teen die muur. Wink my nader. Ek loop stil en vinnig tot by haar, my asem vlak in my keel.

Sy kyk op na die venster bokant ons, dan na my asof sy my weeg.

Ek beduie na die skuifdeur agter haar. "Dit staan oop."

"Te ooglopend."

Ek loop verby haar. Deur toe.

"Sarah," sis sy.

Ek hou aan met loop. Hierdie simpel speletjie het nou lank genoeg aangehou.

Die voetstappe agter my kom vinnig nader. Ek draf vorentoe, by die deur in. Dis tyd om Alex te kry.

Net binne die deur haal sy my in. Sy ruk my met brute krag terug aan my T-hemp. Haar hand vervat en klem om my boarm. Haar oë brand in myne.

"Wat de hel . . ."

Haar woorde droog op toe sy die loop teen haar rug voel.

Ek het hom sien naderkom agter haar. Hoe hy geweet het waar ons gaan inkom, weet ek nie. Dalk was dit obvious, soos Ranna gesê het.

Hy skuifel 'n tree weg, die loop steeds op haar gerig, die dreigement duidelik. Hy beweeg nogal soos sy, sag en versigtig, asof hy weet hoe om seker te maak mense hoor nie.

Voor my sluk Ranna die woorde wat sy my wou toesnou een vir een. Het ek so gelyk toe sy my in Moembai in haar woonstel betrap het? Kwaad? 'n Bietjie bang?

Sy kyk van my gesig na die aar wat ek in my nek voel pols. Haar hand grawe in my arm in. Die stom verbasing word woede. Teleurstelling.

"Hoekom?" Sy skud haar kop stadig.

Ek probeer my losdraai uit haar greep, maar sy hou.

"Magtig, Sarah. Hoekom?"

Uiteindelik los sy my. Ek gee 'n tree weg van haar, weg van die Glock. Nog een.

"Moes," fluister ek. Skielik weet ek nie waar om te kyk nie. "Dit was jy of Alex. En as Alex jou nooit ontmoet het nie, was hy nie nou hier nie. Ek ook nie. En buitendien . . ." Ek skud my kop vererg. Dit maak in elk geval nie saak nie.

Ek kyk na die ou man agter haar, knik vir hom. Gee nog twee skuins treë terug, tot Ranna tussen my en hom staan. Wik en weeg of ek hom kan tref, maar weet eintlik ek kan nie. Ek skiet nie goed genoeg nie.

Uiteindelik praat die ou man. "Hallo, Isabel. Ek wag al so lank om jou weer te sien."

RANNA

1

Verraad het 'n kleur. Dis 'n kil, vuil, yskoue wit.

Nee. Dis swart.

As ek Sarah se foto moes neem, sou dit ys wees. Ys onder sneeu, amper swart van die olie en modder wat daar ingesypel het. Swart ys. Moeilik om te sien, maar daar. Iets waarop jy gly sonder om te weet dit bestaan.

Ek moes Sarah daardie dag in Moembai geskiet het.

Is Alex ooit regtig ontvoer? Is daar ooit 'n sindikaat?

Is hy deel hiervan? Wat ís hierdie?

Ek steek my hande stadig in die lug, die Glock steeds in my linkerhand. Ek weet dis die ou man wat daar staan. Hy het geweet ons kom. G'n wonder Sarah was so haastig om hier in te storm nie. Sy moet hom gewaarsku het dat ons op pad is.

Sarah loop versigtig om my, heeltyd buite reikafstand. Ek volg haar met my oë. Wonder of ek my hande om haar keel kan kry voor die ou man skiet.

Uiteindelik gaan staan sy stom aan my linkerkant, ek tussen hulle, die rewolwer ongemaklik in haar hande, asof sy nie weet om dit te lig of te los nie.

"Goed, jy het haar nou. Waar is Alex? Langsaan?" Sarah beduie na die kantoor in die hoek van die gebou.

Die ou man skud sy kop. Glimlag. Nee, dis eerder 'n grinnik. Een van sy voortande is gebreek. Sy wenkbroue is ruig en aanmekaar geweef oor sy neus. Hy skuif 'n tree terug. Nog een.

"Alex is hier, moenie worry nie."

Hy praat Afrikaans, maar sy aksent is vreemd – sy tong sleep lui deur die s'e. Dalk moes hy dit leer. Seker in die tronk. Dan was hy lank toegesluit, nes die tats verraai.

Sarah waai die rewolwer in sy rigting. "Waar is hy?" vra sy weer, haar stem hard en ongeduldig.

Die ou man ignoreer haar. Sy ingesonke oë brand in myne in. Ek haak vas by sy maer arms. Die geel van sy vel. Jare se wanvoeding sit steeds in sy hol skouers en wange. Van naby kan ek sien een van die groot tatoes in sy nek is van 'n vrou met lang hare. Die een op sy hand sê *28*. Lyk asof iemand onlangs met 'n mes 'n lyn daardeur probeer trek het.

Ek kyk weer na die vingers om die Beretta. Dis hande wat weet van wapens. Hulle is stil en seker. En daar is 'n waaksaamheid in sy oë. Asof hy weet enigiets kan gebeur, al lyk dit asof jy alles onder beheer het. Boonop maak hy seker dat hy die sinkmuur agter hom hou en ons voor hom.

Hy lag weer, harder hierdie keer. "Klaar gekyk?"

Ek trek bloot my skouers op. Sluk vir eers die woede wat Sarah wil breek, al proe dit hoe bitter. Ander dinge weeg swaarder.

"Laat val die wapen," sê hy.

Ek maak so.

"Jy ook." Hy beduie na Sarah.

"Nie voor ek Alex gesien het nie."

"Hoe jammer vir jou. Laat val."

"Alex eerste."

Hy oorweeg haar woorde, en gee dan toe. "Goed." Hy wys vir my om om te draai en in die rigting van die kantoor te stap. "En hou jou hande waar ek hulle kan sien. Op." Dan sê hy vir Sarah: "Loop langs haar."

"Ek sal eerder hier agterbly."

"Jy toets my, girltjie."

Sy antwoord nie, staar net na hom.

Die ou man sug, jaag my dan aan met die Beretta. Ek loop met opset stadig. Probeer tyd wen om te dink.

"Sarah!" roep ek oor my skouer.

"Sjarrap!" skree die ou man ongeduldig. Sy hoë stem eggo deur die leë vertrek.

Die kantoor het 'n groot, gebreekte venster wat uitkyk op die fabriek. Binne-in kan ek Alex sien lê. Slaap hy steeds? Of . . . ?

Baie dinge kon in die laaste paar minute gebeur het.

Ek kyk oor my skouer. Die ou man is twee tree agter my, sy pistool op my rug gerig. Sarah volg agter hom, die rewolwer steeds in haar hande.

"Hoekom, Sarah?" roep ek skielik, harder as wat ek moet. As Alex wakker word, kan hy dalk help.

Maar die ou man het planne van sy eie. Hy skiet verbasend vinnig vorentoe. Slaan my met sy linkervuis in die rug, in die niere, en tree dan vinnig weg.

Die pyn skiet tot in my bors en steek soos spelde in my hande. Ek gaan staan en hou my lyf vas. Probeer die pyn minder maak. Lag skielik vir hoe dom ek was – en nie net nou nie. Al heeltyd van Moembai af. As ek mooier gedink het, sou ek geweet het Sarah beplan iets.

Demmit. Jy is so stupid, Ranna. Regtig domonnosel.

Hoekom wou Sarah nie die polisie betrek nie? Hoekom was sy so ongeduldig oor ek eers 'n nuwe paspoort in die hande wou kry? En vir die privaatste mens wat ek ken, het sy baie verklap. Waar sy bly, wie haar familie is. So asof sy my 'n laaste maaltyd gegun het.

'n Laaste stukkie menslikheid voor my teregstelling.

"As ek ooit hier uitkom, Sarah Fourie . . . ek sweer . . ."

Die stem uit die kantoor sny deur my woorde. Laat my regop kom. Dis die stem waarvoor ek gewag het, maar ook nie. Dis 'n moeë stem. Kortaf. Kwaad?

"Ranna?"

"Wag." Die ou man stuit my in my spore.

Ek gaan staan onwillig terwyl hy verby my loop en by die kantoor ingaan. Deur die venster sien ek hoe hy Alex regop laat sit. Die pistool op hom gerig hou.

Uiteindelik wink sy kop ons nader.

Alex is steeds aan die bed vasgeboei. Hy lyk sleg. Hy is veel maerder as wat ek onthou. Sy lippe is droog, sy baard en hare lank. Sy regteroog is toegeswel en droë bloed sit in 'n dik streep bo sy mondhoek.

Maar hy leef.

Ek vergeet van die ou man en draf na die bed waarop Alex sit. Ek gaan hurk voor hom, my hande op sy bene. Kyk op in sy gesig.

Skielik voel ek onhandig. Bang. Nie vir die ou man nie, maar vir Alex. Sê nou hy is so kwaad vir my dat hy nooit weer iets van my wil weet nie?

"Wat maak jy hier?" Hy baklei met my met sy linkerhand, die boeie om sy regterhand. "Is jy mal?"

"Effens. Nog altyd."

Hy lag saggies. Leun vorentoe en laat rus sy kop teen myne.

Ek asem hom diep in. Hy ruik na sweet. Die hele vertrek stink na iets wat ek nie wil naam gee nie, maar dit maak nie saak nie. Hy is hier. Lank. Verbete. Sterker as almal om hom.

"Jy leef."

Hy skud sy kop verdwaas, skaars 'n sprankie lewe in sy dooie groen oë. "Jy moes nie . . ."

Ek maak sy mond stil met myne. Proe hom, onder alles, soos hy was in Dar es Salaam toe ons mekaar ontmoet het. Hy kreun effens, en nie op 'n manier wat 'n vrou se lyf bly maak nie.

My hande voel oor sy nek, sy lyf vir die seer wat sy gesig so laat vertrek. Halfpad af met sy rug kry ek dit. Ek druk sag daarop, tot hy kreun.

"Jou ribbes. En jou gesig." Ek probeer glimlag. "Ek moet jou waarsku, ek hou nogal van hierdie rowwe cowboy look. Dit pas jou."

Hy beduie na die ou man met die pistool. "Moet hom nie onderskat nie. Hy's 'n bliksem met daai ding."

Ek wil vir hom sê dat dit te laat is, maar sy hande laat my stil-bly. Hy vryf oor my hare, my arm, en bêre dan uiteindelik sy vin-gers in my nek, so asof hy my hartklop soek. "Wat het jy gemaak die afgelope tyd? Jy's kliphard. Hoe kwaad is jy?"

Die ou man kom nader en vee die emosie vinnig uit. "Hy sou beter gelyk het as hy nie aanhou probeer om weg te kom nie. Maar hy's hardkoppig. En stupid." Hy beduie met sy wysvinger teen sy slaap. "Elke keer moet ek hom wys hoekom hy nie weer moet probeer nie. Elke keer moet ek harder praat."

"Gaan nie ophou nie." Alex glimlag skeef. Hy mik oor my skouer en bied die ou man 'n middelvinger aan.

Ek gaan sit langs Alex op die bed, vee aan die droë bloed bo sy mond. Weier om na die Beretta te kyk. Weier om bang te wees.

"Ek maak jou dood," fluister ek.

"Hoe hartroerend." Die ou man beduie met die pistool ek moet na die ander kant van die bed skuif, weg van Alex. 'n Stel oop handboeie hang aan die staalreling. "Maak jouself vas."

"Laat hulle gaan." Alex vryf oor sy wang. "Sê vir my wat jy soek, maar los hulle uit."

Hy het nog nie uitgewerk dat Sarah ons hierheen gebring het nie.

"Skuif." Die ou man se stem is bedrieglik sag, maar die pistool onderstreep die woord. "Nou."

Ek maak soos hy sê.

"Maak vas."

Ek doen dit, maar los genoeg spasie dat ek my hand kan loswikkel as dit moet.

Maar die ou man is te uitgeslape. "Maak vás." Hy beduie na Sarah om dit te doen.

Sy huiwer nie. Sy stap vorentoe en klap die boeie met 'n flink beweging toe tot teen my gewrig.

Die ou man knik sy kop ingenome. Wys dan na die Taurus in haar hand. "Gee."

Sarah hou die wapen onseker voor haar. "Ek's hier vir Alex. Dit was die deal. Ek bring Isabel vir jou, en jy gee Alex vir my."

"Dis nog steeds die deal, maar hoe moet ek jou met daai ding vertrou terwyl ons gesels?" Hy hou sy een hand uit, die Beretta vas en seker in die ander. "Gee."

"En my familie?"

"Ek sal bel. Net hierna. Ek sal seker maak hulle kom niks oor nie."

"Is daar ooit iemand om te bel?" vra Sarah bitter.

Hy lag net.

Langs my besef Alex wat aangaan. Hy kom stadig orent, 'n vraagteken op sy gesig.

"Sarah? Wat gaan aan? Ghaddafi?"

"Bly stil!" Die ou man is kwaad, sy geduld op. Hy druk Alex terug tot op die bed. Gryp hom aan sy hare. Hy druk die pistool teen sy slaap en kyk na Sarah. "Ek sê weer: Gee my jou rewolwer."

"Dit was nie die deal nie. As my familie iets oorkom, as Alex . . . Ek sal . . ."

Ek wil amper lag vir haar patetiese gesig. "Watter deal, Sarah?

Hoekom vertel jy ons nie? Vertel vir almal hier hoeveel jy van my dink."

"Bly stil," spoeg sy in my rigting.

Ek kan sien sy soek uitkomkans, maar die frustrasie, die woede in haar lyf sê sy het reeds verloor. As mens lieg, moet jy jou lyf leer om saam te lieg.

Ek wens sy of die ou man wil naderkom. Naby genoeg dat ek kan bykom.

"Wat het jy gedink gaan gebeur, Sarah? Hmm?" tart ek haar. "Het jy gedink hy gaan sy woord hou? Hoe dom en naïef ís jy?"

Alex ruk weer aan sy boeie. "Sarah? Wat het jy gedoen?"

"Dit was my familie of sy. En jy sou nie in hierdie gemors gewees het as dit nie vir haar . . ."

"Stil!" Die ou man se stem klap soos 'n sweep. Sy blou oë is yskoud toe hy na Sarah kyk, maar hy sê gelykmatig: "Rewolwer."

"Gaan, Sarah," sê Alex, sy stem rou. "Gaan kyk of jou mense okay is. Hardloop en moenie terugkom nie."

Dit klink nie asof hy haar vryheid aanbied nie, daarvoor is sy stem te teleurgesteld. Dis eerder asof hy haar wegjaag.

Maar Sarah wil niks weet nie. Sy skud haar kop en trek haar skouers terug. Dan loop sy vorentoe en sit die rewolwer in die ou man se uitgestrekte hand neer.

2

Ons sit op 'n ry, soos duiwe wat wag vir die broodkrummels van iemand se tafel. Alex sit aan die een kant van die bed en ek aan die ander kant. Sarah sit langs my, haar regterhand vasgeboei aan 'n blou nylonstoel wat lyk asof dit uit 'n polisiekantoor kom.

As ek haar kan bykom, verwurg ek haar. Daar was baie beter maniere om Alex te kry. Adriana moet vriende hê. Selfs ek kon 'n plan gemaak het – ás ek van die begin af geweet het wat aangaan. Maar nee, hierdie was bloot die vinnigste, maklikste roete vir Sarah. Maak my die offerande.

Maar hoekom? Wie is hierdie ou man? En wat wil hy van my hê?

Hy sit voor ons en drink kort-kort van die tee wat op die klein houttafel langs hom staan. Die emaljebeker is geel en oud, net soos die borde op die gekrapte, vuil lessenaar agter hom. Sarah se rewolwer en my Glock lê ook daar.

Die ou man sit sy pistool op sy skoot neer. "Kom ek begin by die begin. My naam is Adorjan Borsos."

"Jammer as ek nie opstaan en jou hand skud nie."

"Ranna." Alex steek sy linkerhand uit en vleg sy vingers deur myne. "Hy's die een met die geweer, onthou?"

"So, moet ons nou net . . ."

"Wag nou," keer die ou man. Ek kan sweer hy wil lag. "Jy was nog altyd ongeduldig. Selfs toe jy 'n dogtertjie was."

'n Dogtertjie? "Wie ís jy?"

"Onthou jy my dan glad nie?"

Ek soek na iets bekends in die waterige blou oë. Hy moet oor die sewentig wees. Nee. As hy lank in die tronk was, sal hy ouer lyk. Miskien is hy in sy sestigs. Sy vel lyk moeg, rem sy gesig af. Los sy mond om heeltyd teleurgesteld te lyk.

Hy lyk nie soos iemand wat ek ken nie. Maar dan ook, ek is seker hy het jare gelede baie anders gelyk. Hoe lank gelede sal dit wees? Dertig jaar? Meer?

En buitendien, ek het altyd seker gemaak ek gee vinnig pad as mense kom kuier. Ek het die alleenwees geniet. Vreemd genoeg was die klanke van aangesitte vriendelikheid uit die sitkamer op 'n manier ook lekker. Ek kon my amper verbeel dat ons 'n normale gesin was, al was dit net vir 'n paar uur op 'n Vrydag- of Saterdagaand.

"Ek het geen idee wie jy is nie."

"Jy was nog klein toe ek die eerste keer kom kuier het. Jy het Coke oor my hemp gemors. Ek het jou later die aand in die bed gaan sit."

Die gedagte dat ek lank gelede in hierdie man se arms was, laat my gril.

"Kyk, ek gee regtig nie om wie jy is nie. Sê eerder wat jy wil hê dat ons almal kan aangaan met ons lewens."

Langs my rem Alex weer aan die boeie. Klem sy hand om myne. Hy sê niks, maar sy oë vra ek moet kalm bly.

Ek haal diep asem en byt op my tande. Laat dan die woorde stadig, versigtig vry: "Goed. Kom ons gesels. Ek luister. Wat wil jy hê?"

"Dis beter." Adorjan knik sy kop ingenome. "Ek het geweet jy sal kom as Alex in die moeilikheid is."

"Hoe?" dwing ek myself om te vra.

Hy haal sy skouers onder die dun T-hemp op. "Ek weet iets van liefhê. Iets in al die koerantberigte oor jou het gesê dat jy lief was . . . is vir Alex. Veral daardie een storie." Hy draai na Alex. "Was dit jou maatjies wat dit gedoen het?"

Alex frons eers skerp, maar dan besef hy waarna die ou man verwys.

Hy kyk skuldig na my. "Daar was een onderhoud. Lank na die tyd, ná jy weg was. 'n Vrou wat saam met my werk."

"Jy was veronderstel om stil te bly."

"Ek was kwaad. En moeg dat almal so aanhou oor hoe sleg jy is."

Langs my skraap Sarah se stoel oor die sementvloer. Sy kruis haar bene en kyk anderpad, uit by die kantoorvenster met sy uitsig op die leë fabriek. Wat ek kan sien van haar gesig is onleesbaar en strak.

Ek kyk weer na Adorjan. "So, okay, jy was reg. Maar dit sê nog steeds nie wat ek hier soek nie." Ek skud die boeie wat soos 'n negende armband langs die silwerarmbande sit. "En as jy op soek was na my, ek is mos nou hier. Laat Alex gaan."

Die ou man lag bitter. "Dit gaan nie regtig oor jou nie."

"Nou wat de hel wil jy dan hê? Hoekom is ons almal hier? Hoekom hierdie hele belaglike speletjie?"

Adorjan se gesig word hard. Hy leun vorentoe op sy stoel, sy wysvinger 'n aanklag. "Dis jou pa. Hy't my gescrew 26 jaar gelede. Lelik gescrew. Goed van my gesteel. En ek wil dit terughê."

"My pa was 'n staatsaanklaer."

"Dis reg," stem Adorjan saam. "Maar hy het ook 'n paar groot rooftogte gelei. Big paydays. Jou pappie was goed met sy kop, hy het die system geken. Al die regte mense. Hy het die planne ge-maak en ek was die hard labour, die gun for hire. Ek en so 'n paar ander ouens." Hy wys drie vingers. "Dit het baie gehelp dat jou pa in die howe gewerk het. Hy het geweet waar die geld is. Geld beweeg heeltyd, en as jy weet wanneer en hoe . . ." Hy laat die sin betekenisvol in die lug hang.

Ek skud my kop in ongeloof. My pa 'n bendeleier? 'n Rower? 'n Gewone, dom krimineel?

"Watter bewyse het jy?"

Adorjan antwoord nie dadelik nie. Dis asof hy dit geniet om uiteindelik sy storie te vertel. Hy sit terug op sy stoel en drink rustig uit die emaljebeker voor hy antwoord.

"Dink, Isabel. Dink mooi. Al daai geld. Die tye wat jou pa van die huis af weg was. Hoe gereeld julle moes trek, want dinge het begin warm raak vir hom."

"Dit beteken nie noodwendig . . ."

"Hy was 'n moerse vark. Come on, face it. Ek dog dis hoekom jy gedoen het wat jy gedoen het." Hy lag. "Die koerante het op die ou einde nét sulke groot hints gelos dat jy hom geskiet het, dat dit nie selfmoord was nie. Is dit reg? Het jy vir Henry Kroon geskiet?"

Alex kyk verstom na my. "Ek het gehoop dis als sensasie."

Ek weet nie hoe om hom te antwoord nie. Ek het hom nooit vertel wat daardie aand gebeur het nie. Net Sarah weet, want ek moes haar sê. Sy het dit verlede jaar uit my gedwing. En my ma weet, want sy was daar.

"Het jy regtig niks vir Alex gesê nie?" Adorjan se stem is lig, spottend. "Hoe boring was julle slaapkamerpraatjies dan? Hoor hier, lover, ek het my pa doodgeskiet. Dis tog soveel beter as seks."

Ek ignoreer hom. Ek sal later met Alex praat. As daar 'n later is.

Weer skif die gedagte boontoe: dit was regtig, regtig baie dom om hierheen te kom.

"Goed dan," probeer ek die onderwerp verander. "So, my pa was 'n vark, maar almal hier weet dit. Wat het dit met my te doen?"

Adorjan glimlag skeef. "Dit het álles met jou te doen. Ek het 'n paar jaar gelede uit die tronk gekom. Armed robbery. Moord.

Ek en jou pa het in 1987 'n job gedoen, 'n ander soort job as ge-woonlik. Dié keer was dit nie die banke se geldwaens nie, maar ons het dit op dieselfde manier gedoen en die Toyota met 'n ou Merc geskraap. Dit was nog op die ou pad daar verby Pelindaba. Vroegoggend, voor iemand kon sien. Ons moes die geld vat. Maar toe dink Henry hy's slim en hy skiet my – twee keer." Hy wys na sy bors, sy maag. "Maar ek het survive. Die cops het die paramed-ics ontbied. Die ander jong outjie wat saam met ons gewerk het, was nie so gelukkig nie. Johannes. Twee skote in die hart. Pab-pab. Net so. Jou pa het geweet van double-tap."

Die ou man se gesig raak suur. "Ek het nog gedink ek gaan wraak neem en jou pa se naam vir die cops gee, maar toe hoor ek hy het daai aand 'n koeël deur sy kop gesit." Hy lag, knipoog vir my. "Die cops wat my in die hospitaal opgepas het, het gepraat. Dit was groot nuus. Henry was mos so half een van hulle."

Hy skud sy kop. "En toe, om dit erger te maak, dink almal hulle het in elk geval al die geld teruggekry wat ons wou steel, al R340 000, en toe hou hulle op met soek na nog medepligtiges. En skielik praat almal van arme Henry wat so depressief was."

Dis stil terwyl sy woorde insink. Ek trek my hand uit Alex s'n. Ek is seker die feit dat ek my pa doodgeskiet het, was die laaste ding wat hy oor my wou weet.

Tog is dit hy wat eerste praat. "En hoe pas Ranna by die prentjie in?" Sy oë is wakker. Selfs ná amper sewe weke, toegesluit en ver-honger, bly hy die joernalis.

Adorjan kyk eers vraend na hom. "O ja, ek hou aan vergeet sy het haar naam verander." Hy drink weer van die tee. "Ranna? Dis 'n goeie naam. Israelies?"

Hy wag nie vir 'n antwoord nie, beduie met die beker na my. "Ek was seker dis alles verby. Ek gaan tronk toe, die geld is te-ruggekry en Henry is dood. Justice is done. Maar toe lees ek laas jaar in die koerante van Isabel wat Ranna geword het en al daai mans doodgemaak het, en toe weet ek Isabel hier is nes haar pa. Dat sy dinge sal doen om te kry wat sy wil hê."

"Ek is nie." Ek sê die woorde asof ek ses jaar oud is.

Adorjan lag dat die tee oor sy lippe mors. "Nes haar pa."

"Ek is nié . . ."

"Gaan aan," sê Sarah hard. "Ek wil nie heeldag hier sit nie."

Ek wil met haar baklei, maar besef sy is reg. "Kom tot die punt, Adorjan."

Hy sit die beker neer. "Goed. Die punt. Ek het in die koerante gelees dat Isabel al haar pa se goed geërf het. En toe lees ek dat Alex dink sy's nie regtig so sleg nie, en is dit nie vreemd vir iemand wat sy kamstig amper vermoor het nie? Toe dink ek: miskien was hulle maatjies. Meer as maatjies." Hy knik sy kop, ingenome dat hy die som van my en Alex se stukkende verhouding kon maak.

"En toe gryp ek vir Alex en bel sy ma. Sy ma kry toe vir Sarah om Ranna op te spoor en dis hoekom ons nou almal hier is." Hy leun agteroor, kruis sy bene by die enkels. "Ek moet sê, dit het lank gevat. Ek het gewonder of dié girl jou ooit gaan kry. Ek wou al opgee."

Sarah maak 'n gromgeluid agter in haar keel, soos 'n vasgekeerde dier.

My oë spring van haar na Alex na Adorjan. Hy is slimmer as wat hy lyk. Hy kon my in Suid-Afrika kry. Twee en twee oor my en Alex bymekaartel. Maar hoekom? Ek weet nog steeds nie wat hy van my wil hê nie.

Ek skuif terug op die bed. Probeer dink. My pa. Sy werk. Daardie aand toe hy so bang was, die aand toe ek hom geskiet het. Dit was ná die rooftog die oggend gebeur het. Het hy gedink die polisie is op sy spoor?

Adorjan is reg oor die geld, die lang tye weg van die huis. My pa was heel waarskynlik alles wat die ou man sê hy was. Dalk selfs meer. Waartoe is jy alles in staat as jy jou vrou slaan en jou onge-bore kind doodskop?

"Jammer," fluister ek uiteindelik na Alex se kant toe. Ek igno-reer Sarah. Ek skuld haar niks. Sy het my bedrieg. "My pa . . . ek het nie geweet nie. En die selfmoord . . . dit was . . ." My woorde raak op. Hoe verduidelik mens so iets?

"Jy moenie jammer wees nie," sê Adorjan snedig. Hy waai die pistool van Alex na my. "Jy moet eerder iets dóén. Jy moet iets vir mý doen."

Uiteindelik. Die rede hoekom ons almal hier is.

"Daar was iets anders in die bussie wat ons gestop het. Iets wat jou pa vreeslik graag wou hê. Iets wat hy vir ons weggesteek het." Adorjan vee oor sy bles. "Hy het agter ons aan gery daardie dag. Ek moes toe al geweet het daar kom kak. Ná ons die Toyota getip het, het hy uitgeklim en gesê hy wil net die staalsluitkissie daar binne hê. Dit was in so 'n wit sak. Hy't nie eers binne-in gekyk nie. Net gesê ons kan maar die geld vir ons vat, hy wil niks daarvan hê nie."

Ek frons. "Wat was in die kissie?"

Hy lyk teleurgesteld. "Jy weet nie daarvan nie? Dit was nie tus-sen sy goed nie? Jy weet, toe julle alles opgepak het ná sy dood? Dit gaan dinge moeilik maak vir jou."

Wag, dalk moet ek nie so vinnig praat nie. "Ek kan nie regtig onthou nie," skerm ek. "My ma se familie het die oppakwerk ge-doen."

Sy gesig sê hy wonder of ek die waarheid praat.

"Wat was in die kissie?" vra ek weer.

"Ek weet nie, maar ek wil uitvind. Of eerder, jý moet uitvind. Ek wil weet wat so belangrik was dat Henry Kroon my en Jo-hannes daarvoor moes skiet. Ek dink hy wou ons vir altyd stilmaak en aftree. En dit beteken die payday moes groot gewees het. Gróót. En dit was safe, easy money. Die cops het wat dit ook al was nooit gemis nie. Niemand het ooit weer daaroor gepraat nie. Ek het al die nuus oor ons getrack, daar was niks."

My woede word groter soos hy praat. Ek moet diep asemhaal om kalm te bly.

"So, jy sê vir my hierdie hele gemors gaan oor 'n staalkissie en jy weet nie wat binne-in is nie? En dis hoekom ons hier is?" Ek bal my vuiste. Voel die galbitter magteloosheid in my keel opstoot.

"Tensy jy vir my lieg en dit vir my kan gee."

"Ek weet niks van 'n kissie nie."

"Dan moet jy uitvind."

"Hoe de hel moet ek 'n kissie in die hande kry waarvan ek niks weet nie? Dis amper dertig jaar later. Kan jy tel? Dértig. My ma het seker lankal my pa se goed weggegee. Verbrand. Sy geld uitgegee."

"Sy sou nie 'n kissie weggee sonder om dit oop te maak nie. Niemand is só dom nie. Niemand gooi geld weg nie. Besides, ek is deur al daai diepte-artikels oor jou en jou familie. Ek weet julle het nie jou pa se goed weggegooi nie. Dis nooit eers landuit nie. En julle het ook nie skielik baie geld gehad nie. Julle het nogal gesukkel, as ek reg onthou."

Sy stem bly rustig toe hy vorentoe leun, so asof hy 'n geheim met my deel. "En raai wat, Isabel? Dis nie my probleem nie. It's payback time. Jou familie skuld my."

"Jy . . . Dis onmoontlik! Daai kissie is lankal weg, ás ons dit ooit gehad het."

Hy trek bloot sy skouers op. "Ek gee nie om nie. Net mooi niks nie. As julle die kissie gekry het, wil ek hê wat daarbinne was. As julle dit verkoop het, moet julle dit terugkry. En as jy regtig nie weet waar dit is nie, stel ek voor jy kry dit. Vinnig."

"Is jy mal?" Ek staar verstom na hom, maar hy reageer nie. "Wat as ek dit nie kan kry nie?"

"Nie my probleem nie." Hy swaai die Beretta in Alex se rigting. "Dis sý probleem." Hy maak asof hy die sneller trek, sagte pab-pab-geluide uit sy mond.

Dan staan hy op. "Jy kan vir Sarah vat om jou te help. Sy kan al die detail van die rooftog opspoor, dat jy weet waar om te begin soek. Sy weet mos als van rekenaars."

"Jy kan dit nie doen nie. Besef jy hoe absurd . . ."

"Ek het dit reeds gedoen." Hy sluk die laaste van die tee en haak die beker aan 'n dun wysvinger.

"En Alex?"

"Hy bly by my tot jy vir my bring wat ook al in daardie kissie was – of is. En moenie dink jy kan sommer enige kissie hier aanbring nie. Ek weet presies hoe dit lyk. Daar was nommers op. In swart. Dis al waaraan ek gedink het elke nag in die tronk. Van gedroom het. Ek wil daardie kissie hê, en niks anders nie. Ek wil weet wat so belangrik vir jou pa was, en ek wil dit vir my vat. Alles. Vir mý."

"Hoe moet ek iets opspoor as ek nie weet wat dit is nie? Is jy van jou kop af?"

"Ek is 'n ou man. Ek het niks om te verloor nie."

Hy sit die teebeker op die lessenaar neer en skuif die rewolwer en die Glock nog verder weg van ons.

Ek ruk gefrustreerd aan die boeie tot dit seer in my gewrig insny. "Jy vra die onmoontlike! Die onmóóntlike. As dit geld was, is dit lankal uitgegee. Of dis . . ."

"Ranna." Alex klap sy hand herhaaldelik op die bed sodat ek na hom moet kyk. Uiteindelik gee ek in. "Dis okay," sê hy dringend. "Ons sal 'n plan maak."

"Hoe?"

"Wat het met jou pa se goed gebeur ná sy dood? Jy het alles geërf, of hoe? Wat het julle daarmee gemaak?"

"My ma het van die meeste ontslae geraak. Dis die probleem. Wat oor is, is by haar suster, Lena – dink ek. Dalk het sy dit êrens gestoor, of dit alles verkoop. Nie ek of my ma wou iets daarmee te doen hê nie. Ons is die aand uit die huis uit met twee tasse en Lena en Thinus, haar man, het alles kom oppak."

"Dan is daardie kissie dalk by jou tannie se huis. Of dalk is daar 'n leidraad oor waar dit kan wees. 'n Joernaal. 'n Sleutel."

"My pa kon dit enige plek weggesteek het. En wat as Lena intussen alles weggegooi het?"

"Seker darem nie. Sy het 'n onderhoud of twee gedoen. Ek onthou 'n artikel wat gesê het sy goed lê êrens en stof vergaar."

"Lena was nie mal oor my pa nie. En buitendien, dis meer as twee dekades later. Sy sou . . ."

Adorjan onderbreek my, 'n ingenome klank in sy stem. "Sien, julle is nie so stupid nie. As julle mooi dink, sal julle die antwoord kry."

Ek staan op. Sit weer toe Adorjan se Beretta my waarsku. Ek moenie nou iets doms aanvang nie. Maar die gedagte wat heeltyd boontoe beur, is dat Alex hier is weens my. Dat hierdie gemors my skuld is.

Meer nog: wat as ek nie die kissie kan opspoor nie? Wat gaan dan met Alex gebeur? Ek is bekommerd oor sy gesondheid. Hy lyk sleg. Hy kan nie nog tyd saam met hierdie man deurbring nie.

"Ek sal gaan soek," besluit ek. "Ek kan nou ry." Ek knak my kop in Sarah se rigting. "Jy kan haar maar hou."

Adorjan grinnik. "Sy beteken niks vir my nie."

Toe ek die uitdrukking op Sarah se gesig sien, besef ek dis ten minste een ding wat ons nou in gemeen het: allesverterende woede. Dit, en Alex.

Sy gooi haar kop terug en staar na die ou man. "Hoe groot is die kissie?"

Hy beduie met sy hande. "So 30 sentimeter by 20 sentimeter. Platterig, so hoog soos 'n boek."

"Goed. Ons sal dit kry. Maar as Alex iets oorkom terwyl ons weg is . . . En my familie . . ."

"Jy hoef nie so dramaties te wees nie. Niemand gaan iets oorkom nie." Hy steek die pistool agter in sy jeans. "Ek gaan vir Alex move sodra julle hier weg is. En dan gaan ek vir Sarah oor 'n paar dae bel en vir haar sê waar om die drop te maak." Hy kyk op sy horlosie. "Saterdag. Elfuur. As julle nie die foon antwoord nie, maak ek Alex dood. As julle die polisie saambring, maak ek hom dood. As julle dit nie kry nie . . ." Die sug ontsnap uit sy mond met 'n plofgeluid, asof dit al lank daar sit. "Al wat ek soek, is 'n huisie by die see. My eie huis. Iewers om rustig dood te gaan." Hy vee oor sy mond. "Ek sal enigiemand uithaal wat in my pad staan."

"Jy het reeds vir my gelieg. Wie sê jy gaan dit nie weer doen nie?" vra Sarah presies wat ek ook wonder. "En wat gebeur as ons die kissie vir jou bring? Ons weet wie jy is, hoe jy lyk."

"Ek soek die kissie, julle soek vir Alex. As ek dit het, verdwyn ek. En dan help dit niks om vir iemand te sê hoe ek lyk nie. Besides, dit pas my om Alex aan die lewe te hou. Ek wil nie vir moord gesoek word nie, ek wil retire. Moord maak cops nogal hardkoppig. Maar geld is net geld." Adorjan glimlag skielik breed. "It's a win-win situation."

"Voel nie so nie." Sarah kyk hom suur aan, ongeloof duidelik op haar gesig.

Adorjan se glimlag verdwyn. "Jý, poppie, het nie veel van 'n keuse nie." Hy haal 'n bos sleutels uit sy sak. "En dis nie jou game nie. Dis Ranna s'n." Hy kyk na my.

Ek knik. Wat kan ek anders doen? "Goed dan. Kom ons speel jou belaglike speletjie."

"Dís meer soos dit hoort." Adorjan maak Alex se boeie los.

"Wat van ons?" vra Sarah.

Hy ignoreer haar, beduie met die Beretta vir Alex om op te staan. "Kom."

"Ek wil eers vir Ranna totsiens sê."

"Hoe romanties." Adorjan rol sy oë. "Maak gou. Ons het nie heeldag tyd nie."

Alex gee die twee treë tot by my, pyn duidelik op sy gesig. Hy leun vorentoe en neem my gesig in sy hande. Hy soen my lig, sag, op die mond. Bêre sy gesig in my hare en fluister dringend: "Moenie worry oor jou pa en wat ek dink nie, ek verstaan. Moenie terugkom nie. Ek het laas gemaak soos jy gesê het. Maak nou asseblief soos ek sê."

Ek skud my kop en sit my hand op sy bors, fluister: "Natuurlik gaan ek terugkom."

"Moet jy altyd so hardkoppig wees? As ons hier klaar is, gaan ek en jy praat. Ernstig praat."

Ek antwoord nie, soen hom bloot in sy nek.

"Ek's nog steeds lief vir jou. Ek het probeer, maar almal was toe reg. Jy is 'n verslawing."

"Nes jy. Indië, orals . . . jy was heeltyd in my kop," fluister ek vinnig, bly oor sy woorde.

Tog kan ek nie die gevoel afskud dat hy nie heeltemal eerlik is nie. Hoeveel keer kan hy my nog vergewe? Dis ek wat hom in hierdie situasie laat beland het.

"Genoeg!" Adorjan se stem klap deur die vertrek. "Tyd om te ry."

Alex sukkel regop. Hy kreun liggies.

"As ek jou kry, maak ek jou dood," sis ek in Adorjan se rigting.

Hy grinnik. "Ek sê mos, nes jou pa."

Hy verdwyn met Alex by die kantoordeur uit. Ek hou hulle dop deur die gebreekte venster. Alex loop stadig oor die beton-vloer, tot in die son wat deur die skuifdeur val. Dan los hy op in die skerp, helder lig.

Vir lank is dit stil. Uiteindelik kom Adorjan terug. Hy swaai twee sleutels voor Sarah se neus. "Dankie vir al jou hulp."

"Fok jou."

Adorjan gaap haar kamma geskok aan. "Jy was 'n verrassing vir my. Ek het nie geweet jý en Alex . . . Ag, dit maak seker nie saak nie. Daar is altyd goed wat 'n mens miskyk. Jy dink jy's smart en as jy weer sien . . ." Hy draai om en loop deur toe.

"Wat van ons?" Ek ruk woedend aan die boeie.

Hy antwoord nie. By die skuifdeur wat na buite lei, hang hy die sleutels aan 'n houtbord teen die muur.

"Tot Saterdag!" roep hy oor sy skouer. "Nothing more, nothing less. Dan soek die duiwel wat hom toekom."

3

Dit sal makliker wees as Sarah die sleutel gaan haal, maar ek wil haar nie vra nie. Ek staan op en probeer die bed sleep, maar dis vasgeanker in die vloer.

"Ek sal. Genade tog." Sarah kom regop, die stoel waaraan sy geboei is in haar hand asof dit niks weeg nie.

"Ek maak jou dood." Die woorde is nie genoeg nie. Ek gryp die bed waaraan my arm vas is en ruk gefrustreerd aan die staalreling. "Ek maak jou dood! Dood, hoor jy my? Daar was soveel beter maniere om Alex los te kry."

"Boo-hoo," sê sy hard. "Jy wil Adorjan doodmaak. My doodmaak. Geweld. Heeltyd. Altyd. Dit help nie jy word kwaad nie."

"O, dit help. Dit help mý." My hande word vuiste. "Het jy heeltemal ophou dink? Hoekom het jy nie reguit met my gepraat nie? Ons kon 'n plan gemaak het, vir Alex én jou familie."

"Soos wat?"

"Adriana kon gehelp het. En dis net een voorbeeld."

"Adriana weet Alex is weg, net soos almal wat koerant lees. Sy weet nie Adorjan het my ma-hulle gedreig nie. Sy sou heeltemal oorboord gaan, Alex sou dit nie oorleef nie. Hy is niks van haar nie. Anyway, as ék Adorjan nie kon opspoor nie, sou sy dit beslis nie kon regkry nie. Tot 'n paar uur gelede het ek nie eers 'n naam of 'n nommer gehad om te trace nie. Hy het baie hard gewerk om off-grid te bly."

"Ons sou 'n plan kon maak," hou ek vol. "Maar nee, Sarah,

donnerse slim Sarah, weet beter. En nou is Alex . . ." Ek byt op my tande.

"Ons – ek en Alex – sou nie hier gewees het as dit nie vir jou was nie. In die heel eerste plek gaan hierdie hele ding oor jou."

"My pa. Daar's 'n verskil."

"Regtig?" Sy skop teen die bed. "Staan eenkant toe dat ek die sleutels kan gaan haal."

Ek roer nie.

"Beweeg! Magtig." Weer die stewel wat na my kant toe mik.

Ek gaan sit onwillig op die bed. Wat het ek verwag? Dat sy gaan jammer sê?

Sy loop na die sleutels toe, maak haarself los en kom terug om my boeie oop te sluit. Toe sy die sleutel in die slot druk, staan sy vinnig terug, buite reikafstand.

Ek vryf oor my seer linkerpols, die wind meteens uit my seile. Hoekom doen ek nie iets nie? wonder ek. Miskien omdat sy reg is. Sou ons hier gewees het as dit nie vir my was nie? Dis nie die chaos wat Alex orals heen volg nie, dis ek en my verlede.

Sarah beduie na buite. "Kom, ons moet ry. Dalk kan ons nog sy spoor vang."

"Nóú dink jy skielik met jou kop."

Sy gaan staan, haar hande op haar heupe. "Dis die soveelste keer dat jy dit sê. Wat bedoel jy?"

"Jy weet goed."

Sy draai om en begin loop. "As enigiets tussen my en Alex gebeur het, was dit jou skuld," skiet sy oor haar skouer. "Jy het verdwyn. Nie hy nie."

Ek loop na die lessenaar toe, tel die rewolwer en die Glock op. Ek wens ek het geweet hoe om haar te antwoord.

Adorjan Borsos is nie dom nie. Hy het een van die bakkie se voorbande met 'n mes stukkend gesteek. Teen die tyd dat ons die band geruil het, is hy lankal weg.

Sarah steek 'n sigaret aan. Sy draai haar rug op my en rook terwyl sy pad se kant toe staar, die frustrasie duidelik in haar hele houding.

Ek dink aan wat haar ma gesê het, dat ek na haar moet kyk. Hoe snaaks. Nie een van ons het geweet wat haar dogter beplan nie. Ons het haar heeltemal onderskat.

"Wat nou?" verbreek Sarah die stilte. Sy draai terug na my, haar oë onnatuurlik blink.

Ek gee nie 'n hel om hoe sy voel nie. "Ons ry terug. Jy gaan klim op jou rekenaar en kyk wat jy alles oor Adorjan Borsos kan uitvind. Ek bel my ma en hoor wat met my pa se goed gebeur het."

"En dan?"

"Dan gee ons die ou man die kissie en kry Alex terug. En dan wil ek jou nooit weer sien nie."

"Ranna, ek het nie 'n keuse gehad nie. Kan jy dit nie insien nie? Dink bietjie." Sy kyk af na haar stewels. "Hy weet waar my familie bly, en ja, dalk was dit net 'n leë dreigement, maar ek kon nie daai kans vat nie. Ek kan hulle nie almal oppas nie. Hulle is te veel, te . . . te orals. Duitsland. Pretoria. Oom Tiny was . . . Ek het probeer om ten minste my ma-hulle veilig te hou."

Sy skop na 'n klippie links van haar. "Anyway, as ek my ma weer . . . as ek weer iets doen wat my ma seermaak, gaan sy nooit weer met my praat nie. Sy het dit laas met die tronk baie duidelik gemaak."

Ek sluk die sarkastiese antwoord op my tong en probeer fokus op Alex. "Hoe het Adorjan nou weer by jou uitgekom? Jy sê jy kon hom nie trace nie?"

"Alex se ma. Sy het my kom sien. Sy het gesê 'n man het haar gebel en gesê hy het inligting oor Alex, maar hy weier om met die polisie te praat. Natuurlik het ek gesê ek sal haar help."

"Hoe het Adorjan jou gekontak? Kan ons hom nie só opspoor nie?"

"Dink jy ek het nie probeer nie? Hy weet presies wie en wat ek is. Alex se ma moes hom vertel het. Ná ek vir tannie Sophia gesê het ek sal help, het hy my gebel, en toe kliek ek eers dis hý wat vir Alex het. En dat hy eintlik vir jou wil hê." Sy wys met die sigaret na my. "Hy's 'n slim boggher. Die foon wat hy gebruik het, was 'n groentewinkel s'n, in Pretoria. Toe kom 'n brief uit Bloemfontein met Alex se simkaart en 'n foto van my ma wat op haar voorstoep staan. Wie stuur deesdae nog briewe? Ten minste het dit bevestig dat hy Alex het en nie net leë dreigemente maak nie. Hy het nog een keer gebel om te hoor hoe ek vorder, dié keer van 'n koffiewinkel af."

"En hoe het jy hom laat weet dat jy my gekry het?"

"Ek moes 'n foto van jou in die *Volksblad* sit, jou begrafnis adverteer. Onder die naam Daisy Louw. Die datum en tyd moes sê wanneer ons in Suid-Afrika sou wees."

'n Foto van my? Daar bestaan nie sulke goed nie.

Dis asof Sarah weet wat ek dink. "Toe jy geslaap het in Moembai. Die hotel."

En dís hoekom ek nie slaap nie.

"Wat as die polisie dit gesien het?"

Sy trek haar skouers op.

Ek lag verstom. "En hoe het Adorjan vir jou gesê wat om te doen? Waar om heen te gaan?"

Sy kyk skuldig weg. "Hy het twee uur voor die tyd van die 'begrafnis' 'n e-pos van 'n gmail-adres gestuur. Eerste keer dat hy so iets doen. Seker die laaste keer ook. Toe 'n sms." Sy keer vinnig: "En nee, ek het nou net gecheck, daai nommer is morsdood."

Ek draai weg van haar. Sy is reg, die ou man is slim. Té slim. Ek sou verkies het dat hy dom en arrogant moet wees.

"Kom," beduie ek ongeduldig, maar Sarah roer nie.

"Wat sou jy gedoen het, Ranna?"

Ek antwoord nie. Wat moet ek sê?

"Ranna."

Sy skud uiteindelik haar kop en druk die sigaret in die stof dood. "Die tyd is min. Kom ons ry."

Ek spring in die bakkie. Sarah klim agter in. Sy gaan lê op die sitplek, haar stewels teen die deur. Toe die Hilux wegtrek, hoor ek hoe sy iemand bel. Haar stem is kalm en beheers, die ontsteltenis van vroeër netjies gebêre.

"Kan oom nog bietjie langer bly? Dit het nie heeltemal . . . dinge het skeefgeloop. Ek sal dubbel betaal vir die ekstra dae . . . Nee, nee. Ek sal betaal. Geen gunste nie."

Sy probeer lag, groet en verbreek die verbinding. In die truspieëltjie sien ek hoe sy die foon in haar jeans se sak sit en haar oë toemaak. Ek soek in my binneste na empatie vir haar – iets rasioneel en redelik – maar kan dit nie raak vat nie. Sy kon eerlik gewees het met my.

"Foon," vra ek toe ons by die eerste verkeerslig stop. Sy gee dit aan sonder om te antwoord.

Ek bel my ma, bly Sarah maak asof sy slaap. Ek kyk op my horlosie. Dis sesuur in die oggend daar. Fay Frost drink seker reeds haar eerste koppie tee.

Sy is. Haar knieë het haar heelnag laat wakker lê.

Soos gewoonlik loop sy om my ma te gaan roep. Ek tik ongeduldig op die stuurwiel terwyl ek wag.

Toe my ma uiteindelik antwoord, is haar stem skril van bekommernis. "Isabel? Wat is fout?"

"Ek's op soek na iets."

"Wat? Wat gaan aan? Jy bel nooit nie en nou skielik . . ."

"Dis niks ernstigs nie, Ma. Regtig nie." Ek dwing myself om sagter en stadiger te praat. "Ek's reeds in Suid-Afrika en het sommer gewonder waar Ma al Pa se goed gestoor het." Ek jok sonder om twee keer te dink. "Ek wil dit deurkyk voor Ma kom kuier. Vrede maak en aanbeweeg. Het Ma dit nog?"

"So, jy's veilig?"

"Ja. Belowe."

"En jy het nie probleme gehad om terug te kom in die land nie?"

"Nee. Ek het . . . ek kon . . ." Ek gee op. Hoe verduidelik jy mense soos Sarah en Adriana aan jou ma? "Pa se goed?" vra ek weer.

Sy bly lank stil.

"Ma?"

"Hy't alles vir jou gelos," sê sy uiteindelik, die bitterheid duidelik in haar stem.

"Ek wou niks daarvan hê nie."

"Ek was vir lank van jou afhanklik. Ek moes weer gaan werk, ná twaalf jaar by die huis."

Ek kan die vernedering in haar stem hoor. Ek het nooit besef hoe erg dit vir haar moet gewees het nie. Daarvoor was ek te kwaad oor sy my pa nie lankal gelos het nie. Is ek dan nog my hele lewe lank kwaad?

"Ek's jammer," bied ek aan.

"Dit was nie jou skuld nie."

"Ons moet ophou met die skuld-ding. Asseblief. Dis al so lankal verby."

En tog ook nie. Hierdie hele situasie met Adorjan bring my net weer mooi netjies terug na daardie aand. 'n Volmaakte sirkel.

Iewers, ek sweer, staan Hendrik Kroon vir my en lag.

Ek swenk uit vir 'n vragmotor volgelaai met staalpype. Probeer die woede en ongeduld uit my stem stroop. "Het Ma nog sy goed? Of het oom Thinus-hulle dit dalk?"

Sy sug. In my gedagtes kan ek sien hoe sy haar arms kruis. Wegkyk. Afkyk. Soos altyd as sy nie wil weet nie.

"Ek en Lena het besluit om meeste van die goed vir jou te stoor, al het jy gesê ek moet dit verkoop. Ek het gehoop jy sal dit dalk eendag wil sien, dalk selfs wil hê. Eendag as jy nie meer so kwaad is nie. Daar was tog goeie tye ook."

Haar skielike stilte sê sy besef vandag se oproep gaan nie regtig oor vergewe en vergeet nie, maar sy weet nie genoeg om te vra nie. Dis wat mens kry as jy mekaar jare laas gesien het. As jy net een keer per jaar bel.

Sy maak haar keel skoon. "Jou pa se goed is seker nog by Lena en Thinus in Kaapstad. Of dalk by hulle huis in Paternoster."

"Dink Ma hulle het dit nog?"

"Dit was nie baie nie, om mee te begin. Ek het die meeste van sy klere weggegooi, en jy wou die huis, die meeste van die meubels en twee van die motors verkoop. Dit het jou deur kollege gesit. So, daar is net 'n paar bokse. Jou pa se lessenaar. Sulke goed."

Ek sug verlig. Dis darem iets. 'n Plek om te begin in hierdie mal soektog.

My ma moet dit gehoor het. Sy skraap die moed bymekaar om te vra: "Wat gaan aan, Isa? Régtig aan."

Wat het ek om haar aan te bied? Die waarheid? Hoekom nie?

"Ek soek 'n plat staalkissie omtrent so breed soos 'n liniaal-lengte en effens korter, so dik soos 'n boek. Onthou Ma dalk so iets? Pa sou dit daai aand . . . daai aand huis toe gebring het."

Ek kan hoor sy sukkel met die herinnering, nes ek. Dan trek sy haar asem skerp in.

"Ek kan nie onthou nie. Ek wou vergeet. Ek het."

Tot nou.

"Ek's jammer. Ek het nie bedoel om dit alles weer oop te krap nie."

"Wat is fout, Isa?"

"Niks nie," lieg ek weer. Kalm en gladweg. Dalk is die waarheid nie vir my nie.

"Hoekom wil jy na jou pa se goed kyk? Nou skielik, ná al die jare?"

"Ek sê mos, ek moet vrede maak."

"Met 'n staalkissie? Jy soek iets." Die skielike glimlag in haar stem betrap my onkant. "Buitendien, jy maak nie vrede nie. Eerder oorlog. Nog altyd, vandat jy klein was."

"Dan is dit dalk tyd dat ek leer," jok ek weer. Die laaste ding wat ek wil doen is vrede maak. Met Sarah. Met Adorjan. Met my pa.

"Ek sal vir Lena bel en sê jy's op pad."

"Die polisie? Ek is steeds . . ."

"Ek sal verduidelik."

Ek laat die bakkie onwillekeurig versnel. Ek kan nie die res van my lewe in 'n hok sit nie. Ek sal doodgaan.

"Sal sy . . . okay wees met my? Al die nuusstories?" Nie elke familie het 'n reeksmoordenaar nie.

"Ek dink so."

"Dalk moet Ma eers uitvind of sy regtig nog Pa se goed het. Sê vir haar Ma kom kuier en wil graag daardeur kyk. En laat my dan weet. Miskien moet ons haar vir eers hier uithou. En vir my."

Die verbinding tussen ons suis soos sy my voorstel oorweeg. "Goed dan," gee sy toe. "Dis seker veiliger. Bel my weer oor 'n rukkie. Ek sal met haar praat en dan hier by die foon wag."

Net toe ek Pretoria inry, bel ek my ma weer. Sy antwoord dadelik. Sarah lê steeds en slaap op die agtersitplek.

"Lena is in Kaapstad. Sy sê jou pa se goed is in Paternoster. In die garage. Sy en Thinus het dit daar gebêre. Sy sê sy het juis daaraan gedink om dit in Desember weg te gee. Sy maak blykbaar huis skoon ná Thinus so siek geraak het. Iets van oor begin en gesonder lewe."

"Is oom Thinus siek?" Ek onthou 'n man met dik, vaalblonde hare, een goue voortand, 'n netjiese baard en ligbruin oë.

"Hy het keelkanker gekry, die vorige jaar al. Ek weet nie heeltemal hoe ernstig nie. Lena sukkel om daaroor te praat. Dis seker my skuld. Ek het te lank laas gaan kuier."

"Ek sien." Ek draai regs, onder 'n laning jakarandas in. Maak die venster oop om die lentelug te ruik. "Hoe het Ma vir haar die oproep verduidelik?"

"Ek was versigtig," snap sy onmiddellik wat ek bedoel. "Ek het gesê ons kom kuier. Dat dit 'n verjaarsdaggeskenk van Moshe was." Sy bly skielik stil, vra dan vinnig: "Ons kom mos nog kuier, nie waar nie? Die naweek? Moshe kon vir ons kaartjies kry. Dis nog reg so, of hoe?"

Met die hele gemors rondom Alex het ek eintlik vergeet hulle kom Suid-Afrika toe. Dit was voor ek geweet het wat Sarah alles vir my beplan. Moet ek nie eerder die kuier kanselleer nie?

Ek kyk na die datum op my horlosie. Nee wat. Adorjan wil die kissie Saterdag hê en my ma-hulle kom Sondag hier aan. Wat gebeur, gaan gebeur. En dalk sal daar dan ten minste iemand op my begrafnis wees.

"Natuurlik," stel ek haar gerus. "Ons gaan lekker kuier."

Die lyn suis skielik hard in my oor, asof iemand in 'n mikrofoon uitasem. Dan kom haar stem weer, sagter en meer versigtig hierdie keer.

"Ek het vir Lena gevra of sy daar sal wees as ons dalk vroeër in Paternoster aankom. Ek het gesê ek wil nie hê sy moet ons in

Kaapstad kom optel nie. Moshe hou daarvan om self te ry. Jy weet mos."

Ek onthou dit goed. My Israeliese stiefpa kan nogal pedanties wees, maar op 'n mooi manier. 'n Manier wat omgee en seker maak, eerder as om op jou te pik.

"Sy't gesê dit sal moeilik wees," gaan my ma voort, "hulle sal nie daar wees nie. Hulle gaan eers Sondagoggend deurry."

A, nou besef ek waarheen sy mik.

"Die bure kan ons ook nie inlaat nie," praat sy weer. "Hulle sal nie daar wees nie. Hulle is besig om hulle huis te verkoop, iets oor moeilikheid met geld. So, daar is niemand om ons te help nie. Niemand in die omtrek nie." Sy maak haar keel ongemaklik skoon. "Ek sê maar net. Wees versigtig. Ek hoor die . . . die weer kan nogal sleg wees hierdie tyd van die jaar."

Ek maak die bakkie se venster toe. Stop by 'n rooi verkeerslig. "Dankie, ek waardeer dit. En ek sal versigtig wees. Belowe."

Haar stem raak dun. "Is jy seker daar's nie dalk 'n ander, beter plan nie?"

"Ek is."

"Dan glo ek jou. Sien jou binnekort." Sy probeer lag. "Dis nie meer lank nie."

Ek groet ook en lui af. Kyk weer op my horlosie. Verban dan my ma en haar stem uit my kop.

Al wat ek hoef te onthou – al wat ek hoef te weet – is dat dit Maandag is. Maandagmiddag.

Saterdagoggend wil Adorjan Borsos daai kissie hê of hy maak Alex dood.

Ek stop voor Sarah se hek en druk die toeter tot sy wakker word.

Sy spring op. "Wat?" Kyk vervaard om haar rond. "Hoe het jy hier gekom?"

"Ek vergeet nie prentjies nie, onthou jy nou weer?"

Sy antwoord nie, vee deur haar hare wat in alle rigtings staan. Rek dat die stywe T-hemp om haar lyf span. Ril dan skielik vir die September-koelte, die lentereën wat 'n rukkie gelede aan en af begin val het.

"Ons moet die bakkie vir Adriana terugvat," sê sy.

"Ek sal. Wanneer ek klaar is. Jy moet maar gaan mooipraat by haar."

"Waarheen gaan jy?"

"Ek het mos gesê. Ek gaan deur my pa se goed soek vir die kissie of iets wat vir my sal sê waar dit is."

"Dink jy regtig dit gaan so maklik wees?"

Demmit, ek hoop so. "Laat weet my oor Adorjan, wat jy ook al uitvind. Ek vat jou foon. Bel my op jou nommer," sê ek. Vra nie.

Sy trek haar skouers op, so asof dit haar nie traak nie. Skielik is sy weer die ou Sarah Fourie. Die onleesbare vrou wat omgee vir wie sy wil en die res wegstoot.

Net voor sy uitspring, kyk sy terug na my. "Daai papiere wat jy gekry het, en die bankkaarte, hulle is die real deal. Gebruik dit."

"Wel, dankie daarvoor," groet ek sarkasties voor ek vinnig wegtrek. Paternoster lê ver en die tyd is min.

SARAH

1

Ek voel nie sleg oor wat ek gedoen het nie, dis tog my familie oor wie dit gaan. En Alex. As ek dit weer moet doen, sal ek. Sonder om twee keer te dink.

Wel, miskien nie. Miskien sal ek slimmer wees. En versigtiger. Harder werk om die ou man op te spoor.

En dalk kon ek Ranna meer vertrou het. En vir Adriana.

Ek weet ook nie.

Punt is: Alex is steeds daai ou man se gyselaar. Niks wat ek gedoen het, was toe genoeg om Alex hier te kry nie.

Ek moes dit seker sien kom het. Ranna was reg: ek het nie met my kop gedink nie. Al daai nagte voor die rekenaar, al daai tyd in Lagos en Moembai, en Alex is steeds presies waar hy was.

Ten minste het ek nou 'n naam. Dis meer as wat ek voorheen gehad het. Adorjan Borsos.

Ek ruk aan die motorhek toe dit nie wil oopgaan nie. Druk weer my duim teen die glasplaat. Niks nie.

Verkeerde duim.

Die rewolwer skuif na my regterhand en ek druk my linkerduim teen die plaat. Die rooi lig op die skerm word groen. Ek loop hysbak toe, ry tot op die tweede vloer. Megabyte maal al om my voete en gaan wag dan opgewonde by die koekieblik, so asof hulle weet hoe my gewete werk wanneer ek weg was.

Ek haal twee beskuitjies uit en gee dit vir hulle. Vryf oor hulle koppe. Megs blaf tevrede en gaan lê op haar bed langs die rekenaars, waar sy altyd is terwyl ek werk. Byte wag vir nog iets uit die blik. Nog een wat nie gaan kry wat hy wil hê nie.

Die gaap vang my onkant. Dis amper aand en ek is veronderstel om wawyd wakker te wees, maar die moegheid sit soos lood in my lyf. My hele slaappatroon is opgeneuk.

Ek skuif die gedagte aan rus eenkant toe. Dis tyd om te werk. Ek moet uitvind wie Adorjan Borsos is. Ek loop yskas toe, haal 'n Coke uit en maak dit oop. Steek 'n sigaret aan. Asem die rook diep in. Voel nie beter nie. Die gebeure van vroeër wil nie gaan lê nie.

Ranna was reg, en dis amper die ergste van alles, dat die bliksemse vrou reg was. Dit neul heeltyd in my kop. Ek moes van beter geweet het. Ek wás naïef. Hoekom het ek Adorjan geglo toe hy gesê het hy sal Alex laat gaan in ruil vir Ranna? Natuurlik sou dit nie so maklik wees nie. Niks is ooit so eenvoudig nie.

Ek het gehoop, en dis 'n simpel, useless emosie. Hoop laat niks gebeur nie. Dit hou mens net kunsmatig aan die lewe. Donnerse ICU vir die donnerse hart. Net soos om te dink Alex sal eendag deur daardie lang vrou sien.

Meer nog, sy oë het vandag iets anders gesê. Iets wat ek seker moes geweet het. Ek het hom verraai deur Ranna hier aan te bring. Dis al wat hy gaan onthou. Nie al die gesukkel om haar op te spoor nie, om Adorjan te probeer trace nie. Die nagte voor die rekenaar, heeltyd se geworry of hy okay is.

Adriana is reg. My ma is reg. Ek moet los. Laat gaan.

Ek asem die rook diep in. Voel my longe brand.

En tog. As ek dit alles moes oordoen, sou ek dieselfde gedoen het.

Ek is seker ek sou.

Miskien.

Ek druk die sigaret dood en trek my skoene uit. Gaan sit voor die rekenaar. Genoeg. Wat gebeur het, het gebeur. Niemand kan nou iets daaraan doen nie. Dis tyd om te begin werk. Die vraag is net: Waar?

Die groen Sani se nommerplaat. Dit het 'n GP tag gehad. Miskien kan ek die ou man só opspoor.

'n Paar minute later weet ek dis van geen nut nie. Die plate behoort aan 'n giggelgeel Uno in Kokstad. Adorjan het sy plan tot in die fynste detail uitgewerk.

Ná nog 'n ruk se werk weet ek ten minste baie meer van die ou man. Hy is 'n Hongaarse immigrant wat op agtien in die land aangekom het en met die verkeerde mense deurmekaar geraak het. Eers was dit klein dingetjies wat hom in die moeilikheid laat beland het. Hy loop uit 'n winkel en betaal nie vir die brood in sy hand nie. Ook nie vir die twee blikkies kos in sy jas nie. Dan steel hy 'n motor in Joburg.

Ná 'n paar jaar in die tronk probeer hy hom gedra. Hy word 'n elektrisiën, trou met Jana du Toit en word pa. Maar sy nuwe lewe hou nie lank nie. Weer steel hy 'n motor, en iewers los Jana hom ook. Of dit voor of ná die tyd was, is nie duidelik nie.

Adorjan, of Slimjan, soos sy kollegas hom noem, is uiteindelik die enigste man wat in 1987 gearresteer word vir die mislukte rooftog van R340 000, destyds groot geld. Lyk my hy het vanoggend die waarheid gepraat.

Hulle jaag met hom hospitaal toe, twee 9 mm-koeëls in sy lyf, dieselfde kaliber wapens as wat die geldwagte gehad het. Die wagte, al twee oudpolisiemanne, is doodgeskiet ná die Toyota-minibus waarin hulle was omgekeer is. Hulle is met AK47's geskiet, dieselfde wapens wat Borsos en sy medepligtige gedra het. Borsos se handlanger, die agtienjarige Johannes Tredoux, word langs die pad gevind. Twee skote deur die hart, ook 9 mm.

Geen verslag of latere koerantberig noem Hendrik Kroon se naam nie. Selfs slegter nuus is dat niemand enigiets van 'n kissie sê nie.

Dit beteken nie daar was nie 'n kissie nie, net dat my bronne ontoereikend is. Die inligting op die internet is nie wat dit moet wees nie, 1987 was voor alles digitaal gestoor is.

Die meeste van die inligting wat ek bymekaar kon skraap, kom uit tydskrifte en koerante. Onderhoude met Adorjan toe hy ná twintig jaar in die tronk vrygelaat is op die ouderdom van 59.

Die grootste rede vir sy vrylating was kostebesparing deur die staat, en die feit dat hy "oud en onskadelik" is en niemand meer iets kan aandoen nie.

Bullshit.

Die einste man ontvoer 'n paar jaar later vir Alex omdat daar skielik 'n magdom artikels oor Ranna in die koerante verskyn en hy besef Hendrik Kroon se dood was dalk nie die einde van sy rykmansdrome nie.

Daar is verbasend min inligting oor Hendrik se dood beskikbaar. Die interessantste berigte volg eers verlede jaar, toe die spul joernaliste ingeklim het om Ranna, die verdagte reeksmoordenaar, se lewe tot in die fynste detail te dissekteer.

Die nuus wat Adorjan Borsos moet laat regop sit het, is 'n berig wat sê Ranna was Hendrik Kroon se enigste erfgenaam. In die artikel sê sy weduwee, Karla Kroon, dat baie van sy besittings steeds veilig gestoor word tot Ranna besluit het wat om daarmee te doen. Karla wil niks daarmee te doen hê nie. Die bietjie kontant wat daar was, is lankal opgebruik. Sy ontken dat Ranna daartoe in staat is om enigiemand dood te maak. Sy pleit dat die media haar en haar familie moet uitlos. Haar suster, Lena, brei 'n bietjie meer uit in 'n volgende artikel, maar verskaf nie enige nuwe feite nie.

Ek staar na die skerm, dan links na die venster waar die reën nou behoorlik uitsak. Helder sambrele wip op en af soos die laaste kantoorwerkers huis toe skarrel. Die veraf gerammel van donderweer laat Byte tafel toe vlug. Ek skuif my kaal voete en maak plek vir hom.

Weet ek regtig niks meer nie?

Niemand het 'n staalkissie as vermis of gesteel aangegee nie, wat nog te sê iets oor die inhoud verklap. Adorjan praat net heeltyd oor vergifnis in sy onderhoude. Dat sy skuld betaal is en dat hy jammer is. Veral oor die wag wat hy doodgeskiet het. Enkelvoud.

Al die geld is teruggekry.

Was daar ooit so 'n kissie?

Ek slaan die enter-knoppie op die toetsbord drie keer uit frustrasie. Steek 'n sigaret aan. Voel skielik honger.

Waar kan ek nog inligting kry? Hoekom het hierdie hele dêm ding in '87 gebeur?

Ek kan searches doen op almal wat betrokke was by die rooftog. Dit kan dalk help. Wat ook sin sal maak, is om met die polisieman te gesels wat die saak ondersoek het. Wie was dit nou weer? Speursersant Stefan Riekert. Hy het reeds afgetree, as 'n kolonel, maar bly nog in Pretoria.

Vir 'n oomblik wens ek dit was Pofadder. Ek haat dit om met cops te praat. Selfs laas keer, toe ek vir Alex navorsing oor Ranna moes doen, het Adriana die belwerk gedoen.

Die oop vensters agter my ruk heen en weer toe 'n koel wind, reën op die tong, skielik deur die woonstelgebou draf. Ek staan op om dit toe te maak.

Om met die polisieman te praat gaan ook nie noodwendig my probleme oplos nie, besluit ek toe ek weer gaan sit. Daar is 'n paar vrae waarvoor ek nie dink hy antwoorde gaan hê nie.

Hoekom het Adorjan Borsos vir niemand van Hendrik Kroon se aandeel vertel nie? Hy kon die polisie van Hendrik vertel het, al was die man reeds dood. Dalk kon hy dan 'n ligter vonnis gekry het. Of het hy gedink niemand gaan hom glo nie? Hendrik was immers 'n staatsaanklaer; hy was veronderstel om een van die good guys te wees. Iemand met baie, baie vriende in die sisteem.

Ek sug van frustrasie. Dis sulke vrae waarop net Adorjan Borsos die antwoorde ken, en hy gaan my beslis nie help nie. Hy soek die kissie, niks meer nie.

Ek trek die rook van die Stuyvesant diep in.

Daar is nog 'n opsie: ek kan na die nasionale argief toe gaan. Hulle hou rekord van omtrent alles wat al ooit gebeur het. Hofuitsprake, militêre rekords, egskeidings, huwelike.

Ek kyk op my horlosie, oorweeg die tyd en datum. Ek sal iemand moet gebruik. Daar is nie tyd om dit self te doen nie. En buitendien, daar is navorsers wat daarin spesialiseer om dokumente in die argief op te spoor.

Iewers moet daar tog iets wees wat kan help.

2

Ek kyk weer na die GPS. Dit moet die regte straatadres wees, dis die regte koördinate.

Die huis is Karoo-sjiek, of een of ander weergawe daarvan. Gróót. Twee verdiepings. 'n Grasperk waarop Tiger met gemak sal kan put. 'n Swembad wat lê en blink in die spreiligte wat die erf verlig.

Die ligte is nie al sekuriteit nie. Ek kan sensors teen die muur sien, en diefwering, al lê die huis in 'n nuwe-geld-gholflandgoed in die duur deel van Pretoria, verby die ou Pretoria-Oos. Die ouens by die hek is ook nogal skerp. Al wat skort, is dat die plek te veel op rekenaars staatmaak. Die landgoed gebruik 'n elektroniese sisteem om besoekers in te boek, en dit was maklik om myself voor die tyd in te teken. Die sekuriteitswag het my sonder 'n enkele vraag ingelaat.

Ek laat sak my kop en tik kamstig 'n adres op die GPS toe 'n motor verbyry. Ek sit in 'n oprit twee huise van Riekert se plek af. Die donkerte en doodse stilte sê niemand is tuis in die glaskasteel agter my nie. 'n Bordjie langs 'n netjies gesnoeide miniatuurboom sê die huis is te koop. Hopelik dink almal ek is 'n voornemende koper. Of die eiendomsagent.

Dis in elk geval nie asof baie mense hier verbykom nie. Dis maar die tweede motor in 'n halfuur. Dis nog kommoditeite wat geld koop behalwe mooi goed. Stilte. Spasie. Al twee dinge wat mens nie in die tronk kry nie.

Ek lig weer die verkyker toe Riekert se stoepdeur oopgaan. 'n

Gryskopman van middelmatige lengte verskyn in die geel kring van die buitelig. Hy het 'n dik bruin kamerjas aan. Hy het 'n kierie in sy regterhand en loop met moeite tot by die tafel voor hom. Hy sit die teekoppie in sy ander hand op die houtblad neer en sak dan versigtig, stadig tot op die stoel. Skuif die kussing tot hy gemaklik is en tel 'n boek op die stoel langs hom op.

Die verkyker sak tot op my skoot. Dis Riekert. Hy het ouer geword, maar die lang, skraal gesig is dieselfde as in die foto's van hom op die net. Die draadhanger-skouers, die benerige hande.

As dit dan regtig die ekspolisieman is wat hier woon, bly daar net een vraag oor. Hoe en waar kry hy so baie geld in die hande? Geen makelaar kan soveel rykdom skep uit 'n polisieman se salaris of pensioen nie.

Nee wat, kolonel Stefan Riekert het sy geld elders verdien, en voor ek nie weet waar nie, wil ek nie met hom gesels nie.

Ek ry terug woonstel toe. Ek gaan sit agter die rekenaar, staan dan weer op en maak die vensters oop. Sit Nina Simone aan. "If I should lose you . . ." kla sy oor die luidsprekers.

Adriana sal trots wees op my. Iets meer as die pieng van 'n rekenaar.

Die soveelste Stuyvesant vir die dag brand my keel. Ek druk dit dood en gaan maak tee. Kyk na die kombuishorlosie: dis amper tienuur. Die nag wat deur die oop vensters sypel, is warm en broeiend, die reën van vroeër vergete.

Die donkerte, die anonimiteit wat dit bring, klim stadig in my lyf in. Die bekendheid daarvan maak my rustig. Hierdie is die beste tyd van die dag. Dis wanneer die strate leegloop en net die eggo's van mense hier bo bykom, veraf en onwerklik. Die klank van laatnagflieks op TV. Mense wat seks het. Motors wat verbyjaag. Die gelag van die transvestiet en haar vriendin wat op die straathoek vir besigheid wag.

Ek loop terug rekenaar toe. Sit my horlosie langsaan neer. Ek gaan vier ure werk en dan gaan ek slaap, anders begin ek foute maak.

En ek moet nog iemand kry om in die argief te gaan induik.

Ek probeer om nie aan Alex te dink nie. Dit sal niks help nie. Adorjan Borsos moet net sy woord hou en Alex aan die lewe hou. Moet, moet, moet.

Stefan Riekert was twee keer getroud, sien ek, en nie een huwelik het kinders opgelewer nie. Wat hy het, is geld. Báie geld. Daar is R40 000 in sy tjekrekening, sy huis is afbetaal en so ook sy drie motors. Een BMW, 'n Aston Martin en 'n Volvo. Nie te slegte smaak in motors nie, veral die Aston. Dan is daar ook nog 'n huis in Knysna en twee woonstelle in Australië, en die feit dat hy omtrent 3% van Suid-Afrika se grootste papiermaatskappy besit.

Maar waar kom sy geld vandaan?

Tot en met sy aftrede het hy in Montana gebly en by die Brooklyn-polisiestasie gewerk. En daar was 'n Corolla in sy naam. Of eerder, 'n derde van 'n Corolla. Die bank het die res besit. En toe skielik, twee jaar ná sy aftrede, verskyn die eerste van 'n reeks groot bedrae in sy rekening. Ek kan nie mooi sien waar dit vandaan kom nie. Dit lyk amper soos twee of meer trusts. Sy eksvrouens lyk kosher, en ek kry geen broers of susters van wie hy kon erf nie.

Het hy moeg geraak om versigtig te wees met die geld wat hy al die jare onwettig bymekaargemaak het? Want dis al verduideliking wat ek het vir 'n polisieman wat só leef.

En wat beteken dit vir my en Ranna en Alex? Is dit die moeite werd om met hom te gaan gesels? Wat as hy deel was van die '87-rooftog? Wat as hy, as ondersoekbeampte, die verdwyning van die kissie verswyg het? Dit vir hom gevat het?

En tog, Adorjan het niks oor die polisie of Stefan Riekert gesê nie. En dit sou in sy belang wees om ons in te lig as die polisie deel van die rooftog was, want dit sal ons help om die kissie te kry.

Dalk was Stefan Riekert dan net nie deel van hiérdie rooftog nie.

Of Adorjan weet nie van hom nie.

Of Stefan is eintlik 'n eerlike polisieman.

Besluit, Sarah. Moet jy tog met hom gaan praat of nie?

Ek staar na die skerm. Probeer die halwe legkaart bou wat ek voor my het. Besluit dan my horlosie is 'n beter kompas vir hierdie gemors. Dis Maandagnag en daar is nie tyd om subtiel te wees nie.

Hoekom nie kyk wat gebeur as ek 'n klip in die bos gooi nie? Sien wat alles uit die donker skarrel?

Klip in die bos. Klink soos iets wat Ranna sou doen. Kru, met geen gedagte aan die gevolge nie.

Ek kyk weer op my horlosie – hierdie keer na die tyd, nie die datum nie. Die wysers sê ek moet dit los vir môre. Normale mense slaap lankal reeds. Wat ek nou kan doen, is iets veel beter. Iets wat ek verstaan. Gebou is om te doen.

Ek begin 'n spinnekopprogram bou, 'n spider, wat die internet sal fynkam vir enige nuwe kommunikasie – e-pos, Facebook-boodskappe of twiets – wat die woorde "Ranna", "Hendrik Kroon", "Isabel Kroon" of "Adorjan Borsos" bevat. Dit beteken ek sal weet sodra iemand te veel vrae oor hierdie saak begin vra. Te veel belangstel en daaroor begin kommunikeer.

Ek druk enter, gaap en leun terug in my stoel. Dalk help die program. Dalk nie. As ek kyk na die ouderdom van al die mense wat hier betrokke is, wonder ek of hulle al ooit van Twitter of Facebook gehoor het.

'n Boodskap flikker regs op my skerm. Dis Saul van die argief. Hy sal alles wat hy kan oor Hendrik en Adorjan by die nasionale argief bymekaarmaak, maar waarsku my dit gaan tyd neem. Hy weet nie of hy voor Vrydag iets sal hê nie.

Nog slegte nuus, asof vandag nie reeds meer as sy kwota opgelewer het nie.

Ek sit die lig af, roep die honde en gaan slaap.

'n Koue neus maak my diep in die nag wakker. Dis Megs. Sy wil uitgaan. Ek draai om in die bed, maar sy vergoed my met 'n tong in die nek. Langs haar gee Byte 'n kortaf blaf.

"Goed, goed." Dis seker beter as geen liefde.

Ek sit regop. Soek na iets om aan te trek, die nag koel teen my kaal lyf. Ek trek 'n drafbroek en T-hemp aan, gryp die Stuyvesants en volg hulle hysbak toe.

Ons ry tot op die grondvloer en stap uit by die veiligheidshek wat op die grasperk uitloop. Ek wag dat die honde klaarmaak, maar hulle hou aan met rondsnuffel. Blaf dan soos mal goed vir 'n polisiehelikopter wat verbyvlieg. Ek steek 'n sigaret aan, my rug teen die rooi bakstene van die woonstelgebou, veilig buite sig van die ligkol wat iets of iemand straataf soek. Seker 'n gekaapte motor.

Skoene sou 'n goeie idee gewees het, besef ek. Dis nog nie warm genoeg snags om so kaalvoet rond te loop nie. Ek kyk oor my skouer. Daniel se kamerlig in die woonstelblok langsaan is af. Hy en sy ma staan douvoordag op om skool toe te gaan, maar dis seker nog te vroeg vir hulle. En polisiehelikopters maak niemand hier meer wakker nie.

Ek en die honde gaan terug woonstel toe. Hulle gaan lê weer en raak vinnig aan die slaap. My kop is te besig om dieselfde te doen. Dit bly vashaak by Stefan Riekert, Hendrik Kroon, Ranna en Alex.

Ek staan op, maak tee en gaan sit dan op die vloer onder die oop kombuisvenster en kyk na die volmaan wat deur die blindings val. Die oop sitkamer wat ek nie mooi weet hoe om gesellig vol te maak nie.

Alex was al 'n paar keer hier. Megabyte was mal oor hom. Dit sê baie.

My oë haak vas by die bank. Dieselfde bank waar hy vier nagte in 'n ry smoorkwaad gaan slaap het ná Ranna verdwyn het. Hy het daarop aangedring dat ek hom moet sê waar sy is. Die vyfde nag was hy dronk en in my bed, hard aan die snork.

Dis hoe mens foute maak. Jy kry nie wat jy wil hê nie en dan vat jy allerhande goed in die plek daarvan. Soos daai seun wat my een aand op die N3 tot by die Shell-garage gedice het. Eers ná die tyd besef ek dis omdat sy sterk baklei-lyf my aan Alex laat dink het, die effense skewe glimlag.

Pateties.

Die laaste van die rooibostee verdwyn in my keel af. Ek staan op en gaan vis vir brood in die blik. Adriana is reg. Laat los. Laat in hemelsnaam net los.

Ek smeer 'n sny brood met grondboontjiebotter en maak 'n Coke oop. Kyk weer na wat ek vroeër reggekry het. Eintlik is reg-kry die verkeerde woord. Al wat ek kon uitwerk, is dat daar vier vrae oorbly wat hardnekkig antwoorde kort.

Ek kyk na elkeen van die vrae, opgeplak teen die muur bokant my rekenaar. As ek hulle kan antwoord, kan ek Alex dalk uit hier-die gemors kry.

1. Waarom het Adorjan niks oor Hendrik Kroon gesê toe hy gearresteer is nie?
2. Waar kom Stefan Riekert se geld vandaan?
3. Wat is in die staalkissie wat Hendrik Kroon gesteel het?
4. Wat as Stefan die kissie het?

Ek steek 'n Stuyvesant aan. Druk dit dood. Vloek. Dis net vier vrae, maar dis soos 'n eksamenvraestel wat ek gaan druip. Net soos Afrikaans op skool. En al daai ander vakke waarin ek nie belang-gestel het nie. Die probleem is net, hierdie keer gaan dit nie oor 'n stukkie papier en die glimlag op my pa se gesig nie. Daarvoor tik die sekondewyser van die horlosie in die kombuis net te hard.

Dis Dinsdagoggend, halfvier.

Die Suzuki sing.

Dis wat mens dit noem. Eers sluk-sluk soos ek stadiger ry en wag vir die middestadligte om een vir een groen te word, en dan sing toe ek haar ooptrek. Vinniger en vinniger.

Dís sing, al sê Adriana wat van Nina Simone en Maria Callas en Leonard Cohen. Dís wat jou vel laat saamtrek. Jou kop laat los. Die stad wat verbystreep soos in 'n superhero comic. Pow. Pow. Pow. Een dowwe straatlig na die ander. Een venster vol cheap goed na die ander. Een motor vol dronk mense na die ander op pad huis toe ná 'n lang nag uit.

Agter jou. Alles, almal, agter jou.

Sing, sing, sing.

3

Ná 'n paar uur se soek staan dit soos 'n paal bo water. Iemand moet met Stefan Riekert gesels, en dit moet seker ek wees. Wat as hy Ranna herken en haar toesluit? Buitendien, ek kan nie wag tot sy van Paternoster af terugkom nie. Die tyd is te min.

Adriana is besig by die restaurant. Die kans is skraal dat sy weer alles net so gaan los om my te help.

Nee, sy sal móét help. Sy weet hoe om met mense te werk. Ek nie. Ek doen nie mense nie, beslis nie cops nie.

Dis halfsewe toe ek haar uiteindelik bel. Ek het met die honde gaan draf tot die horlosie gesê het die meeste ordentlike mense behoort wakker te wees.

"Sarah? Wat is fout?"

Sy weet ek is nie gewoonlik hierdie tyd van die dag wakker nie. Ek klim veel eerder so vyfuur in die bed ná 'n lang nag voor die rekenaar.

"Ek het jou hulp nodig." Ek vee die sweet van my voorkop af. Leun vorentoe om my asem terug te kry. Ek het Megabyte onder gelos om die bure te terroriseer.

Vir 'n oomblik is dit stil, dan klink die geritsel van lakens oor die foon. "Wat? Ek kan nie mooi hoor . . ."

"Ek sê . . ."

Te laat besef ek sy spot met my. Ek kom orent en loop yskas toe. "Ja, okay."

Sy gaap. "Wat moet ek doen?"

"Ek moet . . . jy moet asseblief met iemand gaan gesels. Ek het inligting nodig."

Ek sug toe ek besef ek jok. Ek kan nie dink Stefan Riekert sal met ons praat nie. Nie as hy iets het om weg te steek nie. Maar dit sal ook al iets sê. Iets belangriks.

"Ons moet in iemand se huis inkom. 'n Afgetrede polisieman," probeer ek weer. Ek maak die yskas oop en haal 'n waterbottel uit. Drink dit vinnig tot by die halfpadmerk. "Stefan Riekert."

"En al daai rekenaars van jou?"

"Te lank terug gebeur. Lank voor alles op die internet beland het. Daar is net te min inligting beskikbaar."

"Wat moet ek dan doen? En wees spesifiek."

"Nie veel nie. Kry my net by sy voordeur in, ek sal die res doen. Ek moet hoor wat hy sê. Met wie hy gesels. Asseblief."

"Wat het in Sasolburg gebeur dat jy asseblief sê?"

"Ek sal later verduidelik."

"Nou is beter."

Ek knyp die foon met my skouer vas terwyl ek die bottel by die wasbak volmaak. "Niks het verloop soos ek dit beplan het nie. Dis nog steeds . . . Alex," gee ek oor met 'n sug.

Ek het nie vir haar verduidelik hoekom Ranna weer 'n nuwe identiteit nodig het nie. En ek het niemand van Adorjan vertel nie. Dalk was dit 'n fout. Dalk het Adriana dit in elk geval geraai. Dalk moet mens soms hulp vra. Soos nou.

"Sarah, hoekom hou jy aan met hierdie man?"

Ek bly stil. Haar stem sê presies wat sy dink. Sy het die hele episode met Alex sien kom, al van die hofsaak af. My lank terug al gewaarsku ek gaan seerkry.

"Die restaurant is besig vandag. Ek's volgeboek vir middagete," praat sy weer.

Steeds bly ek hardkoppig stil. Oor Alex én die restaurant. Ons al twee weet dis net 'n front. Baie ander dinge gebeur by Crow's wat niks met kos te make het nie. Adriana kan bekostig om die oggend af te vat. Sy moet net.

"Ek kan dit nie glo nie." Sy vloek hardop. 'n Woord in 'n taal wat ek nie ken nie, een wat sy baie gebruik. "Wat presies moet ek doen?"

"Ek sê mos: met 'n polisieman gaan gesels. Stefan Riekert. Net vinnig. Dit maak eintlik nie eers saak of hy wil praat of nie, solank ek net by die voordeur kan inkom."

"Sommer net so?"

Ek hoor hoe sy regop skuif in die bed. Dan kla iemand langs haar, 'n skor deur-die-slaap-stem.

Ek hou my doof en sit die ketel aan vir tee. "Ja. Dis al hoe ek Alex gaan terugkry."

"Dalk moet jy aanvaar jy kan nie iets terugkry wat jy nooit gehad het nie. Hierdie obsessie van jou . . ."

"Adriana, is dit regtig nou die tyd vir 'n morele lessie? Jy klink nes my ma."

Ek weet daar is min houe wat seerder slaan.

"As ek nie geselskap gehad het nie, het ons nou lank en mooi gesels," sê sy kil.

Miskien het ek te ver gegaan. "Jammer." Ek haal 'n koppie uit die kas regs van my. "Gaan jy help of nie?"

"Jy weet ek sal." Ek hoor hoe sy opstaan en by die kamer uitloop. Die ketel aansit. "Wat gaan jou storie wees? Hoekom sal iemand skielik by 'n polisieman se deur opdaag om met hom te praat?"

"Afgetrede polisieman," herhaal ek. "Ons is joernaliste. Ek sal jou fotograaf wees. Ons doen 'n storie oor 'n rooftog wat jare gelede gebeur het. Dit sal een artikel wees in 'n reeks oor groot misdade van die verlede en die speurders wat daaraan gewerk het."

"En wie gaan hom bel en die afspraak maak?"

"Geen afspraak nie. Hy gaan nie toestem tot 'n onderhoud nie, en beslis nie by sy huis nie. Ons gaan moet instorm sonder 'n pienk partytjiekaartjie."

"En waar werk ek?"

"*Cape Argus*. Dis ver genoeg."

"Hy gaan seker maak ons praat die waarheid."

Ek haal my skouers op. Moet ek nou regtig so ver vooruit dink?

Maar dalk is dit hoekom Adriana nog nooit die binnekant van 'n tronk gesien het nie. Altans, nie sover ek weet nie.

"Ek sal vir jou 'n biografie skep en dit op hulle website laai."

"En as hulle iets agterkom?"

"Ek sal dit 'n dag of twee later afhaal."

Sy sug. Oordrewe en dramaties. "Goed dan. Ek hoop net jy weet wat jy doen. Is dit al wat jou hart vanoggend begeer?"

"Daar's nog een ding. Jy moet asseblief met Ranna praat oor iets in haar verlede. Ek sal later verduidelik. Belowe."

Die stilte suis oor die foon. Dan: "Hoekom?"

"Sy het hierdie kop wat goed onthou. Alles onthou. Prentjies. Detail. Ek wil hê jy moet met haar gesels en hoor wat die aand gebeur het toe haar pa geskiet is. Torring bietjie aan al die drade en kyk wat loskom. Laat sy ontspan en onthou. Ons is op soek na iets wat haar pa daardie selfde dag gekry het wat hy geskiet is. Dalk onthou sy iets wat ons kan help om dit op te spoor. Ek dink sy het doelbewus van die hele episode vergeet."

"So, jy wil hê sy moet die aand onthou toe sy haar pa geskiet het. In detail." Adriana se stem is plat en hard.

"Jy sou dieselfde gedoen het."

"Sê wie?"

"Kan ons 'n ander dag morele waardes vergelyk?"

"Jy hou aan oor moraliteit. Wat het jy aangevang, Sarah?"

"Niks nie, magtig!"

"Jy's moeilik vandag."

"Adriana. Asseblief."

"Goed. Ek's gehoorsaam," spot sy, maar sonder enige sweempie van humor. "Wanneer moet ek met haar praat?"

Ek kan hoor sy is steeds kwaad. Adriana hou van Ranna. Ek het dit daai dag in Sandton reeds besef. Hulle is uit dieselfde hout gesny. Altyd bietjie on edge. Outsiders, en verslaaf aan adrenalien. Dis dalk hoekom Ranna vir my meer sin maak as die meeste ander mense.

Ek sit die waterbottel neer. Strek my kuite wat wil-wil styf word. "Sodra sy terug is van Paternoster. Ek sal laat weet. Is dit okay?"

Dieselfde stem van vroeër vra iets oor koffie. Adriana sê ja, maar nie vir my nie. Dan groet sy: "Sien jou netnou."

Ek gaan stort. Trek besadig aan. Kies die nuutste, heelste jeans in my kas. Wit Nikes. Sagte groen bloes. Kam my hare plat. Haal die silweroorbelle uit my oor. Oefen om te glimlag in die spieël. Niks help nie. Ek lyk soos 'n vampier.

4

Ek gooi die sleutels vir Adriana. Ek moet op pad na Stefan Riekert vir haar verduidelik wat aangaan. Wel, alles behalwe die feit dat Adorjan gedreig het om my ma-hulle dood te maak. Dit gaan net chaos veroorsaak en ek het nie nou die krag daarvoor nie.

Sy vang die sleutels met gemak in die halfskemer van die parkeergarage en gooi dit terug. "Watter joernalis ry 'n Audi?"

Sy is reg. Wat nou? Ek kyk na die motors in die garage. Die Mini is omtrent al wat ek het wat by ons storie sal pas. Ek wys met my kop na die motor wat sy hiernatoe gery het.

Sy sug. "Okay. Maar dit gaan aandag trek. Sê ten minste vir my die nommerplate is vervals."

"Ek het dit verander die dag voor ek Lagos toe is."

"Goed. Vat nou net daai onaardse gebrul weg en ons kan ry."

"Ha-ha." Ek klim aan die passasierskant in.

Adriana skuif agter die stuurwiel in. Die sagte materiaal van haar swart-en-wit rok kruip teen haar been op toe sy die sitplek terugskuif. Ek sit die kamerasak by my voete.

"Die kar gaan aandag trek en jou rok nie?"

Sy lag dat die plooie om haar oë verdiep. "Mans ken motors se pryse, nie klere s'n nie." Sy trek die rok af en kyk gemaak preuts na my. "En buitendien, wat as ek Stefan kan kry om regtig met ons te praat?"

Ons vorder stadig deur die besige oggendverkeer terwyl ek haar vertel van Adorjan Borsos en haar nuwe identiteit as joernalis.

Net soos laas keer kry ons sonder enige moeite toegang tot die sekuriteitslandgoed. Ons ry in, draai weer en nog 'n keer, tot Adriana die Mini voor Stefan Riekert se swart hek parkeer. Sy skakel die motor af en inspekteer dan kamstig haar grimering in die truspieël, maar haar oë trek heeltyd voordeur se kant toe.

Die voorkant van die huis sit amper op die sypaadjie. Die res van die gebou strek ver terug op die reghoekige erf, omring deur 'n groot, oop tuin.

"Ons het geselskap. Venster langs die voordeur. Iemand wat wonder wat ons hier kom soek. Maak twee van ons." Sy vee aan iets onder haar linkeroog. "Kom ons kry dit nou oor en verby."

Ons klim uit, ek met die rugsak in my hand en sy met 'n swart leerhandsak oor haar skouer. Sy klop aan die deur.

'n Sekonde later gaan dit oop.

Stefan Riekert staan voor ons, een hand teen die deurkosyn en die ander op sy kierie. Hy rek sy lyf om regop te probeer kom, die pyn duidelik op sy skraal gesig.

"Hoe het julle hier ingekom?" blaf hy.

Adriana glimlag breed en steek haar hand uit. "Jolene Pinto. Van die *Argus*," sê sy asof hy moet weet wie sy is.

Hy ignoreer haar hand. Die frons op sy voorkop verdiep. "Wat soek julle hier?"

Hy trek sy skouers terug en maak sy nek reguit, maar steeds bly hy 'n gryskopman met 'n kierie en bruin aanglipskoene omdat hy nie meer kan buk en veters vasmaak nie. Ek wonder hoekom. Hy is net oor die sestig. Dis glad nie so oud nie.

Dalk het sy gene hom ingehaal. Of sy lewe.

Met al sy geld moet daar seker iemand wees wat hom kan help? Ek kyk verby hom. Luister. Nêrens is daar die geluid van ander mense in die huis nie. Nie 'n vrou, tuinier of huishoudster nie.

"Ons wil graag 'n onderhoud met jou doen, kolonel." Adriana maak haar hande oop, palms boontoe, asof sy vrede belowe.

Die rang maak die frons effens ligter. Dalk onthou hy 'n ander, blyer tyd.

"Oor wat?" Hy dink vir 'n oomblik. "En hoe het julle my in die hande gekry?"

Weer ignoreer Adriana sy vraag. Sy klim die trappies tot by die voordeur. Vee verleë oor haar hare.

"My redakteur wil hê ek moet 'n storie doen oor die grootste misdade van die laaste paar dekades," verduidelik sy. "Ek wil graag met jou oor daardie 1987-rooftog gesels. Die een waar die twee wagte buite Pretoria geskiet is? En die twee rowers. R340 000 is ge-steel en teruggevind. Bloedige skietgeveg. Als opgelos in een dag." Haar hande maak hoofopskrifte. "As vandag se polisie dit maar net kon doen . . ."

Ek kyk hoe sy doen wat sy altyd doen: glimlag, lyk onskade-lik. Maar sy staan reeds in die voorportaal van Stefan Riekert se huis.

My vingers klem om die swart GSM-luisterapparaat, amper so groot soos 'n vuurhoutjieboks, in my hand. Ek soek 'n plek, enige plek, om dit vas te sit. Onder 'n koffietafel, 'n bank, maak nie saak nie.

Miskien moes ek die ding vir Adriana gegee het. Sy is al in die huis en ek staan nog buite in die helder oggendson en sweet asof ek weer voor die regter staan.

Stefan se oë word eers wakker toe sy van die saak praat, en toe waaksaam.

"Daar is baie groter sake om oor te skryf. Sekerlik baie meer opwindende sake." Hy hoes, sy hand te stadig om die speeksel te keer. Hy vee dit uit die hoek van sy mond. "Ek stel nie belang nie."

"Kolonel. Asseblief. Dit sal net vyf minute neem." Adriana sit haar hand op sy voorarm.

Hy retireer asof 'n slang hom gepik het. Nog twee treë, dieper die huis in. Ek glip agter Adriana aan by die voordeur in. Daar is 'n sytafel net langs die deur. Oorkant dit staan twee, nee, drie rusbanke. 'n Koffietafel met 'n telefoon op. 'n Leë bord vol krummels. Bingo. Die sitkamer is een van Stefan Riekert se gereelde kuierplekke.

Ek leun teen die sytafel aan, probeer verveeld lyk met die hele kat-en-muis-speletjie wat voor my afspeel. My hand voel-voel aan die onderkant van die tafel. Soms help dit om kort te wees.

"Loop, of ek bel sekuriteit," baklei Stefan met Adriana.

Hoekom wil die ding nie plak nie? Ek druk harder.

Stefan se oë skiet na my. Ek sweer hy kan sien hoe die sweet my aftap. "En wie de hel is jy?"

Ek sluk. "Fotograaf. Eerste dag."

Daarsy. Vasgesit. Ek kom regop. Kyk na Adriana en knik. Trek my skouers op asof ons moet bes gee. "Ons kan seker iemand anders probeer. Wat van daai girl wat al die geld gesteel het? Die hacker."

Haar oë rek. Ek sweer sy wil lag.

Ek onderdruk die vloekwoord. Ek kan nie so vinnig op my voete dink nie. Al wat in my kop opgeduik het, was my eie saak.

"Goed," gee Adriana onwillig toe. "Ons kan seker."

Sy steek haar hand uit om Stefan Riekert s'n te skud, maar hy ignoreer dit.

Hy lig sy kierie en beduie deur se kant toe. "Uit. En moet nooit weer terugkom nie."

Ons loop vinnig tot by die Mini.

Net voor ons inklim, wys hy met 'n krom vinger na Adriana. "Ek gaan jou redakteur bel. Van waar is jy nou weer?" snou hy haar van die voordeur af toe.

Sy glimlag mooi en klim in die motor.

Ons ry deur die voorste hek net toe 'n veiligheidswag in pers paramilitêre drag uit die kontrolekamer gestorm kom, radio teen die oor, skok en verbasing op sy gesig.

Adriana ry asof sy wegjaag van 'n rooftog. Drie blokke verder blaas sy haar asem stadig uit. Ek kyk hoe die spoedmeter se naald sak. 100. 80. 60.

"Dit was pret!" Sy kyk laggend na my. "Ek's nie 'n slegte joernalis nie."

"Ek weet nie of Alex sou saamstem nie, maar dankie."

"Waarheen nou?"

"Huis toe."

Sy draai die Mini se neus wes en sit die radio aan. BB King begin oor die luidsprekers speel in donker, swaar basritmes.

Ek aktiveer die GSM-apparaat met 'n teksboodskap van my foon. Dit beteken die klein swart boksie onder Stefan Riekert se koffietafel sal my bel om in te luister sodra daar stemme in die sitkamer is.

Ek hoef nie lank te wag nie. Drie verkeersligte later flikker die skerm. Ek druk die toets om te antwoord, sit die radio sagter en beduie vir Adriana om stadiger te ry.

Die gesprek is glad nie wat ek verwag het nie.

Ek kan Stefan Riekert se stem net-net uitmaak. Ek sal die foonnommer wat hy gebel het, nagaan sodra ek by die huis is. Nou wil ek net hoor wat hy sê.

Uit die gesprek kan ek aflei dat die oudpolisieman kwaad is. Sy stem is uitasem, afgemete.

"Iemand van die pers was hier. Hulle wil weet oor die 1987-rooftog. Hendrik s'n."

Hendrik s'n? Hoe sal Stefan weet Ranna se pa was betrokke?

Dis stil vir 'n ruk en dan klink sy stem weer op. "Nee, ek het nie met hulle gepraat nie. Natuurlik nie."

Hy luister, antwoord dan: " 'n Vrou, seker middel-veertigs. Jong meisie. Al twee het soos moeilikheid gelyk."

Weer 'n stilte. "Ek weet nie hoekom iemand skielik in die rooftog belangstel nie. Dis verby."

Die ander persoon antwoord.

Stefan sug hard. "Ná al hierdie jare? Nee, ek kan nie dink iemand gaan nou skielik uitvind wat gebeur het nie. Onmoontlik."

Adriana laai my by die huis af. Sy is haastig op pad Crow's toe.

Ek draf by die garage in. Ry op met die hysbak wat my in die sitkamer uitspoeg. Weer wonder ek hoekom ek die voordeur toegebou het en onthou dan: hoe minder deure, hoe minder plekke vir mense om in te breek. Al probeer ek hoe hard, nie al my kliënte is engeltjies nie.

Ek maak 'n Coke oop en steek 'n sigaret aan. Pringles. Ek is lus vir Pringles met so baie sout en asyn dat dit jou asem wegslaan. Dis al wat my nou gaan help dink. Ek maak die blik skyfies oop en gaan sit voor die rekenaar. Begin soek. Die honde maal om my, maar ek het nie nou tyd vir hulle nie.

"Wag nou, Byte," raas ek toe hy sy neus onder my arm indruk, op soek na iets om te aas. Ek stoot hom weg.

Ek lees deur die lys van oproepe. Wie het Stefan Riekert gebel? Wie sal hy bel as daar moeilikheid is?

Daarsy. 10:57. Dinsdagoggend. En daar is die nommer.

Dis 'n nommer wat hy gereeld bel. Ten minste twee, drie keer per maand.

Ek begin 'n nuwe soektog. Uiteindelik flits die naam van die persoon aan wie die nommer behoort op die skerm.

Is dit moontlik?

Hoekom sal Stefan Riekert vir Jaap Reyneke bel, die speurder wat Hendrik Kroon se kamstige selfmoord ondersoek het?

RANNA

1

Ek stry daarteen, maar gee uiteindelik in, laat sak die verkyker en gaap lank en raserig. Ek sal 'n paar uur moet slaap, ek kan nie meer my oë oophou nie.

Omtrent vyftig meter voor my lê Thinus en Lena Prinsloo se huis teen die rustige Paternosterbaai. Ek onthou nie veel van my ma se suster of haar man nie. Hulle het gereeld kom kuier, maar ek is elke keer net na ete kamer toe gestuur om te gaan slaap. Die vakansies waarop hulle almal saam was, het ek by vriende deurgebring.

Weer bring die verkyker die huis in fokus. Dis Dinsdagoggend. Die lig van die nuwe dag begin net-net oor die horison syfer. Die wit huis, wat seker veronderstel is om soos 'n vissershuis te lyk, maar veel groter is, kom verlate voor. Dit staan omring deur gastehuise, amper aan die punt van die baai, net voor die golwe wat 'n paar meter verder op die fyn wit sand breek.

Ek fynkam die buurt. Die meeste gordyne is steeds toegetrek. Óf Paternoster se mense slaap laat óf die huise behoort aan Gautengers en Kapenaars wat net Desembers en langnaweke hier kom afsaal.

Selfs beter nuus is dat die huis naaste aan Thinus en Lena s'n wel leeg lyk, asof dit wag vir iemand om in te trek.

Terug na die groot vissershuis. Dis 'n vierkantige gebou met 'n garage, blou deure en 'n blou dak. Die klein tuin kort liefde, nes die vensterrame, maar verder lyk dit steeds soos geld. 'n Bordjie wat teen die muur vasgeskroef is sê 'n veiligheidsmaatskappy pas die huis op, wat beteken daar sal 'n alarm wees. Daar is egter geen diefwering voor die vensters nie.

Ek soek met die verkyker na die garage, half weggesteek agter die huis. Dis al waarin ek regtig belangstel. Dis waar my pa se laaste aardse besittings geberg word.

Hoekom Lena nie lankal alles weggegooi het nie, weet nugter. Dalk voel sy skuldig oor sy jare lank stilgebly het oor my pa, omdat sy reken sy te min gedoen het om te help. En tog, soos ek verstaan, het sy my ma gereeld aangemoedig om Hendrik Kroon te los. Wat meer moes Lena doen?

Dis snaaks, die prys wat mense dink hulle moet betaal vir wat nie hulle skuld is nie. My ma kon geloop het as sy wou.

Ek bekyk weer die garage. Dit staan reg langs die huis. Daar is geen veiligheidshek voor die deur nie. Die deur is 'n opsie, maar ek sal moet skade aanrig. En geraas maak.

Die garagevenster sal beter wees. Ek neem aan dis weggesteek agter die gebou. As die res van die plek nie diefwering het nie, sal die garage ook nie hê nie. En dit moet in hemelsnaam tog nie 'n alarmogie hê nie.

Die kans is goed dis nie die geval nie. Die motor is tog net hier as Lena en Thinus hier is.

Die verkyker volg die pad van die huis na die strand. Terug na die ander huise.

Lyk my ek was verkeerd. As ek enigiets wou doen, sal dit tot later moet wag. Daar lê reeds twee stelle voetspore op die strand. Iemand het vroeg gaan stap en kan enige oomblik terugkom. Buitendien, nog 'n paar minute en die mense wat wel hier bly, sal uit hulle huise begin peul op soek na vars lug.

Ek moet die bakkie iewers parkeer en slaap. Dan later, wanneer dit stiller is, sal ek die venster opspoor en daardeur probeer klim, of die buitedeur se slot oopbreek. As ek vinnig is, sal niemand my sien of hoor nie.

Ek gaap weer en vryf oor my oë. Dit voel asof iemand 'n handvol sand daarin gegooi het. Ek sal die bakkie by 'n vulstasie op Vredenburg parkeer en daar slaap. Net 'n paar ure.

2

"Hallo! Haai! Jy mag nie hier slaap nie." Die stem word begelei deur 'n plat hand teen die bakkie se ruit.

Ek spring orent in die Hilux met sy donker vensters. Stamp my kop teen die dak. "Eina. Demmit."

Ek vryf my kop en tuur na my horlosie. Dis drie uur later, net ná tienuur. Ek wens ek kon nog slaap. En slaap soos hierdie, diep en rustig.

Die pakkie Temazepam lê by my voete, nog steeds onoopgemaak. Ek druk dit terug in my rugsak. Dalk kan ek nog eendag daarvan ontslae raak.

Weer hamer die man aan die venster. Sy oop palm maak vuil vingermerke teen die ruit. Hy lyk belangrik. Wit hemp en swart langbroek. Swart toerygskoene met sulke dik sole.

"Niemand mag hier lê en slaap nie," waarsku hy. Sy stem styg 'n oktaaf.

Deur die venster sien ek 'n rooi blos van sy keel tot in sy gesig opstoot. Hy kan skaars by die bakkievenster bykom. Hoe oud is hy? Sewentien? En wie is hy? Die bestuurder?

Ek maak die deur oop en klim uit. Die lug is koel. Ek ril onwillekeurig en slaan my arms om my lyf. Die pyn bly klop agter my oë. Ek moet bedonnerd lyk, want die man – seun – gee 'n tree terug toe hy my sien. Nog twee toe ek ordentlik regop kom. Hy lig hom op sy tone om langer te lyk. Agter hom begin 'n petroljoggie lag dat die gaping tussen sy tande wys.

Ek gee in – ek wil nie onthou word vir enige drama nie – en lag saam. Ek laat sak my skouers, word korter.

"Jammer. Ek ry nou. Die pad was lank." Ek wys na die GP-nommerplaat, maar sien sy oë haak vas by my wit T-hemp. Ek kyk waar hy kyk. Ah. Ek het my bra uitgetrek voor ek gaan slaap het.

"Ek ry nou," sê ek weer.

"Goed so." Die man draai om en beduie na die joggie. "Hou op lag en gee vir haar 'n koffie. Op die huis."

Ek parkeer die bakkie voor 'n gastehuis 'n ent van Paternoster se strand. Ek knoop 'n ligte baadjie om my heupe, sit my sonbril op, druk 'n pet op my kop en gooi die rugsak oor my skouer. Hopelik lyk ek soos 'n toeris.

Die rugsak hou die pistool, 'n flits, handskoene en 'n Leatherman. Die flits en handskoene kom van 'n Pick n Pay op pad hierheen. Die Leatherman was 'n geskenk van Alex en kom nog uit Dar es Salaam.

Ek dwing myself om rustig en stadig in die rigting van Thinus en Lena se huis te loop, al wil ek veel eerder draf. Na 'n rukkie is ek midde-in die swerm wit huise by die strand. Ek draai regs by 'n restaurant met sy eie parkeerterrein. Ek hou verby, al maak my maag honger draaie. Die laaste keer dat ek geëet het, was daardie vulstasie-broodjie voor ons Adorjan ontmoet het. Voor Sarah my verraai het. En daar was darem ook die hoenderpastei op Vredenburg.

Vergeet nou van kos. Fokus. Alex.

Ek kan nie glo hy leef nog nie. Ek kan nie glo my pa was 'n gewone misdadiger nie. Of wag, ek glo dit. Wat ek sukkel om te verstaan, is dat ek dit nooit besef het nie.

"Môre," groet 'n atletiese middeljarige vrou in drafskoene wat vinnig verbyloop, haar gesig natgesweet. Die labrador by haar stop om aan my stewels te ruik.

"Môre," groet ek en systap die hond, maar hy draai om en volg my.

"Kom, Rufus!" roep sy.

Ek gaan staan. Die hond beweeg nie, druk net sy neus in die soom van my jeans. Hy moet seker vir Megabyte ruik. Ek vryf lomp oor sy kop. Verwens weer my pa wat honde gehaat het.

Die vrou gaan staan, draai om. "Rufus! Wat maak jy?"

Die hond met die goue pels snuif verontwaardig, kyk my stip aan en draf dan weg.

Ek loop verder, al meer op 'n drafstap. Dis nie die seevakansie-seisoen nie en amper die einde van blommekyk-tyd, so die dorp is taamlik leeg, maar hier is net te veel mense wat 'n besonder lang vrou sal onthou.

Ek kyk terug om seker te maak die vrou en haar hond is weg. Ek het gehoop die warm middagson sou meeste mense huis toe jaag, maar dit lyk nie so nie. Dit sou seker beter gewees het as ek in die aand op Paternoster aangekom het, maar ek het nie veel van 'n keuse nie. Die horlosie stap meedoënloos aan. Dis 11:23, Dinsdagoggend.

Hoe nader ek aan Thinus-hulle se huis kom, hoe stadiger loop ek. Ek kyk om my rond. Niks of niemand beweeg nie. Ek loop om die wit-en-blou gebou asof ek op pad is see toe. Ek moet vinnig wees. Dis moeilikheid soek om hier rond te staan en aandag te trek.

Toe ek die agterkant van die huis bereik, sien ek iets wat 'n probleem kan wees. Daar is 'n smal garagevenster en dit staan wel oop, maar dis 'n bietjie hoër en kleiner as wat ek gehoop het. Wat nou?

Ek loop verby, na die kalm see toe, maak 'n U-draai en spring oor die lae muur. Hurk agter die witgepleisterde skans.

Hoe groot is daardie venster presies? Ek meet met my oë, en besluit dan ek sal pas. Ek trek die swart wolhandskoene aan wat ek saamgebring het. Die polisie moenie uitvind ek was hier nie. Terwyl ek dit doen, spits ek my ore. Niemand skree of roep nie. Geen alarm kerm nie. Geen hond blaf nie. Dis veilig vir my volgende skuif.

Hoe gemaak om by die venster in te kom?

Ek soek rond vir iets om op te staan. Die tuin is vol inheemse vetplante, eweredig versprei om 'n paar groterige rotse. 'n Klompie struike sukkel om vatplek te kry in die sanderige grond.

Die rotse. Ek kan op een staan en by die venster bykom. Die een links van my sal doen. Dis seker so ses bakstene hoog.

Ek probeer die rots beweeg. Dis swaarder as wat ek gedink het, maar nie onmoontlik nie. Dit neem 'n goeie tien minute van laag bly en vasbyt, maar uiteindelik rol ek die rots tot teen die muur.

Weer soek ek na lewe in die buurt vol witgepleisterde huise. As ek eers in die garage is, sal dit onmoontlik wees om te ontsnap. Dis beter om nou al te weet as daar moeilikheid kom.

Steeds bly die straat voor die huis doodstil. Net so met die strand agter my.

Ek klim op die rots, maak die venster wyd oop en gooi die rugsak deur. Luister. Geen alarm nie. Dankie tog daarvoor. Ek begin my lyf deur die venster wurm. Ek kom net-net deur. Dis dalk goed ek het nog nie vandag geëet nie.

Stukkie vir stukkie voer ek my lyf deur die venster. Dis donker in die garage, maar my neus sê vir my hoekom die venster oopstaan: die vertrek is onlangs uitgeverf.

Toe my heupe deur die venster is en my oë meer gewoond aan die halfskemer, besef ek daar is geen sagte plek om te land nie. Dis nou te laat om iets daaraan te doen.

Die vensterraam sny pynlik in my bene in soos ek verder deurskuif, vorentoe buig, met my hande keer en op die kaal sementvloer val. Ek kreun so sag as wat ek kan.

Ek gaan moerse bloukolle op my bene hê. En my heupe. Nie dat enigiemand sal oplet nie. Alex was die laaste keer dat iemand . . .

Ek los die gedagte net daar, soek die flits in die rugsak en sit dit aan. Die oorkantste muur is volgepak met bokse en vier of vyf stowwerige meubelstukke. Weer eens is dit nes my ma gesê het.

Skielik is ek bly sy en Lena het nie geluister na die elfjarige kind wat altyd gedink het sy weet beter nie, anders was Hendrik Kroon se goed lankal verkoop.

Daar is twee stapels bokse. Van hulle is gemerk met 'n swart viltpen. Dalk is dit die maklikste om sommer by hulle te begin. Hoe moeilik kan dit wees om 'n staalkissie weg te steek?

Die eerste boks wat ek oopmaak is vol boeke. My ma se boeke. Kookboeke en al die klassieke werke waarvoor sy lief was. Is. Tolstoi. Dickens. Pasternak. Shakespeare. Die tweede en derde bokse het klere in, vrot gevreet deur die motte, en die vierde is vol kombuisgoed. 'n Gietysterpot, silwer slaailepels, teelepels. Kitsch souten-peperpotte van Londen in die vorm van twee soldate met lang swart hoede wat op aandag staan. Seker iets wat my pa huis toe gebring het van sy oorsese reise.

Ek pak weer alles versigtig in en maak die bokse toe. Gelukkig is die gom van die kleefband al so oud dat dit lankal nie meer plak nie, so dit was nie nodig om iets oop te skeur nie.

Teen die vyfde boks oorval die emosie my onverwags. Die geel babaklere in my hand is sag. 'n Blou pakkie is steeds toe in winkelplastiek, 'n lint daarom vasgemaak, asof dit 'n geskenk was.

Dis seker my ongebore boetie s'n. Maar hoekom is dit hier? Sou my ma dit nie ingepak en saamgeneem het nie?

Miskien was sy nie lus vir die herinneringe nie. Ek sou dit nie kon verdra om ooit weer daarna te kyk nie. Ek sit die klere versigtig terug in die boks.

Wat was die leuen wat ek nou weer vir my ma vertel het? Ek

wil deur my pa se goed kyk en vrede maak. Ek dink dis onmoont-
lik. Veral nie met wat ek nou weet nie. Sy geweld was nie net ons
s'n nie. Dit was meer as hierdie geel en blou babaklere en 'n lewe
opgepak in bokse. Hy was 'n bendebaas wat nie geskroom het om
mense koelbloedig dood te skiet nie.

Ek wil die boks toemaak en verder soek, maar ek kan nie. My
hande bly grawe tussen my kinderklere tot ek my eens kosbaarste
besitting kry: 'n klein juwelekis van kiaat.

Die hout voel steeds warm in my hande, asof die boom waaruit
dit gemaak is nog lewe, nes daardie dag in die winkel lank gelede.
Die kis was nie baie duur nie en is ook nie besonder mooi nie. My
pa was verbaas dat ek nie iets groter en duurder gekies het nie.

Hy kon nooit verstaan dat dit die hout, die slot en die geheime
kompartement onderin was wat gemaak het dat ek dit wou hê nie.
Dit was iets waarin ek mooi goed kon wegsteek en toesluit. Weg
van my pa af. Weg van my ma af. Iewers waar niemand daaraan
kon raak nie. 'n Veilige plek. Uiteindelik.

Ek haal diep asem en maak die kis oop. Alles is steeds daar. Die
verjaarsdagkaartjie van my ma toe ek ses geword het. Die poskaart
uit Parys, van die einste gesofistikeerde Lena. Sy en Thinus was
soontoe toe ek agt was en het vir my die poskaart gestuur. Ek wou
so graag ook die Eiffeltoring sien. En ek het, al was dit eers jare
later toe ek in Frankryk gewerk het.

Die vals houtbodem met sy groen vilt lig steeds maklik uit.
Hier is alles ook steeds veilig. Die rooi juweleboksie wat my pa
daardie aand vir my gegee het. Ek het nooit eers weer daarna
gekyk nie. Die sakdoek waarmee ek die bloed van my gesig gevee
het ná die tyd. My pa se bloed.

Hoekom het ek dit gehou?

Vir 'n oomblik soek ek na asem. Knip-knip my oë. Sluk aan
die knop in my keel. Hoe sou my lewe gewees het as ek nie vir

Hendrik Kroon geskiet het nie? Sou ek hier gestaan het, in 'n garage, op soek na iets om Alex se lewe te red? Sonder 'n huis. Sonder familie.

Maar 'n ander stem koggel my. Die stem uit my verlede. Die een wat gewoonlik beter weet.

Maar sou jy nog geleef het?

3

Niks nie. Net mooi niks. Geen staalkissie. Geen stapels geld. Geen sleutels. Geen verdagte dokumente. Ek kyk moedeloos na dit wat oor is van Hendrik Kroon se lewe, die wit muur koel teen my rug. Ek het selfs die meubels deursoek. My pa se lessenaar, van stinkhout, het niks van waarde in nie. Sy leerstoel steek ook niks weg nie. Ek het 'n gat onder in die oortreksel gesny en orals rondgevoel. Niks wat enigsins soos 'n staalkissie lyk of waardevol genoeg is om in een te hoort nie.

My bene protesteer toe ek orent kom. Ek maak weer die linker-onderkantste laai van die lessenaar oop. Miskien sal my ma die foto's hierin wil hê. Ek sal dit vir haar vat. Thinus en Lena sal dit nie mis nie.

Ek blaai deur die boonste bondel foto's, bymekaargehou met 'n bros bruin rekkie wat verbrokkel onder my vingers. Dit lyk soos familiefoto's. Die boonste een is die vreemdste. My ma en pa, bly en gelukkig. Dan een van my pa. Van Thinus. My ma, Lena en Thinus wat iewers langs die see braai.

Die kleure in die Kodak-oomblikke is uitgewas, maar almal lyk gelukkig, jonk en optimisties. Dis seker in die 1970's geneem.

Die volgende pak het foto's wat geneem is by een of ander vertoning. Almal kloek om 'n geduldige Sandra Prinsloo. Dan een van Thinus wat saam met my pa visvang. Jag. Hy en my pa in wat lyk na 'n Londense kroeg, hand om die lyf, my pa en die man met die baard en goue voortand beste vriende.

Weggesteek in die middel van die bondel is 'n kleiner foto, dit lyk of dit professioneel geneem is. Lena in 'n baaikostuum, haar lang blonde hare op haar kop gestapel, die bekende kuiltjie in haar linkerwang, selfde as my ma. En net so lank soos ons.

Lena was 'n mooi vrou. Is seker nou nog. Sy was 'n Mejuffrou Suid-Afrika-finalis in haar jong dae. Sy en my ma het baie na mekaar gelyk, voor die jare sy draaie geloop en hulle verander het. My ma se lewe het op haar gesig begin wys. Die moegheid en die waaksaamheid het naderhand beendiep gelê, die selfvertroue uitgebloei.

Die volgende foto is 'n verrassing, al behoort dit nie te wees nie. My pa en 'n jonger weergawe van Adorjan Borsos staan hand om die skouer en glimlag vir die kamera, vet sigare in die mond. Eenkant staan 'n jong man wat ek nie ken nie.

Adorjan het nie gelieg nie, hy wás by ons huis. Die foto is in ons sitkamer geneem. Ek onthou die lelike bruin mat en bont gordyne.

Ek maak die foto's bymekaar, wonder of my ma bly sal wees daaroor. Dalk nie. Gooi mens alles uit jou verlede weg as een persoon dit bitter gemaak het? Ek lag vir myself. Dalk is ek nie die regte mens om daai vraag te antwoord nie.

Ek bêre die foto's in my rugsak. Ek soek na die son by die venster uit, maar dis reeds donker buite. Ek het ure hier deurgebring en niks wyser geword nie. Dis tyd om Sarah te bel en haar die slegte nuus te gee. Dalk het sy iets uitgevind wat ons kan help.

Ek trek die lessenaarstoel tot onder die venster en klim met sokkievoete daarop. Natuurlik sal dit verraai dat iemand hier was, maar ek weet nie hoe anders om deur die venster te kom nie. Die bokse is heeltemal te wankelrig om op te staan.

Dalk kom ek in elk geval daarmee weg. Behalwe nou my pa se goed is die garage leeg. Hopelik beteken dit dat die huismense nie baie tyd hier deurbring nie. As hulle niks hier bêre nie, gaan hulle niks hier kom soek nie.

Die rugsak plof neer in die stof aan die ander kant van die venster. Selfde met my skoene. Ek hys myself deur die smal opening. Kyk rond vir enige beweging in die koel aandlug, maar sien niks of niemand wat na my staar nie.

Die grond is hard toe ek dit tref. Weer wag ek vir enige geluid wat sal verraai dat iemand my gesien het, maar daar is niks. Dit beteken egter nie dat almal reeds slaap nie. Laer af in die straat hoor ek hoe mense lag. Ek ruik braaivleis op die kole.

Ek rol tot op my rug in die sanderige grond. Die eerste sterre is reeds uit. Die hemel is daardie vreemde grou kleur net voor dit nag word. Net voor die aarde die donkerte in tol.

My oë is toe voor ek dit kan keer.

Nee. Slaap is 'n luukse wat ek nie nou kan bekostig nie. Ek sit regop en hark my skoene nader, trek hulle aan. Ek spring oor die muur en draf haastig verby die rye huise.

My neus sê vir my by watter een die braai is. Harde, vrolike stemme rank by die oop voordeur uit. Die kosreuke wat daarmee saam uit die huis sypel, laat my maag draai. Ek gaan staan onwillekeurig en kyk op my horlosie. Dinsdagaand, net voor sewe.

Die tyd raak min en ek is vrek honger en doodmoeg. Dalk kan ek . . .

'n Grom laat my omkyk. Agter my, in die huis se voortuin, skitter geel oë in die maanlig.

Ek beweeg nie. Dalk is die grom nie vir my nie.

Die geel oë beweeg vorentoe. Die grom word 'n blaf.

Okay, dis vir my. Ek meet die muur tussen my en die hond. So hoog soos my bobeen. Maklik om oor te spring.

Die blaf word nog harder.

Wat sê mense nou weer oor 'n hond wat jou wil aanval? Moet jy vlug of bly staan?

"Rufus!" skree iemand uit die huis. Dis dieselfde vrouestem en labrador van vroeër.

"Wag, Rufus," pleit ek. "Sjjt. Onthou jy my nie?"

Die vrou mag my nie hier sien nie, sy sal my herken.

Vlug of staan?

Steeds blaf die hond, afgewissel met 'n geknor.

"Rufus!"

Vlug.

Ek draai om en hardloop. Hoor die geplof van pote agter my. Het die vrou nie die dêm hond vanoggend moeg gedraf nie?

Ek rek my treë. Hardloop dat my skoene op die teer klap. Hoe ver nog? Seker 'n goeie tweehonderd meter bakkie toe. My asem brand. My longe wil nie meer nie. Ek kyk om. 'n Kwaai grom laat my weer vorentoe kyk. Vinniger hardloop. Ek vis vir die bakkie se sleutels in my jeans se sak.

Komaan. Waar is dit?

Die bakkie is vyftig meter weg, presies waar ek dit gelos het.

Nog 'n blaf.

Moenie omkyk nie.

Die bakkie se ligte knipoog toe ek dit oopsluit. Induik.

Ek slaan die deur toe, hyg na asem. Laat my kop teen die venster rus. Soek rond in die donker. Waar is Rufus?

Daar. In die pad agter my. Die geel hond staan twintig meter weg, seker waar hy my ophou jaag het. As hy my ooit gejaag het. Dalk het hy bloot saamgedraf.

In die helder maanlig, sy bek wyd oop, lyk dit kompleet asof hy vir my lag.

4

Ek parkeer weer by die vulstasie. Dieselfde joggie van vanoggend herken die bakkie. Hy waai vir my en beduie ek moet onder die seilafdak stilhou.

"Hy kom eers môreoggend so agtuur in," sê hy met 'n oopmondglimlag, asof hy weet ek wonder oor die kwaai bestuurder. "Baas se seun. Hy loop elke dag lank voor die son water trek."

Ek knik dankbaar en klim uit die bakkie. Ek trek geld met die kaart wat Sarah my gegee het en koop vir my en die joggie elkeen 'n toebroodjie en koffie. Die toebroodjie is lekker, maar ek bly verlang na die braaivleis wat ek vroeër geruik het. Om nie eens te praat van die kos wat Sarah se ma Sondag voorgesit het nie. Dit voel soos 'n leeftyd gelede.

Hulle moet net veilig wees. Nie Sarah nie, haar ma-hulle.

Ná ete bad ek so goed ek kan in die ruskamer se wasbak. Gelukkig is die helder verligte vertrek skoon en verlate. Dis later as wat die meeste mense nog op pad is.

Ek trek die skoon klere aan wat ek saamgebring het en sug tevrede. Uiteindelik is ek ontslae van die sweet van die langpad en die stof van Thinus en Lena se garage. My pa en die spoke van sy lewe.

Ek borsel my nat hare terug oor my rug. Sien die grys daarin: drie hare weggesteek by my linkerslaap. Ek leun vorentoe en kyk na die vrou wat terugstaar uit die spieël. Rooi oë. Diep lyne om die mond. Bitterheid?

Nee, besluit ek. Net moegheid. Bitter beteken my pa het gewen. En Adorjan. Dit sal die dag wees.

Ek maak my goed bymekaar en loop terug bakkie toe. Oorweeg my opsies vir die res van die nag. Ek kan by 'n gastehuis inboek, maar dit sal tydmors wees. Ek wil net 'n paar uur slaap en dan weer ry. Buitendien, dalk trek ek nog meer aandag by 'n gastehuis as wat ek reeds doen. Ek kan net sowel die risiko tot hierdie een plek beperk en die joggie se vriendelike aanbod aanvaar.

Terug in die bakkie bel ek vir Sarah. Sy antwoord haar foon dadelik. Groet nie. "Het jy dit gekry?"

Haar stem laat die wrewel van vroeër weer in my opstoot. Alex kon al vry gewees het as sy eerlik was met my. "Nee, hier is niks nie."

Sy spoeg 'n vloekwoord uit. "Waar is die bleddie ding?"

"Ek weet nie." Dieselfde moedeloosheid sit soos 'n klip in my.

"Wat gaan ons nou doen?"

"Wat het jy wyser geword?"

"Nie veel nie. Die rooftog het gebeur voor alles digitaal gestoor is, so die spoor is dun en yl. Ek het wel uitgevind Stefan Riekert, die polisieman wat die roof ondersoek het, ken vir Jaap Reyneke, die speurder wat jou pa se dood ondersoek het. Hulle is ou pelle, klink dit vir my."

Ek probeer die los drade bymekaarmaak. "Wat beteken dit?"

"Ek weet nie. Nog nie."

"Ons gaan dalk nie eers tyd hê om uit te vind nie."

"Miskien."

"Dalk moet ons eerder op een ding fokus en probeer vasstel wat in die kissie was. Dan kan ons iets soortgelyks aan Adorjan gee."

"Hy sê dan hy weet presies hoe die kissie lyk. Dat hy daai spesifieke kissie en wat daarin is wil hê."

Ek hoor hoe Sarah 'n sigaret aansteek.

"Die kissie kon weggeraak het," bied ek aan. "Beskadig wees. Ons kan 'n storie opmaak. Dis beter as niks." Ek vee moeg oor my oë.

"Dit kan ons laaste opsie wees," gee Sarah toe. Huiwer dan effens.

Dis so vreemd om te hoor dat ek dadelik regop sit. My ore spits.

"Ek het aan nog iets gedink," begin sy versigtig. "Miskien moet ons 'n bietjie in jou kop rondkrap. Ek het vir Adriana gevra om met jou te praat. Oor daardie aand, oor wat gebeur het. Miskien weet jy iets wat ons kan help. Dalk het jy die kissie gesien, maar jy kan dit nie onthou nie."

Die woorde klim in my keel op en steek daar vas. "Ek wil nie . . . Ek hoef nie . . ."

"Jy moet."

"Wil jý elke detail van die tronk onthou?"

"As dit my familie sal help, ja."

"Daar is niks om te onthou nie. Ek weet wat gebeur het."

"Kan jy dit belowe? Honderd persent belowe?"

Ek maak my oë toe. Sug. "Hoekom Adriana?"

"Aan wie anders kan ek Ranna die reeksmoordenaar voorstel? My ma was genoeg." Ek hoor hoe sy die sigaretrook diep intrek. "En Adriana weet hoe om inligting uit mense te trek."

"Klink pynlik."

"Kan seker wees," sê sy droog.

"Okay," gee ek uiteindelik oor.

Wat anders kan ek doen? Dis nie asof ek 'n beter plan het nie. As die kissie nie in Paternoster is nie, weet ek nie waar anders om te soek nie.

"Ek sal dit reël."

Ek gaan beslis nie dankie sê nie. "Ek gaan nou probeer slaap en dan later terugry. Wat gaan jy doen?"

"Verder rondkrap in almal se diep, donker verledes."

"Wat gebeur as jy niks kry nie? As ek niks onthou nie?"

"Dan kan ons maak soos jy gesê het en 'n liegstorie uitdink oor die kissie se inhoud. Dalk kan ons selfs 'n vals kissie laat maak. Dalk lieg Adorjan oor sy goeie geheue."

Toe sy weer praat, klink sy doodmoeg, asof sy weke laas geslaap het. "Miskien gaan ons nog daai wapens van jou nodig kry."

Ek onthou Sarah met die rewolwer in haar hand. Sy sal veel eerder per ongeluk vir my of Alex raakskiet. "Kom ons probeer dit vermy."

Die gaap oorrompel my onverwags. Genoeg. Ek strek my bene en slaan die voorste sitplek plat. "Sien jou môre," groet ek, maar die foon is reeds stil. Ek gooi dit op die passasiersitplek neer, vies vir haar en vir die dag wat niks opgelewer het nie. "Iemand moet jou maniere leer."

ALEX

1

Hoekom.

En ja, daar is ook waar, wie, wanneer en hoe as jy 'n nuusstorie skryf, maar meestal is hoekom die belangrikste. En baie keer die interessantste. Niks fassineer tog meer as die menslike natuur nie. As mens klein is, vra jou ma baie keer eers wat jy gedoen het, om die skade te bepaal, maar dan dadelik hoekom. Asof sy wonder wat jou moontlik kon dryf om te doen wat jy gedoen het. Asof sy wil weet dit was nie haar skuld nie. Geen versuim in haar poging om haar kind groot te kry nie.

Ons wil weet dis nie iets wat ons gedoen het nie. Dat ons nie almal so is nie. Nie óns nie.

Maar ons kan so word.

Nee. Ek het nie my pa geskiet nie.

Hoekom het ek nie?

Ek neem my wraak anders. Ek wou my pa wys wat ek kon word ten spyte van hom. Dit hou baie langer as die een-sekonde-uitdrukking op iemand se gesig voor jy die sneller trek. En hoe mors dit nie in elk geval met jou as jy dit doen nie? Wat vernietig dit? Daai koeël spat binnetoe. Sit soos skrapnel. Sweer later uit, dit kan nie anders nie.

Ek het geweet wat Ranna gedoen het, ná al die koerantberigte, ná Sarah my vertel het, maar ek wou dit nie glo tot ek die woorde uit haar mond gehoor het nie.

Verander dit wat ek vir haar voel noudat ek weet sy het Hendrik Kroon doodgemaak?

Nee. Al wat ek oorhet, is woede dat sy weggehardloop het ná Tom se dood. En as ek eerlik moet wees, was daar ook iets lig en bly in my toe ek haar in daardie verlate fabriek in Sasolburg gesien het. Iets bekends, soos die eerste keer toe ek haar gesien het.

Genoeg.

Volgende hoekom. Hoekom het Sarah Ranna nie vertrou en haar hulp gevra nie? Hoekom het sy haar uitverkoop, net om self uitgevang te word? Ek weet Sarah hou niks van Ranna nie, maar dit klink nie soos sy nie. Dit klink dom en onnosel. Klink soos ek in Dar es Salaam daai einste dag toe ek Ranna gesien het.

Klink soos liefde.

Was sy jaloers?

Moet ek uiteindelik die feit erken waarvoor ek nog heeltyd doof bly, al weet ek presies hoe Sarah oor my voel? Moet ek nee sê? Hard nee sê?

Of het ek dit reeds in die fabriek gedoen?

Seker.

Derde hoekom. Hoekom wil Adorjan nou skielik 'n kissie hê met wie weet wat daarin?

Dis 'n maklike ene. Gierigheid.

En nommer vier: Hoekom het Ranna teruggekom Suid-Afrika toe?

Want Sarah het haar mislei.

Want sy wou my red.

Dis seker goeie nuus. Dit sê Ranna voel darem nog iets vir my. Maar dit ontstel my ook. Enigiemand kan haar hier sien rondloop en polisie toe gaan. Sy sal vir baie, baie lank in die tronk sit.

En sy sal doodgaan daar. Jy sluit nie iets wilds toe en hoop dit oorleef nie. Dit word 'n afbeelding van wat dit was, 'n swak fotokopie.

En as sy in die tronk beland, wat help verlede jaar se wegloop dan? Dan het ons al twee bloot ons tyd gemors.

Ek swaai my voete oor die rand van my nuwe bed. Nog 'n goedkoop staalhospitaalbed, net soos in Sasolburg. Adorjan het goed beplan en meer as een wegkruipplek reggemaak.

Ek hou my linkersy met een hand vas, kyk na die sinkvertrek om my. Die donker nag buite die enkele hoë venster. Hoe het ek hier beland? Hoe het 'n ou man dit reggekry om my vir weke aaneen in een hok na die ander toe te sluit?

Daai eerste hou in Welkom het hom reeds gehelp, die een net ná die geweerskoot op dieselfde plek. My ribbes is af. En as dit nie is nie, is dit gekraak. Ek sukkel om asem te haal. My bors voel asof iemand dit met reusehande vasdruk. Of ek sit of lê, die pyn bly. En my bleddie longe jeuk.

Dit maak dit moeilik om aan weghol te dink. As ek gelukkig is, gaan ek nog een kans kry. Net een kans. Daarna gaan Adorjan meer waaksaam wees as wat hy reeds is.

Die ou man maak elke aand die boeie vir tien minute los sodat ek kan rondloop. En al is ons nie meer in Sasolburg nie, behoort hy dit steeds te doen. Gewoonlik gebeur dit net na ons skaak gespeel het, so asof buite loop my beloning is om iets te doen wat ek haat.

Die ou man se dieet van brood, sjokolade en soet tee help egter niks om my kragte op te bou nie. Ek verlang na 'n stuk filet. My ma se gebakte aartappels. Ranna se koffie. En water. Baie, baie water.

Daar is nog vyf dae oor. Nee. Ek kyk op my horlosie, dis Dinsdagaand. Vier dae. En dan wat? Dan skiet Adorjan Borsos my?

Voer my vir die haaie? Ek sweer ek hoor die dowwe gedruis van die see, so asof dit net oor die bult lê.

Die ou man het my Coke gegee in die Sani en ek het dadelik aan die slaap geraak. Ek weet van beter as om dit te drink, maar ek kan nie help nie. Hy hou my ontwater. Swak. Ek het eers vanoggend hier – en wie weet waar hiér is – wakker geword, my tong en my kop ewe dik.

Steeds dik. Die spinnerakke wil nie oplos as ek my kop skud nie. Ek het al ophou probeer. Al wat ek weet is dat ek moet wegkom. Voor Ranna en Sarah hiernatoe kom en iets doms aanvang.

Ten minste het Ranna se koms een hoekom opgelos. Uiteindelik, ná amper twee maande. Adorjan wil niks van my hê nie. Ek is net die losprys om Ranna te dwing om iets vir hom te kry. 'n Aap in 'n kou, dis ek daai. Niks meer nie.

2

"Jy's stil vanaand." Adorjan drink van sy tee, kyk na my oor die rand van die beker.

Die slurpgeluid maak my mal. Dis nie so moeilik nie. Maak jou mond oop en toe. Sluk.

"My bors pyn." Ek skuif om gemakliker in die groen kampstoel te sit. Die boeie aan my linkerarm klingel teen die aluminium van die stoel.

Hy sê niks, maak net sy volgende skuif op die skaakbord.

"Ek soek 'n pynpil," hou ek aan.

Hy vryf oor sy wang. Vandat ons Ranna en Sarah gesien het, skeer hy skielik. En hy bad meer gereeld. Ek wens ek het geweet hoekom. Dis amper asof hy vir iets of iemand wag. Iets groter as geld.

Hy skuif sy koningin om my koning aan te val. "Die pyn sal jou herinner om jou te gedra. Pyn doen dit. Dit laat mens onthou."

My pion gaan staan skuins langs sy perd, reg om dit te vat. Gewoonlik hou ek terug om hom te laat wen, maar ek is nie vandag in 'n bui vir liefdadigheid nie. As ek aanhou wen, sal hy my dalk vroeër buitentoe vat om rond te loop. Weg te kom.

Ek het vroeër op die bed geklim en by die venster probeer uitkyk. Ek kon nie veel sien nie, net sand. Dik wit sand.

Die see is naby, daarvan is ek seker. Die souterigheid hang heeltyd in die lug. Los spore op my droë lippe. En as die see naby is, is daar dalk 'n pad ook. 'n Pad beteken motors. Motors beteken mense.

Altans, ek dink dis die see. Dalk is dit bloot my ore wat suis, dehidrasie wat my inhaal. Die pille wat Adorjan my gegee het, is sterk. Vir al wat ek weet, kan ons op 'n ander planeet in 'n ander sterrestelsel wees.

Ek draai my kop. Laat sak dit tot in my linkerhand.

Alles voel skielik weer los en vas.

Los.

Vas.

Ek sukkel om ordentlik te fokus. Wat was in daardie Coke?

"Ha!" Adorjan skuif weer sy koningin vorentoe, so asof hy besef ek speel 'n ander, meer aggressiewe spel vanaand. Hy glimlag. Drink weer van die tee. Voel na die pistool op sy skoot.

"Hoekom?" vra ek uiteindelik. Anders as die vorige kere wil ek nie weet hoekom hy my aanhou nie – daardie antwoord het ek nou. Ek wil weet van Ranna. En haar pa.

Hy antwoord nie, sit net asof hy my nie gehoor het nie, sy oë vasgenael op die bord.

Ek weier om op te gee. "Hoekom Ranna straf vir iets wat haar pa gedoen het?"

Hy kyk op, maak sy bene reguit. "Hoe sê die Bybel? Jy sal vir jou pa se sondes betaal. Sy's al een wat oor is om dit te betaal. Haar ma sit mos oorkant die water."

"Jy kan Ranna nie laat boet vir iets wat haar pa gedoen het nie."

"My pa het mý laat betaal. All the time. Hy was heeltyd die hel in oor iets. Dié bill. Daai bill. My ma wat weg is. Die busse wat laat is, die karre, die radio, die nuus. Hoeveel Camels kos. Bier."

"Ranna is nie jou pa nie."

"Maar Ranna het daai ou . . . wat is sy naam nou weer? . . . doodgemaak. Tom Masterson. Sy het ook sondes om voor te betaal. Baie, soos dit vir my klink."

"Almal van ons het sondes." Ek vee moeg deur my hare, byt

op my tande toe 'n skerp pyn deur my sny. "Die meeste van ons betaal niks daarvoor nie."

"Wat is jy nou? His Royal Highness, the King of Karma? Hoe sweet. Deel straf uit vir wie jy wil en vee dit uit waar jy dink dit nie hoort nie."

"Hoekom Ranna?" hou ek aan. "Dis jare later."

Hy drink van die tee en sit die beker langs hom neer. "Geld. En family, mense wat ek liefhet. Sanity," sê hy kortaf. Hy staan vies op. Druk die pistool agter in sy uitgewaste swart jeans. Die gordel om sy middel is alreeds een gaatjie groter gestel. Dis al daai Aero's wat hy heeltyd eet.

"Familie?" probeer ek op die seerste wond druk.

"Ja, Alex, ek het ook een van daai gehad. My dogter moet nou al amper vyftig wees. Dis oud, Alex. Lank om sonder 'n pa te wees. Lank vir my om alleen te wees met niks meer op my naam as wat in 'n Checkers-sak pas nie. Ek weet nie eers meer wanneer laas ek geld gehad het om vir haar 'n verjaarsdaggeskenk te koop nie."

"Jy het geen waarborg dat daar geld in daardie kissie is nie. Niks nie. Jy waag alles op iets wat amper dertig jaar gelede in 'n staalkissie toegesluit was. Dis lankal weg. Jy moet dit tog weet."

"Lyk dit vir jou asof ek baie het om te verloor?"

"Ek dink jy het nog net nie mooi getel nie."

Hy lag. "Ek het baie mooi getel. En ek wil weet wat in daardie kissie was. Ek wil weet hoekom dit my lewe werd was. En Johannes s'n. Ek wil weet hoekom iemand wat ek gedink het close was my verraai het. Ek wil hom in sy graf screw. Dit sal my kop stilmaak."

"Hendrik was 'n bliksem. Jy weet dit. As jy anders dink, is jy domonnosel."

Woede flits oor sy gesig, verdwyn dan. "Kom," beduie hy. "Jy sal nie verstaan nie. Jy's all white bread en cheese. Tyd vir vars lug, en dan moet jy bed toe gaan."

Hy hou sy hande op toe ek wil praat. "Jy sal nie verstaan nie. Face dit, jy kán nie. Jy's net 'n slim laaitie van die suburbs. Henry was . . ."

Sy woorde droog op. Hy skud sy maer skouers onder die dunge-waste trui, asof hy van die kwaad ontslae wil raak. Uiteindelik sê hy: "Nog net 'n rukkie en dan het ek wat ek soek. Ek kry my geld en jy kry daai resiesperd terug. Ranna." Hy kry dit reg om te glim-lag. "Julle is reg, dis 'n beter naam as Isabel."

Hy haal die boeie se sleutels uit sy broeksak en gooi dit vir my. Die Beretta verskyn weer in sy regterhand.

"Kom ons gaan buitentoe. Ons kan môre verder speel."

Ek maak die staalarmband los en staan stadig van die stoel af op. Vries halfpad. Wag vir die pyn om te verdwyn.

My asem is min toe ek dit regkry om te praat. "Wat as daar nie geld in die kissie is nie? Of wat as dit ou geld is, note wat al ver-val het? Of as dit inligting is? Dokumente? Nuttelose papier oor ouens wat lankal nie meer die land beheer nie."

Adorjan skud sy kop beslis, beduie met die rewolwer dat ek moet loop.

"Jy weet niks nie. Toe Henry my geskiet het, het ek ook gevra hoekom, nes jy nou. Hy't gesê dis geld. Meer as waarvan ek of Johannes ooit kon droom."

Buite die sinkhuis is die nag koel, die reuk van die see onmisken-baar. Sweterig en sout. Die wind wat teen my aanstoot, dra die belofte van vis. En iets sterkers. Die stank van robbe? Voëls? Hoe ver weg weet ek nie. Die gedruis is harder hier buite as binne, die maling van branders meer prominent.

Ek wens ek het geweet waar ons is. Al wat ek onthou, is dat ons ver gery het. Adorjan het gister vir my die Coke net buite Sasol-burg gegee, en ons het eers vandag hier aangekom. Ek het deur die blare na die bed gesukkel en dadelik weer aan die slaap geraak. Vasgeboei wakker geword. Dis toe dat ek die see gehoor het.

Hoe ver ry mens see toe van Sasolburg af? Omtrent ses ure as dit Durban is, veral as daar baie vragmotors op die pad is. So, duidelik is hierdie nie KwaZulu-Natal nie. Hoe lank was dit dan? Sestien uur? Dit beteken ons kan enige plek in die Oos-, Wes- of Noord-Kaap wees.

Hoekom so ver?

Dalk is hierdie die laaste plek waar Sarah of Ranna na ons sal soek. Nie die stad nie. Nie Johannesburg nie. Nee, hier, in die middel van grond wat lyk soos woestynsand. Ek hurk en voel die grond met my vingers. Dit voel bekend. Is ons in Namakwaland? Amper-Namakwaland? Verder suid? Hoe naby is ons aan die plaas? My ma? Sy dink seker al ek is dood.

Ek begin loop om en om in die sand, met Adorjan wat geduldig in die lig van die deur wag. Elke keer as ek na hom kyk, is ek effens verblind. Dis seker hoekom hy daar staan.

Ek knip my oë teen die donker. Wonder of ek kan hardloop.

My kop voel lig en ek is naar. Ek spoeg die bitterte eenkant toe. Die slaapmiddel is nog nie uitgewerk nie. Ek draai om en kyk na die oop ruimte voor my. Luister, soek na die dreuning van verkeer net oorkant die koppie links van ons.

Dis 'n pad. Dit móét wees. Hier kan nie net see om ons wees nie.

Môre. Môre gaan ek hardloop. Ek moet net eers iets eet. Dalk moet ek vra vir een van Adorjan se Aero's. En dan . . .

Môre.

SARAH

Ek sit die laaste wit foliopapier teen die muur vas. Verskuif dit tot dit presies in lyn is met die ander. Staan terug en meet dit in verhouding met die teëls op die vloer. Netjies.

Snaaks hoe dit nog altyd die enigste manier is hoe my kop kan funksioneer. Ek haat dit as inligting wanordelik is. As ek nie die patroon kan sien of verstaan nie.

Ek gaan sit weer en kyk na die lys name en foto's vasgeplak teen die muur bo my werktafel. Ek staar oor die punte van my skoene na die gesigte wat almal op een of ander manier by hierdie gemors betrokke is, maar niks laat my regop spring nie.

Ek kan nie glo die nuttelose stukke papier voor my is al wat ek het om mee te werk nie. Stefan het nie weer vir Jaap gebel ná daardie eerste keer nie, en daar is geen hits op Alex se Apple nie. Adorjan moet die rekenaar vernietig het. Die spider-program het ook nog niks opgelewer nie, en niemand het by my ma-hulle se huis opgedaag nie. Dankie tog daarvoor.

Ek begin op my vingers tel. Heel boaan die lys is Hendrik Kroon. Ranna se pa. Staatsaanklaer. Redelik suksesvol. Krimineel. Vroueslaner. Ranna skiet hom toe sy elf was.

Karla Kroon. Hendrik se weduwee. Ranna se ma. Al lank getroud met Moshe Abramson. Bly in New York.

Moshe Abramson. Bevriend met een van die destydse kabinetsministers. Loop vir Karla in 'n winkelsentrum raak en koop vir haar koffie – aldus Ranna. Sjirurg by 'n groot New Yorkse hospitaal.

Thinus en Lena Prinsloo. Lena is Karla se suster. Thinus en Hendrik was groot vriende. Lena was 'n ontvangsdame tot sy jare gelede ophou werk het, en Thinus het sy eie besigheid bedryf. Langafstandvervoer.

Adorjan Borsos. Een van Hendrik se handlangers. Hendrik Kroon skiet hom tydens 'n rooftog wat Adorjan moes uitvoer. Neem 'n kissie wat niemand mis nie en los die geld, heel waarskynlik om die polisie gerus te stel dat daar niks is om na te soek nie.

Johannes Tredoux. Adorjan se skoongesig-handlanger en net agtien jaar oud toe Hendrik Kroon hom skiet. Standerd nege agter sy naam.

Ek staan op en maak 'n kruisie langs sy foto. Daar moet iewers meer inligting oor hom wees.

Langs Johannes se skoolfoto is daar twee personeelfoto's van Gerhard Jooste en Braam Willemse. Hulle is die twee oudpolisiemanne wat die geld en die kissie vervoer het. Die geld het aan 'n juwelier behoort. Gerhard en Braam, vennote in 'n private veiligheidsmaatskappy, was op pad bank toe daarmee. Die koerant sê die juwelier, Eitan Blomstein, was net te bly om sy geld terug te kry, al lyk dit glad nie so nie. Sy gesig sê die rooftog moes in die eerste plek nooit gebeur het nie.

Dan is daar nog Jaap Reyneke. Die speurder wat Hendrik se dood ondersoek en tot selfmoord verklaar het. Ook sy kollega en vriend, Stefan Riekert, die speurder wat die rooftog ondersoek het.

Volgende A4-papier.

Ranna Abramson, aka Isabel Kroon. Skiet haar pa toe hy haar ma vir die soveelste keer aanrand. Toevallig gebeur dit die aand toe Hendrik Kroon van die rooftog af terugkom, blykbaar met 'n staalkissie in sy besit.

Wat is in die kissie? Niemand weet nie.

Waar is die kissie? Selfde antwoord.

Ek staan op en loop venster toe. Terug.

"Adorjan se moer."

Ek is steeds niks wyser nie, en Saul is met leë hande weg by die nasionale argief. Dit help ook nie dat hulle stelsel gister gecrash het nie.

Iewers mis ek iets. Iets groot en obvious. Maar wat?

Adorjan. Johannes.

Hendrik. Adorjan.

Dieselfde vrae oor en oor. Hoekom bly Adorjan stil oor Hendrik? Want hy wil eendag die staalkissie se inhoud terugkry? Want die cops sal hom nie glo nie?

Dit sou seker niks help om te praat as Stefan kop in een mus met Hendrik was nie. Adorjan kon dit geweet het. 'n Staatsaanklaer en speurder kon saamgewerk het met al hierdie rooftogte. Stefan het te veel geld vir 'n polisieman, dis duidelik. En dalk is Jaap ook deel van die speletjie. Hy en Stefan kon vir Hendrik inligting gegee het oor hoe en waar geld vervoer word, en dan het Hendrik gereël dat Adorjan die vuilwerk doen.

Dalk was dit vir die polisiemanne gerieflik dat Hendrik dood was en Adorjan gevang is. Dalk het dit hulle gepas dat alles net so doodloop. Skoon en eenvoudig.

Weet Jaap en Stefan dan ook van die kissie?

En wat van Eitan Blomstein? Sal hy nie ook van die kis se bestaan weet nie? Weet wat daarin was nie? Dalk was dit syne, nes die geld, en wil hy dit ook graag terughê. Wie weet . . .

Ek maak die rekenaar wakker, gaap en kyk oor my skouer na die yskas. Nee, wag. Ek buk en tel die blikkies in die asblik. Elf. Ek is lankal oor my kwota. En die Pringles is ook al op. Dan is kos seker die enigste antwoord.

My horlosie sê dis negeuur, Dinsdagaand. Tyd vir Mr Delivery.

"Unbelievable!"

Byte sit en bedel 'n stukkie van die kaas-en-rissie-pizza. Megs het al gaan slaap.

Ek stoot sy koue neus weg. "Nee, wag nou." Beduie na sy honde-bed. "Gaan lê. Jy kan nie hierdie snert eet nie."

Ek kyk weer na die inligting op my skerm. Stefan en Jaap het jare lank saam by Brixton Moord en Roof gewerk. Toe gebeur iets en hulle word uitgeplaas na ander eenhede. Wat die iets is, weet ek nie. Daar is geen rekord daarvan nie.

En as Jaap Stefan se tipe geld het, is hy baie versigtiger daar-mee. Ek kry geen bewys van uitspattighede nie; daar is niks wat nie strook met die lewe van 'n afgetrede polisieman nie. Net 'n klomp drankaankope op sy kredietkaart, en hy het twee maande gelede te veel geld uitgehaal vir 'n grootskerm-TV en twee rug-bykaartjies vir 'n Bulls-wedstryd op Loftus. Hy betaal nog sy private hospitaalplan, en gooi een keer per maand petrol in sy ou Honda.

Dit lyk asof Jaap en Stefan se paaie elke nou en dan met Hen-drik Kroon s'n gekruis het, al het laasgenoemde so baie getrek. Hy was die aanklaer in 'n handvol sake waaraan die twee polisie-manne gewerk het. Veral twee trek my aandag. 'n Johannesburgse sakeman word van R150 000 beroof, en 'n groep gewapende mans steel drie dossiere by die Boksburg-polisiestasie, elkeen met die hand uitgesoek. Die twee sake het die koerante gehaal en wonder bo wonder is die artikels digitaal beskikbaar.

Ek kyk van die rekenaarskerm na die muur. So, met die min inligting wat ek het, watter teorie kan ek aanmekaarslaan?

Hendrik, Stefan en Jaap was kop in een mus.

Wat nog?

Miskien moes Hendrik wat ook al hy daardie dag van die roof-tog gesteel het, met Stefan en Jaap deel, maar hy wou nie. Hy wou aftree, soos Adorjan gesê het.

Sê nou die polisiemanne het wat gebeur het lankal afgeskryf aan die verlede?

Sê nou ek het slapende honde wakker geskree toe ek en Adriana by Stefan se voordeur opgedaag het?

'n Halfuur later weet ek ook meer oor Johannes Tredoux.

Die lang, maer blonde seun het skoolgegaan in Alberton, maar op sestien genoeg gehad. Hy was goed met sy hande. Houtwerk, sweiswerk, motors. Hy kon alles wat stukkend is regmaak.

Niemand kon sy ma of pa vir die begrafnis opspoor nie.

'n *Huisgenoot*-artikel wat die saak 'n paar jaar later weer oprakel, wys 'n eensame jong vrou by sy graf, 'n swart hoed op haar kop, sluier oor die oë. Die onderskrif sê sy wou nie met die pers praat nie.

'n Soektog na Eitan Blomstein lewer ook niks op nie. Die juwelier wie se geld amper verdwyn het, is dood. 'n Vragmotor het sy BMW 'n paar maande ná die rooftog platgevee. Hy was 67. Ná sy dood het sy seuns sy besigheid toegemaak en teruggegaan Tel Aviv toe.

Net toe ek wil opgee dat vannag iets gaan oplewer, lui my foon. Stefan Riekert het gaste.

Ek kan twee stemme hoor. Stefan groet iemand en nooi hom in. Dis wragtig Jaap Reyneke wat vir sy voormalige baas kom kuier.

"Ek het die Mini probeer trace," sê Jaap. Hy praat stadig en rustig. Sy stem klink jonger en sterker as Stefan s'n, wat seker sin maak, want hy is 'n hele paar jaar jonger.

"En?"

"Vals plate."

"Ek het dit geweet. Hulle is nie joernaliste nie." Stefan bly 'n oomblik stil. "Die kar was spesiaal. Warmgemaak. Het dit nie gehelp nie?"

"Niemand met wie ek gepraat het, het aan so 'n motor gewerk nie."

"Shit."

"Wat nou?" Jaap klink bekommerd. "Wat as hulle regtig joernaliste is? Wat as hulle uitvind van Hendrik? Van ons? Ek het net begin vrede maak met als."

"Hoe sal hulle uitvind?"

"Jy weet seker Borsos is vrygelaat."

"Borsos?" Stefan lag effens. "Hy weet niks nie. Het nog nooit nie. Hulle het hom altyd in die duister gehou."

"Is jy seker?"

"Ja. Maar ek sal na hom gaan soek. Kyk jy of jy die vrouens kan opspoor. Een van hulle het vir my bekend gelyk, die ouer een met die lyf en die litteken. Die een wat al die praatwerk gedoen het."

Hulle stemme vervaag, tot dit buite hoorafstand is.

Ek skakel dadelik vir Adriana. "Jy moet pasop. Stefan en Jaap is op soek na jou."

Ek hoor die klanke van die besige restaurant op die agtergrond. Stemme. Die geklingel van eetgerei. Swaar jazz. Adriana haat hysbakmusiek.

"Die polisiemanne?"

"Stefan sê jy lyk bekend." Ek wonder of ek dit moet sê. "Hy's nie dalk een van jou . . ."

"Nee," keer sy vinnig. "Ek sou onthou het. En beslis nie by sy voordeur opgedaag het nie."

"Wat as hy aan jóú voordeur kom klop? Ek's jammer . . ."

"Moenie wees nie." Sy lag uitdagend. "Laat hom kom. Ek's reg vir hom."

"Adriana . . ."

"Kry julle net vir Alex. Ek's okay."

Ek trek my asem diep in. "Wees versigtig."

"Ek sal." Die gesellige klanke word vervang deur die gesis van vleis wat braai. Die kombuis. "Wanneer kom Ranna vir my kuier?"

"Môreaand. Dit sal dalk eers laat wees. Sy ry nou eers uit Paternoster. Is dit okay?" Dit behoort te wees. Adriana se slaappatroon is nes myne.

"Kan nie wag nie."

Ek hoor iets in haar stem waarvan ek nie hou nie. "Adriana, moenie . . ."

Sy lag voor ek kan klaar praat, stuur 'n soen oor die foon en verbreek die verbinding.

RANNA

1

Ek maak die rooikopvrou wakker. Ek kan dit hoor. Sy hoes, blaf iets, sug, en dan suis die interkom buite die woonstelgebou net.

Die bakkie luier by die hek terwyl ek wag dat sy oopmaak. Die son sit reeds hoog in die hemel, die wolke om die geel ligkring donker en onrustig. Elke nou en dan steier die jakarandas onder die wind wat deur Pretoria se strate ruk.

Alles-op-een-slag-weer. Dis hoe Alex dit eenmaal beskryf het.

Skielik mis my lyf Alex s'n. Nie my hart nie. Nie my kop nie. My lyf. Die binnekant van my enkels. My mond. My nek. My rug. My heupe.

'n Kreun ontsnap oor my lippe voor ek dit kan keer. Smagting. Frustrasie. Dieselfde ding.

Die hek van Sarah se kasteel gaan net betyds oop. Genoeg self-bejammering. Vir wat ly ek deesdae so knaend daaraan? Ek ry deur. Die hek gaan toe. Selfde met die parkeergarage se hek. Oop. Toe.

Die hysbak staan reg toe ek die Hilux parkeer. Ek gryp my rugsak, klim uit en loop na die hysbak. Dit beweeg vanself tot op die tweede vloer. Soos vroeër wonder ek weer wat op die ander verdieping is.

Dis stil in die woonstel. Die honde moet iewers anders wees.

Dalk het Daniel met hulle gaan stap. Sarah staan alleen in die kombuis, 'n kort T-hemp en jeans aan haar lyf. Haar hare staan in alle rigtings. Lyk my sy haal nooit daardie silweroorringe uit nie.

Ons staan vir 'n oomblik en kyk na mekaar. Die laaste keer dat ons mekaar gesien het, was toe sy my verraai het. Nou is dit twee dae later, sonder dat een van ons iets kon uitrig.

Ek wil weer kwaad word, maar sluk die woorde een vir een. Herinner myself aan Alex. Dis die enigste manier hoe ons hierdie ding gaan oorleef. Mekáár gaan oorleef. Ons moet onthou dit gaan oor hom, nie oor ons nie.

Ek loop tot by die rusbank, sit die rugsak daarop neer en begin die inhoud uitpak op die swart leer. Die foto's, klere, 'n paar van my ma se boeke en die juwelekis. Ek los dit net so en draai na Sarah.

Haar gesig is onleesbaar. Haar hande – belaglik klein – in vuiste. Een ronde en sy sal plat wees. Behalwe as sy hardloop. Ek twyfel of ek haar kan inhaal. Sy lyk asof sy soos 'n windhond kan hol.

"Ek moet wasgoed doen. En ek wil stort," sê ek.

Sy beduie na die hoek van die kombuis. "Die wasmasjien is daar."

"En ek's honger."

"Daar's eiers in die yskas. En hoender en slaai. Ek het gaan koop."

Ek knik, soek die laaste skoon onderklere uit die hoop op die bank. Daar is darem nog een T-hemp wat ek kan dra, en skoon jeans in die tas wat ek van Moembai gebring het.

Die rok is ook nog in die tas, onthou ek. En die kom-naderskoene.

Sodra Alex weer by my is, belowe ek myself. En wie het dan onderklere nodig?

Ek bondel die klere saam en loop badkamer toe. Op pad soontoe waai ek in die bank se rigting. "Middagete, en dan kan jy daardeur kyk."

Ek wag nie om te hoor wat sy antwoord nie.

Toe ek uit die stort kom, sit sy op die bank en blaai deur die foto's. Op die kombuistoonbank staan 'n wit bord en 'n hoop groen blare met wat lyk na hoenderslaai. Koffie stoom uit 'n swart beker. Sy het nie gejok nie, sy wás by die winkels.

Ek proe aan die donker vloeistof. Trek my gesig, maar hou aan drink. Dis kitskoffie, maar dis beter as niks. Die slaai is heerlik. Alles is vars. Ek soek 'n vurk in die boonste kombuislaai. Lag amper toe ek die rewolwer bo-op die messe sien lê.

"Die ding is nutteloos hier. Dit moet lê waar jy dit kan bykom."

Sy hou aan kyk na die foto's. "Jy moet Adriana gaan sien. Hoe gouer hoe beter."

"Maar ek en jy werk dan so lekker saam."

Toe sy opkyk, is haar oë koud. "Hou op, Ranna." Sy beduie na haar horlosie. "Hou veral op maak asof jy nie omgee nie. Ons het drie dae oor. Dis vrek min en ons is nog niks nader aan daardie kissie nie."

"Dit help nie jy raak paniekerig nie."

Sy snork agter in haar keel, die foto's steeds vasgeklem in haar hand. Vandag is daar 'n opgekropte woede in haar, te veel vir haar lyf om te hanteer. Dit bloei uit elke stomp gebaar.

Ek beduie na die motorfietshelm wat op die koffietafel lê. Probeer my stem sagter maak, die sarkasme afweer. "Miskien moet jy gaan ry. Dit sal jou help om te ontspan."

Sy vou haar bene onder haar in. "Ek het al. En ek het met die honde gaan draf. Dit help niks nie."

"Slaap?"

"So sleg soos jy."

Die woorde is uit voor ek dit kan keer. "Jou ma-hulle okay?"

"Hoekom nou omgee?"

Dis my beurt om haar te ignoreer. Ek steek die vurk in die slaai en meng dit deurmekaar. "Vertel my wat jy uitgevind het."

"Stefan Riekert en Jaap Reyneke is bad news."

"Hoe so?"

Ek staan en eet by die kombuistoonbank terwyl sy my vertel wat sy uitgevind het. Uiteindelik moet ek met haar saamstem. "Dit maak die situasie nog moeiliker. Ons sal versigtig moet wees."

"Hulle moet net uit ons pad uit bly tot ons Alex het, dis al."

Sy sit die foto's op die koffietafel neer. Tel dit dan weer op en begin daardeur blaai asof die antwoord daarin moet wees.

"Gaan slaap," probeer ek haar oorreed. "Jy kan nie help as jy so moeg is nie."

Sy antwoord nie.

Ek tel die koffie op en gaan sit op die bank langs haar. "Ek het Temazepam."

"No way." Weer sit sy die foto's neer. Die hoop uitgewaste beelde skuif oop soos kaarte. Die laaste twee val op die vloer. My ma. Thinus en Lena op die strand.

Toe ek weer na Sarah kyk, lyk sy veel ouer as haar vier-en-twintig jaar.

"Ek het sy ma belowe ek sal hom kry." Sy vee deur haar kort rooi hare. Oor haar oë. "En ek sal."

"Is Sophia okay? Of het jy daaroor ook gelieg?"

Sy kry dit reg om halfhartig te glimlag. "Sy is. Behalwe nou vir die feit dat Alex weg is."

"Weet sy van Adorjan? En praat die waarheid."

"Nee, sy weet niks. Ek wou haar nie laat hoop nie. Ek het gesê die ou man was 'n dead end."

"Dis dalk beter so." Ek drink die koffie klaar en sit die beker neer. "En Alex se pa? Is hy nugter genoeg om om te gee?"

"Weet nie. Tannie Sophia het by iemand op die dorp ingetrek toe sy van Alex gehoor het."

"En Francois het dit toegelaat?" Ek dink aan Alex se pa wat al jare lank sy ma slaan.

"Hy het een keer daar opgedaag, maar sy het die polisie gebel."

Ek kan nie help om te glimlag nie. "Ek's bly."

Sarah kyk na my met moeë grys oë. "Ek het nog nooit 'n belofte gebreek nie, Ranna. Nog nooit."

"Dan het jy nog nie genoeg van hulle gemaak nie."

Sy kyk vererg weg. "Moet jy dit altyd doen?"

"Wat doen?"

Sy staan op. "Ek gaan in die bed klim. Ek dink jy moet ook. Gaan sien vir Adriana sodra jy wakker word. Vat die bakkie en kry die Mini weer by haar." Sy beduie na die ander kant van die oop vertrek. "Die spaarkamer is soontoe."

Sy loop na haar kamer. My woorde laat haar vassteek.

"Ek hoef nie met Adriana te praat nie. Ek weet wat daardie nag gebeur het."

Sy draai om, haar hande weerskante teen die deurkosyn. "Dis dieselfde bullshit van vroeër. Jy weet nie eers wat jy alles kan onthou nie. Ek's deur jou skoolverslae. Jy het . . ." Sy huiwer skielik, asof dit te veel sal verg om iets goeds oor my te sê. "Jy het 'n talent. Meer as wat jy besef. Ek het vir Adriana gesê wat om te doen. Sy sal iets kry. Ek belowe jou dit."

"Wat as ek nie wil onthou nie?"

"Ons kan nie daai luxury bekostig nie."

"Dis nie ons wat gaan onthou nie, dis ék."

Sy kyk by die venster uit na die wolke wat steeds verbytrek sonder om reën te bring. "Seker."

"Hoekom kan jy nie met my gesels nie? Een mens wat te veel van my weet is genoeg."

Sy lag. "Jy gaan niks vir mý sê nie. Jy wil my doodmaak. As dit nie vir Alex was nie, het jy seker al."

"Hoekom is jy so bang vir mense?"

Sy frons skerp, asof dit nie die vraag is wat sy verwag het nie, maar glimlag dan effens. "Dink jy jy's goed met hulle?"

2

Ek wil net omdraai toe Adriana die deur oopmaak, die musiek meteens stil.

Haar hare is vas in 'n slordige poniestert. Een hand sit 'n potlood in haar mond en die ander druk 'n swartraambril terug op haar neus. Hierdie keer is die rok dieprooi, met dun bandjies oor die skouers. Die vingernaels kleurloos.

"Skuus, ek was besig." Sy beduie ek moet inkom. Dis reeds eenuur, maar sy is wawyd wakker. Nog iets wat sy en Sarah in gemeen het.

Ek loop tot in die kombuis. Sy is besig om te kook. Sop, lyk dit vir my. En ek kan koffie ruik. Goeie koffie. Sy moet nou net bone gemaal het. Die vars, sterk geur vul die woonstel.

"Ek maak vir jou 'n koppie," sê sy sonder om te vra of ek wil hê.

Terwyl ek by die kombuistoonbank staan en wag, kyk ek na die groot swartbord teen die muur agter haar. Tussendeur die lys vir uie, tamaties en vanielje staan 'n string simbole geskryf. Dit neem my 'n rukkie, maar uiteindelik plaas ek dit.

"Die tweede wet van termodinamika."

Sy kyk op van agter die graniettoonbank, haar oë moedeloos. "Inderdaad. Ek kyk of mens dit musiek kan maak."

Ek oorweeg die simbole weer. Is dit ooit moontlik?

Sy kom nader, gee vir my een van die rooi bekers aan en beduie dat ek haar moet volg. Ons loop sitkamer toe. Sy gaan sit langs 'n tjello wat teen die pers bank lê. Druk die bril tot op haar hare.

Die grys kat kom uit die slaapkamer en vly hom teen haar aan.

"Nee. Wag nou, Hosni."

Ek beduie woordeloos na die musiekinstrument.

"Pragtig, nè? Ek's mal oor Jacqueline du Pré," antwoord sy. "Oor alles wat sy uit 'n stuk hout kon losmaak. Ek wens ek kon dieselfde doen."

"Ek kan later terugkom as jy wil," stel ek voor. Wonder hoeveel gal Sarah daaroor sal braak. Ek kan nie dink dat ek nog iets van daardie aand sal onthou nie. Altans, nie iets van belang nie.

"Hoekom sal jy dit wil doen?" Adriana lag. Die klank is laag en warm. "Nou is perfek. Kom sit."

"Perfek vir wat?" hou ek my dom.

"Net wat jou hart begeer," speel sy saam.

"Niks nie," raak ek skielik ernstig, voor hierdie gesprek te ver gaan. "Dis wat ek wil hê: dat niks gebeur nie. Rus en vrede. Net vir een maal in my lewe."

Sy lag weer. "Jy sal binne twee dae sterf van verveling."

Ek haat dit dat sy reg is. Ek loop na die venster en kyk na die blink liggies wat daar uitgestrek lê, versigtig vir die vrou agter my. Sy is anders vanaand. Meer reguit. Meer nuuskierig. Minder versigtig. Dalk omdat Sarah nie hier is nie.

Ek moes nie hierheen gekom het nie. Ek is nie lus vir hierdie snert nie. Buitendien, hoe meer ek van Adriana sien, hoe duideliker word dit dat sy baie meer is as wat sy voorgee. Hoe sou Alex dit beskryf het? Chaos. Met 'n hoofletter.

"Wat is jy regtig?" Die vraag is uit voor ek dit kan keer.

"Gelukkig. Meestal."

"Crow's is 'n front?"

"Vir wat?"

"Jou besigheid."

"Crow's ís 'n besigheid. Jou vraag maak nie sin nie."

Ek draai om, drink my koffie klaar. "Met ander woorde, ons gaan nie vanaand daaroor praat nie."

Sy trek haar skouers op. "Jy's reg. 'n Ander aand. Miskien. Ek sal vir jou kook."

"Klink lekker. Veral as jy . . ."

"Wag, laat ek raai." Sy hou haar hand op. Hosni kom vra weer vir liefde. Sy vee oor sy rug terwyl sy dink. "Wildsvleis. Met baie groen groente. Nie slaai nie."

"Nie sleg nie."

"En nie rooiwyn nie. Bier. En donker, bitter, bitter sjokolade vir ná die tyd."

Ek sug in gemaakte oorgawe. "Ek's bly ek is so deursigtig."

Sy skud haar kop, glimlag. Sit weer die bril op haar neus. "Gaan jy nou ontspan? Kom sit? Dit gaan nie so erg wees nie."

"Belowe?"

Sy beduie na die bank oorkant haar. "Hang seker af van jou skaal."

"Skaal?"

"Hm-hm. Wat is die ergste wat al met jou gebeur het?"

Ek dink vir 'n oomblik. Was dit die nag toe ek Hendrik Kroon geskiet het? Was dit toe ek Tom doodgemaak het? Toe ek Alex gelos het? Toe ek daardie eerste oggend alleen in Lagos wakker geword het?

Ek gaan sit oorkant haar, skop my skoene uit en krul op die bank op. Woel my hare terug tot agter my skouers. Weier om die vrou voor my in die oë te kyk.

"Ek sal jou my ergste gee as jy my joune gee," bied sy aan.

Ek knik. Ek weet tog wat die antwoord is. "Die dag toe my pa my ongebore boetie doodgeskop het."

Adriana huiwer nie. "Die feit dat my familie so min met my te doen wil hê. Dat Sarah se ma glo ek is 'n slegte invloed op haar." Sy kyk vir 'n oomblik weg. "En die blyste?"

"Blyste?"

"Elke skaal het tog twee punte."

Hierdie keer huiwer ek nie. "My heel eerste kamera. En Alex. Die eerste nag toe hy op my bank in Dar es Salaam aan die slaap geraak het." Die herinnering laat my glimlag.

"En jy?" vra ek vinnig, bang sy gaan nie sê nie. Soms is geluk moeiliker as hartseer, veral as jy dink jy is die een meer gewoond as die ander.

Adriana se gesig word sag, die litteken 'n vae, dowwe lyn. "My pa. Definitief. Hy het my geleer om nie om te gee wat ander mense van jou dink nie. Dat dit al manier is hoe jy jouself kan word."

Ek maak my oë vir 'n oomblik toe, haal diep asem.

"Goed. Ek is reg."

Adriana knik. "Ons gaan rustig sit en gesels en kyk wat jy onthou, niks meer nie. Okay?"

"Seker." Ek weet ek klink nie oortuig nie. Ek kan my eie asemhaling hoor. Voel hoe my hande begin sweet.

"Dalk sal dit help as jy lê, jou oë toemaak."

"Jy klink soos 'n sielkundige."

"Beslis nie, ek's net bang jy gaan my doodkyk," terg sy.

"Ek hou niks hiervan nie."

"Dis ook nie my gunstelingtydverdryf nie."

"Kom ons los dit dan."

"Ranna."

"Goed."

Ek sug diep en gee oor. Skuif laer af op die pers bank en maak my oë toe.

"Kom ons begin by 'n punt. Toe jou pa by die huis gekom het." Haar diep stem is rustig en kalm. "Waar is jy?"

Ek huiwer nog een lang oomblik, 'n laaste rebellie teen wat ek veronderstel is om te doen. Dan duik ek in die diep, donker water van my geheue in.

"Ek's in die kombuis. Besig om my ma met die kos te help. Ek skil aartappels, sy sny dit in skyfies. Dis haar verjaarsdag, maar sy maak my pa se gunstelingkos."

"Hoe laat is dit?"

"Net na vyf." Die horlosie in die kombuis is bruin en wit. "Elf minute oor vyf."

"Waar is jou pa?"

"Hy het nou net by die voordeur ingeloop."

"Is hy vroeg? Vroeër as gewoonlik? Laat?"

"Hy het nog altyd op ongereelde tye huis toe gekom. Gesê dis vir werk. So, ek weet nie."

"Dis goed so. Sê maar net as jy nie weet of onthou nie."

Adriana bly stil. Uiteindelik klink haar stem weer op. "Hoe lyk jou pa? Wat het hy aan?"

"'n Swart broek. Swart skoene. Gholfhemp."

"Gholfhemp?"

Ek is net so verbaas. Hoekom onthou ek dit nou eers?

"Dis die een wat hy altyd agter in sy motor bêre." My hande maak asof hulle bestuur.

"Wat maak hy? Is hy in 'n goeie bui? 'n Slegte bui?"

"Hy kom by die kombuis in. Hy's onrustig. Hy lyk gespanne, maar dis anders as gewoonlik. Die laaste twee weke was anders. Hy sê vir my ma hy het op sy hemp gemors en dit weggegooi."

"Dink jy dis wat gebeur het?"

Ek maak my oë oop, kyk na haar. "Sarah het jou van die rooftog vertel?"

Ek weet onmiddellik dis 'n dom vraag. Sy weet meer van my as Sarah. Sy weet wat Sarah weet en dan ook nog alles wat sy raaksien.

Haar hande maak 'n paaiende gebaar. "Ja, ek weet wat gebeur het. Sarah was uiteindelik ook eerlik met my. En nou probeer ons almal tog net om vir Alex te help. Niks meer nie."

Ek kom orent op my elmboog. Soek vir jammerte in haar oë, of 'n aanklag oor wat daardie aand gebeur het, maar daar is niks.

"Ja. Seker," gee ek onwillig toe.

Sy wag tot ek weer lê. Rustig word. "Dink weer aan die hemp."

"Goed."

"Dink jy hy het dalk die hemp geruil, want daar was bloed op?"

Ek knik. "Dis moontlik, maar dis net 'n raaiskoot."

Ek kom weer orent op my elmboog. "Sarah is reg. Jy is goed hiermee."

"Ranna . . ." Adriana klink moedeloos. Haar bril swaai heen en weer in haar linkerhand. "Ek weet dis moeilik, maar jy moet saamwerk, asseblief. Jy kan nie elke keer so opspring nie."

"Goed, goed. Jammer." Ek sak terug op die bank.

Sy staan op en gaan skink vir haar wyn uit die bottel in die kombuis. Kom sit weer. "Maak toe jou oë."

Ek maak soos sy sê.

"Jou pa kom by die huis aan. Wat het hy by hom?"

"Ek loop uit die kombuis toe hy inkom. Daar is sleutels in sy hande, motorsleutels. 'n Beursie. Sy aktetas staan in die gang. Dis een van daai groot swartes."

Ek bly stil. 'n Gedagte neem vorm aan in my kop.

Dis asof Adriana besef wat gebeur. "Wat sien jy?"

"'n Wit sak. Tussen die aktetas en die muur. Iets soos 'n ou meelsak of 'n banksak. Sterk, dik, vaalwit materiaal. Daar is iets daar binne, maar ek kan nie sien wat nie."

"Hoe groot is dit?"

Ek beduie die lengte van my voorarm. Besef: lank genoeg vir die kissie waarna ons op soek is. En het Adorjan nie van 'n wit sak gepraat nie?

"Goed. Wat gebeur volgende?"

"Ek gaan na my kamer toe."

"Hoe voel jy?"

"Nee." Ek maak my oë oop. Swaai 'n waarskuwende vinger in haar rigting. "Dis nie nodig dat jy dit weet nie."

Sy drink van die wyn. Druk haar hare agter haar ore in, haar bruin oë skielik donkerder. "Nes jy wil. Wanneer sien jy jou pa weer?"

"Aan die etenstafel."

"Gaan bietjie terug. Op pad soontoe. Waar is die tas? En die sak?"

"Die tas is daar, maar die sak is . . . weg."

"Jy klink verbaas. Het nog iets verander?"

"Ja. Daar is 'n ekstra tas by die voordeur. 'n Kleretas. Ek het gehoor hoe my pa vir my ma sê hy moet weggaan vir 'n paar dae."

"Is die tas groot of klein?"

"Groot."

"Te groot vir 'n paar dae?"

"Dis nie die een wat hy gewoonlik pak as hy een of twee nagte iewers oorslaap nie. Dis sy groot vakansietas. En gewoonlik . . . gewoonlik ry hy eers in die oggend wanneer hy weggaan. Nie die aand nie."

"Wat dink jy beteken dit?"

Ek vee moeg oor my oë. Hierdie is meer uitputtend as wat ek gedink het. En seer. Dit druk soos 'n stuk beton op my bors.

"Dalk wou hy alles net so los en wegloop."

"So, jy dink nie hy was iewers heen op pad vir besigheid nie?"

Ek wil nie antwoord nie.

"Ranna . . ." Adriana se stem is sag. Sy sit haar glas neer en loop om die bank. Kom sit op die koffietafel voor my. Sy vryf oor my arm. Die aanraking is lig en besorg, haar hand warm. "Dink jy hy wou julle los? Is dit hoe dit gevoel het? Nou voel?"

Ek sit regop. Weg van haar. Vou my bene tot onder my ken. "As ek dit sê – erken – weet jy wat dit beteken?"

"Nee."

Ek lag haar uit. "Jy weet presies wat dit beteken. Dit beteken ek het hom verniet geskiet. As ek net 'n paar ure gewag het, was hy weg. Uit ons lewe uit. Dalk wou ek hom net nie laat wegkom nie."

Adriana maak vir my vars koffie. Die rooi beker staan eenkant op 'n bord, 'n sjokoladevierkant langs dit. Sy druk my skouer.

"Eet. Ek het dit vroeër gemaak en huis toe gebring. Dit het donker sjokolade en amandels in. Bietjie growwe sout bo-op. Jy behoort daarvan te hou."

"Dankie." Ek breek die tuisgebak in twee en doop dit in die koffie.

Hou op dink. Hou op dink, hamer dit deur my kop.

Dit werk nie.

Wat sou daardie aand gebeur het as ek net gewag het tot hy opgepak en weggegaan het?

Maar ja, wat sóú gebeur het as ek gewag het? Sou ek en my ma daardie nag oorleef het? Sê nou Hendrik Kroon se weggaan – sy skoonmaak – het sy familie ingesluit? Vroeër die dag het hy reeds twee mense koelbloedig vermoor.

Ek skud my kop vererg. Dit help nie ek sit en tob oor goed wat verby is nie. Niemand het die antwoord nie, en niemand gaan dit ooit hê nie. Ook nie Adriana nie, al vra sy hoeveel vrae en gee hoeveel raad.

Ek staan op, beker in die hand. Vryf moeg deur my hare. Masseer die stywe spiere in my nek.

Dis die middel van die nag daar buite, maar die stad lê voor Adriana se venster asof dit steeds wawyd wakker is. Ligte brand in kantoorgeboue, huise en woonstelle. Die 24-uur-McDonald's op die hoek. Die finansiële hartklop van die land het nog lank nie gaan slaap nie.

"Jy wil seker bed toe gaan." Ek kyk nie na Adriana nie. Sy sien te veel. Weet te veel. En ek weet niks van haar nie. Dalk is dit wat my so versigtig maak. En vies. Meteens.

"Nee wat. Ek slaap nie baie nie," sê sy.

Sy kom staan langs my, die wynglas in haar hand weer vol. Ons kyk hoe die verkeerslig op die hoek van rooi na groen na oranje verander. Dan staar ek openlik na die litteken op haar gesig.

"Hoe het jy daai gekry?"

Sy vee daaroor, die fyn spiere in haar voorarm knoop kortstondig. Ergerlik. Ontspan dan.

"Dit herinner my elke dag dat ek versigtig moet wees."

"Dit sê nog nie hoe jy dit gekry het nie."

"Ek wil nie daaroor praat nie."

"Maar ek moet hier sit en jou alles oor myself vertel?" My blik keer terug na die verkeerslig. Groen. Oranje.

Sy draai na my. Kom nader, tot binne my lyf se spasie. Ek tree terug, en is dadelik kwaad toe ek dit doen.

Sy glimlag, maar dis halfhartig. Dalk selfs teleurgesteld. Sy tree terug en draai weer na die tapyt van liggies. "Julle wil vir Alex terughê, hierdie kissie kry. Nie ek nie."

"Jy's seker reg," gee ek onwillig toe.

"Ek sal jou later vertel. Ná alles. Wanneer jy hier kom eet."

"Goed." Rooi. Groen.

Sy draai om en beduie na die bank. "Wat dink jy? Sal ons weer probeer?"

Ek sug gelate. "Hoekom nie."

Sy raak aan my arm. Hierdie keer deins ek nie terug nie.

" 'n Mens reageer op wat gebeur." Sy proe aan die wyn. Trek haar gesig asof dit nie meer lekker is nie. "Veral as jy 'n kind is. As dinge sleg gaan, reageer jy nie op wat jy dink dalk kan gebeur nie.

Jy doen wat jou instink vir jou sê om te doen. Niemand veroordeel jou vir wat gebeur het nie. Sarah ook nie."

"Sy's . . . moeilik. Soms wil ek haar met my kaal hande . . ."

"Haar ma staan eerste in die ry. Kom, laat ons begin."

Ek knik woordeloos. Maak my weer tuis op die bank.

Adriana kom sit op die koffietafel voor my, so asof sy wil keer dat ek weghardloop. Haar donker stem paai my asof ek 'n kind is. "Raak rustig. Ontspan."

Ek maak my oë toe.

"Goed, jy's in julle huis. Jy sien die tas in die gang. Wat dan? As jy jou pa weer sien, is dit tyd vir aandete. In die kombuis?"

"Ja."

"Wat gebeur? Eet julle saam?"

"Ja, ons is by die tafel. My pa is steeds gespanne. Daar is 'n dowwe geluid in die agterplaas, amper soos iets wat omval. Hy spring op. Loop na die kombuisvenster toe. Kyk uit. Hy sien seker niks nie, want hy kom sit weer. Dan loop hy voordeur toe en maak seker dis gesluit."

"Hoekom dink jy doen hy dit? Het dit gereeld gebeur?"

"Nee. Dis die eerste keer dat ek dit sien gebeur. Behalwe dalk vroeër die week. Een keer."

"En wat is jou ma se reaksie?"

"Sy lyk verbaas."

"Wat gebeur dan? Nog iets vreemds?"

"Nee."

"Goed. Kom ons sê julle het klaar geëet. Julle staan op . . .?"

"My pa en ma gaan kyk TV in die sitkamer. Ek gaan na my kamer toe."

"Wat dan?" Adriana praat skielik sagter, asof sy die huiwering in my stem kon hoor.

"Na 'n rukkie roep my pa my sitkamer toe."

"Dan wat?"

"Ek los my boek en doen wat hy sê. Hy het reeds baie gedrink. Hy sê ek moet studeerkamer toe gaan. Daar is 'n verrassing vir my."

My keel wil-wil toetrek. Ek maak dit raserig skoon. Gee voor ek hoes.

"Goed. Jy gaan in die studeerkamer in. Jou ma bly sit?"

"Ja."

"Wat sien jy in die studeerkamer?"

Ek voel hoe my asemhaling vinniger word, my hande sweterig. "Daar's 'n . . . hmm . . . die kluis is oop."

"Die wit sak?"

"Nie daarbinne nie."

"Wat is daar alles?"

" 'n Rewolwer. Die paspoort wat altyd daar is, is weg." Ek sê dit met verbasing. Ek besef dit nou eers.

"Dis als reg. Wat dan?"

"My pa wil vir my die rooi boksie gee wat op sy lessenaar staan. Ek wonder hoekom, want dis dan my ma se verjaarsdag."

"Wat is in die boksie?"

Ek skud my kop. Voel weer my pa se warm drankasem in my nek toe hy sê ek moet dit oopmaak. Dis 'n geskenk. Ek moet dankbaar wees.

"Ek wil dit nie hê nie."

"Wat dink jy is dit?" Adriana se stem bly rustig, al hoor ek hoe myne dringender raak.

"Ek het dit nooit oopgemaak nie, kan jy glo? Ek raai dis juwele. Dalk soos my ma se oorbelle wat sy daardie dag present gekry het. Dalk 'n armband of 'n ding. Maar dit sal goedkoop wees. Sy geskenke was altyd goedkoop gemors. Jammer-sê en geluk-sê het nooit baie beteken nie."

"Hoekom wou hy vir jou jammer sê, dink jy? Of was dit dalk 'n beloning vir iets wat jy gedoen het?"

"Hy het nooit in my rapporte belanggestel nie. Die geskenk sou 'n jammer-sê wees."

"Hoekom?"

"Seker omdat hy weggaan? Omdat hy my ma geslaan het die vorige week. 'n Hou of twee na my gemik het. Ek het weggehardloop."

"Is jy bang?"

"Ek was bang. Toe. Ek was bang dinge gaan verander. Dat ek volgende is."

"En die aand in die studeerkamer?"

"Ek's kwaad. Bietjie bang," gee ek dan toe. "Meer kwaad."

Adriana se hand rus op my arm. "Kyk om jou rond in die studeerkamer. Is daar enige teken van 'n staalkissie? Iets wat soos een lyk? Die wit sak?"

"Nee." Ek dink weer. Sien weer die vertrek. Bruin lessenaar. Bruin boekrakke. Groen mat. Bruin stoel. "Nee. Niks nie."

Ek sug gefrustreerd.

"Wag nou," maan Adriana. "Wees rustig. Gaan weer terug. En ontspan, ons hoef nie oor die skietery te praat nie. Dis onnodig."

Dankie tog. Ek sug weer, hierdie keer van verligting.

"Jy skiet jou pa. Wat dan? Wat gebeur volgende?"

Ek dwing myself om verby Hendrik Kroon se verbasing te dink. Sy gesig wat verstar. Dan verslap. Die bloed.

"Ek sit die rewolwer in sy hand. Lig sy arm. Sy bolyf. Skiet nog 'n wilde skoot na waar my ma gestaan het. Los alles net so. Ek wil badkamer toe gaan, gaan bad, al weet ek ek moet nie. My ma keer my. Sy sê ons moet kombuis toe. Ek kan my gesig afvee, maar dis al. Sy sê ek moet stilbly, sy sal die praatwerk doen. Sy's kalm. Die kalmste wat ek haar nog ooit gesien het."

"En dan?"

"Die polisie kom. Daar's groot geraas. Motors en ligte en sirenes."
Dieselfde koue, dooie gevoel wel weer in my op. Die onnatuurlike
afsydigheid wat my deur daardie nag gedra het. "Niemand vra my
enigiets nie. 'n Polisieman wil vir my iets gee om te drink. Tee? Maar
ek staan by my ma, my hand in hare. Doodstil, nes sy gesê het. Sy sê
my pa het op haar geskiet. Toe homself geskiet. Sy het probeer keer,
maar sy was nie betyds nie. Hulle het haar geglo."

Die woorde van 'n oorywerige konstabel kom een vir een na
my toe terug. "Hulle het gesê hulle weet daar was baie druk op
hom. Iets oor 'n ondersoek. My ma het niks daarvan geweet nie."

Ek sukkel skielik om asem te kry. Ek pers my lippe saam, net
om sweet te proe. Daar was so baie mense. 'n Polisievrou wat vra
of ek okay is, het ek seergekry?

Ek maak my oë oop. Ek wil nie onthou nie. Blou en rooi ligte.
Woer-woer deur die huis. Deur die voordeur. Teen die plafon. Die
vensters.

Adriana sit weer haar hand op my arm. "Nog net twee vrae,
Ranna," sê sy dringend, "dan kan ons ophou. Nog net twee vrae."

"Ek wil nie . . ."

"Net twee vrae. Asseblief."

Ek maak my oë toe. Dwing myself om rustig te word. Dis verby.
Verby, verby, verby.

"Was daar 'n logo of kenteken op die wit sak?" vra sy uiteinde-
lik. "Die een waarin jy dink die kissie was?"

Goeie vraag. Die antwoord is selfs beter.

"Ja. Klein logo's, 'n klomp van hulle, oral op die sak."

"Onthou dit. Ons teken dit net hierna en gee dit vir Sarah."

Ek wil nie dink wat die tweede vraag is nie.

"Wanneer en hoe het Jaap Reyneke op die toneel aangekom?
Onthou jy hom? Hoe het hy gelyk? Bly? Kwaad?"

Ek onthou wat Sarah oor hom en Stefan gesê het, dat hulle dalk saam met my pa gewerk het. Ek onthou Jaap Reyneke goed. Middelmatige lengte. Die begin van 'n ronding om sy maag. Reghoekige skouers, soos dié van 'n swemmer. Asblonde hare. Kort, sterk vingers. Belangstellende blou oë.

Hy wou daardie aand met my gesels, maar ek het net na hom gestaar. Ek het langs my pa gestaan toe dit gebeur het, het ek vir hom 'n stukkie waarheid vertel. Kan ek asseblief gaan bad? Hy sê ek mag. Hy sê ek is baie dapper.

"Ranna . . ."

Ek en Jaap het in die kombuis gestaan toe ons gepraat het. Presies waar ek en my ma vir die res van die polisie gewag het. Jaap was eerste daar. Hy het net-net voor al die helder ligte opgedaag.

Ek onthou die horlosie in die kombuis ná ons die polisie gebel het. Die harde klank van die wysers terwyl ons gewag het, die reuk van bloed en kruit in die lug. Bure wat voor die deur saamdrom. Agter hulle hande fluister.

"Hy was ses-en-twintig minute oor agt daar. Sewe minute ná ons die polisie gebel het. Hy was kwaad. Baie kwaad."

"Sewe minute? Is jy seker?"

My oë vlieg oop. "Ja. Sewe. So asof hy buite sit en wag het." Skielik is daar nog iets. Iets wat aan die binnekant van my kop kriewel. "En toe hulle almal uiteindelik weg is, was die tas ook weg. Die aktetas."

Adriana se wenkbroue lig. "Weg?"

"Weg. Nes my pa."

En dan, voor ek kan keer, begin ek huil. Sonder 'n geluid, my kop op my bors, Adriana se arms om my, haar mond vol troosgeluide.

ALEX

Ek voel beter na die Aero, maar ek weet dit gaan nie hou nie. Dis net 'n kortstondige bloedsuikerlading wat deur my are storm ná weke van brood, beskuit en tee.

Nou. Dit moet nou wees.

Ek wen die eerste pot skaak. Adorjan is kwaad, maar dis sy eie skuld. Sy kop is nie by die spel nie. Hy kyk kort-kort op sy horlosie, asof hy die tyd wil aanjaag. Maar dit maak nie saak wat hy doen nie, dit bly Woensdagaand. Drie dae voor Ranna en Sarah met die kissie met sy geheimsinnige inhoud vorendag moet kom.

Maar skaakmat is tog op die ou einde die ou man s'n.

"Gaan slaap," sê hy vies toe ek die tweede keer wen.

Hy sit die beker tee hard neer. Die ligbruin vloeistof mors oor sy hand. Hy lek dit af en vryf moeg oor sy nek, daar waar die tatoe van die vrou sit.

Ek staan op, so ver soos wat die boeie aan die kampstoel my toelaat. Hoes lank en hard. "Wat van my tien minute buite?" kan ek uiteindelik vra. Ek moes nie gewen het nie.

Adorjan skud sy kop. "Gaan slaap."

Hy loop na die ander hoek van die vertrek, waar sy bed staan. Die sinkhuis het net een kamer. 'n Primitiewe toilet staan tien treë die veld in. Die hele plek voel soos iets wat padbouers sal gebruik. Nomadiese werkers wat môre weer iewers anders sal slaap.

"Adorjan," keer ek vinnig. "Asseblief." Dit klink soos 'n vloekwoord. Ek probeer weer, sagter hierdie keer. "Asseblief."

Hy dink vir 'n oomblik.

"Drie minute. Dis al," vra ek.

"Goed, maar jy moet vinnig wees."

Hy gooi die boeie se sleutels vir my, die pistool waaksaam by-
derhand, soos altyd. Ek sluit die boeie oop en stap haastig verby
hom, buitentoe, voor hy van plan kan verander.

Buite is die maanlig helder. Te helder. Ek gaan staan beslui-
teloos in die middel van die oop kol sand voor die deur. Kyk op,
asof ek diep asemhaal. Hoekom kon daar nie maar 'n paar wolke
in die lug gewees het nie?

Adorjan wag by die deur, pistool in die hand. Ek begin stadig
in die rondte loop terwyl ek hom onderlangs betrag. Hy lyk moeg
en bekommerd. Die laaste paar weke begin sy tol eis.

Al daardie drome terwyl hy agter tralies was, vasgevang in 'n
staalkissie wat twee vrouens vir hom moet opspoor, want dit gaan
die laaste jare van sy lewe makliker maak. Hoop. Dis al wat hy
het. Daar is geen waarborg die kissie bestaan nog nie. Wat nog te
sê die inhoud.

Dalk dryf wraak hom ook. Of miskien is geregtigheid 'n beter
woord. Dis asof Adorjan Borsos regtig glo hy kan Hendrik Kroon
in sy graf laat omdraai. Maar dood bly dood. Ek wonder of hy dit
weet.

My rug protesteer toe ek versigtig strek. Die pyn daar is dow-
wer vandag. Kan een sjokolade so 'n groot verskil maak? Of is dit
my eie hoop? Adrenalien?

Ek kyk weer onderlangs na die ou man. Hy staan en kou in-
gedagte aan sy linkerduimnael, die wapen in sy regterhand. Voor
my lê 'n rantjie. Dis veertig, dalk vyftig meter tot bo. Links en regs
lê die vlakte met sy stoppelbaardbossies en wit sand. Ek wil oor die
rantjie, na waar die dowwe gedruis vandaan kom. Hopelik hou die
pad wat ek soms hoor rigting langs die see.

Adorjan spoeg 'n stuk vingernael links. Vloek onderlangs.

Nou.

Ek hardloop soos ek laas op skool in die 100 meter gedoen het. Alles in my lyf protesteer teen die skielike beweging.

"Hey!" Adorjan gee vinniger aandag as wat ek gedink het.

Dertig treë na die rantjie.

Die eerste skoot tref die grond links van my, so asof hy my wil waarsku.

Ek begin klim. Trap vas. Op, op, op.

Die pyn in my ribbes brul skielik deur my lyf, asof dit wakker geword het.

Nog 'n skoot. Baie nader hierdie keer. Die ou donner kan goed skiet in die donker.

Tien meter tot bo.

My asem brand in my longe. Ek kan nie meer nie, maar ek moet. Op. Boontoe.

Nog 'n skoot. Bloed. Skielik. Warm. Teen my arm. My bors?

Twee meter.

Een.

Ek duik oor die rantjie en rol anderkant af. Kom regop. Trap skeef in die sand. Val om. Staan op. Hol verder.

Dit weergalm in my kop: Moenie omkyk nie, moenie omkyk nie! Dis genoeg om die ou man se gehyg agter my te hoor. Of is dit my eie asem wat so kort is?

Waar is die pad? Ek kan dit nie sien nie. Ek moet deurmekaar wees. Dit lê seker iewers regs. Links? Al wat daar is, is die silwer streep van branders wat breek.

Ek gaan staan stil. Die pyn is te veel. My hand klem om my skouer. Dit wil-wil swart word voor my.

Ek kan nie. Nie nou nie. Net nie nou nie.

Ek hoor Adorjan teen die rantjie opswoeg. Kyk om. Terug.

Staar na die see. Dan na waar die pad dalk mag wees. Weer agter-
toe, waar Adorjan se grys kop reeds oor die rantjie dobber.

"Kom terug! Ek skiet jou vrek!"

Ek gee ses, tien treë, die yskoue water in.

Agter my klap die pistool weer. Adorjan skree iets, maar ek hoor
niks. Voel net die koue water oor my sluit.

RANNA

1

My vierde koppie koffie. Ek sit dit op die koffietafel neer. Knip my oë moeg. Laat sak my kop in my hande en luister na die musiek.

Adriana speel tjello, want ek het gevra. Dis vieruur in die môre. Die spoke wil nie gaan lê nie. Hulle het voete en hande en klim die steiers van my kop uit, nes orige, moedswillige kinders. Jou eie kinders – nie iemand anders s'n nie. Self gemaak en self geskep en die skuld en die geraas is net joune.

Die klop aan die deur verras ons al twee. Dis 'n rustige klop. Dan weer 'n klop, harder hierdie keer, asof die besoeker besluit het die eerste keer was te ordentlik. 'n Mens kan mos hoor ons is wakker.

Adriana se gesig verraai niks, so asof vreemde mense gereeld vroegoggend aan haar deur kom klop. Sy beduie na die slaapkamer. Ek loop soontoe sonder om te stry. Sarah het my vertel dat Stefan Riekert vir Adriana herken het, al het niemand gesê van waar nie. Buitendien, mens leer om die ergste te verwag as jy jou lewe lank al wegkruip.

In die kamer gaan staan ek agter die deur. Die vertrek is kleiner as wat ek gedink het. Dalk is dit die kleure wat dit so laat lyk. Rooi en bruin. Warm. Intiem.

Deur die ligskreef van die halfoop deur hou ek Adriana dop.

Sy is in die kombuis. Sy gryp 'n mes uit die boonste laai en loop voordeur toe, die skerp lem openlik in haar hand, asof sy besig was om iets te sny. Sy maak die voordeur oop, maar hou die veiligheidsketting aan.

Die man wat ek deur die skreef sien, lyk veel ouer as wat ek onthou. Die asblonde hare is heeltemal grys. En sy gesig rem grond toe, saam met sy maag. Maar die hande en die stem is steeds syne. Die helder ligblou oë. Die sterk, hoekige skouers.

Jaap Reyneke.

"Kan ek help?" Adriana se stem is lig. "Ek's jammer as die musiek pla."

"Nee. Naand. Môre. Dis nie dit nie." Jaap kyk na die mes in haar hand. Lig sy wenkbroue.

Adriana lag. "Ek was besig om wortels te sny."

"Wortels?"

"Ek maak sop. Dit kook deurnag." Sy trek haar skouers terug asof sy hom uitdaag om haar te bevraagteken, stoot 'n goed gevormde been deur die rok se spleet.

Hy vra nie hoekom sy kos maak in 'n aandrok nie. Ek wonder ook skielik of sy ooit iets anders dra.

Ek sien hoe sy in die stilte tot op haar tone rys, die mes in haar hand 'n ligte, gemaklike instrument. Sy moet hom herken het. Sarah moet vir haar beskryf het hoe Reyneke lyk. Hierdie is g'n vriendelike besoek van 'n buurman nie.

Gelukkig het sy 'n wapen.

Wapen.

Demmit. Die Glock lê oop en bloot op die kombuistoonbank. As Jaap inkom, gaan hy wonder daaroor. Dalk kan hy dit selfs van die deur af sien.

Dis hy wat uiteindelik die swanger stilte verbreek. Hy beduie buitentoe, in die gang af. "Ek bly hier onder. Ek wou kom kyk of als reg is. Ek het vreemde geluide gehoor. 'n Mens slaap maar lig soos jy ouer word."

Sy kyk sy ligte chino's op en af. Die swart gholfhemp. Die sport-baadjie wat wie weet wat wegsteek. "Dit was seker die musiek. Jammer." Sy betrag weer sy klere. Lig haar wenkbroue. "Het ek jou wakker gemaak?"

"Nee wat. Ek slaap maar in elk geval sleg."

Weer is dit stil terwyl hulle na mekaar kyk, wetend dat al twee lieg. Jaap se regterhand hang roerloos aan sy sy. Hy sal by 'n wapen kan uitkom voor Adriana iets met die mes kan doen. Dink ek.

Maar sy kan die deur toemaak en links staan, en sy behoort dit vinniger te kan doen as enigiets wat hy beplan.

Maar wat gebeur dan? As die deur toe is, is ons al twee hier binne. Vasgekeer.

As ek net by die Glock kan uitkom sonder dat Jaap my sien. Hy sal dadelik weet wie ek is.

"Dit was 'n lang dag. Ek moet gaan slaap." Adriana se stem is nog 'n graad koeler.

"Ek kan dit verstaan."

Die mes tik teen haar bobeen. Die kombuislig vang die lem elke keer, flits in Jaap se oë.

"Ek het jou nog nie voorheen hier gesien nie. Is jy nuut in die gebou?" vra sy.

"Ja." Hy glimlag, maar dit lyk gedwonge. "Dis die eerste keer dat ek jou ook sien. Bly jy alleen in hierdie grote plek?"

Genoeg.

Ek tree terug, kyk in die kamer rond. Ah. Ek slaan die bad-kamerdeur hard toe en roep: "Waar's jy, Adriana? Als reg?"

Ek loop weer deur toe en loer deur die skreef. Jaap staan 'n verbaasde tree terug, sy hande in sy broeksakke.

Adriana verdien 'n Oscar. Sy glimlag oor haar skouer, en dan vir Jaap. "Jammer. Ek moet regtig gaan."

Hy knik stadig. "Gaaf om jou te ontmoet. Sien jou gou weer."

Sy maak die deur toe en sluit dit. Ek kom uit die slaapkamer.

"Dis die Mini," sug sy. "Stefan Riekert moes dit opgespoor het. Hoe het iemand my gevolg sonder dat ek dit agtergekom het?"

"Ek dog Stefan het jou herken?"

"Sê Sarah. Ek ken hom nie." Sy vloek onderlangs. "Hoe het Jaap hier ingekom? Dis veronderstel om 'n hoësekuriteitgebou te wees."

"Dalk het hy sy ou polisierang rondgegooi."

"Dalk." Sy tel die foon op. "Ek gaan seker maak dit gebeur nie weer nie."

Sy skakel 'n nommer. Praat dan Russies, of iets wat soos Russies klink. Ek vang vier woorde: Stefan Riekert, Jaap Reyneke.

"Met wie het jy gepraat?" vra ek toe sy die foon neersit.

Sy vee bruin haarslierte uit haar gesig. Sit die mes op die kombuisblad neer. "Sommer niemand nie."

"Ek's ses-en-dertig, nie drie nie."

Sy antwoord nie.

Ek tel die Glock op. Gooi die rugsak oor my skouer. Ons moet 'n ruk wag. Seker maak Jaap is nie meer by die deur nie, en dan moet ons na Sarah se woonstel ry. Ons moet werk maak van die inligting wat Adriana uit my kop gemyn het. Die logo. Die feit dat Jaap Reyneke daai aand vroeg by ons huis was. Dat my pa wou vlug. Adriana moet saamkom. Sy kan nie hier bly nie.

Adriana maak die yskas oop, sê oor haar skouer: "Stefan en Jaap moet hierdie ding los. Hulle moet dit weet. En soos ek verstaan, is Stefan die monster se kop."

Onder in die straat gaan 'n motoralarm af. Iemand skree. Nie een van ons beweeg nie.

Ek sit die rugsak neer. "Genoeg mense het seergekry."

Adriana maak die yskas toe sonder om iets uit te haal. Sy lag, maar die klank is bitter. "Dis die ding van domino's pak en omstoot, Ranna. Jy behoort dit te weet. As een begin val, is dit baie moeilik om te keer. Amper onmoontlik. Dis die wet van die onvermydelike."

Ek weet wat sy bedoel. Ek wens ek het nie. My hele lewe voel soos een lang ketting domino's wat begin val het die dag toe ek my pa geskiet het.

Steeds keer ek: "Jy kan nie."

"Kan nie wat nie?"

Ek weet nie hoe om te antwoord nie. Genade tog. Is niks vir haar heilig nie?

Sy bêre die mes in die laai. "Presies. Moet jou nie bekommer nie. Hoe minder jy weet hoe beter."

2

Adriana wil eers niks hoor nie, maar ek oortuig haar tog uiteindelik om saam met my te ry. Ek wil nie hê sy moet iets oorkom nie. Wie sê Jaap Reyneke keer nie later terug na haar woonstel nie? Buitendien, by Sarah kan ek 'n ogie oor haar hou. Seker maak sy vang niks onverantwoordeliks aan nie.

Ons los die Mini by haar woonstel, ingeval die polisieman buite die gebou vir ons wag. Ons fynkam die strate toe ons in die bakkie wegry, maar sien niemand wat verdag lyk nie. Geen motor volg ons nie.

Ek ry noord terwyl Adriana slaap. Sy slaan die sitplek terug en raak weg toe ons die afrit na die snelweg neem. Net so. Vinnig en maklik.

Sy lyk anders in jeans. Die dun, stywe geel trui oor 'n ewe stywe wit T-hemp. Swart stewels van duur, sagte leer tot by haar enkels. Seker Italiaans. Weer wonder ek wie sy regtig is.

Ek onderdruk 'n gaap, en maan myself om by die spoedperk te bly. Ek wil nie aandag trek nie. Tot dusver het niemand my nog herken nie, maar dit kan maklik verander. 'n Mens se geluk hou ook net só lank.

Toe ons voor Sarah se hek stilhou, vryf ek liggies oor Adriana se skouer. Sy is onmiddellik wakker. Waaksaam. Sy ontspan eers toe sy besef dis ek wat aan haar geraak het. Sy strek, gaap en glimlag.

"Môre."

Die hysbak staan oop toe ons parkeer. Dit beweeg outomaties

tot by die tweede vloer. Sarah wag vir ons, die spanning van die afgelope paar dae duidelik in die swart kringe onder haar oë. Haar lyf, wat gewoonlik stry om groter te lyk, staan ineengedoke teen die wit muur.

Sy probeer dit afskud toe sy besef ek sien dit raak. Sy kom reg-op, plant haar stewels stewig, trek haar skouers onder die pienk T-hemp terug en groet haar tante met 'n soen op die wang. Soos alle fisieke aanraking by haar is dit vlugtig en ongemaklik.

Vir 'n verandering ignoreer die honde my. Hulle maal om Adriana, wat elkeen met 'n glimlag agter die ore vryf.

"Wat het gebeur dat julle al twee hier is?" vra Sarah ná sy Adriana se tas in die spaarkamer gesit het. Ek slaap seker van nou af op die bank.

Adriana sê niks. Sy loop na die kombuistoonbank en sit die ketel aan. Maak die vensters oop om die sigaretrook uit die vertrek te jaag.

"Jaap Reyneke het by die woonstel opgedaag," sê ek.

"Wát?"

"Hy moes die Mini op 'n manier opgespoor het. Of vir my," gee Adriana toe. "Daar's 'n paar polisiemanne wat soms by Crow's kuier."

Al weer daardie plek.

"Maar dis nie nou belangrik nie." Adriana tik op haar klein goue horlosie en wys na die spaarkamer. "Dis Donderdagoggend. Ons het nie baie tyd nie. Ek gaan stort terwyl jy en Ranna werk met wat sy onthou het. En ek moet 'n paar oproepe maak. Ek het 'n besigheid wat moet geld maak, al dink nie een van julle twee so nie."

Daar verskyn 'n flikkering van hoop in Sarah se moeë grys oë.

Ek keer vinnig. "Dis nie baie nie."

Haar hande maal deur haar hare, vryf oor haar nek. "Dis meer as wat ons nou het."

"Dit was so iets." Ek gee die potlood en papier aan Sarah terug.

Sy kyk lank daarna. Draai die skets links, dan regs.

"Seker?"

"Jip."

Ons staar al twee na die fleurs-de-lis wat rug aan rug teenmekaar lê. Dit het wel 'n ekstra krul hier en daar, maar dit bly herkenbaar as die buitelyne van twee lelies.

"Ek sal dit scan en kyk of ek 'n hit kry. Dalk is ons gelukkig." Sy sit die skets in 'n skandeerder langs haar rekenaar. Terwyl die masjien sy werk doen, vra sy: "Nog iets?"

"Daar was moontlik 'n ondersoek aan die gang oor my pa. Dalk het iemand vermoed waarmee hy besig was. Dis dalk hoekom hy wou wegkom." Ek vertel haar van die tas. "Dalk het Jaap die kissie gesteel. My pa se tas het saam met die polisie – Jaap, dink ek – verdwyn daardie aand."

Sy kyk stom na my. Skud dan haar kop in ongeloof. "Ek kan dit nie glo nie. Kan ons nie net 'n break kry nie?"

Ek weet nie hoe om haar te antwoord nie. En ek het nog slegte nuus. "Vanoggend se episode by die woonstel beteken Jaap en Stefan weet iets is aan die gang."

"En hulle sal reg wees." Sarah byt op haar onderlip.

"En nou is Adriana ook betrokke."

Sarah antwoord nie.

"Gaan sy okay wees?" hou ek aan. "Gaan sy jou vergewe vir hierdie gemors?"

Sarah kyk op toe dit klink asof ek bekommerd is. Daar is verbasing op haar gesig. 'n Skadu van 'n glimlag. "Oor wie worry jy? Oor my of Adriana?"

Ek leun moeg terug in my stoel. "Kom ons kry vir Alex. Dan sal ek weer vir jou kwaad wees."

Die glimlag verdiep, en die lyne van haar lyf word sagter. "Adriana sal okay wees. Maar ons gaan haar skuld." Sy wys na my. "Nie ek nie, ek en jy. Ons. For better or worse."

"Geld?"

Sarah skud haar kop. "O nee. Dit gaan wees nes sy gesê het. Sy gaan jou eendag bel en jou hulp vra. Amper soos wat ons met haar gedoen het."

Wonderlik.

Ek betrag my skoenpunte. Fokus op vandag, op wat nou besig is om te gebeur. Môre moet vir homself sorg.

Ek onderdruk 'n gaap. "Terug na Jaap. As hy en Stefan die kissie gevat het, het hulle heel waarskynlik lankal die inhoud verkoop. Of dit spandeer. Jy't gesê Stefan Riekert het te veel geld vir 'n afgetrede polisieman. Jaap steek syne seker net goed weg."

Sarah knik. "Ek dink ook so."

"En die ondersoek teen my pa? Weet jy van een?"

Sy skud haar kop. Die moedeloosheid sluip terug in haar lyf. "Dis moeilik om inligting oor jou pa te kry. Oor alles wat gebeur het." Sy gooi haar hande in die lug. "Nie almal het hulle goed gedigitise nie. Iewers is daar seker stapels papiere met inligting oor jou pa, maar ek kan dit nie vinnig genoeg in die hande kry nie."

Haar stem word harder met elke woord. Byte spring uit sy bed en draf nader. Hy grom vir my asof ek iets aan Sarah gedoen het. Sy vryf oor sy kop, kalmeer hom.

"Wat weet ons nog?" vra sy, haar oë op die galery foto's teen die muur. "Wat het jy nog onthou?"

Ek staan op en kyk een vir een na die gesigte. Trek my skouers op. "Ek dink nie dit maak saak wat ons weet nie. Die tyd is te min."

Sy frommel die hond se ore in haar hande. "Dan is dit seker tyd vir plan B."

Ek draai om. "Die kissie?"

Sy knik. "Ek het reeds vir oom Tiny gebel en hom gevra of hy so iets kan maak. Ons verf nommers op en sit 'n slot aan."

"En hoop Adorjan se geheue laat hom in die steek?"

Sarah gaan sit voor die rekenaar. Maak die beeld van die fleurs-de-lis oop. "Ons beter so hoop, want hierdie is net 'n wild-goose chase. Die donnerse, bleddie kissie . . ." Frustrasie wurg haar sin dood.

Ek wil dit nie dink nie, maar ek kan dit nie help nie. Sarah is reg. Ons jaag skimme. Spoke wat lankal weg en vergete is.

3

Adriana staan in 'n diepblou sykamerjas en vryf haar hare droog.
Die afgelope paar dae se gebeure het haar ook ingehaal. Die moeë
kepe om haar mond maak die litteken meer strak, 'n aweregse lyn
oor 'n gesig wat al baie gesien het. Baie gaan soek het. Nie alle
moeilikheid kom ongevraagd nie.

Ek wonder weer wie sy vroeër in haar woonstel gebel het. Wat
gaan gebeur. Of ek vir Sarah moet sê.

Seker nie. Die rooikop dink steeds net aan een ding. Die res is
onbenullig.

Sy sit met haar skoene op die lang wit werktafel. Staar na die
rekenaar voor haar, 'n Coke in die hand, asof sy iets wil máák
gebeur, maar steeds sif die masjien deur die internet vir die fleur-
de-lis-logo.

Die speletjie waarmee sy vroeër besig was, staan gevries op 'n
rekenaar links van haar. 'n Huursoldaat met voorarms so dik soos
boomstompe is besig om deur 'n vertrek te beweeg, 'n outoma-
tiese geweer in sy hande. Die man wat nog heeltyd oor die luid-
sprekers neul, sing nou "Black Magic Woman".

Iemand wat vroeër gebel het, Saul, het Sarah in hierdie bui
gesit. Hy sê die persoonlike rekords van Adorjan Borsos en my pa
het uit die nasionale argief verdwyn. Die laaste keer dat dit aan-
gevra is, was 'n klompie jare gelede, maar niemand by die argief
wil iets meer sê nie. Blykbaar moet hulle eers 'n ondersoek loods.

Ek kyk vir die soveelste keer op my horlosie. Dis amper negeuur in die oggend. Donderdagoggend. Oormôre moet ons 'n kissie hê om vir Adorjan te gee. En as dit nie die een is wat my pa amper dertig jaar gelede gesteel het nie, moet dit een wees wat soos daardie een lyk.

"Ek gaan vir julle ontbyt maak, en dan gaan ons almal slaap," sê Adriana. "Dit help niks julle twee sit hier en gluur mekaar en die rekenaar aan nie."

"Ons doen nie . . ." Ek stop halfpad. Kyk af.

Sy is reg. Ten spyte van wat ek vroeër gesê het, sukkel ek steeds om Sarah te vergewe. Meer nog, ek voel skuldig. Sy het daardie dag in Sasolburg die waarheid gepraat. As Alex my nooit ontmoet het nie, was hy nie nou in hierdie gemors nie.

Sarah kyk na Adriana asof sy nie weet waarvan sy praat nie. Dan trek sy haar skouers op, asof dit in elk geval nie saak maak nie. En vir haar seker nie. Alex is al wat tel. Nog altyd getel het.

"Ontbyt sal lekker wees. Dankie." Ek skop my skoene uit en gaan lê op die bank.

Na 'n rukkie staan ek op en gaan haal solank die pakkie Temazepam uit my rugsak. Ek sit die slaappille op die bank se armleuning neer. Ek gaan maak soos Adriana sê en rus na ontbyt. As ek kan slaap, goed slaap, sal ek vars wees vir wat Vrydag en Saterdag moet gebeur. En ek gaan doen wat Sarah doen. Fokus. Vergeet van al die chaos om my.

Ek besef dis skielik stil in die woonstel.

Adriana staan met die ketel in haar hand en kyk na die pille, asof sy wag dat ek een moet uithaal.

Sarah swaai haar stoel om. Sy kyk van my na Adriana. Lag. "Moenie vra nie." Sy maak 'n sirkelbeweging teen haar slaap. "Ranna smokkel met haar eie kop."

"Ten minste hét ek 'n brein."

Sarah kyk na my asof ek ses is. Sy staan op en loop slaapkamer toe. Kom terug met 'n dik blou boek wat sy langs my neersit. "Los daai pille. Ek het jou nodig."

Ek tel dit op. Die boek weeg 'n ton. Lees die rugkant. *Linux Programming Manual.*

Sy is reg. As dít my nie aan die slaap kan sus nie, sal niks dit regkry nie.

Net toe ek die laaste happie eier in my mond sit, biep Sarah se rekenaar.

Sy los haar ontbyt en spring op. "Dis 'n match vir die logo."

Ek en Adriana draf agterna. Ons staar verbaas na die woorde op die skerm.

"Kan dit wees? Is jou masjien reg?" Adriana kyk van Sarah na my. "Is dit die logo wat jy onthou?"

Ek knik instemmend.

Adriana gaan sit op Sarah se werkstoel. Vee oor die beeld op die skerm asof sy dit tussen haar vingers kan voel.

"Ek kon julle dalk nog help met geld, maar nie hiermee nie." Sy skud haar kop. "Glad nie. Dit maak nie sin nie."

ALEX

Die water is koud. Soos wintersoggende op die plaas as ek vroeg moes opstaan om te gaan draf en dit gereën het. Kouer selfs. Soos Kopenhagen toe ek twee jaar gelede daar was en dit minus 14 was in die sneeu.

Die koue maak my wakker.

Ek trek my asem rukkend in. Dit brand asof ek lawa gesluk het. Skiet vuur deur my ingewande sodat ek begin hoes. Ek knip my oë. Links voor my kan ek rotse uitmaak. Ek lê op my rug aan die rand van die brandersoom. Die gety het begin inkom.

Nog 'n hoesbui laat my haastig omdraai. Spoeg en bloed loop by my mond uit, kleur die water pienk.

Hoe het ek hier gekom? Hoe laat is dit? Waar is ek?

Bo my flikker die son onseker deur die wolke wat op die hori-son lê. Dis vroegoggend.

Skielik weet ek waar ek is. Hoekom. Ranna. Sarah. Adorjan.

Ek roer versigtig. Voel of alles nog werk. Ek moet hier weg-kom. My vingers grawe in die sand op soek na vashouplek. Hoe-kom maak dit so seer om regop te kom? Kan ek regop kom?

Nee.

Ek sleep my lyf deur die sand tot ek agter die rotse sit-lê.

Adorjan. Skote, onthou ek weer. Voel versigtig aan my bors. My skouer. Daar waar dit heluit seer is. Ek snak na my asem toe my vingers die plek kry. Kyk na die rooi druppels wat aan my vingertoppe kleef.

Ek verken weer die wond, sug van verligting. Adorjan het my net skrams getref. Dankie tog daarvoor. Ek laat rus my kop teen die rots agter my. Tel tot tien. Twintig. Dertig. Ek moet wegkom van die see, 'n warm plek soek. Ek sal doodgaan van die koue as ek hier bly.

Ek byt op my tande en begin moeisaam vorentoe kruip. My lyf voel loodswaar, my kop dik en dom. Ek kyk vorentoe. Ek moet aanhou beweeg. Tot waar ek 'n enkele ry voetspore op die strand sien. Eenrigtingvoetspore wat ver oor die sand strek. Iemand is hier verby, iemand wat moet terugkom.

Die donkerte lek aan my bewussyn. Ek klap dit weg soos mens met lui vlieë maak. Nie nou nie. Nog nie.

Ek steek 'n vinger uit, skryf langs die voetspore. Stadig, duidelik. Dan draai ek op my sy, my rug, en raak aan die slaap.

SARAH

Ek hou niks van wat besig is om te gebeur nie. Veral nie hierdie gevoel van magteloosheid nie. Nie alle tronke het mure nie.

Wanneer hierdie hele ding verby is, gaan ek Adorjan Borsos slaan waar dit baie, baie seermaak. As geld so baie vir hom beteken, gaan ek dit alles van hom af wegvat. Motor, huis, klere. Als. As hy nie skuld gehad het nie, gaan ek dit vir hom skep. Hom swartlys. Ek gaan hom stuk vir stuk afbreek tot 'n man wat op straat staan en smeek vir geld.

Wanneer alles Saterdag verby is.

Ek sit die musiek sagter. Skakel weer die bekende nommer van die man wat my leer motorfiets ry het. My pa het nog altyd aan vier wiele geglo. Hy haat die Suzuki.

"Oom Tiny? Dis Sarah."

Ek het hom gister gevra om my ma-hulle te los en my eerder te help om 'n kissie te maak. En net soos met my vreemde versoek dat hy my ma-hulle moet oppas, het hy nie gevra waarmee ek besig is nie. Hy weet beter. Ons twee verstaan mekaar. En ek betaal goed. Almal weet dit.

Hy sê die kissie sal môre reg wees. Vrydag. Een dag voor ek en Ranna moet bargain vir Alex se lewe asof dit op uitverkoping is.

Ek wonder wat om te doen as ons eers die kissie het. Om 'n kopie te maak is net die eerste stap, daarna moet ons besluit wat om daarin te sit, en dis amper net so moeilik soos om uit te werk hoe dit moet lyk. Moet dit iets swaar wees? Of dalk lig?

Moet dit klink soos papier as jy dit skud, of soos los Krugerrande?
Wat wás in daardie kissie?

Ek kyk weer na die logo wat steeds op die rekenaarskerm flik-
ker. Trippers Transport. Vryf moeg oor my oë. Staar na die horlo-
sie wat stadig die tyd wegkalwe. Donderdagoggend elfuur.

Tyd om te slaap. Net soos Ranna en Adriana. Ek kan nie meer
helder dink nie.

Iets raas. Dis 'n skril klank, hard en aanhoudend.

Ek maak een oog stadig oop. Op my selfoon flikker 'n nommer
wat ek nie ken nie. Ek gryp na die stukkie lig. Verwens myself dat
ek deesdae so verknog moet wees aan die ding in die vae hoop dat
Alex sal bel.

Of dat Adorjan sal skakel en sê als is vergete, Alex is vry.

"Sarah?"

Dis inderdaad die ou man, maar sy stem is te hard en ongedul-
dig dat dit goeie nuus kan wees.

"Jy's vroeg. Dis Donderdag." Ek kom orent op my elmboog.
Kyk na die horlosie op die bedkassie om dit te bevestig. Eenuur,
Donderdagmiddag.

"Teen hierdie tyd moet julle al die kissie hê."

"Dis moeiliker as wat jy dink. Dis jare gelede. Hoe . . ." Ek
keer vervaard vir die honde wat by die deur instorm, bly dat ek
wakker is.

"Ek wil julle môre sien. Ek bel jou later vanaand."

"Wag . . ."

Hy verbreek die verbinding.

Ranna staan in die deur. "Wat is fout? Is dit Alex?"

"Nee. Dis Adorjan. Hy wil môre reeds die ruil maak."

Mega gaan maal om Ranna se voete. Sy vryf die hond se kop
ingedagte, haar gesig bekommerd. "Môre reeds? Hoekom?"

Ek sit regop, trek die beddegoed saam om my kaal lyf. "Hy's ongeduldig? Ek weet nie."

Sy vryf oor haar arms asof sy koud kry. "Ons kan nie. Ons het niks om te ruil nie. Nie eers 'n vals kissie nie."

Ek antwoord nie. Daar is 'n ander gedagte wat wil-wil uitspoel in my kop.

"Wat as hy Alex verloor het?" My hart sukkel tussen sink en swem. Kies dan swem. "Moet wees. Alex het ontsnap."

"Of hy's dood."

"Moet jy altyd die ergste dink?"

Sy haal haar skouers op, maar ek kan sien hoe hard sy moet werk om die bekommernis agter 'n onleesbare masker weg te steek.

Hoe het Alex ooit vir hierdie vrou geval? Adriana sê haar kinderjare was Kinderbybel-hel. Fire and brimstone.

"Ons kry die kissie," sê ek. "Oom Tiny bring dit môremiddag. Dan het ons iets om mee te bargain."

"Wanneer wil Adorjan die ruil maak?"

"Iewers môre. Hy sal laat weet. Ons kan hom druk om dit so laat as moontlik te maak."

"En as dit nie werk nie? Môremiddag is dalk net te laat. Heeltemal te laat."

"Dan is net jou Glock oor. Dis mos wat jy van die begin af wou hê, of hoe?"

Ek maak 'n Coke oop. Die eerste sluk brand tot in my maag. Moes seker een of ander tyd gebeur het. Ek giet dit uit in die wasbak.

"Tee?" kom die lakonieke vraag.

Adriana is weer besig om kos te maak. Slaai hierdie keer. Ranna het haar kamera gegryp en by die Uniegebou gaan foto's neem. Sy wou nie hoor dat dit nie veilig is vir haar op straat nie, nuwe paspoort ofte not. Ek kan nie bekostig dat sy nou toegesluit word nie.

"Tee sal lekker wees," antwoord ek.

Ek gaan sit weer by die werktafel. Kyk na die name teen die muur. Die rye gesigte van mense vir wie ek niks omgee nie. Ek begin tik op die toetsbord voor my.

Die foon wat Adorjan gebruik het, is dood. Vir 'n ou man is hy slim as dit by tegnologie kom. Hy moet die foon afgesit en die simkaart uitgehaal het toe hy klaar gepraat het. Hy weet duidelik dat elke selfoon eintlik net 'n GPS tracker is. Die foon is ook nie eens syne nie. Dit behoort aan 'n vrou in Johannesburg. Seker 'n toeris wat nog nie eens weet haar foon is weg nie.

Al wat ek weet, is dat hy iewers in die Noord-Kaap was toe hy geskakel het, maar wat maak ek met daai inligting? Storm ons soontoe? Hy sou lankal gery het van waar hy ook al gebel het. As hy weet om die foon af te sit, sal hy weet om rond te beweeg.

Adriana sit tee en slaai met neute en bloukaas langs my neer.

"Waar het jy al dié gekry? Ek het dit nie in my kas gehad nie."

"Die bord of die kos?" Sy vee haar hande af aan haar swart Guess-jeans.

Die sug ontsnap voor ek kan keer. Soms klink Adriana nes my ma. "Die kos."

"Ek's vroeg al winkels toe. Julle het nog geslaap."

Die gebou se sekuriteit laat Adriana orals toe, iets wat ek lank terug al moontlik gemaak het.

Ek eet die slaai vinnig, bedel vir nog, en drink dan van die tee.

Adriana eet terwyl sy deur die koerant blaai. Toe ek klaar is, kom staan sy langs my. Haar hande vra vir die bord. Ek gee dit vir haar, maar steeds beweeg sy nie. Die stilte wat aanhou, dwing my om na haar te kyk. Ek sit die tee neer. Sy doen dieselfde met die bord.

Wat gaan nou aan?

Sy laat rus haar heup teen die werktafel sodat sy vir my kan kyk, leun vorentoe en druk die hare langs my slape plat met haar hande. Die gebaar is sag. Tentatief.

Sy lyk ouer vandag, nes die res van ons.

"Onthou jy toe jy in die tronk was? Toe ek kom kuier het? Daardie eerste keer?" praat sy uiteindelik.

Sy glimlag vir die wantroue op my gesig. "Ek het vir jou gesê jy mag nie wys jy's bang nie. Nie daar binne nie. En ek het gesê ek weet jy kan meer oorleef as wat jy dink."

Ek onthou dit.

"Vir nou wil ek hê jy moet die een vergeet en die ander onthou." Sy laat rus haar hande op die tafel, soek na iets in my oë. "Wys weer bietjie wat jy voel. Iets anders as woede. Raak weer aan iemand. Aan 'n man. Nie nou nie, maar gou." Sy lag. "En jou ma kan seker doen met 'n drukkie. Ek ook."

Ek sit my linkerhand op die arm naaste aan my, maar die gebaar voel lomp. Ek laat sak dit weer tot op die toetsbord. Speel met die escape-toets. Control.

"Dis goed, Sarah. Dit hoef nie nou te wees nie. Eendag weer. As hierdie ding klaar is. Ná Alex. Ek wil net hê jy moet dit onthou."

Sy knak haar kop in die rigting van die hysbak, asof Ranna aan die ander kant staan en wag om in te loop. "Haar kop en jou lyf doen dieselfde ding – maak asof julle nie 'n hel omgee nie. Ek wil nie hê jy moet so word nie."

Ek maak my keel ongemaklik skoon. "Wat nog?" Hoekom klink my stem nie sterker nie?

"Bietjie deernis vir Ranna sal goed wees. Jy kan dit maar wys."

"Sy sal vir jou lag as jy dit sê."

"Seker."

Adriana vryf oor my skouer. "En die ander ding, die tweede ding, die een waarna jy móét luister . . ."

". . . ek kan meer goed oorleef as wat ek besef?"

"Ja. Dis steeds waar."

"Geld dit vir hierdie mal spul ook?"

Sy knik haar kop beslis. "Ja. Wat ook al gebeur. Jy kan. Jy sal verbaas wees oor wat mens alles kan oorleef. Wié mens almal kan oorleef."

Toe Ranna terugkom, maak Adriana vir haar ook slaai. Hulle gaan sit op die bank en blaai weer deur die foto's, op soek na iets wat hulle dalk vroeër gemis het. Ek waak by die rekenaar en verwens weer eens die magtelose posisie waarin ons is. Wat anders kan ons doen as wag? Wag, wag en nogmaals wag dat Adorjan weer bel.

Ek roer die muis en die swart skerm word wit. Voor my is steeds Trippers Transport se webtuiste. By gebrek aan iets beters om te doen begin ek deur die verskillende afdelings werk. *Kontak Ons. Wie Is Ons? Wie Besit Ons? Maatskappygeskiedenis.*

Ek lees deur al die inligting, net om vas te haak by 'n ry name en datums wat voor my opduik. Een staan uit.

Iets roer in my onderbewussyn. Iets groots. Is dit moontlik?

Ek skiet vorentoe in my stoel. Lees en lees weer. Stadiger. Elke lettergreep.

Dit is. Dis wragtig moontlik.

ALEX

Die son is warm. Kokend warm. My gesig brand. My arms. My longe.

Ek hoes. Iewers diep binne-in maak dit seer. Ek spoeg bloed uit. Speeksel. Soutwater. My kop is helder genoeg om te weet ek het dit al gedoen. Hoe lank lê ek al hier? Ek knip my oë tot hulle fokus.

Hierdie keer onthou ek beter. Ranna. Adorjan.

Die see raak-raak al aan die voetspore op die sand. Voetspore wat steeds net in een rigting loop. Die woorde wat ek geskryf het, is al amper uitgewis.

Bel Ranna.

Het ék dit geskryf? Ek vee dit lomp uit. Dis nou 'n manier om haar in die moeilikheid te kry. Buitendien, dit beteken niks. Niemand sal weet wat om met so 'n kriptiese boodskap te maak nie.

Ek moet hoër op klim. Weer skryf. Beter hierdie keer. My naam. Sarah se nommer. En dan moet ek beweeg. Ek moet loop tot ek mense kry. 'n Foon.

Ek rol op my sy, en dan tot op my rug. Soek met versigtige vingers na die nuwe skerf pyn tussen alles waaraan ek al gewoond geraak het die afgelope tyd. Kry dit. My eerste diagnose was reg. Dis net 'n skrams wond. Dit bloei nie meer nie.

Ek trek my bene op en kom in 'n sittende posisie. Skielik verlang ek na 'n warm stort. Koffie. Braaivleis. Ranna se lyf wat onder myne beweeg. Haar naels in my rug.

Fok, ek yl.

Maar waar is ek? Daar is niks om my nie. Net meters strand links en regs van my. Geen huise of teken van lewe nie. 'n Paar honderd meter die see in lê 'n ou vissersboot, maar ek sien niemand aan boord nie. Agter my is 'n lae duin. Wat daaragter lê, weet nugter alleen.

Dis tyd om te beweeg. Los 'n boodskap, groot, weg van die waterlyn, en gaan soek dan 'n foon. Water. Kos. In daai volgorde – as ek kan.

Net toe ek orent kom, verskyn 'n figuur op die horison, seker so 'n honderd meter weg. Iemand wat loop en soek, soos mense maak as hulle skulpe optel.

Iemand wat kan help. Móét help. Dalk het sy, of hy, 'n selfoon.

Ek staan op. Kners op my tande teen die pyn wat dit veroorsaak. Hoes weer. Begin met my hande waai.

Die persoon kyk op. Dis 'n man. Hy haal iets uit sy broeksak. Nee, van agter sy broek.

Wat is dit?

Onmoontlik.

Ek begin hardloop. Val. Kruip op teen die duin agter my. Kom op my voete. Rek my treë.

Dis Adorjan Borsos.

RANNA

1

"Wag, wag. Verduidelik weer. Stadiger hierdie keer."

Ek kom regop op die bank waar ek deur Sarah se notas sit en lees, desperaat op soek na iets wat ons kan help.

Sarah staan langs die rekenaar. Haar gesig sê ek is dom, maar geen mens sou kon sin maak uit die warboel woorde wat sy teen die spoed van lig na my gegooi het nie.

"Trippers Transport," sê sy stadig, asof sy met 'n kind praat. "Die maatskappy se logo wat op die sak was? Die een met die kissie in? Ek kon geen verband tussen die besigheid en die mense op die lys kry nie." Sy wys oor haar skouer na die foto's bo haar werktafel. "Toe gaan ek terug na die geskiedenis van die maatskappy. En raai wat? Jou oom Thinus het die besigheid eens op 'n tyd besit. Hy het net na jou pa se dood sy meerderheidsaandeel verkoop."

"Thinus? Soos in Thinus en Lena?"

"Einste." Sy knik haar kop opgewonde.

Ek onthou die foto's wat ek teruggebring het van hulle huis in Paternoster. Thinus en my pa by die braaivleisvuur, hand om die lyf. Beste vriende.

"Maar wat beteken dit?" Ek dink 'n oomblik. "En wat dan van Jaap en Stefan?"

Onsekerheid kruip oor die rooikop se gesig. Dan helder dit weer op. "Vergeet van hulle. Ek dink jou pa het jou oom beroof."

"Dit maak nie sin nie. Niks maak sin nie."

Ek staan op, tel die stapel vergeelde foto's van die koffietafel op waar ek en Adriana daardeur geblaai het voor sy gastekamer toe verdwyn het. Wys hulle een vir een vir Sarah.

"Thinus en my pa was groot vriende. Kon hulle nie eerder saamgewerk het nie?"

Sarah gaan haal 'n A4-papier wat by die drukker lê en gee dit vir my. "Dis seker ook moontlik. Maar kyk hier. Daar is nog." Sy wys na die tweede laaste naam. "Kyk wie het lank gelede 'n 30%-aandeel in Trippers Transport besit."

Ek volg haar vinger. Gryp die papier. Die oorlede Eitan Blomstein. Ek herken die naam van Sarah se notas; Blomstein is die juwelier wie se geld amper in die rooftog verdwyn het.

Thinus. My pa. Eitan. Wat beteken dit alles? En steeds bly die vraag: Wat dan van die polisiemanne?

"Wat as my pa en Thinus vir Eitan probeer beroof het? Hulle was vriende. Thinus moes geweet het van my pa se bedrywighede. Hy kon vir hom inligting oor die geld en die kissie gegee het, gesê het hoe en waar sy vennoot dit gaan vervoer. Hulle kon saamgewerk het." Iets aan dié redenasie pla my. "Hoekom dan Eitan se geld los, maar die kissie vat? En wie sê die kissie was syne?"

"Kom ons neem aan dit was. Dit was tog in 'n sak met 'n Trippers Transport-logo."

"Goed. Maar dit verduidelik steeds nie hoekom my pa die geld gelos het nie."

"Die geld was op die boeke en die vervoermanifes, die kissie nie. Niemand kon dit as gesteel aangee ná die rooftog nie. Daar moes iets onwettigs in gewees het, of iets onbelangriks. Daai vervoermense moes Eitan 'n guns gedoen het deur dit rond te ry. Of dit was 'n last-minute item wat hulle nie verwag het nie."

Dan is ons terug by die kissie. Wat was daarin?

Ek onthou die notas wat ek pas gelees het.

"Wat as . . .? Eitan was 'n juwelier," sê ek.

Sarah knik. "Gaan aan."

"My pa het daardie aand by die huis gekom met juwele. Een boksie vir my ma en een vir my. Ek het gedink dis cheap gemors, soos altyd. Maar wat as dit nie was nie? Wat as hy wou weggaan en vir ons iets gee voor hy verdwyn? Wat as die kissie vol juwele was? Eitan se juwele."

"So, jou pa gee vir julle 'n paar stukke en hou die res vir homself, en gee dan pad?"

"Presies."

"En Thinus?"

"Dalk sou hy Thinus later daardie aand iewers ontmoet het. Of dalk is jy reg oor my pa. Dalk was dit 'n double-cross en het my pa my oom ook verneuk. Nes hy met Adorjan gemaak het. Niks is seker onmoontlik nie."

Ek dink vir 'n oomblik, probeer die verlede en hede by mekaar bring. "Dink jy Thinus is in op Alex se ontvoering?"

Sarah skud haar kop. "Ek het eers gedink hy het 'n partner, maar ná Sasolburg vermoed ek hy werk alleen. En anyway, het Thinus nie jare lank jou pa se goed in sy garage gestoor nie? Dalk was dit in die hoop om die kissie te kry. Adorjan het nie geweet die bokse staan by jou familie tot hy dit in die koerante gelees het nie."

Ek sug gefrustreerd. Ek verstaan nie wat aangaan nie. "Nou hoekom . . ."

Sarah waai my vrae weg. "Die kissie is al wat saak maak. En wat daarin was. Ons het nie tyd om uit te werk wie skuldig is en wie nie." Sy trap ongeduldig rond. "Waar is die juwele wat jy by jou pa gekry het? Het jy dit nog?"

Ek grawe in my rugsak rond vir die kiaatkissie. Maak die geheime kompartement oop en hou die plat rooi boksie na Sarah uit.

"Wat is dit?"

"Ek weet nie."

Haar hande verstar. "Ek dog jy het dit oopgemaak . . ."

Sy bly stil toe sy my gesig sien, die swart vlek – bloed – opmerk wat steeds op die rooi materiaal sigbaar is. Sy sit die boksie neer asof dit haar gaan byt.

"Dit het op die tafel gestaan toe ek hom geskiet het."

"Ah."

Ons staar na die rooi boksie op die wit werktafel.

"Maak dit oop," sê Sarah.

"Jy kan."

Sy snork vererg. "Is dit nie een of ander sielkundige ding nie? Jy weet . . . kyk jou spoke in die oë en sulke snert."

Ek wil lag kry vir haar, maar kyk dan weer na die boksie. Miskien is sy reg. 'n Bietjie boere-voodoo. Hoekom nie?

Die boksie is lig toe ek dit optel, so lig soos wat ek onthou.

Ek maak dit oop.

Ons snak al twee na ons asem, al vermoed ek nie een van ons weet regtig waarna ons kyk nie. Ons weet net dis mooi en duur. Die honde spring op en kom maal onrustig om ons voete. Gaan lê dan weer toe nie een van ons beweeg nie.

"Genade!"

Dis Adriana. Sy druk tussen ons deur en vat die boksie uit my hande. Sy haal die hangertjie met die groot geel peervormige steen uit. Haar oë skitter, vasgenael op die fyngeslypte diamant wat in die holte van haar hand lê. Sy hou dit teen haar hals, kaal onder 'n sagte bont rok.

"Dis omtrent 70 karaat hierdie. En dis 'n geel diamant. Dis

skaars, baie skaars. Nog meer waardevol omdat dit so heldergeel is, amper affodilgeel."

"Hoe weet jy so baie van diamante?" vra ek.

Adriana kyk op, skud haar kop. "Elke vrou ken diamante."

"Nie so intiem nie."

Sy vou haar hand om die diamant. "Sy is pragtig. En baie, baie geld werd." Sy gee die hangertjie vir Sarah, haar vingers onwillig om te los. "Neem 'n foto en soek vir soortgelyke diamante op die net. Kyk of 'n diamant soos hierdie een gesteel is. Dis 'n uitsonderlike steen. Dit sal dalk baie van julle vrae beantwoord."

"My ma het daardie aand oorbelle present gekry," sê ek stadig.

"Selfde grootte?" vra Adriana onmiddellik.

"Nee, heelwat kleiner. Maar dit het duidelik hierby gepas."

"Genade," sê Adriana weer.

"Waar is die oorbelle?" vra Sarah die praktiese vraag.

"New York? Ek weet nie mooi wat sy daarmee gemaak het nie."

Sarah kyk vies na my. "As ons Adorjan die oorbelle en die hangertjie kan gee, sal hy dalk vir Alex laat gaan. Dalk sal hy dan van die res van die kissie vergeet. Hierdie moet groot geld wees."

"As die kissie vol juwele soos hierdie was en Adorjan wil dit als terughê, staan julle nie 'n kat se kans nie," sê Adriana. Sy beduie na die hangertjie. "Veral nie as dit nog fancy vivid yellow diamante is sonder enige krake of onsierlikhede nie. Ek's nie meer heeltemal op hoogte met diamantpryse nie, maar ek dink hierdie steen is omtrent R30 miljoen werd. Indien nie meer nie."

2

"Ek het 'n afspraak."

Adriana staan in die spaarkamer se deur. Sy het sandale en jeans aan, met 'n swart bloes oopgeknoop dat net die fynste stukkie kant wys. 'n Silwer naaldekoker in vlug hang teen haar bors.

"Goed," sê Sarah, haar oë nog op die rekenaarskerm waar sy 'n soektog na die diamant geloods het.

"Goed?" Ek kyk van haar na Adriana. "Vergeet van die diamant – net vir 'n oomblik. Dit maak julle heeltemal blind. Jaap Reyneke weet waar Adriana bly. En hy en Stefan weet heel waarskynlik van die restaurant."

"Adriana kan vir haarself sorg," sê Sarah. "Sy sal okay wees." Tog skiet haar oë na die ouer vrou. "Jy kan nie Crow's toe gaan nie. En jy weet jy kan hier bly tot alles verby is."

Adriana lag. Vir al twee van ons. "My arsenaal is veel groter as julle s'n. My . . . vriendekring is groter." Sy kyk tergend na Sarah. "Definitief groter."

Die rooikop waai die aanmerking weg en draai terug na die rekenaar. "Gaan uit. Maar kom slaap hier."

"Ek maak so." Adriana se handgebaar is groothartig, argeloos, asof sy bloot instem om Sarah gelukkig te hou. "Sien julle later."

By die hysbak draai sy terug na ons. "Ek sal vanaand terug wees. Moet asseblief nie iets doms aanvang nie."

Sarah slaan die enter-knoppie hard. "Dom som omtrent alles op wat ons nog heeltyd doen."

"Wat jý doen, ja," kap ek terug.

Adriana skud net haar kop en verdwyn agter die hysbak se silwer deure.

Sarah brom iets, loop yskas toe en haal 'n Coke uit sonder om vir my een aan te bied. Teen hierdie tyd pla dit my nie meer nie.

Ek gaan sit by die kombuistoonbank. Speel met die hangertjie wat op die granietblad lê. Ek hou die diamant tussen my duim en wysvinger, kyk hoe dit die lig wat by die venster instroom knak en breek.

"Dalk was daar nooit juwele in die kissie nie. Miskien het my pa die hangertjie en die oorbelle wettig gekoop."

Sarah maak die koeldrank oop. "Dink jy regtig so?"

"Nee." Dalk wou ek net hoor of sy saamstem.

Sy drink van die Coke. "Het jy regtig nooit 'n vermoede gehad oor waarmee jou pa besig was nie?"

"Ek wou hom oorleef. Ek wou niks van hom weet nie, ek wou net heel anderkant uitkom."

"En jou ma?"

"Dalk het sy iets vermoed. Dalk nie."

Ek wil nie regtig daaraan dink nie. Miskien het my ma bloot dieselfde doelwit as ek gehad.

Sarah draai die blikkie om en om in haar hande. Toe sy uiteindelik die woorde sê, praat sy stadig, omsigtig. Ek besef dís wat sy eintlik oor wou gesels.

"Dink jy jy kan jou ma se oorbelle hier kry? Miskien, as sy weet wat gebeur het, van jou pa destyds . . . miskien sal sy bereid wees om dit vir ons te gee."

Ek wil-wil lag oor die rooikop skielik so versigtig praat. Is dit omdat dit oor my ma gaan en nie oor my nie? En tog, dis 'n goeie vraag.

Ek kyk op my horlosie. Donderdagmiddag 16:44. My ma is

veronderstel om die naweek hier aan te kom. Ek kan bel en vra dat sy die oorbelle saambring, maar die probleem is dat ons Adorjan reeds môre ontmoet.

"Ek kan seker, maar nie eers 'n koerier sal dit betyds hier kry nie."

"Ons kan dit steeds vir Adorjan belowe." Sarah kyk op. Die hoop in haar oë is iets wat ek herken van toe ek baie jonger was.

"Ek sal haar bel en verduidelik," gee ek toe.

Wat ek nie sê nie, is dat ek in elk geval met haar moet praat. Sy en Moshe kan nie meer Suid-Afrika toe kom nie. Ek kan nie sien dat hierdie ding 'n goeie einde gaan hê nie.

3

"Is julle al gepak?"

"Ja, maar dis moeilik. Moshe sê ek mag net drie pare skoene neem." Haar stem is ademloos, opgewonde, dan skielik bang, asof sy weet hoekom ek bel. "Is alles okay?"

Ek gebruik die gaping wat sy geskep het. "Nie regtig nie. Miskien moet ons die kuier uitstel."

"Hoekom?"

"Ek sukkel . . . dinge het . . ."

"Wat's fout?"

"Ek's jammer. Alles loop skeef hierdie kant."

"Ek gaan in elk geval kom," sê sy hardkoppig. "En Moshe ook. Al sien ek dan net vir Lena en Thinus."

"Hoekom nie eerder later nie, as ek ook kan saamkuier?" Sy moenie nou naby haar suster en swaer kom nie.

"Die kaartjies was duur. En jy het ons gevra om te kom." Haar stem is beskuldigend.

"Asseblief, Ma. Ek's ernstig."

"Nee. Ons kom kuier. En dit sal lekker wees as jy ook daar kan wees." Haar stem word sagter. "Isabel. Moenie nou so wees nie."

"Gaan dit help om te stry?"

Sy bly stil.

"Goed dan," gee ek oor met 'n sug.

Ek kan amper sien hoe sy verlig glimlag. Laat ek dan maar die beste van die saak maak. As sy daarop aandring om te kom kuier, kan sy net sowel help.

"Daardie oorbelle wat Pa vir Ma gegee het? Daardie aand toe hy . . . Het Ma dit nog?"

Die stilte is geskok, asof ek haar heeltemal onkant gevang het. "Hoekom vra jy nou skielik so iets?"

"Sal Ma my vertrou as ek vra dat julle dit saambring?"

"Daai gemors? Ek weet nie eers hoekom ek dit gehou het nie. Wat wil jy daarmee maak? Ek het dit nooit weer gedra ná daardie aand nie."

"Asseblief?"

"Ek gaan nie eers vra wat aangaan nie." Haar stem is koud en plat.

"Hoe het Pa dit daardie aand vir Ma gegee?" wonder ek skielik hardop. Wat onthou sy van haar verjaarsdag?

"Wat bedoel jy?"

"Net wat ek sê. Was dit dalk in 'n staalkissie gebêre? 'n Staalkissie in 'n wit sak?"

"Jy't vroeër al oor 'n kissie gepraat. Ek onthou dit nie, maar hy het dit uit 'n sak gehaal, ja. Dit kon seker 'n kissie in gehad het."

My hart klop vinniger. Uiteindelik iets konkreets.

"Was daar nog iets in die kissie? Of dalk in die sak?"

"Ek kan nie mooi onthou nie. Nog juwele. Iets wat hy vir jou gegee het, dan nie?" Sy sug. "Meer kan ek nie onthou nie. Ek sal bietjie dink. Ek het probeer . . . Jou pa het nie daarvan gehou as ek nuuskierig was nie. Dit het hom mal gemaak."

"Het Ma nie tog daaroor gewonder nie? Oor die oorbelle? Oor waar dit vandaan kom?"

"Jou pa het altyd goed by die huis aangebring. Vreemde goed. Ek wou naderhand net niks weet nie."

Dis lank stil voor sy vra: "Wat gaan aan, Isabel?"

"Ek kan nie nou sê nie."

"Jy kan my die naweek sê."

Toe ek nie antwoord nie, vra sy: "Sien ek jou die naweek?" Ek hoor die hardnekkigheid in haar sagte stem.

"Hopelik," gee ek bes. "Ek sal . . . Ma weet julle moet versigtig wees, nè? Julle aankoms hier gaan aandag trek. Moenie my probeer kontak nie. Nie op hierdie foon of enige ander nommer nie. Ek sal julle bel sodra ek kan. "

ALEX

Niks. Dis al wat hier is. Niks mense, niks motors, niks huise. Niemand om my te hoor skree nie. Niemand wat kan help nie.

My voete word swaarder met elke tree, plof deur die dik sand. Nes daai gewonde leeu waaroor ek eenkeer, lank terug, geskryf het. My vierde storie. Drie dae in die veld agter hom aan. Ou Naboomspruit se wêreld. Hy is uiteindelik reg voor my dood. Dom jagter het drooggemaak. Gewond en nie doodgemaak nie.

Ek het Adorjan 'n ruk gelede agtergelaat. Ek beweeg vinniger as hy, maar ek wonder hoe lank dit nog die geval gaan wees. Die skietwond mag net skrams wees, maar dit het weer begin bloei. En die steekpyn in my bors word skerper, so asof ek gebreekte glas gesluk het.

As ek nie gou hulp kry nie. As Adorjan die Sani gaan haal het. As . . .

Ek lek met 'n droë tong oor my skurwe lippe en sit dan nog iets op die lys: As ek nie gou water kry nie.

Ek hou rigting met die see aan my linkerkant. Die son is warmer as wat dit moet wees. Dis September, nie Desember nie.

Is dit nog September?

As ek in Namakwaland is, moet daar nog 'n paar laaste blomme wees, dan nie?

Ek soek regs. Niks van die plate veldblomme waarvoor die distrik so bekend is nie. Net sand wat klipperige grond word. En bosse. Bossies.

Sand, sand, sand.

Waar is die pad? Enige pad?

Fokus. Een tree. Nog een. Nog een.

Ek begin neurie. 'n Lawwe liedjie uit my kindertyd. My ma het dit altyd vir my gesing. In my kamer met die blou kombers en blou gordyne.

"Op die groen voetpad

van die horison ver

om die aarde, skat,

stap 'n ou man wat

'n oop maan dra in sy hare . . ."

Wat is 'n oop maan nou weer? Waar is die maan? Hier is net son. Warm son. Warm sand. Baie sand.

"Hy roep die kriekies

hy roep die swart

stilte wat sing

soos die biesies, my hart . . ."

Stilte sing. Dis reg. Hierdie stilte sing. Ek hoes. Kyk na die bloed in my hand. Vee dit af aan my broek. Ek wil sit en rus. Rus.

"Sy naam is Sjuut

sy naam is Slaap

Meneer Vergeet

uit die land van vaak . . ."

Wanneer kan ek rus?

Kan nie rus nie. Moet water kry. Moet aanhou loop.

SARAH

1

My foon lui net na sewe. Die skerm sê dis 'n onbekende nommer. Moet Adorjan wees.

Ek antwoord en sit die luidspreker aan. Ranna kom staan langs my by die werktafel.

"Môremiddag," sê die ou man. "Drieuur. Lambertsbaai. Daar is 'n geel huis aan die einde van die strand. Uit die dorp uit, op sy eie, aan die suidekant. Maklik om te kry. Kom soontoe. Geen cops nie."

"Het jy vir Alex?" spring Ranna my voor.

"Drieuur."

"Dis te min tyd," probeer ek keer. Moenie die foon afsit nie, pleit ek stilweg.

"Wees daar of Alex is dood." Hy verbreek die verbinding.

Ek kyk na die rekenaar. Werk vir 'n paar lang minute in stilte. Die foon wat hy gebruik het, behoort aan iemand met 'n adres in Kaapstad. 'n Vrou van 67. Seker weer een wat hy gesteel of geleen het. En dis reeds morsdood.

Ranna kyk hoopvol na my.

Ek skud my kop. "Niks nie."

Sy vloek lank en innig.

"Wat nou?" vra ek.

"Ons ry. Ons vat wat ons het en ons ry."

"En oom Tiny se kissie?"

"Daar's nie tyd nie. Ons kan nie eers môre hier wegry nie, dis te ver."

"Ons kan vlieg. Ons behoort môre plek te kry. Ons kan 'n motor huur."

"Te veel van 'n risiko wat my betref. En vlieg is twee ure, ry nog drie plus, en dalk word die vlug vertraag. Wat dan? Ek wil vroeër daar wees en kyk hoe die omgewing lyk. Sien of daar 'n kans is om Alex voor drieuur op te spoor. Ons weet darem nou in watter dorp om te soek."

Ek dink nie dit gaan so maklik wees nie. "Adorjan gaan nie in Lambertsbaai vir ons sit en wag nie. Hy's slimmer as dit. Hy gebruik 'n ander foon elke keer as hy bel, en hy bel elke keer van 'n ander plek af. Hy's in die Kaap, en dis omtrent al wat ek weet. Daar is bitter min selfoontorings om hom. Punt is: ek dink nie hy gaan by die geel huis wees nie. Dit staan heel waarskynlik leeg. Miskien is dit 'n vakansiehuis."

"Jy's seker reg," gee sy onwillig toe. "Maar almal maak foute. En hy moet moeg wees teen hierdie tyd. Dis harde werk om iemand op te pas. Of iemand te soek. Dalk is jy reg, dalk het Alex ontsnap. Hoekom het Adorjan die ruil so skielik geskuif? Iets is fout. Ons moet uitvind wat dit is."

Ek gaan nie verder met haar stry nie. Ek is net te bly sy kan erken dat Alex dalk nog leef. En ten minste is soontoe ry beter as hier sit en wag.

Ek haal 'n Stuyvesant uit die pakkie links van my en speel ingedagte daarmee. "Dink jy die hangertjie sal genoeg wees vir Adorjan?"

Ranna kom sit op die stoel langs my, beduie na die rekenaar. "Kon jy al iets oor die diamant uitvind?"

"Nie die spesifieke een nie. Maar in 2011 is 'n geel diamant van 110 karaat vir 12,3 miljoen dollar verkoop. Een uit Suid-Afrika. 'n Steen presies soos Adriana dié een beskryf het: fancy vivid yellow. So haar ballpark-prys vir die diamant is omtrent reg. Ek kry geen rekord van jou hangertjie of die diamant nie. Dis nooit as gesteel of vermis aangegee nie. Skoon, met ander woorde. Selfde met die oorbelle."

"Die hangertjie moet genoeg wees vir Adorjan, dis baie geld. En ons kan hom die oorbelle belowe." Sy staan op en loop na haar rugsak toe, begin haar klere inpak. Kyk skielik op. "Hoekom sou my pa vir my so iets gee?"

Hoekom vra sy my? "Miskien was hy jammer oor alles wat hy gedoen het."

Sy lag bitter. "Miskien. Of miskien is die res van die goed in die kissie net soveel meer werd."

Sy maak die rugsak toe en gooi dit oor haar skouer.

"Wag 'n bietjie," keer ek toe ek besef sy staan reg om te ry. "Ek moet met Daniel reël om na die honde te kyk. Stort solank en eet iets. Lambertsbaai is ver."

Sy sit die sak onwillig neer. "Hoekom vra jy nie jou ma-hulle om die honde op te pas nie?"

"Ná die tronk het my ma my verbied om ooit weer naby 'n rekenaar te kom."

Sy kyk verbaas om haar rond. Dalk vermoed sy iets oor die verdieping onder ons met my masjien wat amper as 'n superrekenaar geklassifiseer kan word.

"Jou ma weet niks van hierdie plek nie?"

"Nee. Ek het nog 'n huis in Faerie Glen. Suburban bliss se moses."

"Faerie Glen?" Sy lag.

"Moenie oordeel nie."

Terwyl ek vir Daniel bel, sit Ranna die ketel aan. Haal die botter en Marmite uit en begin brood sny. Ek is ook skielik honger.

Drie minute later raas die interkom. Daniel is by die hek. Ek maak dit oop en stuur die hysbak af.

Ranna loop vinnig na die koffietafel langs die bank en bêre die Glock in haar rugsak. Terug in die kombuis begin sy die Marmite-broodjie eet. Gooi melk in haar koffie. Sy kou stadig, doelbewus. So asof sy nie wil eet nie, maar weet sy moet.

Ek kyk na haar hande met die prominente are daarop. Die emosie – hartseer? – wat weer in haar lyf hurk. Om haar verbete mond sit. Dit het vir 'n kort rukkie verdwyn toe sy Alex Maandag-oggend in Sasolburg gesien het.

Ek moes haar meer vertrou het. Moet haar meer vertrou.

Ek skuif die gedagte eenkant toe. Dis nou te laat. As ek haar wou vertrou, moes ek dit reeds in Moembai gedoen het. Buiten-dien, ek wonder steeds of sy my nie gaan skiet sodra Alex veilig is nie. Enigiets is moontlik as dit by hierdie vrou kom.

Daniel skuif sy dik swartraambril op en sug. Hy mik onseker na Ranna wat by die deur staan, haastig om te ry. Ek kan sien hy wil iets vra, maar die woorde wil nie kom nie.

Ek weet beter as om te neul en gee vir hom die sleutels. Vryf vir oulaas oor die honde se koppe.

"Hoe word mens so lank?" vra Daniel uiteindelik. Hy kyk af, na sy stowwerige tekkies.

Ranna roer nie, staar net fronsend voor haar uit.

"Die vraag is definitief nie vir my bedoel nie," roep ek haar terug na die werklikheid.

"Skuus?"

"Daniel vra . . ."

"Hoe word mens so lank?" vra hy weer, altyd reg om self sy praatwerk te doen.

Ranna dink 'n oomblik. Glimlag suur. "Ek's jammer om te sê, maar ek dink dit lê in jou gene."

Dis nie die antwoord wat Daniel wou gehad het nie. Hy gee nog 'n sug. Druk weer aan sy bril. "So, dis nie Jungle Oats nie."

"Is dit wat jou ma sê?" Ek trek sy skewe hempskraag reg.

"Ja. En ek haat Jungle Oats. Maar ek sou dit nog eet as dit sou help. Almal in die klas is al langer as ek."

"Dalk is jou ma reg." Ek kan nie bekostig om nog verder aan haar verkeerde kant te kom nie. "Wat mens eet help ook."

"Gmf." Hy steek die sleutels in sy sak, hou sy hand uit. "Jy skuld my R100. Ek het 89% vir wiskunde gekry."

Ek gaan haal die geld gedwee uit my rekenaarsak. "Geluk."

"Het jy al ophou rook?"

By die deur hoor ek Ranna lag.

"Nee."

Hy glimlag breed. "So, ek skuld jou nog niks."

"Nee. Maar eendag."

Terwyl ons in die hysbak klim, verduidelik ek vir hom dat Adriana hier gaan kom slaap, maar dat sy sleutels het.

Onder in die garage loop ek reguit na die Audi. Spoed. Dis wat nou saak maak. Vergeet van Ranna en nie aandag trek nie.

Ons klim in die motor en ek trek weg sonder 'n verdere woord. Ek sit die radio aan. Af. Mense wat sinnelose opmerkings oor sinnelose gebeure maak. Die weer. Politici. Eerder Adriana se geleende iPod dan. Ek soek tot ek by Muddy Waters kom. My voet begin rusteloos bons by 'n rooi verkeerslig.

"Ek weet," sê ek uiteindelik. Vang haar en myself onkant.

"Weet wat?"

"Ek weet jy en Alex . . . Ek weet. Ek het van die begin af geweet."

Sy kyk na my met 'n onleesbare gesig. "Dan weet jy meer as ek."

"Wat bedoel jy?" Ek beweeg saam met die stroom motors en draai regs in die volgende straat, net om remme aan te slaan. Die verkeer loop soos koue stroop, al is dit reeds aand. My voete jeuk om te jaag. Lambertsbaai lê ver.

"Liefhê is een ding," sê sy. "Saambly iets heeltemal anders. Dis nie altyd dieselfde meganika nie. Storm, drang, seks en wat dan? Roetine, werk, fliek en rugby kyk?"

"Jy kan nie nou . . ." Magtig. Gaan sy weer weghardloop?

"Ek's 'n reeksmoordenaar, Sarah. Hoe dink jy gaan hierdie storie eindig? Dis nie juis feëverhaal-materiaal nie."

Die verkeer dun stadig uit, en uiteindelik sien ek die snelweg wink. Ek sit die motor in vyfde rat. Die spoedmeter klim na 120. 140.

"So, wat gebeur wanneer ons Alex kry?" daag ek haar uit.

"Ás ons hom kry," korrigeer sy my. "Ek weet nie." Sy vee moeg deur haar hare. "Ek weet niks meer nie."

2

Die pad deur die Vrystaat is stil en vervelig. Ek laat swenk die Audi effens links oor die reguit pad. Dan regs. Maak die venster oop. Die wind wat deur die motor suis is koel en vars, asof iemand nou net gras gesny het. Die donker landskap ruik groen, die lentereën vir 'n verandering betyds hierdie jaar.

Ek knip my oë teen die moegheid wat dreig om my te oorval. Dit was 'n lang paar dae. Weke eintlik. Ranna weet niks van die onsekerheid wat aan my gevreet het tot ek haar gekry het nie. Die vrees.

Wat 'n aaklige woord.

Daar is nie baie mense na aan my nie, want daar is min mense wat ek vertrou. Alex is een van hulle. As ek hom moet verloor . . . Voor Alex het niemand my gesien nie. Régtig gesien nie. Hulle het my gesig gesien. My lyf. My in die bed verbeel.

Daai een het ek gou geleer. Op sestien al.

Ander mense het weer gesien wat ek op 'n rekenaar kan doen. Gesien hoe hulle my kon gebruik. Sewentien. En toe kry ek 'n vriend. 'n Goeie vriend wat nooit iets meer wou hê nie, al wou ék. Agtien.

Miskien moet ek bly wees ek het hierdie lesse so vroeg geleer. Ander mense leer nooit nie, sê Adriana.

Ek maak die venster toe en sit Natasha Meister harder. Kyk na die rooi syfers van die horlosie. 22:28.

Hoe lank nog tot in Lambertsbaai?

Langs my staar Ranna na die volmaan wat die pad voor ons verlig. Sy gaap, en ek moet keer om nie dieselfde te doen nie. Dan is dit asof sy skielik wakker skrik. Sy skuif regop in die passasier-sitplek.

"Ons moet vir Adriana bel oor Jaap en Stefan. Sy moet hulle uitlos. Ons weet mos nou van Thinus en my pa, dat hulle heel waarskynlik saamgewerk het. Die polisiemanne is dalk glad nie be-trokke nie."

"Jy's nie ernstig nie. Hoekom het Jaap dan by haar woonstel opgedaag?"

"Want julle was by Stefan se huis? Ek kan nie dink eksspeurders hou van ongenooide gaste wat allerhande vreemde vrae vra nie."

"Ons weet nie of hulle onskuldig is nie."

"Jy het dan al hierdie teorieë oor Thinus."

"Ek het baie teorieë, ja, maar ek weet niks vir seker nie."

"Ek hoor jou, maar wat as die polisiemanne onskuldig is?" hou Ranna aan.

Ek wonder of ek haar moet sê. Soos ek Adriana ken, mors sy nie tyd nie. "Ek weet nie of dit al te laat is nie."

Die uitdrukking op haar gesig laat my weer dink. "As jy wil, kan ek hulle selfone track. Ek sal kan sê of hulle naby ons is. Of aan Adriana."

"Doen dit. Maar ons moet Adriana ook bel en vir haar sê om hulle uit te los, net ingeval."

Ek sukkel om nie vies te raak nie. "Wat van al die geld? Stefan se huis? Huise. Wie sê hulle is onskuldig?"

"Ek weet nie, maar wat as ons verkeerd is? Ons kan nie . . . ek kan nie hierdie ding ook nog dra nie."

Die kwaad wen en ek gee nie om dat sy dit sien nie. "Okay, whatever. Solank jy weet wat jy doen." Ek haal my foon uit die kant van die deur en gee dit aan. "Bel vir Adriana."

"Hoekom mag ek nou skielik bel?"

"Demmit, Ranna. Soms wonder ek wat Alex in jou sien."

"Hoekom?" hou sy aan.

"Want dalk is jy reg. Is dit wat jy wil hoor?"

"Dis die eerste keer dat jy dit sê."

"Jy dra 'n moerse groot knuppel."

"Jammer sal ook goed wees."

Daai een gaan ek nie antwoord nie.

Sy soek Adriana se nommer op my foon en skakel dit, stel die foon dat die klank oor die motor se luidsprekers speel.

Adriana antwoord nog voor Ranna kan groet. "Waar trek julle, Sarah?"

Die vaalgroen bordjie wat verby my flits, gee die antwoord. "Naby Bloem. Ek neem aan jy het my nota gekry?"

"Ja. Hoekom het jy my nie gebel nie? Ek kon saamgekom het."

"Ons het jou genoeg misbruik."

"Dis vir my om te besluit."

Ek ignoreer die opmerking, al weet ek sy haat dit. "Is alles nog reg daar? Jy hoef nie oor die honde te worry nie, Daniel sal na hulle kyk."

Sy bly lank stil. Lag dan uiteindelik, al klink dit gedwonge. "Ek het saam met hom gesit en wiskundehuiswerk doen. Hy het baie vrae gehad, veral oor Ranna. Wie sy is. Hoekom sy hier is."

Ranna leun vorentoe. "Het jy . . ."

"Ek het gesê hy moenie oor jou praat nie, dat dit beter sal wees as hy heeltemal van jou vergeet."

"Dankie."

"Hy gaan nie vergeet nie, daarvan is ek seker. Julle beter met hom gesels wanneer julle terugkom. Dis 'n skerp mannetjie daai. Ek dink hy moet vir my kom werk."

Oor my dooie liggaam.

Dis asof Adriana my gedagtes kan lees. Sy lag weer, en hierdie keer klink dit beter. "Maar dis nie hoekom julle bel nie."

"Nee," antwoord Ranna. "Dis oor Jaap en Stefan. Die juwele. Trippers Transport. Eitan. Dis moontlik . . . Dalk is die polisie-manne nie so skuldig soos hulle lyk nie."

"Nie so skuldig nie?" Adriana se ongeloof is amper tasbaar. "Maar nie onskuldig nie."

"Ek weet nie. Ek kan niks belowe nie," antwoord Ranna ver-sigtig. "Alles is verskriklik deurmekaar."

"Wat Ranna wil weet . . ."

". . . is of Jaap en Stefan nog okay is," praat sy my dood.

Adriana is vir 'n oomblik stil. "Ek het julle gesê ek sal dit han-teer. Al wat julle moet doen, is om Alex terug te kry."

"Wat het jy gedoen?" Ranna kyk skerp na my. Haar oë sê sy was reg en ek verkeerd.

"Hulle sal julle uitlos."

Ek sug binnetoe. "Adriana . . ."

"Kry julle net vir Alex. Dis al wat julle hoef te doen."

"Adriana, is hulle . . ." begin ek, maar ek kry nie kans om die sin klaar te maak nie.

"Veilig ry." Sy verbreek die verbinding.

Ranna kyk na my. "Jy ken haar. Wat dink jy het gebeur?"

"Sy's reg. Dis nie asof hulle onskuldig is nie. En hulle hét haar gedreig."

"Wat. Het. Gebeur."

Ek trek my skouers op. "Adriana ken mense. Hét mense. Hulle sal omtrent enigiets vir haar doen." Ek keer toe Ranna wil praat. "Jy het ook al van haar dienste gebruik gemaak. Moenie dit ver-geet nie."

"Ek wou nie hê iemand moes seerkry nie."

"En jy sê ék is naïef?"

Ek probeer die ongemak van my afskud. Ek deel Ranna se kommer, maar ek gaan dit beslis nie erken nie. "Buitendien, sy's reg. Kom ons kry vir Alex. Die res is onbelangrik."

Ranna draai weg van my, staar deur die venster. "Hoe doen jy dit? Kyk alles mis en fokus blindelings op een ding. Die res . . . mense . . . ek, Jaap . . . ons is net meubels om uit die pad te stamp."

"Dis nie waar nie."

"Dit is."

"Ek kan nie vir die hele wêreld verantwoordelikheid aanvaar nie. Dis te veel. Ek kan net my mense bekostig."

"En ek is nie 'jou mense' nie. Nes Jaap en Stefan."

"Nee. Dis nie . . . Jy verstaan nie."

Sy wag dat ek moet verduidelik, maar ek bly stil. Ek wil eenvoudig nie. Die wet van Moore, herinner ek myself. Die wet van donnerse Moore.

3

Iewers in die Karoo beduie Ranna ek moet stilhou. Ek maak so. Ek is in elk geval so moeg ek kan nie meer my oë oophou nie.

Toe ek die deur oopmaak, is dit asof ons in 'n ander wêreld is. Die lug is koud, die hemel 'n helder spikkelkombers. Voor ons lê 'n vlakte so wyd en oop dis asof ek die grond kan hoor asemhaal.

Ek gaan staan voor die motor en luister na die stilte. Besef: ek sal hier kan bly. Al wat hier is, is die effense wind wat nou en dan roer. Stof opskop. 'n Windpomp wat knarsend draai, dan opgee.

Anders as wat ek gedink het, loop Ranna nie na die Audi se bestuurderskant nie. Sy vra ook nie vir die sleutel nie. Sy bly nog 'n paar oomblikke in die motor sit en dan vis sy iets onder die voorste sitplek uit. Sy sit die ligte aan sodat dit helder deur die donker sny en klim uit.

"Hier."

Ek staar na die dowwe swart staal in haar hande. Sy gee die .38 vir my. Die Glock bly in haar linkerhand. Die wapen lyk gemaklik daar, net soos in Moembai.

Die rewolwer weeg swaar in my palm. "Ek sal dit later uithaal. Wanneer ons daar is."

Ranna skud haar kop. "Nee. Nou."

Sy wys na die pad wat soos 'n grys lint voor ons lê. Haar oë beweeg van die windpomp na die verweerde padteken – *Calvinia 140* – wat so dertig meter voor ons langs die pad staan.

Sy beduie soontoe. "Mik vir die woord."

"Ek het mos gesê ek kan skiet. Dis net nie my favourite ding om te doen nie. Iemand kry altyd seer."

"Ek wil weet hoe goed jy kan skiet. Anders worry ek heeltyd oor jou. En oor my. Ek wil nie geskiet word nie. Nie deur jou nie, in elk geval. En Alex sal my nooit vergewe as jy iets oorkom nie."

Die wind steek weer sy kop uit, blaas stof in die lug op en maal dit om ons bene. Gooi dit verveeld neer. Neuk verder padaf. Ek proe grond in my mond toe ek sluk.

Miskien is Ranna reg. Hierdie fight is nie meer een vir rekenaars en spiders nie. Dit gaan nou oor hierdie goed – wapens. Dinge wat doodmaak.

Ek kyk na die rewolwer in my hand. "Goed dan."

Ranna druk haar hare agter haar ore in. Sy kom staan langs my en lig die Glock skouerhoogte, reg om te skiet. Sy kyk vlugtig oor haar skouer, verken die stil landskap om ons.

"Goed, is jy reg?"

Dis donker, maar ek kan die adrenalien in haar stem hoor. Die lewe. Die nie-bang-nie. Die ellendige ding wat Alex so na haar aantrek. Die ding wat ek skielik verstaan. Iewers begin verstaan het. Wat ek nie kan of wil verduidelik nie.

Ek haal die rewolwer oor. Dit klink soos in die flieks, fyn en veeragtig. Ek kyk om my rond. Ek ken die nag, weet hoe ver klank trek.

"Gaan niemand hoor nie?"

Ranna lag. "Hulle gaan seker, maar ons gaan ry voor hulle hier is. Vyf skote elk. Ná vyf ry ons. Jy kan in die kar herlaai."

Ek kyk van haar na die padteken voor ons.

Ranna laat sak die Glock, staar na my. "Goed. Mik vir die C. Skiet."

Ek huiwer.

"Verbeel jou my gesig sit daar."

Die eerste skoot tref regs van die C, na die L toe. Die klank is oorverdowend.

Ranna rol haar oë.

Ek blaas my asem uit. Trek die sneller die tweede keer. Lyk soos die A. "Yes!" Dit voel goed ná die spanning van die afgelope paar dae. Geraas en chaos mooi saamgevat in een blink, plofbare doppie. 'n Reguit antwoord, al is dit hoe brutaal.

Ek versit my voete. Die derde skoot tref net-net regs van die C, maar die vierde en vyfde is waar dit moet wees: in die hartjie van die hoofletter.

Ranna knik haar kop tevrede. Sy kyk oor haar skouer, maak weer seker daar is nie motors, mense of diere naby nie. Sy trek die sneller vyf keer. Toe die klank oor die veld wegrol, kyk sy nie eers na die skote nie, vra net vir die motorsleutels.

Ek gee dit vir haar. Dan gee ek toe aan my nuuskierigheid en draf na die padteken toe.

Al vyf haar skote is deur die laaste A, nes 'n swerm bemoerde bye.

Ons stop by 'n Caltex-garage in Calvinia en koop koffie, Coke en ham-en-kaasbroodjies. Ek eet langtand, maar weet dis nodig. Die Coke is darem meer van 'n plesier.

Ek leun met my rug teen die Audi en asem die rook van 'n Stuyvesant in. Voel die nikotien se skop. Ek probeer om nie in die kar te rook nie, vir Ranna se onthalwe. Niemand kan suurgesig trek oor rook soos sy nie. Ek het dit reeds in die woonstel agtergekom.

Sy staan aan die ander kant van die motor en kyk uit oor die dorp wat besig is om lewe te kry, koffie in die hand. Wat het sy in Indië gedoen dat sy so goed kan skiet? Of kon sy dit nog altyd doen? Sy het immers al op elf begin.

'n Nuwe sigaret. 'n Tweede Coke.

'n Vragmotor steun verby, dan 'n bakkie met 'n dubbelbed agterop. Skuins oorkant ons maak 'n kafee oop.

Ranna maak keel skoon. Ek kyk oor my skouer. Haar hande en die koppie rus op die dak van die motor.

"Hoekom Alex?" vra sy.

Ek draai terug, kyk weer voor my. "Wat bedoel jy?"

Sy lag, asof sy weet ek hou my dom. "Hoekom Alex?"

"Ek weet nie."

"Rêrig?"

Dis nie 'n vraag nie, dis sarkasme. Rekenaars is nooit sarkasties nie.

Ek draai om, tree terug sodat ek haar ordentlik oor die dak van die motor kan sien. "Wat bedoel jy? Laat ek net seker maak ek verstaan wat jy vra."

Sy kyk na my met oë wat my vir die soveelste keer laat wonder wat sy dink. "Ek sou nie sê Alex is jou tipe nie. Hy kan 'n rekenaar gebruik, maar ook net om stories te skryf. En Google en e-pos."

"So, ek is niks meer as my rekenaars nie?"

"Okay, toegegee. Vertel my dan waarvan jy hou. Wat trek jou aan na 'n sekere tipe man?"

Ek draai weer my rug na haar, leun teen die motor. Skud die as van die sigaret af. "Seks of liefde?" vra ek oor my skouer.

"Begin by seks."

"Sweet."

"Sweet?"

"Jip. Hardloop-spring-ry-goed-regmaak-stof-modder-sweet."

"Macho boere."

"Gee nie om watter taal hulle praat nie."

"Liefde?"

"Ah." Ek blaas my asem stadig uit en laat die sigaret val. Trap dit dood. "Ek weet nie. Ek weet dat wat my lyf wakker maak nie altyd my verstand entertain nie. Dis my probleem – volgens Adriana. Ek hou van 'n skerp brein. Iemand wat moeite doen. Sien om raak te sien."

"Was Alex die eerste . . . kop-ene?"

Sou sy wou weet as dit die lyf was? "Ja. Hy het gesien. Gekyk om te sien."

Nog 'n Stuyvesant. Enigiets om my hande besig te hou.

"Jy?" vra ek, voor sy weer inspring.

"Seks en liefde is vir my dieselfde, maar eers noudat ek ouer is. Reguit, eerlike, ordentlike mans. En hulle moenie bang wees nie, nie vir my of vir al die gemors daar buite nie. Maak hy dan nog sy eie reëls, raak ek skoon stupid."

"Alex."

"Alex."

'n Ou Golf met 'n GP-nommerplaat dreun verby. 'n Jong man in 'n geel T-hemp leun uit en fluit vir my en Ranna. Beduie iets obseens met sy regterhand. Sy vriende in die motor lag hard.

"Ek het gedink jy en Alex sou . . . toe ek weg was . . . Ek het gedink dit sou goed wees," worstel Ranna deur die sin.

Regtig? Ek hou my blik op die donker klerewinkel langs die kafee. Seker Chinese goed. Niemand anders maak mos deesdae enigiets nie.

"Maar toe kom jy terug," sê ek uiteindelik.

"Toe bríng jy my terug."

"Dit sou in elk geval nie 'n verskil gemaak het nie. Niks sou nie. Ja, Alex mag dalk later getrou het, met wie ook al. Dalk selfs kinders gehad het. Rondgeneuk het. Wie weet. Maar hy sou nie weer só kon liefhê nie."

"Hoe weet jy dit? Deesdae kan mens alles vervang. Almal."

Ek gooi die halwe sigaret neer. Dis tyd om te ry. "Want dis wat hy gesê het."

4

Net anderkant Calvinia lui my foon. Ek kyk na die nommer op die skerm. Dis die luisterapparaat in Stefan Riekert se huis.

Ek hoor twee mans praat, wat beteken dis nie 'n foonoproep nie, dis iemand wat Stefan kom wakker klop het. Dis net voor nege. Hoekom sal daar so vroeg gaste by die afgetrede polisieman se huis wees?

Die eerste deel van die gesprek het reeds verby my gespoel, maar die onbekende manstem laat my regop sit.

"Hy het gevra ons moet u laat weet. Hy het blykbaar nie ander familie nie?"

"Net 'n seun in Nieu-Seeland," antwoord Stefan. Hy klink moeg en omgekrap. "Hoe het dit gebeur?"

"Iemand het hom beroof."

"In die vroeë oggend? In Sandton?"

"Ja."

"Hoe ernstig is dit?"

"Hy was nog by sy bewussyn toe hy in die ambulans gelaai is. Dis hoekom ek hier is, die paramedici het vir my die boodskap gegee. Hy's in ICU."

Adriana, snap ek meteens. Hierdie ding . . . dis Adriana. Hulle is besig om oor Jaap Reyneke te praat.

Ek kyk of Ranna iets van die oproep kan uitmaak, maar dit lyk nie so nie. Haar oë bly op die pad vasgenael, haar hande op die stuurwiel. Al was ek vroeër so grootbek, voel ek tog die skuldgevoel in my kriewel. Ek het Adriana op hierdie pad gelei. Jaap na haar toe gebring met inligting wat nou blyk irrelevant te wees. Of nie.

Ek wonder steeds hoe Jaap en Stefan van Adorjan en sy vrylating weet. Van Hendrik Kroon. Iewers is daar iets wat ons aanhou miskyk.

Ná 'n lang stilte praat Stefan weer.

"Dankie dat jy so vroeg hierheen gery het. Ek waardeer dit. Ek sal sy seun laat weet."

Dit klink asof die ou man opstaan van waar hy gesit het. "Hoe lyk Jaap? Het jy hom gesien?"

"Die dokter sê die volgende dag of twee is maak of breek. Hulle probeer bepaal of daar breinskade is. Wie hom ook al aangeval het, is baie sterk. En kwaad."

"Deesdae voel dit vir my asof almal kwaad is."

Daar is 'n geskuifel deur toe, dan groet Stefan sy gas. "Dankie, konstabel. Ek waardeer jou moeite."

Weer voetstappe, 'n deur wat toeslaan en die kierie op die teëlvloer. En dan meteens stilte.

Ek sit die foon neer. Probeer my gedagtes bymekaarmaak. Betrap my dat my vingers ongeduldig op my bobeen trommel. Ek vrek vir 'n sigaret.

"Wie was dit? Slegte nuus?" Ranna kyk na my. "Jy okay?"

Ek vermy haar oë. "Hm-hm."

"Wie was dit? Jy het nooit gepraat nie, so ek reken dis daai apparaat wat jy in Stefan Riekert se huis geplant het."

Sy is wakker vir iemand wat al ure lank bestuur. Ek wonder wat om te sê. Besluit vir 'n verandering op die waarheid. "Jaap is in die hospitaal."

"Demmit." Haar hande klem om die stuurwiel. Die oë wat na myne soek is kwaad. "Adriana."

"Seker."

"Wat nou?"

"Wat bedoel jy?"

"Gaan ons dit net so los?"

"Wat wil jy daaraan doen? Ons het reeds met Adriana gepraat. Sy sal seker darem nou vir Stefan uitlos. Lyk my hy's nog okay."

Ranna brom iets onhoorbaars.

"Kyk, ons weet nie regtig wat aangaan nie," skerm ek vir Adriana. "Ons vermoed Adorjan werk alleen. Maar wat as dit nie so is nie? Wat as almal kniediep in hierdie ding staan? Jaap, Stefan, Thinus, Adorjan?"

Sy bly voor haar kyk, onwillig om te antwoord.

"As dit jou gelukkig sal maak, sal ek iemand vra om Stefan se geld te trace. Ek het gesoek, maar dit sou te veel tyd vat om als op te spoor, en dit sou ons nie met die kissie gehelp het nie. Daar is 'n spul maatskappye en trusts met vreemde adresse wat baie van sy bates besit. Ek kan seker ook uitvind waar Jaap s'n is. Sal jy dan beter voel?" Ek probeer om nie te klink asof ek baklei nie. "Maar ek sê jou nou: daar's nie 'n manier dat polisiemanne soveel geld kan hê nie. Nie as hulle eerlik is nie."

"Dit sal goed wees as jy dit kan doen," sê sy hoopvol. "Net om te weet."

"Dit gaan niks aan Alex se situasie verander nie," herinner ek haar. "Net mooi niks nie. Daarvoor is dit heeltemal te laat."

Ek tel weer my foon op. Dit gaan my 'n paar rand kos, maar as dit Ranna se stilte sal koop, sal ek tevrede wees. En om eerlik te wees, ek sal self nie omgee om te weet wat aangaan nie. Ranna se bleddie gewete moet aansteeklik wees.

Die son sit al taamlik hoog toe my foon weer lui. Ek skrik wakker, styf en seer, en met Alex in my kop. Alex wat my destyds ná al sy onderhoude gebel het om te hoor of ek okay is. Gelukkig is met die artikels. Of hy iets kon doen vir my ma wat regdeur die hofsaak gehuil het. Ordentlike Alex. Ranna se Alex.

Die nommer is te lank om 'n plaaslike oproep te wees. En dit lyk effe bekend. Dit kan net een ding beteken. "Ek dink dis vir jou."

Ranna kyk gesteurd na my.

"Foon?" Ek hou dit na haar uit.

"Ons is amper daar."

"En steeds lui die foon."

Sy maak haar keel skoon en antwoord: "Hallo." Dan: "Ma?" Dis lank stil terwyl sy luister. Eers lyk sy bekommerd, maar dan span haar lyf snaarstyf. "Regtig?"

Sy kyk na my, opwinding in haar oë. "Is Ma seker? . . . Dankie. Baie dankie."

Sy druk die foon dood en gee dit vir my. "Ons moet Paternoster toe. Ek weet wat in die kissie was en waar om dit te kry. My ma . . . sy het iets gesien daai aand."

"Paternoster?" Ek kyk op my horlosie. "Dis tienuur. Ons is amper in Lambertsbaai."

"Hoor jy nie? Ek weet wat in die kissie was. Ons kan dit vir Adorjan gee."

Ná al die dae se gesoek klink dit amper onmoontlik. "Regtig? Is jy seker?"

"Ek sê vir jou ek weet."

Ek maak somme in my kop. "Ons moet vinnig wees."

"Ons sal." Sy glimlag, breër as wat ek nog ooit gesien het. "Wag tot jy sien wat my pa daai aand huis toe gebring het. Ek kan nie glo dat ek dit nie vroeër besef het nie."

ALEX

Op die groen voetpad
van die horison ver . . .
Donners ver.

Ek kyk na die wit huis met die groen dak wat stadig naderkom. Die wolke daaragter. Dan na die trein wat regs van my verbytrek, 'n lang rooibruin streep op die horison.

Die ysterertstrein. Dieselfde trein wat Tom se lyk fyngemaal het. Die huis.

Die trein waarvan ek reeds die laaste waens kan sien.

Die huis. Die blomme by die voordeur. Helderoranje blomme wat niemand se hand nog kon mak maak nie. Dis die eerste blomme wat ek te siene kry, al behoort hulle nog groot dele van die veld vol te staan.

My lippe proe sout. Ek lek dit af en maal die bietjie spoeg wat oor is in my mond rond. Kyk verlangend na die see wat ek kan hoor, maar nie kan sien oor die duin nie. Enige water sal nou goed wees. Selfs seewater.

Maar dit sal 'n fout wees. Dink ek. Dis moeilik om enigiets sinvol uit my kop te vis. Sinne het lankal afgestroop tot woorde. Woorde wat herhaal en herhaal. Warm. Dors. Adorjan.

Ek gaan staan. Sukkel vir asem. Begin weer loop. Een voet voor die ander.

Om die aarde, skat,
stap 'n ou man wat . . .

Soos die huis meer as 'n vae buitelyn op die horison word, beweeg ek al vinniger. Daar moet 'n foon wees. Moet net. 'n Foon beteken ek sal kan bel. Ek kan vir Sarah en Ranna bel om my te kom haal. Nie dat ek weet waar ek is nie. Iewers aan die Weskus, maar dis 'n groot, leë plek as jy hom nie ken nie.

As daar 'n selfoon in die huis is, kan Sarah my deur GPS-sporing vind. Sy het dit al gedoen. Vir my gedoen.

Iewers kry ek die krag om te draf. Die pyn te ignoreer.

Ek sien niks verdags soos ek naderkom nie. Geen groen Nissan Sani nie. Geen Adorjan nie. Niks en niemand wat roer nie.

Die plek lyk oud. Die geroeste sinkdak het nuwe verf nodig. So ook die groen vensterrame wat plek-plek afdop. Lank gelede het iemand probeer tuinmaak. Al wat oor is, is drie of vier uitgedroogde plante in 'n stowwerige bedding, en die gousblomme wat seker op hulle eie hier opgeslaan het.

Daar is geen heining om die vierkantige huis nie. Ek beweeg versigtig tot teen die muur voor my. Skuifel tot by die venster en loer in. Al is daar geen motor in die omtrek nie, bly iemand tog hier. 'n Halfgedrinkte koppie tee staan langs 'n bank wat al deurgesit is. Die *Sunday Times* lê op die koffietafel, oopgevou by 'n groot foto van Nelson Mandela.

Geen honde blaf of raas terwyl ek na die volgende venster loop nie. Dis die kombuis. Die agterdeur staan oop. 'n Selfoon lê langs die wasbak. 'n Bruin pet hang aan 'n staalhaak saam met die afdrooglappe.

Ek haal diep asem, stry teen die pyn. Probeer my gedagtes bymekaarjaag en 'n besluit neem. Weet: hierdie is hoe 'n situasie lyk as daar geen ander opsies bestaan nie. Ek kan nie aanhou loop nie. Ek het water nodig. En daardie foon.

Ek huiwer in die oop kombuisdeur. Die huis ruik muf en benoud, asof dit lank toe gestaan het. As ek moet steel, moet dit vinnig wees. Ek loop in, gryp die foon van die formicatoonbank. Loop na die ou yskas in die hoek en maak dit oop. 'n Tweeliter-melkbottel, amper leeg, staan in die deur. 'n Appel lê op een van die rakke langs 'n pak Weense worsies en 'n Lunch Bar.

Ek maak die melk oop en drink dit leeg. Steek die appel in my broeksak en maak dan die melkbottel vol water uit die kraan. Terwyl ek dit doen, skakel ek Sarah se nommer. Gelukkig het sy seker gemaak ek memoriseer dit. Sy wou nog nooit 'n kontak op my foon wees nie.

Die foon lui. Beset.

Wag. Die nommer op die skerm . . . dis die verkeerde nommer. Ek soek na die regte syfers deur die sufheid in my kop. Sluk van die water uit die bottel. Die brak, lou vloeistof proe soos die beste bier wat ek nog ooit gehad het. Ek maak die pak worsies oop en begin haastig eet. Nog water. Skakel weer. Hierdie keer ruil ek die laaste twee syfers om.

Dit lui weer, maar dis 'n man wat antwoord.

Ek kyk om my rond. Ek moet loop en die foon saamvat. Iewers langs die pad sal ek deurkom na haar. Die nommer onthou.

Loop. Nog loop. In die son. Laaste ding waarvoor ek nou kans sien. Die stoele om die kombuistafel lyk so verwelkomend. Die bank in die sitkamer. En as daar 'n bed is . . .

Vergeet dit, Alex. Beweeg. Maak soos Ranna en hol.

Ek draai op my hakke om en gryp die pet van die haak af. Dalk help dit vir die son. Ek skakel weer die nommer. Dis 083, nie 082 nie. Dis die fout wat ek gemaak het.

Die foon lui. Dankie tog.

Sarah antwoord net toe Adorjan Borsos in die deur verskyn, verkyker in die een hand en Beretta in die ander. Hy glimlag, trots dat hy my soos 'n skaap tot hier kon aanjaag.

"Ek sien jy het my huis opgespoor. Well done."

RANNA

1

Daar is nie tyd om versigtig te wees nie, dis al wat ek nou weet.

Ek kyk na die wit dubbelkajuitbakkie in die oprit van Thinus en Lena se huis, dan na Sarah. Ons het die Audi om die hoek van die strandhuis geparkeer. Ek wil nie hê Lena of Thinus moet weet hoe ons ryding lyk nie. En net dalk sien iemand my en onthou dat ek 'n paar dae gelede ook hier was.

Om nie eens van Rufus te praat nie.

"Wat nou?" vra Sarah ongeduldig.

Sy tik op haar knie met haastige en geïrriteerde vingers. Seker iets wat sy doen in stede van rook. Haar foon begin lui. Sy kyk na die skerm, frons skerp en antwoord.

Stilte.

Weer groet sy, maar druk na 'n oomblik die foon dood. "Seker 'n verkeerde nommer."

Ons kyk na die huis.

"Wat nou?" vra Sarah weer.

"Ons gaan klop aan die deur."

Sy kyk op haar horlosie en mompel iets. Ons al twee weet presies hoe laat dit is: 11:16. En as ons kry wat ons soek, moet ons nog twee ure Lambertsbaai toe ry. Die tyd raak so dun mens kan amper daardeur sien.

"Wat as hulle die polisie bel? Wat as Thinus ons oor die kop slaan?"

Ek probeer glimlag. "Jy kan mos skiet."

"Ek sal gaan klop as jy wil. Hulle weet nie wie ek is nie. Ek kan een of ander storie spin."

"Dis nie veilig vir jou om alleen in te gaan nie. Thinus is dalk net so 'n groot bliksem soos my pa. Ons beter hoop hy bel nie dadelik die polisie as hy my sien nie. Dalk bestaan daar nog iets soos familielojaliteit. Vrees sal ook doen. Hy is oud en sieklik."

"Hy gaan agterdogtig raak as ons nou skielik by sy voordeur opdaag. Hoekom sal ons deur jou pa se goed wil soek?"

Ek maak my sitplekgordel los. "Ons kan heeldag daaroor sit en praat, maar die tyd is op. So, ek stel voor ons gaan klop. Vra of ons al die foto's kan kry. My ma kom mos kuier. Ek wil haar verras met 'n fotoalbum wat sy kan terugvat New York toe."

Ek maak my deur oop voor Sarah verder kan stry. "Jy kan by hulle sit terwyl ek gaan soek. Kyk dat hulle nie die polisie bel nie. En hou die Audi se sleutels byderhand. As iets met my gebeur, ry. Probeer vir Alex kry met wat ons het."

"Ek het jou reeds een keer agtergelos."

"Ek sou okay gewees het."

"Jammer."

Die woord bring glad nie soveel plesier soos ek gedink het dit sou nie.

"Dit maak my bekommerd as jy jammer sê. Dit laat my dink iets gaan gebeur."

Ek bêre die Glock agter in my Levi's. Voel die wind aan my hare ruk. Donker wolke is besig om oor die see saam te pak, en dis op pad hierheen.

Sarah klim uit en volg my na die voordeur.

Die vrou wat oopmaak lyk soos my ma. Of eerder, soos ek my ma onthou van toe ek jonger was.

Lena is die jongste van die susters. Hoe oud maak dit haar – laat vyftigs? Sestig? Sy is lank, al stry haar skouers om die sierlikheid van vroeër te behou. Iemand het werk aan haar gesig gedoen. Die plooie op haar voorkop en om haar oë lyk te min, die vel te glad. Selfde met haar mond, wat stram glimlag toe sy my herken. Maar die dowwe vlekke op haar linkerhand, gevou om die deurknop, verklap haar ouderdom. En die skrik. Haar hand vlieg na haar mond, fladder af na haar bors. Woel ongemaklik met die seegroen serp om haar nek.

"Isabel, my genade. Môre."

"Hallo, tannie Lena."

Sy bekyk my op en af. Die jeans, die los wit hemp, die silwerarmbande wat klingel as ek my hande van my heupe na my sakke beweeg. Uiteindelik haal ek my sonbril af en probeer glimlag. Enigiets om haar gemaklik te laat voel.

"Moet asseblief nie bang wees nie."

Langs my skuif Sarah versigtig vorentoe, tot sy langs my staan. Lena gee 'n tree terug.

"Dis Sarah," sê ek paaiend.

Lena knik haar kop, steeds verdwaas. Haar hande vleg inmekaar, speel met die goue trouring aan haar linkerhand.

Uiteindelik verskyn iets soos verligting op haar gesig. Dalk selfs blydskap. "So, dís hoekom Karla kom kuier."

Ek blaas my asem saggies uit. "En om jou te sien. Sy verlang." Kyk verby Lena die huis in, op soek na Thinus.

"Moet asseblief nie skrik nie," probeer ek haar weer gerusstel. "Die koerante . . . regtig . . ."

Sy skud haar kop. "Ek's nie bang nie. En ek het nog nooit die koerante geglo nie. Ek ken jou mos al van jou geboorte af. Ek's jou peetma."

Natuurlik, ek het al vergeet.

Sy beduie binnetoe. "Kom ons gaan sit."

'n Ongemaklikheid kriewel in my. Kan dit regtig so maklik wees? Het my ma só goed vir my geskerm? Dinge reg gehou met die enigste familie wat hier in Suid-Afrika agtergebly het? Kan daar regtig nog mense wees wat in my glo? My vertrou? Familie wat iets voel?

Ek kyk na Sarah. Daar is 'n waarskuwing in haar oë, maar sy beduie vlugtig na haar horlosie en wys ek moet ingaan, die tyd is min.

Ons volg Lena die huis binne. Ek knip my oë teen die donkerte in die groot, koel ruimte. Die ingangsportaal spoel ons in die sitkamer uit, waar breë wit rusbanke oor die see waghou. Drie van die mure is 'n ligte bruin en die laaste een blou. Skulpe staan uitgestal op 'n boekrak, tydskrifte lê op 'n koffietafel.

"Kom sit."

Lena kies die bank naaste aan die kombuis. Sy kruis haar bene onder haar lang wit romp en kyk aandagtig na ons. "Skuus, jy's nou weer . . . ?" Sy beduie na die rooikopvrou wat langs my staan.

"Sarah," antwoord ek namens haar.

Ek gaan sit. Onderdruk die begeerte om op my horlosie te kyk. Dit sal nie help om ongeskik te wees nie. Langs my sak Sarah op die bank neer, haar motorfietsstewels kuis teenmekaar geparkeer. Sy kruis haar arms voor haar bors en maak ongemaklik keel skoon.

"Kan ek vir julle tee maak? Koffie? Of is julle haastig?" Lena frons. "Ek lei af julle is hier met 'n rede. Karla land eers môre." Haar gesig versag. "Of soek julle slaapplek tot dan? Ek neem aan dis moeilik met die polisie . . ."

"Nee, ons is reg. Ek's besig om met die polisie te praat. Dit was regtig net 'n misverstand," lieg ek. Haal diep asem. "Tannie Lena, jammer ons daag so ongenooid hier op, maar ek het gewonder oor my pa se goed. Daar moet seker iewers foto's in die bokse wees, ons is destyds hier weg met niks. Ek wil 'n album vir my ma maak wat sy saam met haar kan terugvat Amerika toe."

"Beteken dit julle het uiteindelik vrede gemaak? Jou ma het gesê jy was baie kwaad."

Ek knik onwillig. "Ja, ons het." Ek wil nie iets so intiems met haar bespreek nie.

"Waar is jou man?" vra Sarah skielik en wys na die swart-en-wit-troufoto wat op die koffietafel links van haar staan. Sy onthou selfs om te glimlag.

Sarah is reg. Waar is Thinus? Hy is dalk glad nie so vriendelik soos Lena nie.

'n Windvlaag ruk deur die huis, klap 'n deur toe. Die donker wolke wat vroeër ver was, lê nou oor die vlak see geanker.

Lena se skouers roer ongemaklik. "Hy's hier. In die slaapkamer. Hy rus. Julle kan netnou gaan hallo sê."

"Ek het gehoor van die kanker. Jammer," bied ek aan.

"Die lewe gebeur met almal van ons." Lena vee 'n sliert blonde hare uit haar oë en vou haar hande oormekaar. Draai weer die trouring aan haar linkerhand om en om. Die ring, nes die klere en die meubels, is duur maar oud. Deurgeleef.

"Was my pa se dood erg vir hom?"

"Dit was. Baie." Sy huiwer 'n oomblik. "Die polisie was verlede jaar hier. Hulle het kom vra oor jou. Die laaste wat ons gehoor . . . gelees het, is dat jy in Indië was. Is die stories . . . daardie man . . . mans . . .?"

"Ek's nie 'n reeksmoordenaar nie," keer ek.

Teoreties gesproke is dit waar. Net my pa en Tom tel. Twee mense. Nie drie nie. Drie maak jou 'n reeksmoordenaar, nie waar nie?

Lena se mond vorm 'n perfekte sirkel. "O." Meteens flikker die onsekerheid weer in haar oë.

Dis tyd om hier weg te kom. Goeie ou Afrikanerhoflikheid het my tot hier gebring, maar dis vinnig besig om te verdamp.

Ek kyk na Sarah. Sy knik haar kop. Sy verstaan: sy moet hier bly. Seker maak Lena bel nie die polisie nie. Wat gaan gebeur wanneer ons ry? Sal sy stilbly – vir my ma se onthalwe?

"Tee? Ek sal gaan maak," onderbreek Lena die ongemaklike stilte.

"Ek kom help." Sarah spring op. "Ranna het my al so baie van jou vertel. Oor hoe goed jy vir haar en haar ma was ná haar pa se selfmoord."

Die verandering in Sarah verstom my. Sy is warm en hoflik.

Lena staan op. "Karla moes hom gelos het lank voor als gebeur het."

Sy loop kombuis toe, ek en Sarah en haar rekenaarsak agterna. Lena maak die spenskas se deur oop en haal 'n bos sleutels uit. Sy gee dit vir my.

"Daar's 'n paar stukke meubels in die garage en so tien, elf bokse. Dalk is die foto's daarin. Ek het dit 'n paar maande gelede van die storplek in die stad af gebring, maar nooit eers daarna gekyk nie. Vat wat jy wil hê. Ek sal later met jou gesels oor wat ons daarmee moet doen, wanneer jou ma ook hier is. Jy kom seker saam."

Sy glimlag, en skielik is sy weer beeldskoon. Die vrou op die foto's. Die Mejuffrou Suid-Afrika-finalis. Die eggenoot van 'n suksesvolle sakeman. My ma se suster.

2

Dis baie makliker om by die garage se sydeur in te loop as om soos laas deur 'n klein venster te wriemel. Ek sit die lig aan. Buite is dit donker, die eerste reën hier in groot, vet druppels, aangejaag deur 'n stormwind. Die plek lyk presies soos ek dit gelos het. Stowwerig en amper leeg, uitgesonderd my pa se goed wat teen die een muur staan. Gelukkig hoef ek nie lank hier te vertoef nie. Ek het reeds die foto's in my rugsak, en ek kan dit bloot vir Lena wys wanneer ek teruggaan – dieselfde foto's waarmee ek kamstig 'n album vir my ma wil maak.

Ek wil nie aan Sondag dink nie. Sondag land my ma-hulle by die Kaapstadse lughawe. Ek gaan haar moet bel en waarsku oor Thinus en Lena. Oor wat vandag gebeur het. Gaan gebeur. Heel waarskynlik gaan die polisie môre op my spoor wees, en hulle gaan definitief met haar wil praat. Ek kan nie dink Lena gaan hierdie besoek vir haarself hou nie, al sê sy wat.

Ten minste sal – kan – Alex veilig wees teen Sondag. Dalk selfs ek en Sarah ook.

Die boks waarna ek soek staan langs die lessenaar, onder twee ander van dieselfde grootte. Ek tel hulle op en sit hulle eenkant neer. Maak die onderste een oop. Ek moet myself bedwing om geduldig te werk; jare in een of ander stoorplek het die karton sag gemaak.

Ek soek deur die los kombuisgoed. Panne. Borde in ou koerantpapier. Pak dit uiteindelik alles op die vloer uit.

Waar is dit?

Ah.

Ek haal die soutpot uit, die een wat lyk soos 'n Britse konink-like wag. Maak dit oop en gooi die inhoud in my hand uit. Alles is nes my ma gesê het. Die laaste keer dat sy die wit sak gesien het, was in die kombuis toe my pa die soutpot volgemaak het.

Ek gooi die inhoud terug in die pot. Ek sukkel om dit in my jeans se sak te druk, maar ek wil dit nie in die rugsak bêre nie. Ná die laaste paar dae wil ek dit by my hê, aan my lyf voel. Ek pak al die goed terug soos ek dit gekry het en maak die boks toe. Net toe ek dit op die ander wil neersit, vang iets my oog. 'n Handafdruk in die stof op die lessenaar.

Was dit my hand?

Ek sit my palm versigtig daarop neer. Nee. Dan my vingers. Ook nie. Die afdruk is effe kleiner as myne.

Skielik lyk die bokse ook nie meer so netjies gepak soos ek dit gelos het nie.

Nie sy of Thinus was hier nie, het Lena vroeër gesê. En tog, iemand was hier. Iemand het op die lessenaar gedruk en na links geleun terwyl hy of sy na die bokse gekyk het.

Ek staar na die handafdruk. Dink aan die foto's in my rugsak. Die soutpot in my sak. Die venster wat so gerieflik oop was. Die bokse wat soveel jare gestoor gestaan het. Lena en Thinus. Ador-jan. My pa. My ma.

Kan dit wees?

SARAH

Die ou vrou is flink. Haar hande werk lig en vinnig terwyl sy koppies uithaal, kookwater ingooi en teesakkies doop. In en uit die warm water. In en uit.

Melk? Suiker? vra sy, elke keer met 'n geboogde, geplukte wenkbrou.

"Asseblief," en "drie lepels," antwoord ek. "Niks vir Ranna nie."

"Jy ken haar goed."

"Ek weet nie of enigiemand haar regtig ken nie."

Lena gee vir my die tee aan. Ek balanseer die koppie met pienk blomme in my hand asof dit gaan breek. Roer. Los die piering op die toonbank en sit die silwer teelepeltjie in die wasbak neer. Ek hou my rekenaarsak oor my skouer, die rewolwer in die voorste afdeling, binne bereik.

Ek weet ek lyk ongemaklik, asof ek haar nie vertrou nie. Asof ek nie kan wag om hier weg te kom nie. Die fyn koppie help ook niks. Ek sit dit neer. "Sal ons jou man gaan groet? Hy moet seker wonder wat aangaan."

"Ons kan nou-nou. Ek moet net gou 'n oproep maak."

My hart klop vinniger. Oproep? Nie 'n goeie idee nie. Ek staan nader om te keer.

Lena moet my gesig gesien het. "Moenie so lyk nie. Ek gaan nie die polisie bel nie, ek belowe. Dis 'n ou vriendin wat kom kuier. Ek moet haar bel en sê om eerder later 'n draai te maak. Anders het julle moeilikheid."

Ek gee twee treë terug, maar ek vertrou glad nie die vrede nie.

Sy tel die selfoon op wat langs die broodblik lê en skakel 'n nommer. Sy praat vinnig, kripties. Glimlag terwyl sy dit doen.

Ek spits my ore. Alles klink soos 'n normale gesprek tussen vriende.

"Ja, ja. Jy weet mos, gaste daag soms maar net op," sê sy. "Maar kom kuier later, asseblief. Jammer vir die ongerief."

Sy groet en lui af.

"Okay?" Sy sit die selfoon neer en skuif dit na my toe.

Ek tel dit op, kyk na die nommer. Dis nie die cops nie. Dis iemand se sel.

"Jammer," mompel ek. Die reën op die dak laat my harder praat: "Ranna is regtig onskuldig."

"Ek glo jou." Lena wys na 'n vertrek in die gang af. "Sal ons vir Thinus gaan groet? Dalk is hy wakker."

Ons al twee los die tee en loop na wat soos die hoofslaapkamer lyk. Agter ons huil die wind deur die kombuis. Draf af met die gang. Klap 'n venster toe.

Skielik kry ek koud. Ek wonder of dit 'n goeie idee was om hier te stop. Of ons regtig 'n keuse gehad het. Te veel dinge is buite ons beheer, alreeds van Sasolburg af. Verder terug selfs. Adriana. My ma-hulle. Welkom.

Daar bly net soveel goed wat krap. Wat nie reg is nie. Soos nou. Wie sê Thinus het nie lankal deur 'n venster geklim en weggehardloop nie? En môre gaan die gevolge van vandag ons soos 'n tienpondhamer tref.

Nee. Gaan dit vir Ranna tref.

Ek kan nie sien hoe ons hier kan wees sonder om aandag te trek nie. En hierdie vrou met haar hande wat heeltyd vat en los, vat en los . . . Sy maak my senuweeagtig. Iets sê vir my mens kan haar nie vertrou nie, Ranna se peetma ofte not.

Toe ons in die hoofslaapkamer staan, weet ek ten minste dat Thinus nie ons bekommernis werd is nie. In die lang, smal vertrek met sy roomkleurige mat, dun geloop op plekke, ruik dit sterk na siekte – die bedompige reuk van sweet, ongewaste lakens en ontsmettingsmiddel.

Dis hoe die dood moet ruik, raai ek, skielik bang vir my pa en sy emfiseem.

Lena trek die lakens om Thinus se maer lyf reg. Stap om die hospitaalbed om dieselfde aan die ander kant te doen. "Hy weet nie meer regtig wat om hom aangaan nie. Die kanker het versprei. Die dokters sê sy tyd is min."

"Jammer," sê ek. Dit klink banaal, sinneloos.

"Moenie wees nie."

"Julle was lank getroud."

Ek wens Ranna wil terugkom. Dis asof ek al meer sukkel om asem te kry. En iets anders pla my. Iets wat ek in die kombuis gesien het. Wat was dit?

"Lank getroud is nie dieselfde as gelukkig nie." Lena glimlag, maar die emosie bereik nie haar oë nie. Sy loop na een van die ingeboude kaste in die hoek van die slaapkamer, soek iets tussen 'n stapel blou handdoeke.

Dís wat skort: die nommer op die foon. Dit was dieselfde nommer wat 'n rukkie gelede op my foon verskyn het net voor ons hier aangeklop het.

Hoe is dit moontlik?

Lena draai om. Die swart pistool glim dofweg in haar hand.

ALEX

Die foon lui. Dieselfde foon wat my moes gered het. Adorjan ant-
woord. Hy ry niks stadiger terwyl hy praat nie, jaag net voort op
die grondpad. Ek kners op my tande teen die pyn wat my inge-
wande uitmekaar wil ruk. Hoes. Proe die vrank metaalsmaak van
bloed in my mond.

Ten minste het die melk en kos my goed gedoen. En Adorjan
het selfs vir my 'n skoon T-hemp gegee. My skoene en kouse het
hy gehou. Gesê kaal voete sal my dalk 'n les leer.

Ek het gevra waar ons is, waarheen ons op pad is, maar hy wou
nie antwoord nie.

"Gee my so twee ure," sê Adorjan oor die foon. Hy klink kwaad.
"Ek's nog buite Lambertsbaai. Ek was op pad na die uitruilpunt.
Ek wou vroeg wees om te check wat daai girls beplan. Ek's op pad."

Hy vryf oor die tatoe van die vrou in sy nek terwyl hy luister.
Antwoord dan: "Ek verstaan. Ons kan nie anders nie."

Hy druk die foon dood. Die Sani ry al hoe stadiger, asof hy
diep ingedagte is: 90, 80.

Lambertsbaai. Ten minste weet ek nou presies waar ons is. Die
plek waar ek soms as kind gaan visvang het.

Die grondpad word 'n teerpad. Die wit wolke bo ons swart.
Ek oorweeg die Sani se spoed, die landskap daar buite. Ek sal nie
'n sprong oorleef nie, veral nie met my hande wat agter my rug
geboei is nie. Ek sal moontlik nie eens die deurhandvatsel kan
bykom nie.

Hierdie keer het Adorjan my darem nie 'n dwelmmiddel inge-gee nie. Ek moet seker wakker wees vir vanmiddag.

"Is ons op pad na Ranna?" vra ek.

"Ja."

"Het hulle die kissie gekry?"

Adorjan glimlag breed. "Lyk my so."

"Wat is daarbinne?"

"Jy sal sien. Ons sal almal sien."

Ek kyk na die veld om my. Die bekende leegte. Die swaar wol-ke waaronder ons inry. My ma is net 'n ent weg, in Vanrhynsdorp.

"En dan? Sal jy ons laat gaan? Almal van ons?"

Die glimlag verdwyn. "Daar was 'n onvoorsiene komplikasie."

"Wat?"

"Nie wat nie, wie. Maria Magdalena Prinsloo."

RANNA

1

Ek maak my rugsak oop en blaai haastig deur die foto's. My ma en Lena. Thinus, Adorjan en my pa. My pa. Nog een van hom. En dan die foto van 'n vrou met lang blonde hare en my pa. Die een waar hulle so gelukkig lyk. Die een waar my pa glimlag soos ek hom amper nooit sien glimlag het nie.

Die skerf geluk wat ek gedink het aan my ma behoort het, was Lena s'n. Dis nie my ma op die verbleikte stukkie fotopapier nie. Die oë is nie reg nie, die draai van die nek.

My pa en Lena het 'n verhouding gehad. Op die foto hou hy sy hand laag agter op haar rug, intiem. Sy kyk na hom met iets soos respek. Bewondering. My ma sou nie kon nie. Nie só nie.

Ek gaan sit op die lessenaar. Probeer my gedagtes agtermekaar kry. Wat beteken dit? Die handafdruk in die stof. Die foto's.

Iemand was hier. Iemand weet ek was hier. Iemand het iets kom soek. Kom kyk wat ek gekry het. Óf ek dit gekry het.

Of jaag ek spoke op? Dis 'n garage. 'n Mens bêre goed in 'n garage en kom soek daarna. Maak die venster toe as jy klaar geverf het, skuif goed rond.

Maar hoekom sal Lena dan sê hulle het my pa se goed hierheen gebring en nooit weer daarna gekyk nie? Was dit sy of Thinus wat hier was? Al twee?

Ek staan weer op. Kyk na die sydeur. Die venster. Die swart hemel. Die reën wat die see agter 'n grys gordyn toetrek.

Hoe kon Lena my ma so verraai? Is dít hoekom sy my ma voortdurend aangemoedig het om my pa te los? Sodat sy hom vir haarself kon hê?

Ek wens sy het. Sy kon hom op 'n skinkbord gekry het. Ek sit die foto's terug in my rugsak. Dit maak nie nou saak nie. Wat saak maak, is die soutpot. En om in Lambertsbaai te kom en Alex terug te kry.

Ek haal die Glock uit en maak seker dis gelaai.

Dit reën steeds toe ek by die agterdeur inloop. Die kombuis is leeg. Waar is Lena en Sarah?

Ek gaan staan in die sitkamer. Stemme klink op uit die maag van die huis. Een staan uit – Sarah s'n. Sy praat harder as gewoonlik, so asof sy my wil waarsku.

Ek gooi die rugsak oor my skouers en trek die bande styf vir ingeval ek moet hardloop. Die stemme lok my dieper die huis in. Ek volg die klank in 'n gang af wat seker na die slaapkamers lei. Ek haal diep asem toe ek wil nies, hou my hand voor my neus. Daar is stof orals.

Die stemme kom uit die hoofslaapkamer aan die end van die gang.

"Wie het jy nou net gebel? Adorjan?"

Dis Sarah wat praat.

"Ja. Hy's op pad hiernatoe." Lena.

Ek gaan staan stil.

Adorjan en Lena. Wat dan van Thinus?

Ek loer deur die gaping tussen die deur en die kosyn. Iets – 'n reuk – vang my agter in my keel. Ek klad dit met my tong, herken dit dadelik. Dis die dood wat moeg gewag is. Dis die reuk wat almal ken al het hulle dit nog nooit geruik nie. Die reuk van verval en Dettol en 'n muwwe lyf wat lank laas die son gesien het.

Thinus.

"Weet jy ooit hoe om daardie pistool te gebruik?" klink Sarah se stem weer op.

So, Lena is gewapen.

"Natuurlik weet ek. Jy seker ook, Ranna se maatjies was nog altyd wild. Hoekom gooi jy nie wat jy by jou het op die grond nie?" Lena se stem is kil, so anders as die hoflike vrou wat ons by die deur ontvang het.

Ek hoor hoe Sarah die rewolwer laat val.

"Skop dit hier."

'n Metaalklank sê sy maak so.

Wat nou?

As Adorjan hierheen op pad is, is die tyd min. Ek moet die situasie omkeer. Vir nou is dit net ek teen Lena, maar binnekort kan dit my Glock teen Adorjan se Beretta wees en wat ook al Lena in haar hande het.

Ek loop die slaapkamer binne.

"Hoekom?"

Ek sê die enkele woord hard. Gee drie treë die vertrek in.

Sarah swaai om, maar Lena beweeg net so vinnig. Sy is flink vir 'n vrou wat nie meer so jonk is nie. En sterk. Sy tree agter Sarah in en ruk haar aan die skouer nader. Hulle gee 'n tree weg. Nog een.

Sarah wil losruk, maar Lena, lang Lena, klem haar naels in Sarah se skouer. Haar ander hand lig die pistool tot teen Sarah se slaap. "Ons wag net vir jou." Sy lag. Die klank is hard en onnatuurlik. "Ek kan steeds nie glo julle daag sommer net so hier op nie. Ek het gehoop julle het daardie eerste keer gekry wat julle gesoek het, toe ek die garagevenster oopgelos het."

Ek mik oor die Glock na die twee vrouens voor my. Lena is baie langer as Sarah, wat haar kop en skouers weerloos laat. Die slegte nuus is dat die pistool in haar hande lê asof sy nie bang is om dit te gebruik nie. En dat hulle half verskuil agter die voetenent van 'n hospitaalbed staan.

Dit moet Thinus wees wat daar lê, toegespin in buise en drade. Ek herken hom skaars as die joviale man op die foto's. Hy is bleek en uitgeteer, sy asemhaling hortend.

"Jy en my pa het 'n verhouding gehad," sê ek vir Lena. Meet stilweg die afstand na haar voorkop.

"So, jy het dit uiteindelik vir jouself uitgewerk. Hy sou julle daardie aand gelos en saam met my weggegaan het. Een laaste groot score het hy gesê, dan kan ons verdwyn."

Ek dink aan die kissie, die wit sak. "Julle het Eitan besteel en jou man verraai."

Lena trek haar skouers op. Haar hand klem stywer om Sarah se skouer. Sarah kyk dringend na my, asof sy iets met haar oë probeer sein.

Ek moet vir Lena op een of ander manier van balans af gooi.

"Wat van Adorjan? Hoe pas hy by die prentjie in?"

"Ek wil nie praatjies maak nie, Isabel. Ek wil die kissie hê. Waar is dit?"

"En ek wil weet hoekom ons almal vandag hier staan. Dan kan ons oor die kissie praat."

"Ek soek daai kissie," sê sy afgemete. "Waar is dit?"

"Vergeet dit."

"Ek gee nie . . ."

"Hoekom?" Die Glock beaam my vraag. "Anders verdwyn die kissie vir ewig."

"Goed dan." Lena se mond trek lelik. "Adorjan het op my verlief geraak die oomblik toe hy my gesien het. Dit was nog by jou pa-hulle. Ek en Henry was reeds saam. Ek het lankal geweet wat onder jou ma se neus aangaan, van die geld wat hulle gesteel het – onder andere. Jou pa het nooit vir Karla vertrou nie, maar met my was hy anders. Ek het geweet. Ek wóú weet."

Sy lag suur. "Jou pa en Thinus het gesê ek moet sag werk met Adorjan. Dat ek hom," sy huiwer 'n oomblik, "gelukkig moet hou, want dit sou te moeilik wees om hom te vervang. Toe Adorjan uit die tronk kom, het hy my gebel. Thinus was toe al siek, Henry lankal dood. Ek het vir Adorjan 'n paar duisend rand gegee, uit lojaliteit aan jou pa. En omdat hy ter wille van my stilgebly het oor Thinus toe hy tronk toe is. En toe . . . toe steek die regte jy skielik kop uit."

Haar oë blink tevrede. "Jy maak al daai mans dood en is op die voorblad van elke koerant, en Slimjan sê hy weet van hierdie kissie wat sal verseker dat ons rustig kan aftree."

Haar hand klem om Sarah se skouer, die naels soos kloue. "Ek weet nog al die jare van die kissie, ek het net nie geweet waar dit is nie. Dit was ons s'n, my en jou pa s'n. Ek het my dom gehou en vir Slimjan gesê hy kan soek nes hy wil. Hy het deur al jou pa se goed gesif, maar hy kon niks kry nie, nes ek. Toe besluit hy om Alex te ontvoer en jou Suid-Afrika toe te lok. Hy was seker jy of jou ma sou weet waar die kissie is."

Ek beduie met my kop in Thinus se rigting, soek bevestiging vir wat die verwaarloosde huis sê. "Julle geld is op."

"Thinus het bang geword ná jou pa se dood. Hy was nog altyd ruggraatloos."

Sarah beweeg haar kop effens, wys bekommerd na haar horlosie. Adorjan is op pad.

Ek sweer ek kan die sekondewyser hoor tik. "As my pa jou kamstig so baie vertrou het, jou so lief gehad het, sou julle my nie nodig gehad het nie."

Lena se oë word kil. Sy ruk hardhandig aan Sarah, wat wild moet trap om te keer dat sy val. In die proses skuif hulle agter die hospitaalbed uit.

"Kom nou, Lena, jy weet wat ek bedoel." Ek lig die Glock sodat haar voorkop weer in my visier is.

"Jou pa hét my vertrou. Meer as enigiemand anders."

"Nie genoeg om die kissie of die inhoud vir jou te gee nie. Of om vir jou te sê waar hy dit weggesteek het nie."

"Hy het nooit die kans gehad nie." Haar mond vertrek tot 'n dun, bitter lyn. "Henry het altyd gesê hy vertrou jou nie, dat ons moet pasop vir jou."

"Hy was reg."

"Ek het eers gedink dis Karla wat hom geskiet het," spoeg Lena die woorde uit. "Dat sy uitgevind het van ons. Henry sou nooit selfmoord pleeg nie."

"Hendrik Kroon was 'n bliksem. Hoe lank sou dit gevat het voor hy jou ook begin slaan het?"

Die woede kruip rooi teen haar keel op. "Hy was lief vir my. Julle was anders. Karla was . . ."

"Los my ma hieruit."

Lena smaal. Haar vingers om die pistool word wit soos sy die wapen teen Sarah se slaap druk, net bokant die oor. "Hoe het jy hom geskiet? So? Naby?"

Ek probeer om nie aan daardie nag te dink nie.

"Kan ons almal asseblief net rustig bly," praat Sarah skielik, haar stem verbasend kalm.

Sy probeer verder na regs skuif, maar Lena ruk haar terug.

"So, nou weet jy hoekom, Isabel. Nou is dit my beurt. Waar is die kissie? Adorjan sê julle het dit gekry. Julle is reg om te ruil." 'n Nuwe klank het in Lena se stem ingesluip. Iets gretigs. Gierig. "Is dit hier?"

"Nee, natuurlik nie."

Sarah se kop knak eenkant toe onder die geweld van Lena se woede. "Ranna . . ." probeer sy keer.

"Ek's moeg vir hierdie speletjie. Gooi jou wapen neer," sê Lena kwaad.

"Dit gaan nie gebeur nie."

"Ek sal haar skiet. Ek sweer."

Ek trek my skouers op, asof dit nie saak maak nie. Dan soek my regterhand na die soutpot in my jeans se sak. Ek haal dit uit en hou dit op sodat Lena dit kan sien.

Haar oë rek. "Wat is dit?"

"My pa het dit daardie aand net voor ete volgemaak."

"Ek's deur als, hoeveel maal . . . Adorjan . . ."

"Julle het na 'n kissie gesoek. 'n Leidraad. Dokumente. Julle . . . jy het my pa nie geken nie. Hy het niemand vertrou nie."

Ek byt die rubberproppie aan die onderkant van die soutpot tussen my tande vas en trek dit uit. Gooi die inhoud op die mat uit. Die fyn wit sout word gevolg deur die diamante, een steen na die ander.

Sarah se mond val oop.

"Hoe het dit gewerk?" vra ek. "Het Thinus die diamante gesteel, en dan het Eitan dit geslyp en juwele gemaak. Dit verkoop?"

Lena knik, haar oë blink. "Thinus se vervoerbesigheid. Elke nou en dan het hy Suidwes toe gery vir besigheid, al langs die kus op. Die mynwerkers het geweet hulle kan als wat hulle gesteel het aan hom verkoop teen 'n goeie prys."

Ons staar al drie na die blink klippies op die mat.

"En die res?" Lena se stem bewe van opwinding.

Ek kyk gemaak verbaas na haar. "Waarvan praat jy?"

"Die ander stene. Die res."

"Ah. Die res." Ek maal met die punt van my stewel deur die sout en diamante. "Jy het nooit vir Adorjan gesê wat in die kissie was nie. Jy het jou dom gehou. Hoekom? Het hy ooit van Eitan en die diamante geweet? Of was dit 'n ander tak van die besigheid? Een waarvan hy niks geweet het nie?"

Sy antwoord nie, pers net haar lippe saam.

"Jy was bang hy sou gierig raak," hou ek vol. "Dat hy dit alles sou opweeg en besluit jy is nie meer so mooi nie, so belangrik nie."

"Bly stil."

"Wat van die geel huis in Lambertsbaai? Alex vir die kissie? Jy sou saamgegaan het. En wat dan? Sou jy Adorjan geskiet het? Ons?"

'n Klein plukkie om haar mond verraai haar. Haar hande begin bewe.

"Adorjan is op pad hierheen. Ek's seker jy wil nie hê hy moet die diamante sien nie."

"Bly stil. Bly net stil!"

Langs haar roer Thinus in die bed, mompel iets.

"Waar is die oorbelle?" sis sy. "Die hangertjie? Die laaste besending wat Eitan moes slyp, was pragtig. Henry het hom gevra om iets spesiaals met drie groot geel diamante te doen. Dit was vir my. Ek weet dit was vir my."

Ek dink aan my pa, en vir die eerste keer wel iets soos spyt in my op. En 'n klein bietjie respek vir die laaste daad wat hy gepleeg het voor hy ons sou verlaat.

"Hy het die juwele vir my en my ma gegee, Lena. Dit was nooit vir jou bedoel nie."

ALEX

Donderweer roggel oor ons koppe. Dan begin die reën val. Eers stadig, dan vinniger en vinniger, asof dit wil klaarmaak en aanbeweeg na êrens anders in hierdie amper-woestyn.

Adorjan sit die ruitveërs aan en laat sak die Sani se spoed tot 70 kilometer per uur, 60.

Dalk is dit wat ek nodig het. 'n Laaste kans. Want fokweet, ons is nou daar. Die einde. Die laaste bladsy. Die laaste woord. En ek kan nie bekostig dat Ranna of Sarah seerkry nie.

My gewrigte beur teen die boeie. Ek skuif my hande, vasgemaak agter my rug, na regs, na waar die sitplekgordel ingegespe is. Ek kan dit net-net bykom.

Ek hou my hande gereed.

Langs my is Adorjan se oë vasgenael op die pad, blink van reën en olie wat opskif na die oppervlak. Die Sani is te oud vir hierdie weer. Die ligte sny yl deur die donkerte, die ruitveërs nutteloos.

Oor die volgende bult verskyn 'n veld vol blomme, nes dié wat om sy huis staan. Soos ons ry, word hulle meer. Toegetrekte madeliefies en gousblomme. Plate en plate wat swik onder die water.

Adorjan ry nog stadiger, 'n vreemde, gelukkige glimlag om sy mond.

Nou.

Ek maak die sitplekgordel los. Hou dit vas sodat dit nie opskiet nie. Skuif na regs, na die ou man toe. Los die gordel. Trap vas. Skiet myself vorentoe, stamp my lyf in syne in.

"Wat de . . ."

My voorkop tref sy slaap met 'n klapgeluid.

Ek leun terug en swaai my regtervoet oor na sy kant van die voertuig. Soek koorsagtig na die rem. Trap dit hard.

Adorjan maak geen geluid nie. Stry nie. Beweeg nie.

Die bakkie begin gly oor die nat pad, al in die rondte. Ek soek na iets om vas te hou. Die sitplek. Die deur. Kry niks raak gevat nie.

Adorjan kreun.

Ek stry teen die spoed van die Sani wat my teen die deur wil vaspen en mik regs. Stamp hom weer. Sy kop klap teen die ruit.

Weer.

Bloed loop teen die ruit af. Teen die donker lug, die blomme.

Al in die rondte tol ons.

Tol, tol, tol.

SARAH

1

Nou glo ek in karma. Vir die eerste keer in my lewe. Ek het nie eens in die tronk sag geraak toe so baie vrouens gesê het dis net reg dat hulle toegesluit word nie. Dat hulle moet betaal vir wat hulle gedoen het. Veral vir wat hulle aan hulle kinders gedoen het. Dat hulle dit nooit weer sal doen nie. Dit was 'n favourite. Ek het vir hulle gelag. 'n Mens maak jou eie geluk. Bou en breek jou eie huis. Daar is niemand wat telling hou nie. Jy het skills gekry en wat jy daarmee doen, is jou verantwoordelikheid.

En nou staan 'n vrou agter my met 'n pistool teen my kop en Ranna staan in die deur met haar Glock tussen my oë gemik.

Bleddie karma.

Ek is seker ek frons. Sweet. My asem jaag, storm soos 'n stoomtrein deur my lyf.

Ranna is nie ek nie. Ranna gaan nie haar wapen vir Lena gee en begin haggle nie. Nie soos ek met Adorjan nie. Sy is minder bang vir verloor. Hét minder om te verloor.

Ek kyk in haar donkerblou oë. Nee. Pers, soos viooltjies. Soos altyd as sy kwaad is.

Buite sak die reën nog harder neer.

"Skiet," maak my mond die woord.

Ranna is verbaas. Ek ook, maar wat anders kan ons doen?

"Skiet," beduie ek weer.

Ek is seker sy sal verstaan. *Calvinia 140.* Swerm bye. Sy kan. Sy moet net kan.

Sy skud haar kop amper onmerkbaar.

Vir die eerste keer in my lewe wens ek ek was korter. Ek wil nog laer sak, maar Lena se vingers grawe in my skouer in. Dis asof haar naels bloed soek, asof sy my regop hou met die krag van haar linkerarm. Die loop druk pynlik hard teen my slaap.

"Ek soek die juwele, Isabel," sê Lena. "Of ek skiet haar."

"My naam is Ranna."

"Die juwele."

"Ek speel nie sulke speletjies nie."

Lena lag, hard en lelik. "Sy's so 'n mooi vrou. Hoe sal sy lyk met 'n gat in haar kop? 'n Gat soos jou pa s'n?"

Ek sweer ek kan die hitte van Lena se woede teen my lyf voel, maar Ranna lig nie eens haar wenkbroue nie. Daar is geen emosie op haar gesig nie.

"Skiet haar," sê sy. "Noudat ek weet wat aangaan, gee ek nie 'n hel om nie. Ek gaan die juwele verkoop. Ek het die geld nodig." Sy laat die Glock effens sak. "Sarah het my buitendien verraai. Dink jy regtig ek gee om vir haar? Inteendeel . . ."

Lena word kwater. Haar naels trek bloed deur die materiaal van my hemp.

"Wag net 'n bietjie," probeer ek keer.

"Bly stil." Lena stamp my effens vorentoe, die loop se drukking skielik weg. "As sy niks vir jou beteken nie, Isabel, bly net jou ma oor."

"Los my ma hieruit."

Toe trek Ranna die sneller.

"Jy het my geskiet."

"Hmm-hm."

Ek vryf oor my been en kyk hoe die warm bloed deur my jeans blom. Amper soos 'n rooi lelie. "Ek kan nie glo jy het my geskiet nie."

"Lê stil."

My kop sak terug op die mat. Die pyn is nie so erg nie. Die skok is veel groter. Ranna het Lena in die been geskiet en my skrams getref.

"Jy het my geskiet. Aspris."

"Sjjt," sê Ranna waar sy langs my kniel. Sy het 'n handdoek uit die kas gehaal en druk dit op die wond.

"Eina!"

"Dis net 'n skrapie."

"Ek sweer . . ."

"Hou op kla en druk." Sy beduie na die handdoek. "Ons moet die bloeding stop."

Ek trek myself eenkant toe, tot ek teen die kas kan leun, en maak soos sy sê. Ek wonder hoe lank ons het voor die polisie opdaag. Die reën, al val dit hoe hard, kon onmoontlik die klank van die skoot demp.

"Ranna. Iemand moes die skoot gehoor het."

"Ek weet."

Sy skuif oor na Lena. Dié het haar pistool laat val toe sy geskiet is. Ranna het die wapen weggeskop en nou lê dit saam met my rewolwer by die deur. Lena lê met toe oë by die voetenent van die bed, haar asemhaling vlak. Bloed dam op by haar linkerbeen en sink weg in die mat. Haar oë flikker oop en toe, vrees op haar gesig.

Thinus beweeg nie. Staar net na ons. Nee, verby ons.

Ranna sit 'n nuwe handdoek op Lena se wond, sê oor haar skouer: "Bel 'n ambulans. Die bloeding hou nie op nie."

"Wat van Alex? Hy en Adorjan is op pad hierheen."

"Ons wag vir hom. Daar is net een pad hiernatoe. Hy sal ons sien."

"En as hy nie doen nie?"

"Ons kan haar nie net so los nie," stry Ranna.

Ek wil iets oor haar pa sê, maar los dit liewer. "As Adorjan uitvind van Lena . . . as sy soveel vir hom beteken . . ."

"Ek gaan vir hom sê Lena is okay. Sy is mos. Ons kan haar gebruik om Alex te kry. Alex vir Lena. Hy hoef nie te weet sy's hospitaal toe nie. Ons vat haar foon saam met ons. Al die fone."

Lena kreun. Haar oë fladder oop.

"Goed, ek sal bel, maar dan moet ons roer."

Ek skakel die nommer, my oë vasgenael op die vrouens voor my.

Lena se hand soek na Ranna s'n, gryp dit vas. "Jy het die enigste man wat ek nog ooit liefgehad het doodgemaak."

Ranna se oë word weer donker, soos voor sy die sneller getrek het. "Jy kon hom present gekry het."

"Jou ma . . ."

"Ek gaan vir haar sê om weg te bly van jou. As jy enigiets doen om haar in gevaar te stel, as jy enigiets oor my of Sarah sê, gaan ek terugkom en jou doodmaak. En Alex en Sarah sal vir die polisie vertel dat julle hom ontvoer het." Sy druk hard op die wond, asof sy wil seker maak Lena verstaan. "My ma kan nie nog verlies vat nie. Hierdie een is nie vir jou nie. Jou miserabele lewe behoort aan my ma."

"Ek het niks oor nie," prewel Lena, haar gesig wit. "Niks nie."

Ranna trek haar hand uit die ouer vrou se greep. "Ek weet hoe dit voel." Sy sit Lena se regterhand op die wond, druk nog 'n handdoek onder haar kop in. "Die ambulans gaan nou-nou hier wees. As jy jou gedra, sal ek vir jou 'n paar diamante stuur. As ek seker is jy gaan stilbly."

Ranna staan op, staar na die vrou wat by haar voete lê. Na Thinus wat na haar kyk, sy oë helderder as netnou. Sy knik haar kop. Hy doen dieselfde. Stadig en pynlik.

Sy loop deur toe en tel die rewolwer en die Glock se koeëldoppie op, sit dit in haar sak. Met 'n handdoek om haar hand gedraai tel sy Lena se pistool op en druk dit in die kas onder 'n stapel klere in.

Sy help my op. "Jy's verkeerd, weet jy," praat sy oor haar skouer met Lena. "Die enigste ding wat jy nog ooit liefgehad het, was geld."

2

Ons sukkel by die agterdeur uit. Buite val die reën amper horisontaal. Binne sekondes is ons papnat.

Ranna loer om die hoek van die huis na waar die Audi staan. Niks of niemand beweeg nie. Sy kyk na my asof sy my weeg.

"O nee," keer ek vinnig. "As jy my optel, is ons nie meer evens nie."

"Wie sê ons is?"

"Jy het my geskiet."

"Dis 'n skrapie." Sy sit haar arm ongemaklik om my skouer, haak dit dan onder my oksel in. "Kom, laat ons by die kar kom."

Sy help my by die erf uit, in die straat af, tot by die Audi. Haar regterhand vra stom vir die sleutels. Sy sluit die motor oop en help my in. Sit haar rugsak op my skoot neer. Dan kyk sy bekommerd na my, die reën 'n silwer waterval teen haar gesig en nek af.

"Is jy okay? Moet ons jou by 'n hospitaal kry?"

"Nee. Moenie worry nie." Ek inspekteer die skeur in my jeans. "Dit bloei nie eers meer nie," lieg ek.

Sy loop om die motor en klim in. Trek weg. Beduie dan na my rekenaarsak.

"Sal jy vir my ma 'n teksboodskap en 'n e-pos stuur? Maak nie saak as sy dit eers kry wanneer sy land nie. Sê vir haar sy moet Lena vermy tot sy met my gepraat het. Sê vir haar sy moet na die plek gaan waar my pa haar gevra het om te trou."

Ek maak die sak oop en haal my foon uit. Dit werk nog, al

is dit klam van die reën. "Gaan jy haar Sondag daar ontmoet?"

"As ons Alex kry, ja."

Dit word stil in die motor, die gewig van Alex se situasie weer met ons. Eintlik het niks in die laaste paar uur verander nie. Ons het die inhoud van die kissie, maar nog steeds nie vir Alex nie.

Ranna gee vir my die selnommer en adres. Ek tik die boodskap en stuur dit. Hopelik sit Karla Abramson dadelik haar foon aan wanneer sy by OR Tambo land.

Net buite die dorp parkeer Ranna die Audi langs die tweebaanpad. Sy draai na my. "Adorjan moet my kan sien en die reën maak dit moeilik. Ek gaan uitklim en langs die motor wag, uitkyk vir die Sani. Bly jy hier binne. Hou jou rewolwer byderhand. En die diamante."

Ek kan steeds nie glo dis die beste plan wat ons kan maak nie. "Wat as . . ."

Ranna vererg haar. "Ek kan aan niks anders dink nie."

Sy klim uit en slaan die deur toe. Gaan sit op die neus van die Audi.

Ek wonder hoe ek dit altyd regkry om haar die moer in te maak.

Die minute tik stadig verby. Die motor se vensters wasem toe. Ek vee dit skoon met die bebloede handdoek. Inspekteer die wond aan my been. Dit gaan 'n lelike merk los, maar dis okay. So leer mens. Onthou mens.

Die foon vibreer in my hand. Adorjan?

Maar ons is nie so gelukkig nie. Dis Adriana.

"Is julle nog okay? Julle laat niks weet nie," raas sy. "Dis al amper drieuur."

"Jammer. Dit gaan dol hier. Ons het . . . Als is reg."

Die emosie vang my onkant. Die spanning van die afgelope tyd span skielik snaarstyf in my bors. Ek stry daarteen, haal diep asem.

"Sarah? Sarah, is jy okay?"

"Ek is. Ons wag juis nou vir Alex."

"Ek wens ek was daar," sê Adriana sag. "Ek moes daar gewees het. Hoekom het julle nie vir my gewag nie?"

"Dinge het net te vinnig gebeur."

'n Skel geloei laat my opkyk. Die rooi ligte van 'n ambulans kom flitsend nader uit die reën, die enigste kleur in die grou om my. Ten minste gaan Lena hierdie hele gemors oorleef.

"Ek wag vir julle," praat Adriana weer. "By die woonstel. Bel my sodra alles verby is."

"Ek sal."

"Wees versigtig."

"Maak so."

Net voor sy die verbinding verbreek, keer ek vinnig. "Adriana ?"

"Ja?"

Ek wonder nie hoekom nie, praat net sonder om te veel daaroor te dink. "Sê asseblief vir my ma ek's lief vir haar."

ALEX

Ek word wakker. Iets loop in my nek af. My vingers probeer dit raak vat.

Hoekom kan ek nie my hande beweeg nie? Iets hou hulle vas. Iets kouds. Ek ruk daaraan, maar dit weier om mee te gee.

Die boeie. Adorjan het my vasgemaak.

My oë sukkel om te fokus. My ore suis met iets soos 'n dowwe, elektroniese klank.

Waar is ek? Ek probeer uitmaak wat om my aangaan. Sien die vae buitelyne van klippe en plante. Dan, skielik, kom als in fokus. Die hemel, grou en oortrokke. Vet reëndruppels wat op my neer-plof.

Ek skud my kop. Nie 'n goeie idee nie. Pyn borrel deur my brein. Ek probeer regop kom. Nog 'n slegte idee. 'n Gevoel soos 'n messteek boor deur my longe, genoeg om my asem te steel.

Alles wat gebeur voel net te bekend, soos déjà vu. Asof dit al heeltemal te veel kere gebeur het die afgelope paar dae.

Dan onthou ek. Dit hét.

Ek kyk links. Niks nie. Net 'n plaat blomme wat sukkel om staande te bly onder die reën. Regs. 'n Man wat tussen die blomme lê. Doodstil.

Adorjan.

Ek rol tot op my maag en sukkel tot op my knieë. Strompel nader oor die modderige grond. Buk, voel aan sy nek, my vingers dom agter my rug. Ek kry geen hartklop nie.

Waar is die Beretta?

Ek voel deur sy sakke. Agter sy rug. Niks nie.

Ek moet die wapen kry. Adorjan gaan my nie weer toesluit nie.

Ek staan op, al maak dit hoe seer. Lek die reën van my lippe, die dors oorweldigend.

My oë neem weer die landskap in. Die Sani staan twintig meter van ons af, die deure oop, die ligte 'n yl spoor deur die watergordyn. Op een of ander manier het ons al twee uitgeval. Of het ons uitgeklim?

Ek loop na die bakkie toe. Agter my begin Adorjan kreun, lank en aanhoudend.

Waar is die Beretta? Ek sukkel tot op die passasiersitplek en fynkam die binnekant van die bakkie. Papiere. Leë koeldrankblikkies. Sjokoladepapiere. Ah. Die foon lê tussen die twee sitplekke. Ek tas blindelings agter my rug rond, vat dit uiteindelik raak en druk dit in my jeans se agtersak.

Nou nog net die pistool en die sleutel vir die boeie. Ek skuif oor na die bestuurdersitplek. Buk versigtig om nie my kop teen die stuurwiel te stamp nie. Nes ek gedink het. Die sleutel hang aan die Sani s'n, in die aansitter.

Ek klim uit en leun teen die deuropening, soek vir die bos sleutels agter my rug. Lig my arms tot dit voel asof my skouerspiere gaan skeur.

'n Dowwe klikgeluid verklap dat die sleutels uit die aansitter glip. Ek hou dit in my hande vas. Ek kan dit nie nou verloor nie. My oë soek na Adorjan. Hy het op sy maag gedraai. Sy linkerbeen steek onnatuurlik na regs uit, maar dit skeel hom min. Hy kruip stadig deur die poele modderige water.

Waarheen is hy op pad?

Dan sien ek dit ook. Tussen die blomme lê die Beretta. Seker ses, sewe meter van die ou man af.

Adorjan begin lag soos hy sy lyf nadersleep. 'n Hoë, histeriese kekkellag.

Die boeie. Ek moet dit loskry. My vingers sukkel om die sleutel tussen die ander uitgesoek te kry.

Hel. Demmit. Fok.

Ek kry my linkerhand los. Laat val die sleutels. Hardloop. Ignoreer die pyn.

Adorjan is vier meter weg. Drie. Twee.

Ek skop die Beretta onder sy vingers uit. Beland op my knieë, maar gryp die wapen. Draai en val op my rug, my vinger om die sneller.

"Lê doodstil, jou bliksem."

Toe die pyn in my bors bedaar het, kom ek orent. Ek loop stadig terug na die Sani. Los Adorjan net daar in die oopte. Sy lyf is stukkend. Sy been is gebreek en die regterkant van sy gesig is lelik opgeswel. Sy oë kyk na my, maar fokus nie.

Ek gaan sit op die grond langs die bakkie. Die water dam op om my koue, kaal voete. Ek staar na die reëndruppels asof ek gehipnotiseer is.

Sewe weke saam met daardie man. Amper agt. Agt weke in 'n hok. Agt weke in boeie.

Ek sluk aan die woede wat in my keel opstoot, die drang om Adorjan te vermoor. Laat rus my kop teen die metaal agter my, my mond gretig vir die reën wat teen my gesig afloop.

Uiteindelik haal ek die foon uit my sak en bel vir Sarah. Sy antwoord dadelik. En vloek dan soos 'n matroos.

RANNA

1

Die motordeur gaan oop, klap toe. Sarah doem op uit die reën, mank, haar gewig op haar regterbeen. Ek moet slegter geskiet het as wat ek gedink het. Sy slaan haar arms om haar bors, kyk na my.

Haar gesig sê alles.

Ek is te bang om bly te raak. "Alex?"

"Hy't gebel. Ons kan hom gaan haal."

"Hoe het hy . . ."

"Gee nie om nie." Haar oë blink, en meteens is dit asof iets weg is. Iets wat al van Moembai af in haar skouers sit.

Ek maak my oë vir 'n oomblik toe. Alex het 'n pad gekry. Soos altyd. Dankie tog.

"Waar is hy?"

Sy vee die reën uit haar oë. "Weet nie presies nie. Iets van 'n ongeluk."

Ek help haar terug na die Audi en skakel die motor aan.

Nou ry ek soos Sarah ry. Ek steur my nie aan verkeerspolisie of verkeersreëls nie, volg net die pad soos sy dit verduidelik. Dit kos 'n verkeerde afdraai, maar uiteindelik is ons daar.

Onder wolke wat begin lig, staan die groen Nissan Sani van Sasolburg in die veld, diep glyspore in die modder langs die pad. 'n Ent weg lê iemand in die reën. Ek spring uit die motor, op pad na die lyf wat roerloos tussen die blomme lê, maar steek dan vas. 'n Figuur kom met moeite orent langs die voertuig.

My hand soek dadelik na die pistool, maar dan herken ek hom. Langerige hare wat krul in sy nek. Sterk skouers.

Alex.

Ek gaan staan, staar na hom. Besef skielik Sarah is nie langs my nie. Ek draf terug, maak die deur oop en buk by die Audi in.

Sy sit met haar hande om haar lyf geklem, haar oë vasgenael op die man wat sukkelend na ons toe begin loop. Ek wil na hom toe hardloop, maar die uitdrukking op Sarah se gesig hou my gevange.

"Kom jy?"

Sy glimlag, maar dit verdwyn gou. Skud haar kop, weier hardnekkig om na my te kyk. "Gaan jy. Ek's nou-nou daar."

"Sarah . . ."

"Hemel tog, Ranna. Asseblief."

Toe sy opkyk, besef ek wat op haar gesig geskryf staan. Dis hoe iemand lyk wat iets moet prysgee. Wat iets of iemand laat gaan. Niks wat ek doen of sê sal help nie.

Ek slaan die motordeur toe en draf in Alex se rigting. Halfpad soontoe gaan staan hy op die padskouer. Leun vorentoe en laat rus sy hande op sy bobene. Wankel. Val op sy knieë.

Nee.

Ek hardloop.

"Alex!"

Ek kniel langs hom, die teer klipperig onder my nat jeans.

Hy kyk op, verby my. Wys veld toe. "Adorjan . . ."

Ek draai sy gesig na my toe. Soen hom op sy mond. Sy bebaarde wange. Sy oë.

Hy laat sak sy kop teen my skouer, mompel iets.

"Wat? Alex?"

Hy mompel weer. Uiteindelik kan ek die woorde uitmaak. "Ek's die hel in vir jou. Oor laas jaar. Oor jy weg is."

"Dis nie nou die tyd om te baklei nie," fluister ek.

"Sê net."

"Hoor jou."

Sy lyf begin ruk, asof hy baie koud kry. Hy kyk weer op. Die skewe, bekende glimlag verskyn om sy mond. Die een wat om sy oë kreukel. Die litteken oor sy wang staan skerp afgeëts teen sy vel. Sy hande vou om my middel. Skuif dan af, na my heupe toe.

"Gaan ons nou net hier in die reën sit of gaan jy 'n ambulans bel?"

2

Ons volg die ambulans hospitaal toe, haastig dat dit daar moet kom.

En tog ook nie. My tyd saam met Alex sal kort wees – dis eintlik al verby. Dit sal nie lank wees voor die eerste van sy kollegas opdaag nie. Sy ma seker ook. En die polisie. Maar eers moet hy gehelp word, dis al wat ek nou begeer. Hy was bleek toe die twee fris paramedici hom in die ambulans gelaai het. Hy het gekreun elke keer as hulle hom beweeg het. En hy het hopeloos te veel gehoes, so asof hy nie kon asem kry nie.

Adorjan is dood. Niks wat enigiemand daaraan kon doen nie. Niemand het 'n traan gestort nie.

Ek gaap moeg terwyl ek bestuur. Ek wil 'n week lank rus, al moet ek 'n handvol Temazepam sluk. Langs my maak Sarah asof sy slaap, maar ek betrap haar kort-kort dat sy na die strepe in die pad staar, so asof sy hulle tel.

Net toe ons by noodgevalle wil inloop, kom die jonger paramedikus weer uit, die nuweling wat so onseker was op die ongelukstoneel.

"Al weer op pad?" vra ek, al brand ek om te weet hoe dit met Alex gaan.

Hy skud sy kop. "Klink asof 'n vrou haarself in Paternoster geskiet het. Én haar siek man. Koeëls net waar jy kyk. Sy het berserk gegaan terwyl hulle haar behandel het en een van die ouens met 'n teelepel gesteek. Hulle kort nog 'n ambulans. Ek weet nie wat vandag in hierdie plek aangaan nie."

"Lena?" fluister Sarah toe die jong man met lang treë wegloop.

"Kan wees. Sy het my seker nie geglo oor die diamante nie."

"Sy moet tronk toe gaan vir wat sy gedoen het."

"Dalk was sy juis bang daarvoor."

Voor ons by die deur inloop, keer Sarah my. "Ek dink jy moet maar ry. Ek sal hier bly en seker maak alles is okay."

"Wat van Alex?"

"Ek's seker hy sal orraait wees. Ek sal jou laat weet as iets gebeur. Dis te gevaarlik vir jou om hier te wees. Netnou herken iemand jou."

Ek druk my hande onder my arms in. Besef hoe koud ek kry in my deurnat klere. 'n Teken dat die adrenalien besig is om te verdwyn.

"Gaan boek iewers by 'n hotel in. Stort en slaap. Eet iets lekkers."

"En jy?"

"Ek sal hier bly en wag vir nuus. Ek's seker hulle verkoop Coke hier iewers."

Hoekom stry ek nie harder om te bly nie?

Die antwoord is glashelder: want dis my skuld dat Alex hier is.

"Gaan kry jou ma. Ek sal jou bel so gou ek kan. Vertrou my, Ranna."

Ek kan nie help om te glimlag nie. "Ek veronderstel jy bedoel dit."

Sy antwoord nie, vryf net oor haar boarms om warm te word.

"Sarah . . . sê vir Alex . . . Verduidelik . . ."

"Ek weet. Ek sal. Regtig." Sy draai om na die glasdeure. Net voor hulle haar insluk, sê sy oor haar skouer: "En moet asseblief nou nie weer verdwyn nie."

3

My pa het my ma gevra om te trou in die kombuis van 'n restaurant in Langstraat. Ek weet nie hoekom nie, en dis seker my skuld. Ek het nooit gevra nie. Hulle storie was nie 'n sprokie wat ek wou uitpluis sodat ek dit kon dupliseer nie.

Die restaurant bestaan nog, al is dit in 'n ander gedaante as die Italiaanse kos wat dit destyds bekend gemaak het. Deesdae bedryf 'n Malawiër die besige eetplek. Hy maak tradisionele Afrikageregte met bestanddele wat avontuurlustige rugsakreisigers hierheen laat stroom, maar wat die plaaslike bevolking laat gril.

Vanmiddag stroom musiek uit luidsprekers voor die winkel, hard genoeg dat die Maleisiese eienaar langsaan al twee keer kom kla het.

Ek sit by die agterste tafel, my rug teen die muur en my oë op die glasdeur. Die polisie gaan my ma probeer volg, daarvan is ek seker, veral noudat Lena dood is. Dis 'n wonderwerk Thinus leef nog. 'n Radionuusberig het vanoggend gespekuleer dat dit soos 'n gesinsmoord lyk.

Vir 'n kort rukkie was ek verlig oor Lena se dood, toe jammer en toe bekommerd. Ek is seker daardie beenwond gaan iemand iewers twee keer laat dink. En aftreedorpies vol ryk mense los gebeure soos dié nie sommer net so nie. Iemand gaan onthou ek was in Paternoster.

En as daar 'n deeglike polisieondersoek is, gaan daar DNS- en ballistiese toetse gedoen word. Dit gaan duidelik wees ek was op die toneel.

En dan, net so, is dit drie. My pa, Tom en Lena.

Wat sê dit oor my?

Die polisie sal vir seker hierdie een ook vir my gee, dink ek bitter. En die media, my eertydse kollegas, gaan hulle leiding volg. Gelukkig sal ek weg wees lank voor die stories breek.

Lyk my Alex gaan okay wees. Sarah het gebel en laat weet. Hy is ontwater, 'n paar ribbes is gekraak en twee gebreek, en hy het ernstige longontsteking. Hy reageer gelukkig goed op die behandeling. Die dokter sê blykbaar as hy nie so hardkoppig was nie, was hy lankal dood.

Toe my ma uiteindelik by die restaurant inloop, vang sy my onkant. Ná al die jare staan sy skielik net daar, haar oë sagter as wat ek onthou. Haar lyf selfs meer weerloos. Die ouderdom sit in die lyne om haar oë en in haar nek, wys in die lang grys krulhare.

My hare. My lyf.

Sy is alleen, dus moet Adriana se plan gewerk het. Weer eens het sy tot my redding gekom toe ek aan haar deur gaan klop het.

My ma en Moshe is weg by die lughawe met 'n motor wat Adriana vir hulle gereël het. 'n Donker motor met donker vensters. Die motor het hulle afgelaai om gou iets by die V&A Waterfront te gaan koop. My ma het badkamer toe gegaan, en 'n vrou wat binne gewag het en soos sy vermom is, het saam met Moshe in die kar geklim.

Hulle hare en klere moes dieselfde lyk. Dis al.

Nou ry Moshe en die vreemde vrou op 'n pragtige Kaapse dag teen Chapmanspiek uit. Rustig en stadig, soos twee ou mense wat die landskap inneem. Ou mense wat huis toe verlang.

Ek staan op, my hande skielik sweterig. Ek wonder of ek okay lyk. Ek het my hare gister laat sny. Nuwe klere gaan koop. 'n Paar uur by 'n spa deurgebring. Baie geslaap.

Sal sy my herken? Dis jare sedert sy my laas gesien het.

Haar trane sê sy weet presies wie ek is.

My hande voel dom, my lyf weer soos op hoërskool. Te lank. Te lomp. Dan maak sy dit maklik.

"Isa," sê sy en loop in my omhelsing in.

Sy het korter geword, besef ek, so asof die ouderdom van bo af kerf. Sy pas amper teen my nek in, haar kroontjie gelyk met my ken. Destyds toe ons gegroet het, was dit anders. 'n Amper waterpas kyk na my mond wat aanhou verduidelik hoekom ek moet wegkom.

Hoeveel jaar gelede was dit?

"Ek het so verlang," sê sy. "Dis 'n wonderlike verjaarsdaggeskenk. Jy lyk pragtig."

Ons gaan sit. Sy hou my hande vas. Die Malawiër wil spyskaarte bring, maar bedink hom dan en draai om.

"Ek sien Adriana kon darem die boodskap by julle uitkry. Ek was bekommerd julle sou nie saamspeel nie. Veral Moshe. Ek's jammer, Ma."

"Moshe is 'n goeie man. Nie ek of hy sal jou in gevaar stel nie. Nie na wat . . . ná jou pa nie."

"Daai skuld is lankal betaal."

Sy skud haar kop asof sy nie wil hoor nie, die grys hare 'n waaier om haar gesig. Sy vee die krulle terug in 'n gebaar wat skielik bekend lyk, so asof ek dit al in die spieël gesien het.

"Ma. Regtig. Ek bedoel dit."

Diep lyne plooi om haar helderblou oë toe sy glimlag en haar skouers stadig en bly optrek. Die regterskouer, die een wat my pa gebreek het, is steeds styf, sien ek. Dalk is dit haar lyf se enigste herinnering aan haar vroeëre lewe. En ek.

"Regtig?" vra sy.

"Regtig."

Sy glimlag weer, en ek wonder of dit nie die eerste gelukkige glimlag is wat ek op haar gesig sien nie. Ek kan nie iets so helder onthou in al die jare saam met haar nie.

Dis jammer ek moet dit nou weer van haar af wegvat.

Of moet ek?

Wat gaan ek haar van Lena vertel? Die waarheid? Of net 'n deel van die waarheid, soos op die radio vanoggend?

Lena het selfmoord gepleeg, haar terminaal siek man probeer doodmaak. Iets soos Romeo en Juliet. Iets wat my ma in die liefde sal laat glo. Iets wat nie die brose vrede oor Hendrik Kroon en die verlede sal skaad nie.

Ja, dis wat ek sal doen. Dalk kan dit ook my skuld oor jare se stilbly en wegbly betaal.

Ek druk my eie hare, wild vanoggend, tot agter my skouers. Strek my gespanne nek. Wink die eienaar nader wat agter die toonbank bly huiwer, spyskaarte in die hand.

"Ma, ek moet Ma iets vertel."

4

"Jy het 'n vliegtuigkaartjie Caracas toe gekoop." Sarah staan voor my kamerdeur in die hotel, haar hande in haar swart leerbaadjie se sakke.

"Hoe weet jy dit?"

"Jy gaan dit vir mý vra? Regtig?" Sy stoot die deur oop en loop verby my.

Iets is anders. Parfuum? En nog iets.

Agter haar kom Adriana lig en vinnig by die trappe op. Ek kyk van haar na die rooikop . . . Dís wat dit is. Die alewige motorfietsstewels het plek gemaak vir netjiese, fyn skerppuntstewels.

Sarah glimlag breed toe sy sien ek sien. "Ek en Adriana het gaan shop. Hulle gee my twee en 'n half sentimeter." Sy klap my teen die skouer toe ek wil lag. "Dis baie."

"Wat van 'n paar Jimmy Choo's?"

Adriana haal haar sonbril af en skud haar kop, asof ek eerder nie moet vra nie. "Sewe verkoopsassistente, Ranna. Séwe," fluister sy. "En ek moes die laaste een omkoop. Hierdie was genoeg."

Sy gaan staan by die venster. Die weer in Pretoria is net so guur soos in Kaapstad toe ek gister daar weg is. Lente voel soos winter. Dis twee weke ná ek my ma die eerste keer gesien het en drie dae voor ek my goed wil pak.

Adriana draai om, die naaldekoker weer tussen haar borste. Die rooi hemp oopgeknoop om dit te wys. Die swart romp gemaklik. Duur. Soos altyd.

"Hoekom wil jy weggaan?" vra sy. "Ons begin dan nou net vriende word."

"Ek weet. En ek weet ek is diep in die skuld by jou. Daar is steeds die diamante, as jy hulle wil hê?"

"O, ek weet jy skuld my. Ek sal dit eendag opeis, glo my." Sy vryf ligweg, vinnig, oor die litteken op haar gesig. "Hou jou geld. Jy gaan dit nodig hê."

Sarah gaan sit op die bed. Haar opgetrekte wenkbroue sê sy wag ook op my antwoord.

Ek gee in. "Wat vir 'n lewe sal ek en Alex hier in Suid-Afrika hê? Ek kan nie hier bly nie, en ek kan hom nie vra om saam te kom nie. Wat van sy ma?"

"En jy?" vra Adriana. "Wat van jou en wat jý verdien? Mag jy dan nooit gelukkig wees nie? Alex is 'n groot seun. Hy kan na homself kyk."

Ek jaag Sarah op. Trek die beddegoed reg, al het ek reeds vroeër die bed opgemaak. Pof die kussings op. Verskuif die bedlamp.

"Ek's gelukkig. Reis is goed vir die siel," sê ek kortaf.

"Jy klink soos een of ander selfhelpboek." Sarah gaan sit by die lessenaar.

"Fok tog." Maar ek kan die glimlag nie keer nie. Ek klink soos Alex.

Dis beter vir hom dat ek verdwyn, dan nie?

"Ons kan 'n plan maak dat jy bly," sê Adriana. "Jou dokumente is van die beste wat daar is. En daar is ander dinge wat ons nog kan doen. Goed wat dit baie moeilik sal maak om te bewys jy's Isabel Kroon."

Ek het net een woord vir haar. "DNS."

"Ons kan dit ook bykom. Dink ek," stry sy.

"Moenie so 'n lafaard wees nie," sê Sarah.

Ek weier dat sy my uitlok.

Die rooikop sug. "Kom ons praat môre verder. Ek het nie nou krag vir jou nonsens nie." Sy spring op. "Ek gaan saam met my pa *Top Gear* kyk, hy het gister se program opgeneem. En ek moet nog 'n paar rekeninge betaal. Ons kry jou steeds môre vir aandete, nè?"

Miskien nie. "Wanneer kom Alex uit die hospitaal?"

"Hy sal oormôre in Pretoria wees."

Dit gee my 'n dag voor ek vlieg. Ek sug gelate. "Goed. Sien julle môreaand." Ek besef skielik iets. "Gaan ons Crow's toe? Gaan ek die restaurant uiteindelik sien?"

Adriana skuif die sonbril terug oor haar oë. Glimlag. "As dit is wat jy wil hê, dan maak ons so."

5

Die hospitaal ruik soos alle hospitale. Niemand kon blykbaar nog aan 'n manier dink om die grys linoleumgange minder na die dood se vuil hande te laat ruik nie.

Die man in die bed voor my haal rustig asem. Pypies in sy neus voer hom suurstof en 'n naald in sy arm iets anders. Die verpleegster by die diensstasie het vir my, sy "skoondogter", gesê sy prognose lyk goed. Sover hulle weet, is niemand nog vir die roof aangekeer nie. En, het sy nuuskierig bygevoeg, hulle dog sy seun kon nie uit Nieu-Seeland wegkom om te kom kuier nie. Het hy my gestuur?

Ek het my kop geknik. Dis al manier hoe ek by die intensiewesorg-eenheid kon inkom – ek moes familie wees. Die enigste familie wat Jaap Reyneke het, stel blykbaar nie belang nie.

Die ou man se hand is koud onder myne, die vel deursigtig en elasties. Sy lyf is maerder as wat ek onthou, die effense ronding om sy maag weg.

Ek leun nader aan hom in die hoop dat hy kan hoor. "Jammer," fluister ek.

Adriana moes nooit so ver gegaan het nie. Maar wat het Jaap dan daardie nag by haar woonstel gesoek?

Dalk het ek kom antwoorde soek.

Ek druk sy hand, draai om. Ek gaan dit nie vandag kry nie.

Net toe ek wil loop, hoor ek sy stem. "Bly," prewel hy die enkele woord.

Ek kyk deur toe. Niemand wag daar om my aan te jaag nie. Al die ander pasiënte lê en slaap.

Ek draai terug na die bed, al weet ek nie mooi hoekom nie. Jaap moet teen hierdie tyd al desperaat wees vir menslike warmte. Die verpleegsters doen wat hulle kan, maar hulle het nie tyd om familie te speel nie.

Ek sit my hand weer op syne.

Sy oë gaan stadig oop. "Isabel."

Dit vang my onkant dat hy my dadelik herken, die speurder wat my pa se dood ondersoek het. Ek wil terugtree, wegkom, maar sy hand keer my met 'n verbasende sterk greep. Die hartmonitor langs hom flikker, piek, word dan reëlmatig.

"Jy weet . . . ek het verstaan."

"Wat verstaan?" Ek bly ongemaklik staan.

"Jou pa. Hoekom. Kan myself nie . . . nie vergewe nie. Probeer die groot vis vang en los almal om hom . . . om te verdrink."

"Jy het geweet?"

"Vermoed."

Hy maak sy oë toe en lek oor sy droë lippe. Beduie na 'n bakkie ys langs die bed. Ek plaas een van die skerwe in sy mond.

"Dankie," sê hy uitasem.

Vir 'n oomblik is dit stil. Sy hand ontspan onder myne. Ek wonder oor wat hy gesê het, of hy geyl het.

"Ons het jou pa ondersoek," praat hy weer. "Ek en Stefan. Hy was sleg. Ek weet. Het geweet. Moes iets gedoen het. Jy en jou ma . . . Ons moes een dag vroeër gewees het. Nie gewag het . . . gewag het nie."

Trane prik onverwags agter my oë. Iemand het gesien. Nog iemand het niks gedoen nie.

Maar is dit hulle werk om iets te doen? wonder ek, soos altyd. Red mens nie jou eie lewe nie?

Ek druk sy hand, dankbaar vir die onverwagte empatie. "Hoekom het jy by Adriana se woonstel opgedaag? Ek verstaan nie."

Hy hoes pynlik. "Julle is vriende? So gedink. Jy moet pasop vir haar." Hy vroetel met 'n lomp hand aan die pypies in sy neus. "Die saak jaag ons nog steeds. Vir my en Stefan. Skielik was Hendrik dood. Sy handlangers ook. Te netjies. Die geld alles teruggevind. Iets was fout. Wat van al die goed wat hy oor die jare . . ." hy snak na sy asem, "gesteel het. Toe daag hierdie vrou . . . vrouens by Stefan op. Wil praat oor Hendrik. Vreemd. Nog altyd gedink ons het iemand misgekyk."

"En Stefan se geld?" kan ek nie help om te vra nie. "Waar het dit vandaan gekom? Ons het gedink julle was betrokke by my pa se besigheid."

Hy skud sy kop stadig. "Sy vriendin. Hulle het nooit getrou nie. Hy wou nie weer nie. Sy was 'n eiendomspekulant. Dood. Hartaanval 'n paar jaar gelede. Maar ja, nie te eerlik nie."

Hy probeer lag, sy asem beur teen sy keel.

Ek vryf oor sy hand. "Genoeg. Slaap nou."

Ek leun oor hom. Gun die ou man iets wat sy eie seun moes doen, en soen hom op die bokant van sy seningrige hand.

6

Sarah en Adriana is vroeg. Hulle klop aan my hotelkamer se deur net na ek klaar gestort het.

"Hallo," groet die ouer vrou. Sarah knik net haar kop soos gewoonlik.

"Ek weet nog steeds nie hoekom jy nie by Sarah kan bly nie," sê Adriana terwyl sy die stoel by die lessenaar uittrek en gaan sit.

"Vergeet dit," sê ons al twee gelyk.

Ek vee my hare verder droog met die dik wit hotelhanddoek. Ek het die weelde van die afgelope paar dae geniet.

Adriana kyk na die jeans wat op die bed lê. Haar wenkbroue skiet omhoog in 'n kwaai vraagteken. "Ek hoop nie dis wat jy gaan aantrek nie?"

"Wat is fout daarmee?"

Adriana wys van haarself na Sarah. Sy dra 'n grys potloodromp en 'n wit hemp met 'n stywe kraag. Hemelhoë swart hakke. Sarah het haar nuwe stewels aan, en vir 'n verandering nie 'n T-hemp nie. Sy dra 'n donkergroen bloes by haar jeans en selfs dié is heel. Hierdie keer is ek seker sy dra parfuum.

"Okay, ek kan seker 'n plan maak."

Ek haal die rok en skoene uit wat ek in Indië gekoop het. Grimering sal goed wees, en 'n bietjie Chanel. En ek kan seker my hare mooi droogmaak.

"Ek sien julle nou," sê ek en loop terug badkamer toe.

'n Halfuur later is ons op pad, nadat Adriana my goedkeurend van kop tot tone bekyk het. Ons ry na Johannesburg se noordelike voorstede, deur lanings en bome soos torings, tot by 'n groot huis in 'n buurt vol groot huise. My ma sou hulle kastele noem. Die erwe lê elkeen soos 'n landgoed om die dubbelverdiepingwonings met skoorstene en swembaddens.

Ek maak die motorvenster oop toe ons by die hek stop. Die slegte weer van vroeër het plek gemaak vir die ryp belofte van somer. Die aand ruik na jasmyn en rose wat nie meer kon wag om te blom nie.

Crow's Feet sê dit op 'n hoë wit muur wat om die restaurant loop. Twee kraaie sit op 'n telefoondraad langs die swartgeverfde letters.

"Waar kom die naam vandaan?"

Adriana glimlag, maar antwoord nie.

Ek sug oordadig. "Eendag gaan ek en jy nog gesels."

"Nie vanaand nie," terg sy.

Ek draai om in my sitplek en kyk na haar. "Meer soos nooit nie," lok ek haar uit.

Sy glimlag weer. Nie bolangs nie, maar diep en tevrede, met haar hele lyf.

Skielik weet ek iets is fout. Dis daai ou, bekende gevoel soos toe ek nog foto's geneem het. Daai gevoel net voor iets gebeur.

"Wat gaan aan?"

Langs my verstyf Sarah effens. Sy hou op soek na beter parkeerplek en skuif die Audi onder 'n boom tussen ander, duurder motors in.

"Ek klim nie uit voor ek weet wat aangaan nie."

"Ontspan." Adriana tik my op die skouer. "Daar." Sy beduie links.

'n Man tree uit die skadu tot in die gloed van die kraleliggies wat teen die witstinkhoutboom uitrank. Sy gesig is steeds maerder as wat dit moet wees, maar skoongeskeer. Die hare krul soos altyd in sy nek. Net die dun swart das lyk vreemd. Dis die eerste keer dat ek hom 'n das sien dra.

"Ek maak julle dood." Ek kyk na Sarah. "Ek maak jou dood."

Sy skud haar kop. "Jy gaan nie Caracas toe nie. Hou op met jou nonsens. Ek en Adriana sal 'n plan maak." Sy maak haar deur oop. "Beskou dit as die laaste paaiement vir Sasolburg."

"Wat was die eerste paaiement?" stry ek.

"O, ek weet dit was lekker om my te skiet. Dit het op jou gesig geskryf gestaan."

"Is nie."

Sy kyk betekenisvol na my.

"Ja. Okay."

Adriana klim uit en maak my deur oop. "Kom, ons het nie heeldag tyd nie. Ek en Sarah het werk om te doen. Julle het my so besig gehou die laaste ruk, ek weet nie eers of jy en Alex vanaand kos gaan kry nie."

"Wat gaan ons maak?" Alex vee sy mond af met die wit servet op sy skoot.

Hy voel versigtig aan sy skouer, maar laat sak sy hand toe hy besef ek hou hom dop. Ek weet van beter as om te vra wat fout is. Hy gaan in elk geval net jok.

Ek drink van die wyn in die oorgroot bolglas voor my. Hou my dom. "Hoe bedoel jy, wat gaan ons maak?"

"Met jou."

"Jy vat my huis toe." Ek trek die swart hoëhakskoen speels teen sy been op. "Ek het te veel wyn gedrink."

"Ons het nie 'n huis nie."

"Nog nie, maar ek het 'n hotelkamer."

"Nog nie? Beteken dit jy gaan bly?" Hy kyk tevrede na my,

asof hy uiteindelik die hoek gekry het waarin hy my kan vasdruk.

Ek probeer nog heelaand die onderwerp van my en hom – van ons – vermy, maar elke keer stuur hy die gesprek terug soontoe.

"Hoe kan ek bly?" praat ek uiteindelik ook reguit. "Dis nie veilig nie. Nie vir jou of my nie."

"Praat jy van die polisie?"

"Ja, ek's 'n reeksmoordenaar. Dis nog hier. Dis nog wie ek is."

"Volgens die polisie. En volgens hulle is jy in Indië." Hy leun oor die tafel. Neem my hande in syne. "Ek weet mos wie jy regtig is."

Ek trek weg onder sy aanraking. "Wil jy my steeds hê? Regtig hê, nie net uit ordentlikheid nie? Selfs ná alles wat met jou gebeur het? Die ontvoering. Lena. Dit was my skuld."

"Dit was jou pa se skuld." Hy sê dit met absolute sekerheid, vat weer my hande vas.

"So, jy's nie kwaad nie."

"Nee." Hy huiwer 'n oomblik, en dit voel meteens asof my hart wil gaan staan. "Maar die geheime moet stop. Jy kon my van jou pa vertel het." Hy glimlag dieselfde skewe glimlag wat my die eerste keer oorrompel het. "Is dit in elk geval moontlik dat daar nog iets is wat ek nie weet nie?"

Ek antwoord nie. Trek net my hande haastig onder syne uit, bang vir die elektrisiteit van sy aanraking wat die fyn haartjies in my nek orent laat staan, 'n warm gloed van my bors na my wange laat opvlam.

Demmit. Ek vryf selfbewus oor my keel, bang hy sal sien.

"Ek gaan nie smeek nie, Ranna. Dis ja of nee."

"Jy hoef mos nie."

"En jy moet ophou om vir my besluite te neem. Soos laas keer."

"Ek het nie . . ."

"Jy het." Hy drink van sy bier, sit die bottel hard neer. "Sarah sal 'n plan maak. Adriana ook. Hulle sê dis moontlik, selfs ná Lena.

Thinus is te siek om enigiets te sê. Niemand weet jy's hier nie."

"Dis wat julle almal sê, maar ek sal heeltyd oor my skouer moet kyk. Jy ook."

"Wat is die ergste? Alleen wees, of dit? By my wees. Hê wat ons het. Daai ding wat jou hart sop maak."

Soos altyd sny hy tot op die been met sy eerlikheid. En hy ken my steeds beter as enige ander man, wat beteken hy kan die seerste houe slaan.

Ek skuif my wynglas weg, wink die kelnerin nader. Ek's skielik ook lus vir 'n bier.

Nadat ek bestel het, kyk ek na die man voor my. Die ordentlike, sterk man van wie daar nie 'n duplikaat bestaan nie. En ek sal weet. Te veel lughawens sê so. Te veel leë beddens.

"Jy weet nie eers of ek kan kook nie," daag ek hom uit.

Hy wil-wil glimlag. "Ek weet jy kan nie, maar dis okay. Al waaroor ek nie gaan onderhandel nie, is dat die regterkant van die bed myne is." Sy oë sak na my nek. Laer.

Ek slaan my arms om my lyf. Ek moet nou dink. Met my kop dink.

"Daar's baie maniere om die pot aan die kook te hou." Hy staan op en loop om die tafel. Soek na my hand en trek my orent. Dwing my lyf om oop te maak, trek dit tot teen syne.

"Die diamante . . ."

"Ek wil niks daarvan weet nie. Ons gee dit weg."

Dit sal die dag wees. "Wat stel jy dan voor doen ons om geld te verdien?"

Ek skop my skoene uit sodat ek hom in die oë kan kyk.

"Ek vermoed ek gaan leer foto's neem," sê hy sag. "Enigiets om terug te reik na my langverlore liefde. Om my hart weer heel te maak." Hy begin stadig in die rondte draai, asof daar musiek speel wat net hy kan hoor. "Ek gaan stories skryf en in my vrye tyd foto's neem van . . ." praat hy in my nek. Dan wag hy dat ek die sin klaarmaak.

Ek soek na my asem. Dink vir 'n oomblik.

"Foto's neem van die Groot Vyf en vreemde klein dorpies en die mense wat daar bly?"

"Presies. Foto's neem van vreemde klein dorpies en die mense wat daar bly."

Ek laat rus my kop teen syne. Laat sak dit tot in sy nek. Ruik sy naskeermiddel. Voel die effense baard wat teen my vel krap. Die das wat halfmas hang. Ek stuur my hande onder sy swart baadjie in, tot agter sy rug.

"Jy gaan besig wees. Al daai werk. Te veel vir een mens."

"Ek weet. Arme ek."

"Arme jy."

En toe soen ek hom.